新潮文庫

阿修羅草紙

武内　涼著

阿修羅草紙▼目次

比叡山周辺之図

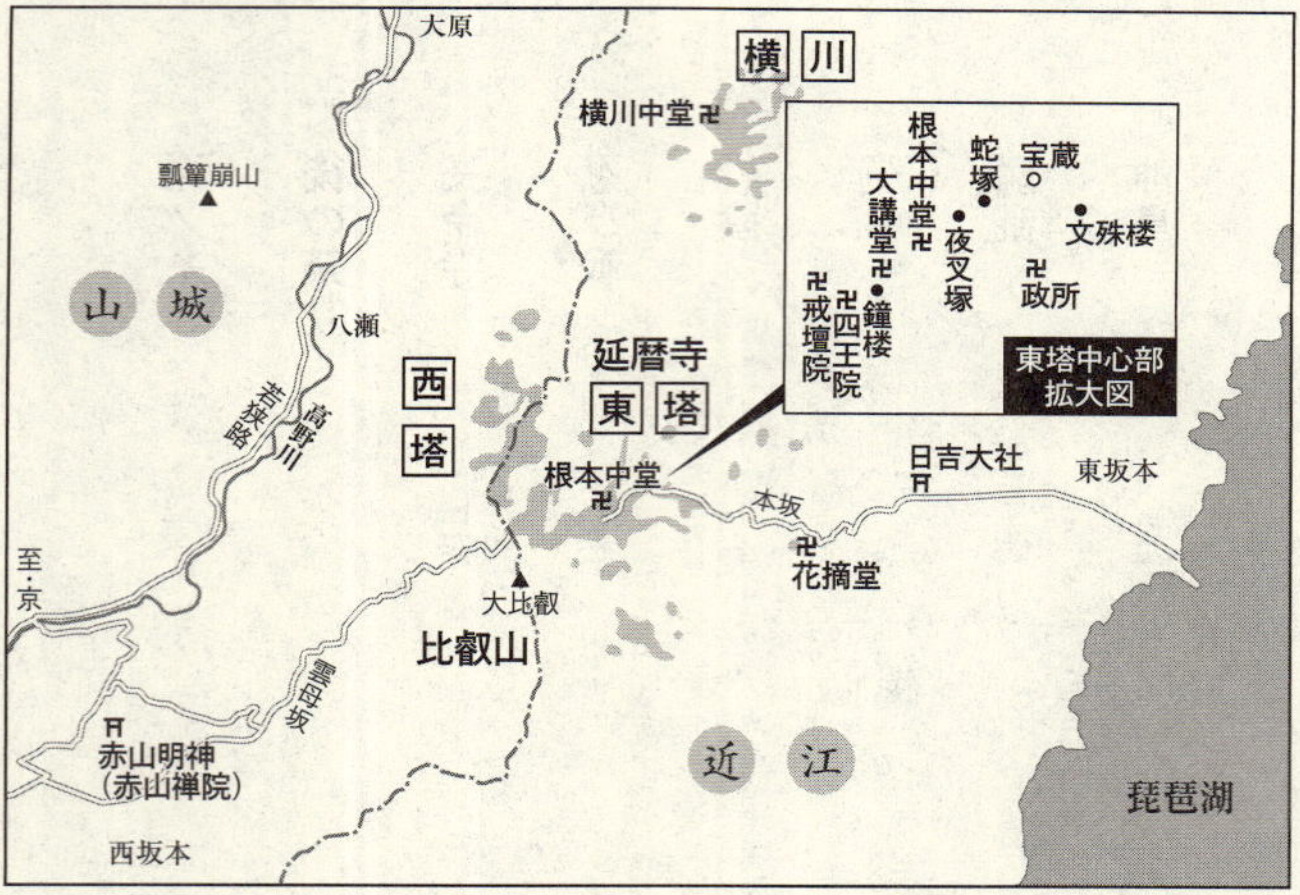

近江とその周辺之図

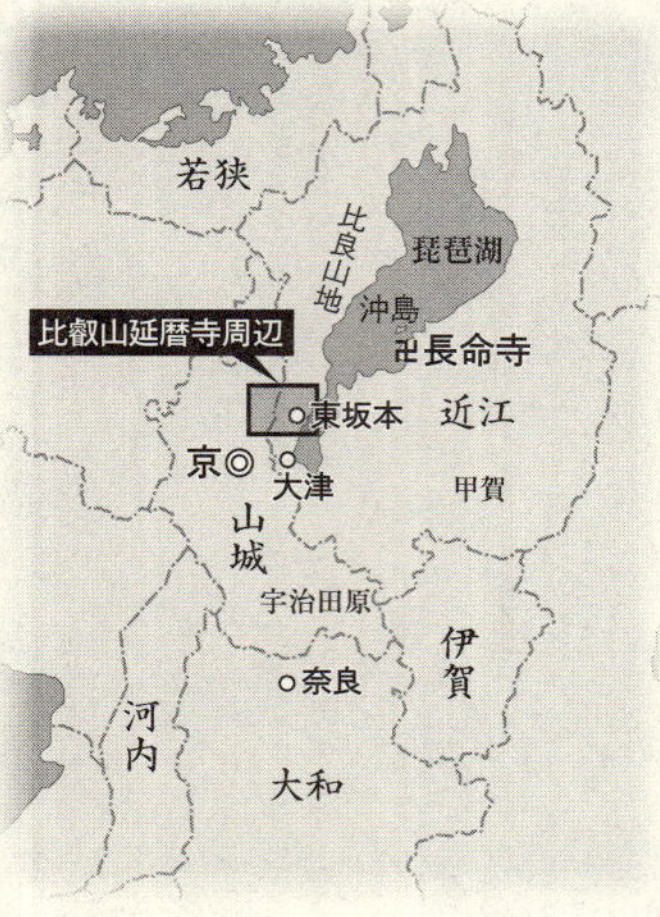

都之図

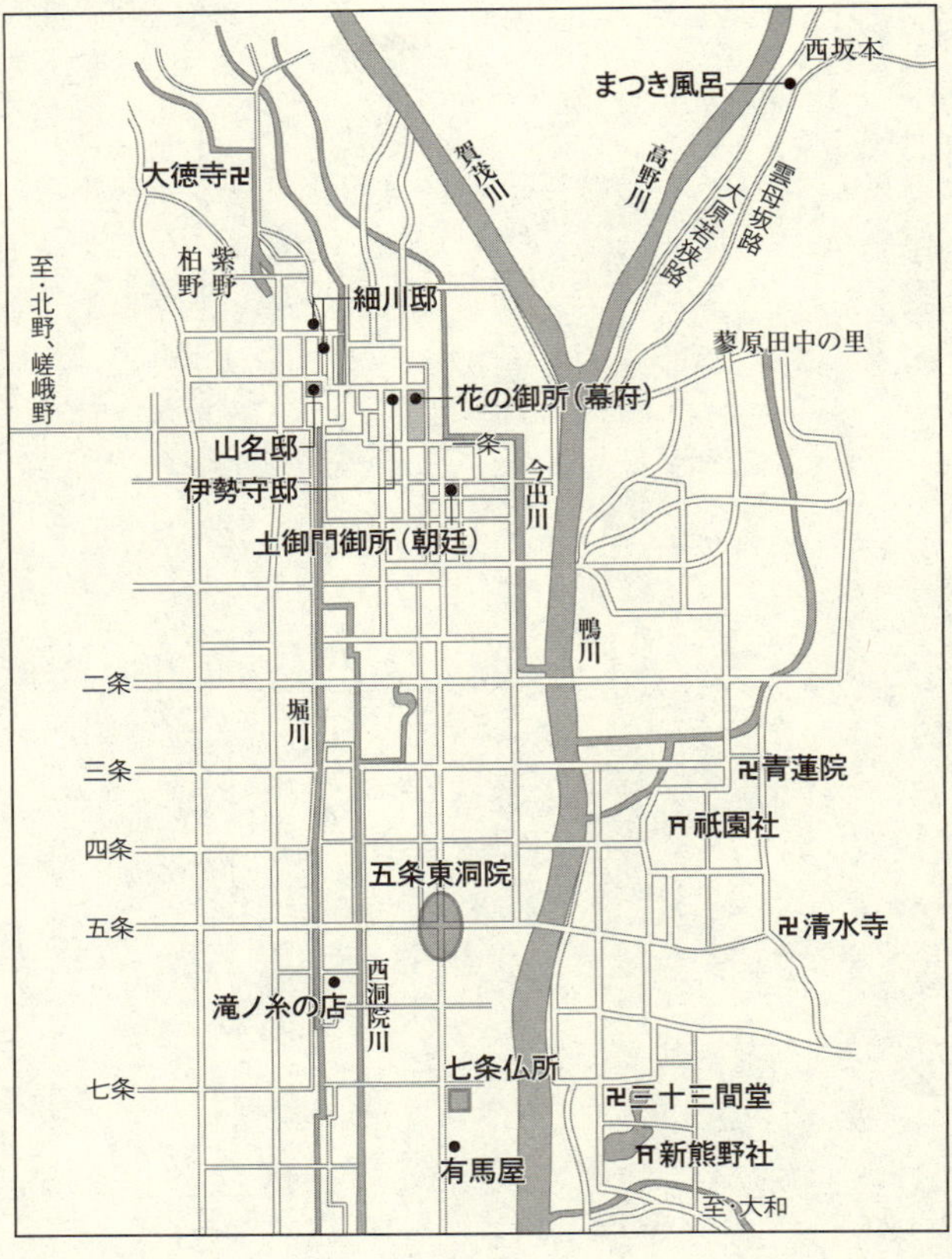

地図製作　アトリエ・プラン

阿修羅草紙

序

その舟の中に隙間《すきま》なく座った女たちからは、悲しみと不安、諦《あきら》めと虚無、そして怒りが漂っていた。

少女から大人まで。

十四、五人の女が湖を行く舟で項垂《うなだ》れていた。

美形が多いが、身なりは貧しい。

——人買舟である。

水夫の他に、男が三人、乗っていた。

いずれも目付きが鋭い。

一人は、髪が赤茶で、髭《ひげ》も赤茶という、毛むくじゃらの大男だ。猪《いのしし》の魔物の如《ごと》き、野性の猛気を漲《みなぎ》らせた男で、凄《すさ》まじく、ごつい。身の丈七尺。丸太を思わせる腕は、盛り上がる筋骨で、内から裂けそうだった。髭濃い顔をうつむかせ、舳先《へさき》近くに胡坐《あぐら》をかき、野太刀を肩にかけている。時折、怪しいまでに黒光りする瓢箪《ひょうたん》を口にはこび、酒をあおっていた。

もう一人は長い総髪を湖風に靡《なび》かせた男でげっそり痩《や》せている。

暗く殺伐とした気が、頬肉が薄く、青褪《あおざ》めた髭面《ひげづら》から漂っている。鎖太刀を佩《は》いたこの二人目の男、女たちをほとんど見ずに、麻袋から麦粒を出し、黙々と琵琶湖《びわこ》に放っていた。

うろくずに餌《えさ》をやっているようだ。

体は大人だが天真爛漫《らんまん》な心をもつ娘だろうか。角張った顔をした、目が丸い百姓娘が、さっきまでぽかんと開けていた口を大きく広げ、弾《はじ》かれたように、笑う。魚に餌をやりつづける男の動きが面白かったようだ。だが、他の女たちは一切反応せず、娘の笑いだけが虚《むな》しくひびく。

三人目の男は、もっとも、若い。

一見、美しい稚児《ちご》だ。

紫の紐《ひも》でまとめた長髪は、後ろに垂れていた。

涼し気で切れ長の眼《まなこ》。冷ややかな美少年であったが、左眉《ひだりまゆ》から、右頬にかけて、太く長い刀傷が斜《はす》に走っていた。美少年は隣に座った三十路《みそじ》の女の小袖《こそで》に、薄笑いを浮かべながら手を入れ、乳首を弄《もてあそ》んだりしている。白日の下に乳房を晒《さら》された、細身の女は初めは抵抗したが……すぐにあきらめ、頬を硬く強張《こわば》らせつつも、なすがままになっていた。

毛深い大男は茶の地に柿色《かきいろ》と白、魚に餌をやっている男は、黒に白、美少年は赤に緑と金の、三つ目結という紋を入れていた。

三つ目兄弟――男たちの異名である。

江州《ごうしゅう》一円で恐れられている「濫妨衆《らんぼうしゅう》」だ。

荒事を生業《なりわい》とする男どもで、野伏《のぶせり》（野盗）、火付け、女《め》取りに子取り、強請《ゆす》りなど、様々な悪事に手を染めてきた。今は人商人《ひとあきびと》・大和屋《やまとや》長右衛門《ちょうえもん》にやとわれていた。

と、顔に傷がある美しき末弟、悪三郎《あくさぶろう》が、

「何、見とる？」

「天道虫《てんとうむし》の……子」

弱い声が、悪三郎と向き合う形で座った、頰が汚れた少女から、もれる。

「体についていたの……」

膝《ひざ》までしかない少女の苧《お》で出来た小袖には枯れたカラスノエンドウの蔓葉《つるは》が、いくつかくっついている。

「――見せてみぃ」

女の乳首を荒くつまんでいた悪三郎の指が、つぶらな目をした少女の前に突き出された。禍々《まがまが》しい美少年にいじられていた女は急いで衣を直す。

目が大きな百姓の少女は虫を乗せた手を丸め、固唾《かたず》を呑《の》んで悪三郎を見た。

「見せろ」

魚に餌をやっていた次兄、病犬次郎《やまいぬじろう》が、片頬を歪《ゆが》めるように笑い、餌袋を袂《たもと》にしまう。

親に売られた少女はおずおず手を出した。

掌《てのひら》の上で、およそ成虫からは想像もつかぬ二匹の長虫が、動きまわっていた。

ワラジムシに似た長い胴は、黒い。そこに橙の斑点《はんてん》があり、黒い足が六つ。

「これが、天道虫《だいだい》の餓鬼か？」

衣に継ぎ当てや穴が目立つ少女は、うなずく。

「……汚《きたね》え虫だな」

悪三郎の指が——いきなり、天道虫の幼虫を潰《つぶ》した。

一瞬、茫然《ぼうぜん》とした少女は、小さい体をふるわし、浅黒い頬を歪めてわーっと泣き出す。

「喧《やかま》しい、泣くなっ！」

病犬次郎が平手で少女の後頭部をパーンと叩《たた》いている。顔を真っ赤にした少女は、声を殺して、泣いた。

その時であった。

琵琶湖を行く舟の上に、賑《にぎ》やかな音《ね》がとどく。笛や太鼓、鼓《つづみ》、簓《ささら》、そして乙女たちが歌う唄《うた》。

田植えの頃である。

水際《みぎわ》に、松並木が見え、碧松《へきしよう》の向うに、田楽《でんがく》の調べと早乙女《さおとめ》の歌声に苗をふるわす田があった。満々と水がたたえられた田の面《も》に早乙女たちが後ろ歩きしながら、唄と共に苗を置く。潑剌《はつらつ》たる早乙女たちは、菅笠《すげがさ》をかぶり、赤い襷《たすき》をかけ、白や紅、藍《あい》、それぞれに着飾っている。

右手、小高い所で、烏帽子《えぼし》をかぶった田楽一座が、横笛を吹き、鼓など鳴らしている。白、黒の翁面《おきなめん》をつけた男たちが豊穣《ほうじよう》を祈ってゆったりと舞う。

名主《みようしゆ》であろう。田楽一座の前に立ち、足を泥だらけにして伊勢海老《えび》が描かれた扇を振り、掛け声を明るくかけている男がいた。

年かさの女たちと、男どもが、飯を山のように乗せた盥《たらい》、汁が入っているであろう大桶《おおおけ》、逆さにした椀《わん》を積んだ曲物《まげもの》桶や、酒筒などを頭に乗せ、畦道《あぜみち》を歩いていた。

ああ、哀れなこと、人買舟、と思ったか。唄を止めてこちらを見やる早乙女がいる。

陽気な田植えは舟に乗る女たちに、動揺の波紋を起した。

涙を浮かべて早乙女を眺める女がいる。

ふるえながら、船縁《ふなべり》を摑《つか》む少女がいる。

親や親戚《しんせき》に売られた彼女たちは……遊女屋や、数多《あまた》の下人を酷使する長者に売られてゆく。

舳先近くで騒ぎが起きている。

酒を飲みながら、舟に揺られていた長兄、赤猪《あかい》ノ太郎の傍《そば》に、類稀《たぐいまれ》なる美女が、二人いた。

いずれも猿轡《さるぐつわ》を噛《か》ませられ手縄でしばられ、美々しい晴れ着に乱れがあり、激しく泣き疲れた顔をしていた。

……この人たちは、あたしらみたいに売られたんじゃねえ。誘拐《かどわか》されたんじゃ……?

という疑いが——他の女たちにはある。

一人は、赤い襷をつけていたから、早乙女をしていて、何かの拍子に、この恐ろしい男どもに捕まり、人買舟に引きずり込まれたと見える。だが、疑いは心にあるばかりで口にはできぬ。三つ目兄弟が恐ろしいからだ。

早乙女の唄を聞き、田楽師の舞を見た美女二人は、猛然と暴れていた。

すると、瓢箪から口をはなした赤猪ノ太郎が、黄ばんだ歯を剝《む》き、

「女。大人しゅうしておれ。てめえらのような上玉を傷物にすると、俺が叱《しか》られるでな……あまり手荒な真似《まね》はしたくねえが——度がすぎると知らぬぞ」

低い声で告げた赤猪ノ太郎は酒臭い舌で自分に近い乙女の耳を舐《な》めまわしている。

猿轡を噛まされた乙女たちは、ふるえながら、静かになった。

と、さっき悪三郎に辱《はずかし》められていた細身の女が、

「あんたたち……」

声をわななかせて、

「その二人……はなしておやりよっ」

赤猪ノ太郎はギロリと女をねめつけ、悪三郎は薄く笑む。

「あたしらと違って無理やりつれてこられたんだろ？」

猿轡の二人は小さくうなずいた。

「はなしておやりよ……。売った先で、露見したらどうするんだ？」

青空を仰いだ悪三郎は、カラカラ笑った。

「そんなこと知ったことかい！　他国に売っちまえば、確かめようなんぞない。買い手は大金はたいて女どもを買う。攫《さら》われてきたと訴えても、嘘《うそ》つきか、物狂いかと思うはず。実際、左様な嘘つきが多いのだ。……誰が信じるよ？　誰も信じねえよ。あはははは！」

場違いなほど明るく笑った悪三郎は、一転、ぞっとするほど冷たく、

「——あきらめることだ。お前たちは、皆、大和屋長右衛門様の売り物なんだ！」

細身の女に、

「お前は亭主に売られた。薄情な男だよなあ。んな男のこと忘れちまいなっ」

女は青褪めた唇を噛むや——琵琶湖に身投げせんとした。

悪三郎が、隼《はやぶさ》の如く飛びかかり、女の髪を摑んで、引き倒す。

絶望の呻《うめ》きを吐いた女は、さっきの少女にぶつかりながら、倒れた。

「――逃がさねえよぉう。一体、大和屋さんがいくら出して、お前を買ったと思ってやがる?」

悪三郎が言った。倒れた女が、すすり泣く声がする。

何を見ても笑ってしまう娘が、涎《よだれ》がこぼれるのも厭《いと》わずに笑った。

悪三郎も、ふっと笑って、

「こいつみたいに明るく行こう、みんな! おっ、大津《おおつ》の町が見えてきたぜぇ。……さあ、もう少し! 漕《こ》げや、漕げや!」

＊

大津の湊《みなと》が近づくや赤猪ノ太郎は猿轡を嚙ませた乙女たちに当て身をくらわせ、昏倒《こんとう》させている。

水際に舟が十数艘《そう》並び、塀や壁になりそうな広い板が、いくつかの大きな箱状に積み上げられていて、丸太が重ねられている。左《さ》義長《ぎちょう》に似た形で数知れぬ竹棹《たけざお》がまとめられていた。そんな大きな竹の円錐《えんすい》が、材木の山の中に、いくつか屹立《きつりつ》している。

材木と竹の中で裸足《はだし》の童《わらべ》らが鬼ごっこをしていた。

近づく湊を見ながら赤猪と恐れられる太郎は、気をうしなった二人から猿轡、手縄をはずす。

鍛冶屋《かじや》や船大工の槌音《つちおと》、子供たちのはしゃぎ声が喧しい湊で、凶相の男が四人まっていた。

気絶した乙女の一人を軽々とかついだ赤猪ノ太郎は、もう一人は湊にいた男にまかせ、悠然と舟を降りる。

瞬間、一番端に泊まっていた無人の鵜飼《うか》い舟から、黒い鵜が四羽、太郎に向かって一斉に叫んだ。蛙《かえる》の声がのびたような鳴き方だった。

砂塵《さじん》が吹きすぎる湊を、目付きが鋭い男どもは、女たちを見張りながら歩む。

米俵を満載した車を牛に引かせた小男、土倉の前で立ち話をしていた馬借《ばしゃく》衆、寺の築《つい》地塀《じ》に背をもたれさせていた覆面の乞食《こじき》たちが、気絶した二人の乙女に不審の目を投げかけるも、何も言わぬ。

高利貸しにして人商人でもある大和屋長右衛門は、大津の町で一、二を争う長者であり、南近江《おうみ》に根を張る大名、六角《ろっかく》家の重臣、青地《あおち》伯耆守《ほうきのかみ》ともしたしい。

町中の人々に恐れられている。

堅牢《けんろう》な築地に守られた屋敷が先頭を行く太郎の視界に入った。

見事な棟門《むなもん》を男が二人、守っている。一人は鉢巻きをしめた若い坊主頭《ぼうずあたま》で、汗光りする傷だらけの上半身を剝き出しにし、薙刀《なぎなた》を水車のようにまわしつつ、道行く娘に声をかけていた。もう一人は門柱近くにしゃがんだ隻眼《せきがん》の牢人で、目が細い。弓を傍に立てかけていた。

すっと前に出た悪三郎が、坊主頭に、

「何処《どこ》で引っかけた女だ？」

「引っかけちゃいませんよ。湯屋で、ちょいと……」

「何が湯屋でちょいとだっ」

鎌《かま》を二本腰に差した悪三郎が坊主頭を小突く。

門をくぐると、大和屋長右衛門が、肥えた体を揺するように、濡《ぬ》れ縁から降りてきた。大和屋は萎烏帽子《なええぼし》をかぶり、七宝繫《しっぽうつな》ぎがほどこされた、蜜柑色《みかんいろ》の見事な狩衣《かりぎぬ》をまとい、白い袴《はかま》をはいている。腕が太く、冷えた気を漂わせる男どもを、つれていた。

「ご苦労やったな。三つ目の。首尾よう行ったか？」

いかにも頑丈な立蔀《たてじとみ》（板の仕切り）の前に、南天が等間隔でうえられており、その前で大和屋と三つ目兄弟は話す。

太郎が、低く太い声で、

「一人も逃散《ちょうさん》などせず、大人しいもんよ」

大和屋は扇で口を隠す。重い脂肪が乗った瞼《まぶた》が、表情に乏しい目を、いつも眠たげにしている。

「ほいで……おきぬ、およう姉妹は？」

「この二人よ」

肩でかついでいる娘を軽く揺すり、もう一人の気絶した娘を顎《あご》で差す。身をかがめ、娘が垂らした黒髪を掻《か》き上げて、まじまじと顔をのぞき込んだ人商人は、

「おおっ。これは……博多《はかた》に高《たこ》う売れるな。京娘と近江女を渇望《かつぼう》しとるんや、向うは。他も……粒揃《つぶぞろ》いやな。この女は堺《さかい》に売れそうや。この子なんぞ……」

天道虫の子とカラスノエンドウの蔓を体につけていた貧しい百姓の少女に、大和屋の恐ろしく冷たい目が止った。

「よう磨けば、武州品川《ぶしゅうしながわ》に売れそうや。……品川、知っとるか？　東国《あずま》一大きな湊や」

少女は小さく口を開け、心が凍った顔で、大和屋を見上げていた。

「よし、つれて行け」

立蔀が切れた所から右に入ると、女小屋と呼ばれる建物が、母屋《もや》と向き合う形で立っていた。その建物の正面、つまり母屋と向き合う面は、太く頑丈な板を等間隔に並べて

あり、板と板の隙間は、人が抜けられないくらい狭い。おまけに横向きの角材が、何重にも打ちつけてある。

中に入れば、地べたに古筵《ふるむしろ》を幾枚か並べただけの薄汚い小屋で、激しい雨風なら、板と板の間隙《かんげき》から入り込む。外からは、容易《たやす》く窺《うかが》えるが、一度《ひとたび》収容されれば、決して抜けられない。

――牢屋同然であった。

中には既に、二十人近い女が入れられており、その女たちは新手の到着に、疲れとおびえが混じった視線をそそぐ。一人だけ、一切視線を動かさぬ娘がいた。その娘は、片隅で、両膝を立ててしゃがみ、自らの足の間を見下ろすように俯《うつむ》いていたから、顔は陰になり、赤猪ノ太郎からは窺い知れない。

舟でつれてこられた女たちを小屋に入れつつ、大和屋は、

「おきぬ、おようは、奥の間やな」

母屋の奥にも、女たちを入れておく一室がある。雨風が入らぬ分、女小屋よりずっとましだ。ちなみに大和屋は、男も売っているが、その哀れな男たちは裏門近く、女小屋よりも汚い男小屋に閉じ込められていた。

気がついたおようを大和屋の男にわたした太郎は、

「おう、約束通り褒美《ほうび》はくれんだろうな？」

でっぷり太った人商人に問うている。

「もちろん。銭も酒も、女も望むままや」

「なら、俺は、およう――がいい。その気が強そうな顔、気に入ったわ」

大和屋は不愉快そうに扇を振り、

「駄目や赤猪ノ太郎。小屋の中の者は、好きにしてええ」

美人姉妹が奥につれ去られながら叫ぶ。太郎の赤茶色い太眉が――顰《ひそ》められる。

病犬次郎が、その名の通り、狂犬を思わせる殺意を、大和屋に対してにじませた。

悪三郎の片頬に冷たい笑みが、刷《は》かれた。

殺《や》ってもいいぜ兄《にい》。末弟の頬に浮かんだ笑みは、そう言っている。

――まだ早い。

太郎は弟たちを表情でたしなめる。

太郎は、いつか大和屋を斬《き》り、銭を奪い、遠国に逃げていいとさえ思っていたが、今はまだ、その時ではない。大和屋に、

「酒は出し惜しみしねえな?」

「当然や」

悪三郎が明るい声で、

「柳の酒で!」

「承知した」

と、店の男が駆けてきて、

「旦那《だんな》様。青地伯耆様のご家来、蓑田《みのた》八兵衛《はちべえ》殿、お見えになりました」

「ほうか。三つ目の、わしは蓑田様のお相手せなあかん。好みの……」

ずんぐり太い小指を立て、

「えらんだらええ」

顔に傷がある美少年、悪三郎の相手はすぐ決った。悪三郎はほどよく熟れた年増《としま》の女が好きである。髪を一つにたばねた、三十過ぎの、餅肌《もちはだ》でふくよかな女を舌なめずりしながら引きずり出した。

顔が青褪めた総髪の男、病犬次郎は、美しい女を、いたぶりながら、事におよぶのが好きである。次郎は対照的とも言える二人の女の手首を引っ摑んだ。

一人目は、女小屋の中で、もっとも三つ目兄弟を恐れ、かたかたふるえつづけていた娘である。いかにも気が弱そうで、二重の目は吸い込まれるほど大きい。

二人目は、摑まれたとたん、笑いを爆発させている。あの天真爛漫な舟の中にいた娘であった。

この娘は、笑っていない時、ぞっとするほど艶《あで》やかな顔様になることがある。

両手に花の狂犬は、くわっと、尖《とが》った歯を剝く。

太郎は時をかけてえらんだ。実は、太郎は、女小屋の前に来たとたん、この女だと直感的に思う者がいたのだ。だが、念には念を入れ、捕らわれの女一人一人を観察した挙句、初めに気になった娘に——双眼を向けた。

その女は……太郎たちが女小屋の前に来た時、顔を下に落とし一切視線を動かさなかった女である。

小屋にあたらしい仲間が入れられて初めて、女は顔を上げ、漏れ入る日差しに、斜め上から照らされた。

二十歳前後だろう。

長い髪を後ろで一つにたばね、浅黒い。

一重で、鋭く、厳しい目。への字形にむすばれた唇。印象的な黒子《ほくろ》が頰にあり、瞳《ひとみ》はめずらしい色をしている。

明るい茶色にそこはかとない緑が溶けたような色であった。

他の女が、太郎から視線をそむけるのに対し、粗衣を着たこの娘だけが、物怖《ものお》じしない様子で、鋭く見返してきた。

——たまんねぇなぁっ。この気の強さがよ。

太郎は、生唾《なまつば》を呑む。

「わかったぜぇ、兄者《あにじゃ》、どの女か」

悪三郎が、太郎が気になっている女を指し、

「そいつだ」

「何で、わかった?」

険しい面差しを崩さぬ娘に、のしのし歩みながら太郎は言う。

悪三郎は捕まえた女の胸に後ろから手をまわし乱暴に揉《も》みながら、

「あんたの好みくらい、こっちは百も承知。何年弟やってると思ってるの? ここにいる中で、一番気が強そうだからよっ」

身の丈七尺の大男は鋭い気配を漂わせた娘に身を屈《かが》め気味に近づき、捕まえようと手をのばした……。

眉間《みけん》に皺《しわ》を寄せた女の手は、太郎のでかい手を、激しく振り払う——。

弟たちに体をまわした太郎は肩をすくめている。悪三郎はけらけら笑い、次郎はかすかに唇を歪めたに過ぎぬ。

赤猪ノ太郎は、気が強そうな娘に、

「よいか女。俺は、乱暴は好まん」

後ろでぶっと吹き出す、悪三郎だった。

「伽《とぎ》をせい。首の骨を、粉々に折られたくなかったらな」

毛むくじゃらの手が娘の襟を摑み、無理に立たせる。娘は歯を食いしばった。激しい嫌悪《けんお》が、歯と歯のあわいから、にじみ出ていた。

立ち上がった娘は、思いの外、上背がある。

……ほう。

師などいないが、並みの武士より遥《はる》かに武芸に自信がある赤猪ノ太郎は、あることに気づいていた。

——逞《たくま》しさ。

しなやかな細身の娘だが、衣の下に、鍛え込まれた筋肉が、凝縮されているようだった。

厳しい山里で山仕事に揉まれてそだった樵《きこり》の娘や、雪と戦わねばならぬ北国の娘が、よくこういう芯《しん》を、体の中にもっている。

別段怪しむべきことに思えぬ。大津は開けているが、近江は東西南北全《すべ》てに山が聳《そび》え、一面に水が広がる琵琶湖から想像も出来ないほど深い山里が、数多営まれている。

濫妨衆の三兄弟は四人の女をあてがわれた小屋につれ込んだ。土間に筵を二枚しいた所が、次郎と三郎の場所、太郎の場所は遣戸《やりど》を開けた先、手狭だが一段高い板敷だ。

弟たちが女を組み敷く音を聞きながら、太郎は遣戸を開け、浅黒い娘を奥へ突き飛ばす。

遣戸を閉じ、上着をくつろげる。

突上げ窓から吹き込む初夏の風が、太郎の赤茶の胸毛をふるわし、斜めに差す絹のようにやわらかい光が、ぼおっと薄白く、壁際に崩れた娘の影を、つつんでいた。

「てめえ、名は？」

赤猪ノ太郎は脱ぎながら女に問う。

低く、かすれた声が、返ってきた。

「意味もない。名など――」

女は、ふっと笑って、顔を上げた。

ぞわり、とした。

……何故《なぜ》、笑う？

娘は、かすれ声で、

「それより、あんた家族は？」

意外な問いに太郎は、手を止める。

「弟だけ？」

眉を顰《ひそ》め、

「……あ？」

娘は両手を合わせ、やおら、言った。

「祈ってあげる。菩提《ぼだい》」

きょとんとした赤猪ノ太郎に、

――!

二つの光が飛び、視界が、瞬時に赤く染まった。

娘が針を口から吹き、太郎の両眼を潰したのだ――。

弟たちに警告を発しようと口を動かさんとした刹那《せつな》、脇腹《わきばら》を細長い痛みが貫き、股間《こかん》を焼けるほど強く蹴《け》り上げられ、大きな背は遣戸を倒しながら――弟たちの方へ崩れ込んでいる。

*

大和屋長右衛門はその騒ぎが起きた時、六角家の陪臣、蓑田八兵衛と茶を飲んでいた。

四角い髭面に、婆娑羅《ばさら》な出で立《い》ちをした八兵衛は、黒光りする床の間を背にしている。

床の間には真っ赤な根来《ねごろ》の台が置かれ、その上に青磁の花入れ。花入れには大輪の山《やま》百合《ゆり》が立っていた。

油滴天目《ゆてきてんもく》で茶をすすった八兵衛は、がっしりした骨太な男で、目の周りは黒ずんでいた。

「して、その後……山の方から何か仕掛けてこぬか？」

深く静かな声で訊《き》く八兵衛だった。

この場合の山とは――比叡山延暦寺《ひえいざんえんりやくじ》のことである。


時は文正元年（一四六六）。

室町将軍の権威は衰え、公方《くぼう》（将軍）の統御が全くおよばぬ乱国（内戦地帯）が、天下に生れていた。

乱国の最たるものが、坂東《ばんどう》、すなわち関東平野、鎮西《ちんぜい》、つまり九州である。

乱国までいかなくとも、深刻な事態が、諸国ですすんでいた。

たとえば、武士同士の衝突、あるいは武士による寺社領の押領《おうりよう》。

将軍としては――家来たる武士、特に大名が、あまり力を蓄えることは、好ましくない。

だから、大名が、寺社領の民から、年貢《ねんぐ》を二重取りし、それを突破口に寺社領を我がものにしようとする時、将軍は、寺社の肩をもつことが多かった。

寺社領から手を引けい。斯様《かよう》な将軍の命が、大名や国人《こくじん》と呼ばれる大領主に下される。

そんな時、無視する輩《やから》が、ふえはじめていた。

ここ近江には三つの大領主が割拠している。

西近江のほとんどを荘園《しょうえん》とする、比叡山延暦寺。

東南近江の大名、宇多《うだ》源氏・六角家。

東北近江の大名、宇多源氏・京極《きょうごく》家。

六角と京極は同族だが、どちらが近江の支配者かをめぐって、骨肉の争いをつづけていた。

一方で、六角は永享《えいきょう》の頃より、比叡山の寺領を奪おうと、さかんに兵をくり出していた。

京極家は、六角家と比叡山の紛争を、強い関心をもって、注視していた。

将軍を初め、諸方から仲裁が入ったため、六角家としては堂々と叡山に手出ししにくい。事態は、武士から、武士ではないが――荒事を得意とする男どもの手に、ゆだねられ、複雑な様相を呈しつつある。

二十日前――。

三つ目兄弟は、大和屋の依頼を受け、野盗をあつめ、叡山領の村を襲っている。家々に火をつけ、名主の家から金目のものを奪い、娘たちを攫い、抵抗する村人を斬り捨てた。

大和屋の後ろに蓑田八兵衛、八兵衛に指図したのは――六角の帷幄《いあく》にこの人ありと言われた謀将、青地伯耆守兼晃《かねあきら》である。

村を襲わせた理由は、百姓どもが、

『はあ……六角様に……年貢でございますか？　我らは六角様に年貢を納めたことは、一度もありませぬ。ずっと、お山に納めてきたのです』

と、六角への年貢納入を、ことわったからだった。

将軍の仲裁も入っているし、叡山にも、六角にも年貢を納めたら、飢え死にするという百姓たちの言い分も、理にかなっているから、正規軍たる侍をくり出すわけにはいかない。

そこで青地伯耆が考えたのが——非正規兵たる野伏を雇い、百姓たちに揺さぶりをかける、という策だった。

万一、延暦寺から抗議があっても、当家の家臣ではないゆえ存ぜぬな、と言い逃れ出来る。

都合が悪くなれば三つ目兄弟など斬ってしまえばよい。そこまで、青地伯耆、大和屋長右衛門は、考えているわけである。

大和屋は、八兵衛に、

「へえ、あの兄弟の周りを、誰か嗅《か》ぎまわっとるゆう噂《うわさ》も、ありまへん」

八兵衛は天目茶碗《ぢやわん》を下げる。

「……そうか。叡岳も落ちたものよの」

比叡山のことである。

都の人々はこの山を、単に、山、あるいは北嶺《ほくれい》とも呼ぶ。平安京の鬼門たる東北に聳えているからである。

「山門は……鬼をつかうという噂があったがの……」

山門とは延暦寺で、この大津にある三井寺《みいでら》を寺門《じもん》と呼ぶ。

大和屋は眠たげな眼《まなこ》をさらに細めて、ニンマリ笑んで、

「鬼など……大昔の言い伝えにございましょう……。ただのこけ威《おど》しやと、思います。蓑田様、今日はその用件で？」

「うむ」

「ほな……遊んでいきなはれ。近江の海には……竜宮があると申します。竜宮の乙姫《おとひめ》が如き女子《おなご》を、二人手に入れましてな」

「……乙姫、とな？」

八兵衛の四角い頬に、赤みが差した。

「へえ。乙姫が博多にうつる前に、遊んでいきまへんか？　もしお気に召したら、献上しても……」

そのような話をしていた大和屋は、ただならぬ物音を聞き、腰を浮かせている。

＊

——他に縁者がいれば冥福《めいふく》など祈りたくなかったけど仕方ない。掟《おきて》だ。

娘は、口に仕込んだ吹き針を赤猪ノ太郎に吹きかけて両目を潰すや、瞬《まばた》きより疾《と》く、簪《かんざし》を出した。

鋼《はがね》で出来た簪を。

心臓を突いて楽に逝《ゆ》かすか、苦しますか、逡巡《しゅんじゅん》が、脳をかすめた。

この男が歩んできたであろう血塗られた道が閃《ひらめ》く。

——苦。

簪の先は、脇腹を突き破り——ある臓器に深く達し、貫いた。

腎臓《じんぞう》である。

悲鳴が迸《ほとばし》る前に、娘の足は、男の股《また》を蹴上げている。

この時、赤猪ノ太郎の顔には、怒りも苦しみも、貼《は》りついていない。ただ、祈ってあげる、と言われた時の、きょとんとした表情があるのみ……。

それくらい——速い。

大男は遣戸を背で吹っ飛ばす形で土間に倒れた。

二人の女が、遣戸の下敷きになり、戸の下から呻き、腕を激盪《げきとう》させる音、悲しい笑いが聞こえる。もう一人の女は叫びながら外に這《は》い出る。病犬次郎と悪三郎は——やはり、速い。

兄と戸の下敷きにならず、左と右の壁際にさっと跳び、次郎の手には腰刀が、三郎の両手には鎌がにぎられていた。

長い太刀ではなく、みじかい腰刀を抜かずにもった次郎は、青白い殺気の眼光を灯《とも》し、娘を見据えていた。やっと、

「い……痛《いて》えっ、あっやりやがった、この……ああっ！」

両眼から血涙を流し、脇腹からも出血した太郎が、身もだえして、叫ぶ。

鯉口《こいぐち》を切った次郎が、敷居に立つ娘に跳びかかろうと、ぐっと腰を落とすも、娘が簪を静かに向けると跳躍をためらい、

「この女、手強《てごわ》……」

手強いという語をおくり出そうとした喉《のど》が——真っ赤に破けて、声が、切られた。

疾風《はやて》となって動いた娘の左手が、小袖の隠しから黒い筒を出し、それを口にくわえたとたん、光が突出……次郎の首から血飛沫《ちしぶき》が噴いたのだ。

畳針くらい太いが、畳針よりずっとみじかい、一寸半強（約五センチ）の頑強な針が、次郎の頸動脈《けいどうみやく》を突き破っている。

太郎を片付け、今また次郎を討った娘が口にくわえているのは、彼女が「一番筒《いちばんづつ》」と名付けた吹き筒だ。この娘、一番筒から四番筒まで吹き筒をもち、用途によってつかいわける。

白目を剝き、体をふるわし、壁をこすりながら崩れゆく次郎の口から、散発的な血反《ちへ》吐《ど》がこぼれている。

「次郎兄、殺《や》りやがったっ！　このっ――！」

悪三郎が怨念《おんねん》に総毛を立てて咆《ほ》えた。

娘が――悪三郎へ簪を飛ばす。

悪三郎の首は、的確によけ、頰に赤い糸が一つ、引かれる。

間髪いれず悪三郎が二本の鎌を振りかぶってかかってきた。

と、鋭い目をした娘は、吹き筒をひょいと、悪三郎の頭上に放り、右手で小袖に隠し持っていた道具を出し、両手で持って悪三郎の斬撃《ざんげき》を受け、また右手一つで持って、悪三郎の首を掻き切る形で向う側へ跳び——落ちてきた吹き筒を左手で摑んで小屋の外に出た。

砂埃《すなぼこり》立てて着地した娘の後ろで女二人が戸板の下から出る気配、よろめいた悪三郎が赤猪ノ太郎の体に崩れる音がした。

娘が持つもの、それは——奇怪《きっかい》な道具であった。

鏇《せん》、という工具がある。

木地師《きじし》が桶などを削る時につかう道具だ。三日月を、思い浮かべられるがよい。三日月の中心が刃で、両側が木で出来た握りである。木地師は鏇を、我が方に引いてつかうため、内に刃がつくが、娘が所持する鏇は外に凶刃《きょうじん》がついている。

両側の握りをもって、敵刃を受け止めることも出来るし、相手の首や顔を叩き斬ることも可能だ。まわすように投げて——敵を襲うことも出来る。

娘が、持っているのは「逆鏇《ぎゃくせん》」あるいは「ムカイ鏇」と呼ばれる八瀬《やせ》忍びがつかう忍具である。

「すがる、一人で殺《や》っちまったか」

若い男が一人、駆けてきた。大和屋の下人に化けたその男、青壊色《あおえじき》、つまり灰色がかった暗い青の覆面で、鼻から下を隠している。

若犬丸《わかいぬまる》という。

すがる、と呼ばれた娘は、若犬丸に、唇の動きで、

――名を呼ぶなっ！

あ、と、若犬丸の表情が動く。体力膂力《りよりよく》は、里一番なのに、抜かりが多い男なのだ。

すがるは厳しい形相で、

「たわけ」

「何をしておる！」

駆けてきた大和屋の手下に若犬丸が逆鏟を放つ。首が、血を噴いた。

すがるは、低くかすれた声で、

「あたしは首を取る。あんた、女たちを逃がしてやって」

右手に斧《おの》をもった若犬丸は、

「承知」

大和屋の用心棒が二人、濡れ縁に現れ、白刃を抜いて雄叫《おたけ》びを上げる。

すがるは逃げ出す女二人に構わず、さっきの小屋に入り、若犬丸が、庭に飛び降りた用心棒どもに立ち向かう。

牢人であるらしい二人は若犬丸を斬り伏せんと一気に突っ込んできた。

青か灰か、紺か、一つの名を拒む壊色の覆面の下で――若犬丸の唇が、笑んでいる。

壊色——赤、青、黄、黒、白、これら五正色のどれでもなく、ぼろ布を表現した色である。

若犬丸はしゃがむ。その時、左手は金属的流線を描いて土にぶつかった。

面妖《めんよう》の動きに、牢人どもはかすかに驚くも、突っ込んでくる——。

刹那、若犬丸は足元の土を一握掴み、左前方から来る牢人に放り、右前方から来る牢人の腹を跳び上がり様、斧で裂き、振り上げた斧をもう一人の牢人の額に凄まじい勢いで叩きつけた。土が目に入ってひるんでいた牢人の額は、道にぶつけた柘榴《ざくろ》みたいに弾けた。

若犬丸は左手に鋼で出来た「鉄拳《てっけん》」という忍具を仕込んでいたから……硬い土をいとも容易く崩せたのだ。

女小屋に駆けつけた若犬丸は、瘤《こぶ》のような筋肉をうねらせて斧を振るい戸を壊すや、

「逃げろ」

捕らわれの女たちに告げている。瞠目《どうもく》していた女たちは、逃げ出す。

同時に、赤猪ノ太郎の首を壊色の三尺手拭《てぬぐ》いでつつんだすがるが、足早に来た。

と、

「何処に逃げる気や！　おうっ、お前たち……こら、何の騒ぎやっ」

恐慌《きょうこう》の大和屋長右衛門、そして、幾人かの配下が、濡れ縁を走り殺到してきた。

風采《ふうさい》がよい武士も一人いた。

婆娑羅な男である。黄色い地に、青い洲浜《すはま》、緑が眩《まぶ》しい松、赤を中心とする艶《あで》やかな鳥ども……五月蝿《うるさ》いまでの色に満ちた直垂《ひたたれ》だ。

——蓑田八兵衛。

訊《たず》ねるまでもなかろう。六角一の婆娑羅男を、見誤るはずもない。対立する京極氏が生んだ、希代《きたい》の婆娑羅大名・京極道誉《どうよ》に対抗するためか、六角家中は質実剛健、地味な装《よそお》いの侍が多い。ただ一人、蓑田八兵衛をのぞいて。

「もっけの幸い……」

すがるが、ぼそりと言う。蓑田八兵衛、すがるをきっと睨《にら》み、髭を怒らせ、

「女！　誰の差し金か！　白状すれば……命だけは、助けてもよい！」

すがると若犬丸が黙っていると、

「ひっ捕らえろ！」

八兵衛が大喝している。

大和屋長右衛門と蓑田八兵衛、大和屋の男どもと八兵衛の家来、合わせて八人が、すがるらに殺到する。

その時だ。

「火事だ！」

叫び声がして、広い屋敷のそこかしこで、妖《あや》しい煙が立ち上《のぼ》った。

――父。

すがるは直覚する。

父、般若丸《はんにゃまる》が、白煙の術をつかったのだ。

すがるが生れた八瀬の里では大人の男も生涯、童名をつかいつづける。だから八瀬の男を「八瀬童子」という。

ノノとは八瀬語で父、母をウマという。

「あ、こっちにも煙がっ」

「逃げろっ、逃げろぉっ」

「男小屋が開いて、男どもが逃げとる！」

朦々《もうもう》たる白煙の中、動き回る般若丸は、様々な声色をつかい、騒ぎを大きく噴き上げている。

「何をしておるっ、早く！」

幾粒もの唾が、八兵衛から、飛んだ。刀を引っさげた大和屋たちが二人を襲わんとした時、何者かが屋上から、煙玉を二つ、庭に放った。

――白夜叉《しろやしや》。

ポン！

小気味よい音が弾け――白煙が一気に噴く。人商人たちに、凄まじい恐慌が起きる。

文正元年、一般に、火薬は流通していない。

ところが海の向う、中国では早くも唐の頃に、黒色火薬を発明、宋《そう》の時代には、兵器としてもちいていた。

故《ゆえ》に、渡来人、大陸への留学僧、国際的な商人《あきゆうど》と関りのある一握りの者たちは、余人が知らぬ火薬の知識にふれ、煙玉や、白煙を噴き出す筒で、大いに人々を驚かせることが出来た。

その一握りの者たちこそ、忍者である。

すがる、若犬丸、すがるの父たる般若丸、そして白夜叉は、三つ目兄弟と大和屋長右衛門を斬り、青地伯耆の心胆寒からしめよ、との密命を受けていた。

屋上から煙玉を投げた白夜叉は大陸風の弩《ど》を構える。弓矢でなく、木でつくった矢を放つ仕掛けで、白夜叉が構えた弩には、矢箱が載っていた。

射る。

二本の矢が豪速で飛び出し——すがるに突進せんとした大和屋の肥えた背を貫き、心臓と右胸から飛び出て、地面に、突き立っている。

啞然《あぜん》とした大和屋が屋根の上を仰ぐ。

鼻から下を、青壊色の布でおおった白夜叉が、再び弩で射る。自動的に矢箱から降りて装填《そうてん》されていた矢が二本飛び、大和屋の顔面に激突。

肥えた男は後頭部で庭を打って斃《たお》れた——。

その両眼には、矢が二本、深く刺さっていた。

連弩、という。

三国時代の軍師、諸葛孔明《しよかつこうめい》が発明した十本同時発射する連弩が有名だが、それより五百年前、楚《そ》の頃には十八本の矢を装塡し、二本ずつ間断なく連射できる弩が、つくられていたという。

火薬を取り入れている忍びの者だから、当然、連弩の知識も大陸から得ているわけである。

すがるが属している忍びの集団は、八瀬衆とか八瀬忍び、あるいは山ノ鬼どもと呼ばれる。

武士が暴れまわっていた時代――寺社もまた、侍による寺社領の押領をふせいだり、領内の盗賊を捕まえたりするため、武力をもっていた。

僧兵とか、神人《じにん》と呼ばれる者たちだ。

これらは、大寺院や大神社を守る侍と考えればいい。

ちなみに、有名な柳生《やぎゅう》家は、春日大社《かすがたいしゃ》を守る神人の家である。

侍をかかえている寺社は、忍びも、擁した。

寺社に仕えた忍びで有名どころを挙げれば、根来《ねごろ》忍者。根来寺の僧兵たちで、忍術を会得《えとく》した存在《もの》である。後年、戦国乱世において鉄砲の妙術で天下を震撼《しんかん》させた。

戸隠《とがくし》忍者。戸隠山顕光寺《けんこうじ》（今の戸隠神社）を守る忍びの群れである。

また、出羽《でわ》羽黒《はぐろ》の山伏たちも、奥羽の大名から忍び働きを期待されたという。

根来寺に戸隠山に、羽黒山まで忍びをかかえていて、春日大社が半ば忍者のような柳生をかかえているのに……日本最大の大寺、比叡山延暦寺が、一人《いちにん》の乱破《らっぱ》も召し抱えなかった訳がない。

それが――山ノ鬼どもと言われた八瀬衆であった。

白夜叉が投げた煙玉に男たちはひるんでいる。

すがるの逆鏟、若犬丸の斧、白夜叉が次々に二本ずつ連射する矢が、庭に出た大和屋の手下と、八兵衛たちを、悉《ことごと》く討ち果たした。

その日の夕刻。

青地伯耆は江州草津《ごうしゅうくさつ》の馴染《なじ》みの遊女、胡桃《くるみ》の許《もと》をおとずれていた。

「わしの女になれ。おろそかには、せぬぞ」

「そないなこと言うて……他にも沢山《ようさん》、かこっとる女おるやろ？」

汗にまみれた裸形の胡桃は伯耆の上に跨《また》がり腰を律動させていた。

仰向けになり、刀傷がきざまれた頑丈な胸に汗をにじませた伯耆は、爬虫類《はちゅうるい》を思わせる冷ややかな双眼を細める。濡れた女の乳を下からこねて、

「他人の噂など、信じるな」

この時、まだ伯耆は大和屋で何があったか、知らなかった。

「あ、あかん……あかん」

胡桃が甘い苦悶《くもん》を噛む顔をした時、

ぼた、ぼた、ぼた……！

生臭い液体が、伯耆の顔にかかる。

胡桃が垂らした汁ではないようだ。何故か、天井が濡れ、そこから滴《したた》っている——。

警戒の影が伯耆の顔に差す。刀を取ろうとした時、我に返った胡桃が、

「伯耆様……血や……血ぃが、お顔にっ！」

胡桃の悲鳴が、遊女屋を揺らした。

伯耆は早速天井裏をあらためさせている。遊女屋の男が、黒漆を塗った盆に、それを乗せてくるや、伯耆は胡桃に、

「見るな」

だが、胡桃は見てしまい——薄目を剝いて失神した。

盆に乗っていたのは、両目が潰れた大和屋長右衛門と赤猪ノ太郎の首、二つの耳、荒々しい金雲の中、弓を引き絞る源《みなもとの》為朝《ためとも》を描いた扇だった。

扇は八兵衛の所持品で血がこびりついていた。

天井には、小穴が開けられ、血が落ちるよう工夫されていたという。

襖《ふすま》を少し開けてのぞき込む遊女どもの視線を感じた伯耆は、さすがに気絶こそしないが、敵の警告の凄まじさに、不気味な寒気がこみ上げるのを、押さえられない。

冷や汗をにじませた青地伯耆は、

「もうよい。下げい」

腰を下ろそうとするも体が動かぬ。伯耆の体は、立ったまま、凍っている。

半眼になった伯耆は、

「八瀬の……鬼どもめっ」

少し後、屋敷から来た使いが、大和屋の惨劇をつたえる。二つの耳が、病犬次郎と悪三郎のものであったと、青地伯耆は知った。

鬼の村

葦原《あしはら》によって周りから隠された小さき砂地に白柳の倒木が埋もれつつあった。葉がみじかい、柳の仲間だ。

湖中に立つ白柳に舟が一つつながれていて、すがるは波打ち際《ぎわ》にしゃがみ、顔をあらっている。

見る見る、面《おもて》に塗った茶色い塗料が落ち——白肌があらわになる。太く力強く描いた眉《まゆ》が消え、怒ったような細眉が現れる。頬につけた大きな付け黒子《ぼくろ》も取れた。

さっき暴れていた浅黒い娘は消え、色白の精悍《せいかん》な娘が現れた。

琵琶湖の向う、都と近江をへだてる山々をしたがえ、高く聳《そび》える比叡山は、今、夜の墨衣をまとい出した。稜線《りょうせん》に接した空の底だけ赤くにじみ、すぐ上の空は青黒く染まっていた。

顔を洗い終えたすがるは、

「あ」

かすれた声を、出す。
二つあった三尺手拭《てぬぐ》いの一つは首をつつむのにつかい、いま一つは何処《どこ》かへ落とした
ようだ。
「ほれ」
横から、手拭いが出されている。
黒瞳《こくどう》を朗らかに光らせた若き八瀬童子、白夜叉だった。
すがるは、一瞬の躊躇《ためら》いの後、ぶっきらぼうに、
「……ありがとう」
小声で告げた。
白夜叉は昼結っていた髷《まげ》をほどき、癖がない総髪を垂らしている。
後ろで火を焚《た》く父と若犬丸もやはり髻《もとどり》を崩していた。父、般若丸は、白髪交じりの長
い髪を後ろで一つにたばね、若犬丸も長く垂れた、癖っ毛を、無造作にまとめていた。
これが八瀬の男、八瀬童子の髪型だ。
ふつう、髻は大人の男の象徴であり、これが人前でほどければ、恥とされる。
八瀬は違う。
八瀬童子は大人になっても、童名で通すのみならず、髷を結わず、子供と同じ髪型、
大童で通す。

白夜叉がすぐ傍に腰を下ろす。

すがるの頬は、ひどく硬くなった。

——誰も、近づけたくない。

ちょうどその時、

「魚が焼けたぞ」

若犬丸から声がかかった。

二人は腰を上げる。顔を拭《ふ》いた手拭いをどうしたものだろうと眺めていたら白夜叉がそっと取った。京女なら、こんな時、あらって返したりするのか。白き頬を蛍が一匹すっとかすめる。

般若丸と若犬丸は、琵琶鱒《びわます》と、ハスという鯉《こい》の仲間を串《くし》に挿し、焼いていた。

焚火に近づくと、塩を振った魚肉が焦《こ》げながら弾《はじ》け、旨味《うまみ》が溶けた汁が、火にこぼれる。

口腔《こうこう》にあった六本の毒針をすがるは、枝の中に洞をもつ空木《うつぎ》の針入れに出す。この娘、附子《ぶし》（トリカブト）を塗った毒針を、一切、粘膜を傷つけずに、口にふくみ、猛速で走りまわったり、人と話したり出来る……。

すがるは魚肉を齧《かじ》る。

旨かった。

朦々《もうもう》と煙が立ち、赤く揺らぐ光が、下から八瀬衆を照らしている。すがるの父、般若丸は赤く角張った顔にほとんど表情を浮かべない。薄い唇を小さく動かし、細い目は今閉じられていた。

――敵を、見ている。

すがるは、知っていた。

闇夜《やみよ》の忍び働きが多かった般若丸は目を閉じた方が、よく見えると常々語っていた。

今は、青地伯耆の追手を厳戒している。

……里一の乱破だろう。いつか、この人を越えたい。

滅多にすがるを褒めぬ父は、まだ今日の働きに、一言の賞賛も投げかけてくれぬ。

三つ目兄弟を討つべく、般若丸が立てた計画は、赤猪ノ太郎をすがるが始末、のこる二人の一方をすがるが負傷させた処《ところ》で、若犬丸が飛び込み片付ける、というものだった。

むろん、一人で殺《や》れるなら――殺ってよかった。

焚火を見ながらすがるは、あの日、自分を温めてくれた炎を思う。

四年前、雪の比良《ひら》山地で修行した折、すがるは吹雪に巻かれ、誤って、夜の谷に落ちたことがある。

……気が付くと父の背に揺られていた。

吹雪はとうにおさまり、夜も終りかけているらしい。辺りは仄明《ほのあか》りにつつまれていた。

すがるは──父に叱《しか》られる気がしたが、雪の斜面を娘をかついで登る般若丸は、すがるの無事を心から喜んでくれた。すがるは全身の痛みに耐えながら、白い息を吐く。かついでくれる父に、

『自分で歩く』

『……よい。このままで、よい』

そう口にした父は、ふと、問いかけた。

『のう……乱破になることが……辛《つら》くないか？』

『…………』

──あたしはうなされて何か言ったのか？

すがるはしばらくして、言った。

『……ないよ。もどる気はない。只《ただ》の小原女《おはらめ》に』

『……左様か』

すがるは、ふるえるかすれ声で、

『父はさ、どうして、乱破になりたいと思った？』

初めてぶつける問いであった。今度は、般若丸がじっと黙ってしまった。

やがて、父は、

『宝玉が十あっても、これは宝ではない。世の中の片隅に在り、その片隅を照らすよう

に生きる人こそ、宝よ』

山家学生式《さんげがくしょうしき》にある言葉だ。伝教大師《でんぎょうだいし》・最澄《さいちょう》が天台宗を開くに当り、学生をそだてる心得をまとめたもので、八瀬忍者の心の拠《よ》り所である。

父の言葉の途中で、東の空の果てが瑠璃色《るりいろ》の光をおくってきて、銀世界はこの世の色と思えぬほど澄んだ青緑につつまれた。

般若丸は、すがるに、

『お山の教えよ。乱破とは心を無にする者、空《くう》にする者。されど、我らは……どんなに小さくとも、一隅を照らす、斯様《かよう》な火を心に灯《とも》す者を、守るために、濃き闇の中、心を無にし、戦うのでないか？　左様な者になれた時、わしもまた一隅を照らす小さな火になれる気がした。かく思うた時かの……』

『……そう……思えた時って、ある？』

『幾度か』

『やっぱり、自分で歩く』

すがるは益々《ますます》明るくなる雪の上に、般若丸の体から飛び降りた。

朝日に照らされた蓬萊山《ほうらいさん》を仰ぎ見られる所まで来ると、鉄心坊《てっしんぼう》や白夜叉が煌々《こうこう》と火を焚き、兎肉《うさぎにく》を入れた熱い汁を煮て、二人をまっていた。

＊

都の鬼門（東北）、比叡の西の麓《ふもと》にその山里はある。

——八瀬。

鬼の末裔《まつえい》ともいわれる人々が暮す貧しい村だ。

高野川《たかのがわ》の清流に瀬が多くあるとも、壬申《じんしん》の乱の折、大海人皇子《おおあまのおうじ》が矢を背に受け、この地で湯治して治したからともいう。八瀬の里は、比叡山や洛北《らくほく》の山々にはさまれた狭隘《きょうあい》の谷にある。

この地の人々は古来、比叡山延暦寺につかえ、山上に荷をはこんだり、門跡《もんぜき》などの高僧がのる輿《こし》をかついだりしてきた。

さらに、近くの山々に入り、杣人《そまびと》としてはたらき、炭を焼いてきた。

八瀬童子に対し、当地の女を、「小原女《おはらめ》」という。小原女は、男たちが伐《き》り出した柴《しば》、八瀬で焼かれた炭、栗《くり》など山の幸を頭に乗せ、都で売り歩く。

八瀬から北に一里ほど行った先に大原《おおはら》があり、ここの女——「大原女《おおはらめ》」も京で薪を鬻《ひさ》ぐ。

小原女と大原女にはいろいろな服装の違いがあって、高野川という一本の清流でむすばれたこの二つの山里の人には、両者の見分けがつくのだが、都人にはその区別がつかない。

大原を大原、八瀬を小原というのは、二つの里を歩けば納得がいく。

大原は、広く明るい山里《さと》だ。大きな空がもたらす開放的雰囲気は、明るい浄土や理想を心に描かせる。大原が極楽浄土を夢見る念仏聖《ねんぶつひじり》や尼僧《にそう》たちの隠れ里になったのも十分うなずけるのである。

一方、八瀬は大原より下流にあるのに、山がぐんと大きく迫り、急傾斜を席巻する厳《いっ》橿《かし》の樹叢《じゅそう》から、よく靄《もや》が噴き、人間の限界とか卑小を嫌でも思い知らされる。

この地の人々は——人智《じんち》を超えたまつろわぬ力、昏冥《こんめい》の地に潜む神や鬼に思いを馳《は》せやすい。

樵《きこり》、炭焼き、お山に米や塩など、重荷をはこぶ男、薪売りの女に木地師が暮す八瀬は、壮健な男女が多い。八瀬の中でとりわけ素早く、逞《たくま》しく、頑健な子をえらび修練をほどこしたのが、叡山を守る忍び・八瀬衆であった。

忍びになれば延暦寺に納める年貢《ねんぐ》が半分で済んだ。

文正元年四月二十三日。太陽暦で六月半ば。

昨日、三つ目兄弟と大和屋を討った四人は、三人の男と共に、高野川に立ち撫物《なでもの》の儀をおこなっている。

三人とは、八瀬忍びの頭《かしら》、七郎冠者《しちろうかじゃ》とその腹心、鉄心坊、一年神主の神殿《こうどの》だ。

仙納丸《せんのうまる》なる炭焼きが、今年の神殿だった。今年一年、肉食、葱食《ねぎしょく》、農作業、妻との同衾《きんどう》等、様々な禁忌《タブー》を課せられた痩《や》せた翁《おきな》は、梅鉢小紋の袴《はかま》をはき、白い人形《ひとがた》を動かし、すがるの体を撫でてゆく。他流にはついぞ見られぬ風習であるが、八瀬衆は忍び働きで殺《あや》めた相手を餓鬼や無縁さんと呼び懇《ねんご》ろに弔う。それは八瀬衆が忍者と言っても叡山の公人《くにん》（僧兵）の一形態だからだろう。警察、警備をになう公人でなく、諜報《ちょうほう》をになう公人なのだ。

すがる父子《おやこ》、若犬丸、白夜叉の体を人形で撫でた神殿は、それを川に流し、赤山明神《せきざんみょうじん》に祈った。

赤山明神は泰山府君《たいざんふくん》とも言い八瀬の少し南、叡山の西麓《せいろく》、西坂本《にしさかもと》で祀《まつ》られている。

夕刻である。

岩がごろごろ転がった清らかな流れに面して神殿が座っており、苧殻《おがら》が焚《た》かれ、線香が煙を噴いていた。神殿の横に小石を五つ六つ積んだものが、昨日殺めた男の数だけ、並んでいる。

瀬にあらわれている石に、大きな握り飯、細かくきざんだ瓜《うり》など、供え物が置いてある。

下流に流れ行く人形と煙を見詰めるすがるは、昨日殺めた敵よりも、むしろもう二度とあえぬ里の人々、母の岩《いわ》や共に修行した子らを思った。

……あたしは、いつもそう。ここに来ると……。

——死人《しびと》たちから、袖《そで》をそっと引かれた気になる。

八瀬の人は七月十五日になると、朝、高野川に降り、今のように石を積み、線香を焚く。白い握り飯、油揚げなどの馳走《ちそう》、樒《しきみ》の葉を、川の中の石に供え、手を合わす。

精霊送りである。

十四日に迎えた先祖や家族の霊を、川を下ったずっと先に在る隠り世《かくよ》へおくる。

八瀬忍びは精霊送りの日だけは、決して、忍び働きをせぬ。

だからだろうか。すがるは、高野川の河原に立つと、いつも——何か大切なものを決して手がとどかぬ淵《ふち》に落としてしまった気になるのだった。

……母《ウマ》。

十一年前、すがるが九つの時、母は山の事故で、死んだ。樵たちの許《もと》に昼飯をはこぶのを手伝い、思わぬ方に倒れたクヌギの巨木に潰《つぶ》された。

忍びではない小原女だった。

温かく、和やかで、村で一番可憐《かれん》な女《ひと》であったが、動きはのんびりしている、悪く言えば鈍い処があった。自分にはたしかに母に似ている処がある。だから——般若丸は、娘を忍びにすることに、反対であった。

九年前、忍びになろうと決めたすがるは、己の中にある母的な部分を、徹底的に抹殺しようとしている。

おっとりした処、温かい処、すぐに人と打ち解け仲良くなってしまう処を殺し、いつも鋭く、静かで、非情、決して他人を、特に男を寄せ付けず、凄《すさ》まじい警戒心を絶やさぬ。

冷徹な忍びたる父と――野生の狼《おおかみ》を合わせたような人格をつくる。

それが、十六で印可状を得るまでの、五年におよぶ忍術修行でもっとも心掛けた処であった。が、一方で……岩を思い出すと、狂おしいほど懐《なつ》かしい。多くの友にかこまれていた母を思い出すと、眩《まぶ》しい気がする。

左様な矛盾が、すがるを苦しめていた。

たゆたう煙を眺めながら、心の中から母を、押しやる。だが今度は共に修行した子らが、浮かんでくる。

――あの頃の仲間の半分が、もう、いない……。

叡山の敵は六角だけに非《あら》ず。

まず、同じ近江には強い僧兵を擁し、長いこと北嶺と対立している三井寺が在り、諸国に点在する叡山領を掠《かす》め取ろうと、盛んに侵食、挑発を繰り返す諸大名も、在る。三井寺の高僧には六角の者が食い込んでいる。

諸勢力との闘争で修行仲間たちは死んでいった。修行で命を落とした子らも、いる。

儚《はかな》い二つの光がすがるの傍で戯《たわむ》れる。

源氏蛍であった。

蛍が舞いだした高野川を、神殿が一人後にする。

後には忍者が六人、のこされた。すがるら四人は七郎冠者、鉄心坊に向き合う。すがるは、紺色の手拭《てぬぐ》いを頭に乗せ、両端を頭頂で一つに留めていた。

小原女が、威儀を正した姿である。

七郎冠者は頬骨が張り出した厳《いか》つい大男であった。ただ、眼差《まなざ》しは穏やかである。長い髪には大分白いものがまじっており、ごつごつした面《おもて》は大きい。鼻は丸く潰れ、唇が厚い。視力をうしなった右目の周りを凄まじい火傷《やけど》の痕《あと》が走っていた。乙名《おとな》とも呼ばれる七郎冠者から重い声が出る。

「八瀬忍びとは、何者？」

「北嶺の山裾《やますそ》を守る者也《なり》！」

すがると般若丸、若犬丸と白夜叉は一斉に答えている。

八瀬の総帥《そうすい》の太首が、縦に振られる。

「初めの八瀬忍びは？」

四人は強く、

「多胡弥《たこや》っ」

多胡弥は飛鳥時代の伝説的な志能便《しのび》で、天武天皇に仕え、壬申の乱の勝利をたしかなものとしたという。その頃より、八瀬の頭《かしら》は代々多胡弥を名乗り、幾代目かの多胡弥の時に延暦寺が出来、天台座主《ざす》に請《こ》われて、お山の影の守り手になったとされる。

大きくうなずいた七郎冠者は、

「護法ノ鬼どもよ」

すがるの眼前を蛍がかすめた。

「江州《ごうしゅう》での務め、ご苦労であった」

四人はさっと首を下げ、一層かしこまる。

屈強なる総帥の傍らに坐《ざ》した鉄心坊はひょろりとした翁だ。般若丸と共に、すがるを鍛えた師でもある。鷲鼻《わしばな》で、ぎょろりとした目、白く長い眉、眉が白いのに何故《なぜ》か黒い口髭《くちひげ》、白髪と黒髪がまじった長い髪に頭襟《ときん》、という風貌《ふうぼう》だ。

七郎冠者は藍色《あいいろ》に白黒の矢車が入った小袖をまとい、鉄心坊は柿色《かきいろ》の山伏装束を着ていた。

首領は真っ直《す》ぐすがるを見つつ、

「大和屋での顚末《てんまつ》を聞き、この七郎……あらたなる手を手に入れたと思うた」

すがるの横でかすかに首をひねる般若丸であった。

「さらに、お山の上の守部《もりべ》を……入れ替えねばならぬ。鉄心坊が長年つとめてくれたが、そろそろ八瀬に下ろし、わしの傍ではたらいてほしい」

比叡山には帝《みかど》の許しが無ければ開けられない勅封蔵があり、様々な寺宝が秘蔵されていた。

取りわけ重宝とされるのは最澄《さいちょう》の弟子、義真《ぎしん》にはじまる天台座主《ざす》の名をしるした座主血脈譜《けちみゃくふ》、天台宗の祖、隋《ずい》の高僧、天台大師・智顗《ちぎ》の伝説にいろどられし八舌《はちぜつ》の鍵《かぎ》、最澄がつかいし五鈷《ごこ》、鉄散杖《てつさんじょう》、一字《いちじ》金輪秘仏《きんりんひぶつ》などだ。他にも帝や摂関家から贈られた数々の宝、様々な因縁に彩《いろど》られた唐渡りの絵巻などが納められていた。

「勅封蔵の番人、御宝《みたから》ノ守部……何よりも重き役目ぞ」

七郎冠者の話を鉄心坊が引き取り、

「守部は八瀬より四人、公人衆中の猛者《もさ》より四人、この八人を二組にわけ、交替で、御倉を守る。四六時中な。守部にえらばれれば特別の大事が出来《しゅったい》するか、座主様の御許しがない限り……山から下りられぬ」

「…………」

「今日もわしは御許しを得て、下山してきた」

鉄心坊は風雪に鍛えられた相好を東、比叡山の最下端、急傾斜の密林に向けている。

椎《しい》、樫《かし》、藪椿《やぶつばき》、椋《むく》にクヌギの大密林を登りに登ると、天を突き破るほど高い杉、檜《ひのき》が一年中霧をふくみながら立ち並ぶ森厳たる森があり、その針葉樹林を登りに登った先に、大伽藍《だいがらん》があるはずだった。

鉄心坊は言う。

「守部は——中《なか》ノ頭《かしら》になる前の若手の精鋭か、中ノ頭をつとめあげた熟練の乱破《らっぱ》が務める」

中ノ頭——昨日般若丸がつとめた役目で、ある忍び働きをまかされ、複数の下忍《げにん》に下知《げじ》する者だ。

「二人山を下りるゆえ、新たな守部が二人要る」

七郎冠者が、静かに、

「鉄心坊、厳丸《ごんまる》を下ろす。般若丸、白夜叉をお山へ上げる。——良いか？」

「はっ」

般若丸はすぐに、白夜叉は一瞬の躊躇いの末、応諾した。般若丸は熟練の乱破、白夜叉は中ノ頭を期待された、若手の有望株だ。

「般若丸が登る以上、あらたな中ノ頭を立てねばな。それは……」

七郎冠者が四人を見まわす。髪を振り乱した山姥《やまうば》の群れのような北嶺の樹々《きぎ》は、青黒い闇に一層深く浸りつつある。風が吹くと、それら大きなる者どもの群れは、葉群《はむら》を寄せ合い、囁《ささや》き合っている。

七郎冠者の双眼が、すがるで止り、

「――すがる」

「お待ち下さい」

すがるが何か言うより先に声をはさむ般若丸だった。すがるの眉は動かぬが、胸が常よりも多くの山気を吸った。顔をまわした七郎冠者に、父は、

「この者、未熟ゆえ……中ノ頭はつとまりますまい」

七郎冠者は一度すがるを見て、また般若丸を眺める。鉄心坊は穏やかな相貌ですがるを注視した。

「いまだ器に非《あら》ず。どうか――お考え直し下さい」

般若丸はさっと頭《ず》を下げる。すがるの前腕の筋肉が、泥の中で蛇が蠢《うごめ》いたように、盛り上がった。表情は一切動かさなかった。

「すがるは異《い》なる考えをもっておるようじゃが」

鉄心坊は言った。

かすれ声で、

「あたしは……」

「黙れ」

般若丸が、制するも、すがるは斬《き》るような声調で、
「あたしは、つとめ上げてみせますっ。中ノ頭を」
じっとすがるを黙視していた七郎冠者は顎鬚《あごひげ》を撫でている。
「決りじゃな。そなたにもいろいろ考えがあると思うが……三つ目兄弟を一人で討った
というすがるの働き、賞賛に値する」
般若丸は小首をかしげる。その所作が、すがるに——冷たい苛立《いらだ》ちを掻《か》き起す。白い
顔が闘気で強張《こわば》り唇がふるえた。だが、感情的になってはいけない。感情を剝《む》き出しに
すれば——それこそお前の弱点と、般若丸に責められる。
すがるは無言でうつむく。白夜叉が、心配そうに、すがると般若丸を窺《うかが》っていた。
七郎冠者は、般若丸に、
「父が守部。子が中ノ頭。近頃なかなかない誉《ほまれ》ぞ。しかと勤め上げれば、お前の家は末
葉まで栄えよう」
「………」
瞑目《めいもく》した父の険しい形相を蛍がかすめている。たぶん、父なら今の蛍を——目を閉じ
たままつまめる。
「ことわるなんぞ、勿体《もったい》ねえ。おらなら受けるぜ。般若丸」
黙り込む父にかけられたがさつな言葉は、逞しい八瀬童子、若犬丸から、出た。若犬

丸の長い鼻毛が川風に微動する。すがるや白夜叉と同い年だが……かしこまった物言いが苦手なのだ。

般若丸が、小声で、

「……お前が、言うな」

鉄心坊も大きく目を剝き、

「そちは、精進が先。まずは乙名様のお目に留まる功を立てい」

若犬丸は他人《ひと》に叱られやすい損をする人柄だと、すがるは思う。

「ちぇっ、つまらねえなあ……乙名様のお目に留まる功……」

ごつごつして大きすぎる力瘤《ちからこぶ》と太い青筋を上腕で盛り上げながら、がっちりした後ろ首を強く搔いて、

「おらがいつ立てられっかなあ……」

五日後、般若丸と白夜叉は御宝ノ守部として山上の勅封蔵に行く。

新規の忍び働きある時、すがるを中ノ頭とする。

右のことが決った。

鉄心坊は務めにもどり、七郎冠者は西塔《さいとう》に用があったため、すがると般若丸、白夜叉

と若犬丸で田の中の道を歩く。

八瀬の里はすっかり夜につつまれており、稲を置いたばかりの水田、一跨《ひとまた》ぎ出来る小さな水路、両脇《りようわき》に草が生えた里道の上を、数知れぬ蛍が静かに光りながらたゆたっていた。田んぼの脇の草の葉にも蛍が明滅しながら止っている。

見上げれば満天の星と青白い月。

澄み切った瀬音が、ずっとつづいていて、蛙《かえる》の声が四方からひびいてきた。

比叡山、それと川をはさんだ瓢簞崩山《ひようたんくずれやま》、八瀬をつつむ山々は今、墨を塗ったような色で、眠りこけている。

「すがるは……わしや若犬丸より、よほど秀《ひい》でています」

白夜叉は般若丸とすがるの間に起きた波風が気になるようだ。しきりに、般若丸に話しかけていた。人と人の間に起きた波風を、鎮《しず》めようとする。彼の性分だ。

「十年かかる八瀬の修行を五年で終らせた。……恐ろしいこと」

「おおう、たしかに恐ろしい。恐ろしすぎるわいっ」

若犬丸が、白夜叉に、呼応する。般若丸は三人に背を見せ、ずっと無言で先頭を歩いていた。白夜叉がその後ろ、すがると若犬丸は、白夜叉の後ろを歩いていた。

「だが、すがるは若い。我らと、同じに。般若丸殿が案じられるのはわかりますが……」

黙って白夜叉の話を聞いていた父が——つと足を止めている。

すがるは思わず、身構えた。

凝然と立ち尽くす般若丸の一つにたばねた髪、鍛え抜かれた背、若犬丸よりずっと細いのに、素手で摑《つか》み合えば——一瞬で若犬丸を投げ飛ばすであろう実《げ》に硬そうな腕を、三匹の蛍がかすめ横に乱れ飛ぶ。

行く手の闇を睨《にら》む父の後ろ姿は、振り返れば別の顔に変ってしまう妖《あやかし》のような底知れぬ気配を漂わせていた。

——何を言う気だ？

すがるは鋭気の切っ先をますます尖《とが》らす。結局、般若丸は何も言わず、またすたすた歩き出した。白夜叉が大きく息を吐き、若犬丸が、わざと、肩をふるわせた。

少し行った所で若犬丸が、

「じゃあ、おいらは此処《ここ》で」

「もそっと畑を手入れした方がよいぞ」

左方、今にも崩れそうな小家《こいえ》に向かおうとした若犬丸を、白夜叉が呼び止めている。

若犬丸の家に、田は、無い。で、若犬丸は家の前に、大麦を植えていた。

猫の額ほどの田しかない八瀬で穫《と》れる米は、里人の胃を満たす量に、とどかぬ。しかも、その幾割かは年貢として、お山に納められる。故《ゆえ》に、八瀬の人々は、山仕事で得た銭で米を買うか、麦、黍《きび》など雑穀をそだてて暮していた。

若犬丸の小さな畑は荒れていた。そこかしこで麦以上にそだったカモジグサが首を擡《もた》げていた。麦は、ちょうど田植えの頃、穂を金色に輝かせ、取り入れを迎える。よく手入れされた麦畑は金糸で織られた錦《にしき》のようで、昼、風にそよめけば、今にも砂金がこぼれそうに見える。だが、若犬丸の畑は夥《おびただ》しいカモジグサのせいで、そう見えなかった。

「米婆《よねばあ》さんは……畑仕事も辛そうだ。お前が、草取りする他なかろう」

「そうだよ。あたしらが手伝ってやるから、ちゃんと草取りしろ、この怠け者」

白夜叉、すがるに口々に言われた若犬丸は、決り悪そうにしている。

——若犬丸の二親は八瀬忍びであった。いずれも若犬丸が童の頃、忍び働きで、死んだ。

祖母と二人で暮す若者は、

「……はい、はい、わかりました」

去りかけて、振り向き、

「修行に、お務め。お山の上に荷をはこぶ仕事……んだけ忙しいとな、畑の方はどうしたって疎《おろそ》かにならあ」

すがる、白夜叉は、

「言い訳はいいから」

「明日手伝うから早起きしろよ！　いつものように寝坊するな」

「……いつものように寝坊って……人聞きが悪《わり》いっ」

悔し気に肩をすくめ、ごつごつした影が、小さくなってゆく。つんと尖った山椒《さんしょう》の香りがすがるの鼻に刺さった。若犬丸の家の横には山椒の木がある。また少し歩くと蛍が乱れ飛ぶ田の向うで生垣にかこまれた黒く大きな屋敷が、明りをちらほら瞬《また》かせていた。古びた田舎家だが、厳《いか》めしく、奥ゆかしい静けさが漂っている。

窯風呂《かまぶろ》屋をいとなむ七郎冠者の家だ。炭焼きの里、八瀬では、炭を焼く余熱で、湯気を起し、蒸し風呂屋を営む家が、数軒ある。

八瀬の窯風呂という。矢傷を背に受けた大海人皇子の湯治にはじまるというから、その歴史は古い。七郎冠者が営む窯風呂屋には、公家《くげ》衆も代々おとずれるとか。

そうした歴史の香りが、風格を醸《かも》すのだろうと、すがるは思っている。

白夜叉が、歩みをゆるめる。般若丸に、言いにくそうに、

「後でおくるゆえ……少し……すがると話しても？」

横顔をかしがせた般若丸はしばし黙していた。何を話したいのだろう、すがるの胸に警戒がにじむ。陰になった父の相貌が、縦に振られる。

——男など誰も近づけたくない。

だけど……親切な白夜叉の話を聞きたいという気持ちも、かすかだがすがるの中に芽

生えていた。

白夜叉は若き小原女に一番人気がある八瀬童子だった。

「稚児宿《ちごやど》で話そう」

般若丸は里道を真っ直ぐ歩いて行くが若い二人は田と田にはさまれた畦道《あぜみち》に入る。

虫が燃やす淡い火が、すぐ前を素早く横切り、足元で、蛙がゴロゴロと喧《やかま》しく鳴く。

畦道をすすんだ先に、簡素な苫屋《とまや》が二つ建っていた。

稚児宿は、忍びの修行をする幼子たちが座学する小屋で、小さな窯風呂が、一つついている。激しい修行の後など時として風呂が振舞われる。

静まり返った稚児宿の前に立つと白夜叉は七郎冠者の屋敷を見、

「今日は休みということで家で寝ておったわ。なのに……」

すがるは、かすれ声で、

「叩《たた》き起された？」

白夜叉から少しはなれ、力岩に腰掛ける。八瀬の子らはこの岩を持ち上げ――腕を鍛える。修行時代、若犬丸がもっとも輝いたのは、力岩を持ち上げた一時だった。

「……大納言《だいなごん》様が来るというので、蹴起《けりおこ》されたよ」

ふっと笑い、

「誰があんたを蹴るんだよ」

白夜叉は、七郎冠者の窯風呂屋ではたらいていた。忍び働きがない時、すがるは、木地師見習いを、若犬丸は山上に米や塩をはこぶ力仕事をしていた。

すがるは言う。

「仕方ないよ。地蔵丸《じぞうまる》たちが、丹州《たんしゅう》に出ている。窯風呂屋も人が足りないでしょ?」

「……………」

沈黙にたえかねたすがるは、

「御宝ノ守部……重たい役目だね」

「その歳《とし》で、中ノ頭の方が凄《すご》い」

白夜叉は突然——壁に斜めに立てかけてあった修行用の板を、一陣の風となって登り、刹那《せつな》で音もなく駆け下りる。

縮地《しゅくち》——神速移動——の鍛錬だ。

すがるは、自らが知る限り、八瀬において最高の縮地の妙手は、

——あたし。二番手を挙げるなら——白夜叉。

と、思っている。唯《ただ》一人、己以上の縮地の名手がいるとしたら、それは……。

——父《ノノ》。

般若丸は、味方の八瀬忍び、実の娘のすがるにすら、真の実力《ちから》を見せていない気がする。すがるは、父の全力の縮地を見た覚えがないように思う。

そして、その力を抜いた縮地すら……たとえば若犬丸より、ずっと速かった。

白夜叉が、すがるにゆっくり近づく。緊張しているようだった。

「すがる」

胸が、かすかに狼狽《うろた》えた。すがるの心は益々硬く身構えている。

白夜叉は、すがるから二尺（約六十センチ）ほど離れた所に止った。出来れば――距離を、取りたい。が、それはそれで、白夜叉を恐れる素振りに見られるような気がして、すがるの体は動かなかった。

「勅封蔵には、いくつもの大切な宝がある。座主血脈譜、八舌の鍵……阿修羅草紙《あしゅらぞうし》」

「阿修羅……草紙？」

どういう訳か、その草紙の名は、すがるの心に――引っかかった。

「伝教大師《でんぎょう》が唐土より請来《しょうらい》された絵巻で呪《のろ》われているとか。山上の蔵から、出してはならぬそうだ。大切な宝を守る守部になれば……幾年《いくとせ》か……会えなくなる」

いつも、親切にしてくれた。白夜叉の好意に、すがるは、気づいていた。だが、その思いを受け入れるかと問われれば……わからない。

すがるはこともなげに、

「……だろうね」

「………」

何故か、勝手に言葉が口からすべる。

「……寂しくなるよ。丹波に行っている葵《あおい》とかも、あたしより寂しがるんじゃないの。あんたに気があるみたい」

すがるの言葉を聞いた白夜叉の面貌が、傷つけられたように歪《ゆが》んだ。白夜叉は強く、

「わしが寂しがって欲しいのは、一人だけだっ」

「……………」

何か言おうとして開きかけた口が漂うように動き、やがて閉じられる。すがるの細い目がぴくりとふるえ頬が強張っている。

白夜叉はひざまずき、すがるの顔と自らの顔を同じ高さにした。真剣に、

「そなただ。すがる」

少し遠い高野川の瀬音、蛙の声が、やけに大きく、聞こえた。すがるは生唾《なまつば》を呑《の》み、うつむく。水から遠ざかった孤独な蛍が一匹だけ――二人の間を切るように飛び、恐ろしくなるくらい沢山の星で埋め尽くされた夜空へ舞い上がってゆく。

白夜叉は、言った。

「そなたが……好きだ」

すがるは混乱し、茫然《ぼうぜん》とした。

かすれた声を絞り出す。

「あたしは……」

「知っている」

強い感情の焔《ほのお》が、白夜叉の双眸《そうぼう》に灯った。白い灰をかぶった炭の内で咲く熱い花に似た光であった。その眼火は、すがるに──あの日の赤い落日を思い出させている。

二人の侍の下卑た笑い。黒々とした胸毛、竹の根の鞭《むち》。激しい痛み。涙が絡《から》んだ叫び。汚らわしい汗でぬめった筋肉。ふるえる枯葉をつなぎ留めていた赤く光る蜘蛛糸《くもいと》──。

白夜叉があの日の男たちとは全く違う類《たぐい》の男だと頭では承知していた。だが、心が追いつかない。

「まっていてくれ……」

白夜叉の手が、すがるの腕にふれる。熱をおびた白夜叉の双眼と、妖光《ようこう》をたたえたあの日の侍の目が、胸底で重なった。白くきめ細かい頬が強張り、いつもへの字にむすばれることが多い唇が──痙攣《けいれん》する。

白夜叉は顔を近づけ、

「山を降りる日を」

「──はなせっ!」

無意識が、声を爆発させていた。白夜叉を乱暴に振り払う。気が付くと、恐るべき勢いで、肘《ひじ》が動いていた。

肘は、鳩尾《みぞおち》にめり込んでいる。

「……うっ」

九年前の男の一人が崩れる気がした。

すがるは、跳ねるように、立つ。走らんとする。

「す……がる」

はっとして顧みると、胸を押さえて蹲《うずくま》った白夜叉が手をのばしていた——。

「あたしは……」

——何ということをしてしまったのだろう。親切な白夜叉を、傷つけてしまった。

だが、すがるは、威嚇《いかく》する野犬が如《ごと》く、

「あたしに……関わるなっ！」

激しく言って駆け出した。嫋々《じようじよう》たる夜風で、樹々がさらさら音を立てる。

「すがる！」

悲しい叫びが、追いかけてきた。

乱舞する蛍へ——飛び込む。

すがるは目を瞑《つぶ》ってさっきの畦道を駆ける。田んぼに落ちてしまえとさえ、思ったが、鍛え抜かれた足は細い畦道を、瞑目しても踏みはずさず、直進した。

八瀬忍びは修行の仕上げに、ある高峰群に入り込む。

——西近江、比良山地。

標高一千メートル級の山がつらなり、断崖《だんがい》絶壁が並び立つ、魔の山岳地帯だ。この魔峰群において八瀬忍びは比良大回りと呼ばれる夜間修行を敢行する。

夜、崖《がけ》を登ったり、気が遠くなるほど高い絶壁の上で、僅《わず》かな星明りを頼りに一歩間違えば地獄に真っ逆さまの恐れと戦いながら、岩から岩へ跳びうつったり、雪の尾根の上、白く凍《い》てついた殺人的に寒い森の中を、一晩中駆けまわったりする修行を、百夜休みなくおこなう。一度、谷に落ちるという失敗をしたのも、比良大回りでのことだ。すがるの野性的な勘はこの苦行で極みまで磨かれている。

住みなれた里の畦道など、目を瞑っても走れる——。

里道に出、もう白夜叉に聞こえぬという所で、かんばせを歪ませ、

「……ごめん……」

すがるは言った。

＊

翌日。

すがるは若犬丸の畑の手伝いに行けなかった。

火天

白夜叉が御宝ノ守部となって、一月経《た》っていた。

山上、東塔《とうどう》と呼ばれる地域に、白夜叉は、いる。

北嶺の伽藍《がらん》は元亀《げんき》の焼き討ちより前か後かで全く違う。この頃は、全山の中枢《ちゅうすう》・根本中堂の手前に夜叉塚《やしゃづか》、蛇塚があり、蛇塚の傍に、勅封蔵は、在る。三間四方の蔵で、瓦《かわら》葺校倉《ぶきあぜくら》造りであった。

宝蔵は——精鋭八人が、二組交替、つまり四人ずつで、守っている。

半数が、忍術に秀でた八瀬童子、残り半数が、弁慶《べんけい》のような公人《くにん》衆中の猛者《もさ》である。

公人は、僧に言いつけられて雑務をこなす寺男、はたまた寺を警備する要員だ。髪をみじかくしている者もいれば、髻《もとどり》を結い、烏帽子《えぼし》をかぶったりしている人も、いる。僧は山上に住むが、公人は山の下、門前町に住み、仕事の度に山に登った。公人の家には妻子が暮し、その子も長ずれば公人、すなわち僧兵となる。

その日、六月三日、京や琵琶湖は——灼熱《しゃくねつ》に音を上げた。

陰暦六月の初め、今の暦では七月になる。暑い盛りであった。

が、比叡だけは分厚い雨雲におおわれ、大雨が降り、物凄《ものすご》い靄《もや》が、かかった。

――論湿寒貧。

白夜叉は、豪雨を眺めながら思う。

論は、仏法の議論、湿は、夏の湿気と激しい雷雨。寒は、冷たい京の冬よりさらに数度低い、峻厳《しゅんげん》な冬を、貧は修行僧の清貧を言う。北嶺における四つの厳しさを言う言葉だ。

宿《やどり》と呼ばれる休息所で自らの体を棒で打って鍛えながら白夜叉は雨を眺めている。

――煙雨と呼ぶべき雨だな。

奥深い靄が、千古の大杉をつつみ込むや、樹《き》は、水墨画の中に生えたように、ぼんやりした影になり、やがて白い煙に消える。

隣では、般若丸が、目を閉じて座禅していた。

今は非番で日暮れと共に白夜叉たちが蔵を守る。

――その夜更《よふ》けである。

雨は、もう、止《や》んでいる。

青壊色《あおえじき》の布で鼻から下をおおった白夜叉は、仲間三人と勅封蔵を守っていた。

正面、東を般若丸、裏を白夜叉、両脇《りょうわき》を公人が見張っていた。昼、守部は、境内の掃き掃除、濡《ぬ》れ縁の拭《ふ》き掃除など雑務の傍ら、宝蔵を密《ひそ》かに守る。境内から人がいなくなる夜は、四面に立ち、守った。

白夜叉が見張る西面からは蛇塚越しに、大いなる根本中堂が見える。

右前方は、黒々とした杉林だ。

林を越えた先は、八部《はちぶ》尾《お》の山坊群があるはず。

蔵の北に、背が高い卒塔婆《そとば》がずらりと並んでおり、隙間《すきま》なく佇立《ちょりつ》したそれは、一種の垣をつくっている。卒塔婆垣には粗末な門がつくられ、奥に小さい板屋があった。非番の守部がやすむ宿《やどり》である。宿の奥、北には——高さ七丈を優に超す杉、檜《ひのき》の巨木が立ち並び、奥深き闇《やみ》が広がっていた。

白いナメクジの如《ごと》き夜霧がゆるりと這《は》う晩だった。

——大切な役目だが、暇だな。お山の寺宝を狙《ねら》う賊などそうはおるまい。体が鈍《なま》らぬよう、般若丸殿と相談せねば。

般若丸から、その娘を連想してしまう。……辛《つら》くなる。どうしても浮かんでくるするを振り払わんとした時だ。

冷たい妖気《ようき》が——白夜叉の後ろ首を、そっと撫《な》でている。

一瞬で面差しを険しくし連弩《れんど》を構えて振り返る。

「…………」

分厚い雲が千切れた狭間《はざま》から、赤く濁った三日月がのぞいていた。僅《わず》かな月明りしかなく、暗い。三塔十六谷、あるいは、比叡山三千坊と言われる山の上の都市は——寝静まっていた。

……気のせいか……？

『滅多なことで、持ち場からはなれてはならぬ』

前任者、鉄心坊は、白夜叉を鋭く戒めている。

賊の侵入は、滅相なことだろう。

宝蔵、側面に向かう——。

蔵の側面は西坂本《にしさかもと》の一馬《かずま》、東坂本の赤阿弥《あかあみ》が固めていた。

一馬は、京の洒落《しやれ》た若侍と、何ら変わらぬ見かけの美男で、歳《とし》が近いこともあり、白夜叉とすぐ打ち解けた。赤阿弥は短髪にねじり鉢巻きというごつい男で、見るからに腕は立ちそうだが、いつも薄気味悪い笑みを浮かべている。白夜叉は赤阿弥とは若干距離を取っていた。

妖《あや》しい気配を覚えた白夜叉は、仲がいい一馬の方でなく、まだ打ち解けていない赤阿弥が守る方に走っている——。それは、一馬が守る北は、非番の四人がやすむ宿に面する一方、赤阿弥が守る南は、寝静まった政所《まんどころ》に向いているからだ。何かことあった時、赤阿弥の方が、危うい。

南側面にまわり異変はないか問おうとした時、赤阿弥の影から、薙刀《なぎなた》がこぼれた。

つづいて体が地に沈む――。

音もなく駆け寄った白夜叉は、敵がいないかたしかめてから、赤阿弥を見る。

――息が、無い。目立った外傷《きず》もない。……吹き矢？

猛毒の小さき矢を気づかぬ間に吹き付ける。毒がまわり、浄土に、召された。斯様《かよう》な推理がすぐ出来たのは、身近にすがるがいたからだ。

同瞬間、嗅《か》いだことがない嫌な臭《にお》いが、鼻に刺さり、堂の向うで、人が倒れる音がした。

――一馬……？　般若丸殿が、危ないっ。

歯噛《はが》みした白夜叉を黒く沈んだ文殊楼《もんじゆろう》の影が見詰めている。堂の正面に素早くまわると――臭いが強まり、少しはなれた所に人が倒れているのが見えた。

……般若丸殿っ！　賊め、すがるの父御を……。

体中の血が凍《い》てつくと同時に胸底で熱い怒りが弾《はじ》けた。常に固く施錠されている勅封蔵の唐戸はかすかに開いており、中から弱光《じやつこう》が漏れている……。般若丸、赤阿弥、一馬を仕留めた以上、恐るべき手練《てだ》れと言わざるを得ない。そ奴《やつ》が、中にいる。

味方を呼ぶのが安全だが、その動きが仇《あだ》となり、一瞬で飛び出た敵に、逃げられるかもしれぬ。

八瀬一勇ましいすがるなら夢中で寺宝を漁《あさ》っている賊を後ろから討つように思った。

――わしも、そうする。般若丸殿の仇を取る。この敵を倒し……わしはそなたの夫になる。

覚悟を固めた白夜叉は音もなく階《きざはし》を登らんとしている。

瞬間、凶暴な殺気が、喉《のど》にぶつかった――。

＊

比叡山延暦寺は東塔、西塔《さいとう》、横川《よかわ》――三地域、三塔にわかたれる。

標高八百四十八メートル、優に一里四方におよぶ深き山が、在る。この山上に合わせて三千人を超す僧が暮す町が三つあり、町と町の間は霧深い樹林にへだてられている。

この霧の山で米作り、麦作りなどの生産活動はおこなわれていない。

僧たちは学問や山岳修行に励んでいた。

では、僧たちが消費する米や塩、野菜に油は何処《いずこ》から供給されるのか？

全《すべ》て、山の下から――若犬丸のような男が毎日はこび上げる。

山の下とは、何処か？

琵琶湖に面した門前町、東坂本、京に面した門前町、西坂本。薪にことかかぬ八瀬、野菜作り、漬物作りが盛んな大原、米作りの力が極めて高い、西近江の数知れぬ農村からだ。

琵琶湖もこれにふくまれる。

当時の琵琶湖は、越《こし》の海をわたってきた蝦夷地《えぞち》の昆布、越後《えちご》の鮭《さけ》に青苧《あおそ》、山陰の鉄、飛騨木曽《ひだきそ》の材木など、各地の産物、銭が、絶えず舟で行き来する――富の湖だった。

琵琶湖を行きかう物資も魚と肉以外は日々叡山にはこばれる。ちなみに、琵琶湖で生きる漁民、水夫、水上生活者のほとんどが、叡山の民だった。

室町の頃の人は北嶺だけを見上げて叡山とは思わぬ。

山の下もひっくるめて、叡山という勢力と考える。

大いに栄え、商人に職人、芸能者、数知れぬ人が暮し、風呂《ふろ》屋も立ち並んだ門前町。

石工の里、穴太《あのう》や西近江の田園地帯。

八瀬に大原。

近江の海、琵琶湖。

それら全てが叡山の、血肉であった。

これは――一つの国と言って良かった。

その国に住まう人々へ危機を知らせる大鐘が、東塔には、ある。大講堂脇の銅鐘が衝《つ》かれれば院々谷々はもちろん、山下にまでひびき、僧や公人が雲霞《うんか》の如《ごと》く、馳《は》せ参ずる。

六月三日夜、東塔の早鐘がけたたましくひびいた。

その時、すがるは、悪夢を見ていた。

夢の中、すがるは十一歳だった。

まだ、忍びの技を、ならっていなかった。八瀬は山門、つまり延暦寺の忍びの里だが、忍びでない者も、住んでいる。母もそうだったし、大叔父の但馬丸《たじままる》もそうだ。

般若丸と、その弟の鬼童丸《きどうまる》兄弟をそだてた但馬丸は、

『わしの兄貴、つまり、お前の爺《じい》さんは、忍び働きで、死んだ。鬼童丸めも忍び働きでおっ死《ち》んだ。わしはしがない炭焼きじゃが……ほれ長生きしとる。どっちが幸せかわかろう』

といつも言っていて、母もすがるがくノ一になることに反対だった。

般若丸も、

『そなたは……母《ウマ》に似ておる。乱破《らっぱ》に向かん』

と、話していた。だから、すがるの中で乱破になるという選択肢はなかった。

その日、都で薪を売り終えたすがるが、ススキの原と藪《やぶ》、畑にはさまれた、洛東《らくとう》の寂しい道を歩いていると、後ろから騎馬の侍が二人、従者を一人つれてやってきた。何となく緊張し道端によけると、

すがるは大柄な方だから、もう少し年かさの娘と思われたのかもしれない。

『のう、娘』

編笠《あみがさ》の侍たちは西日を背にしていて、すがるは彼らをまともに見られなかった。屈強な男たちということはわかった。竹の根でつくった、鞭《むち》を持った武士は、

『ものを尋ねる』

『道に迷ってしまっての。この辺りに観音《かんのん》という女が住んでおろう。知らぬか？』

すがるは急いで頭《かぶり》を振っている。すると、もう一人の武士が、

『のう――こ奴が、観音ではないか？』

『お主に言われると、何やらそのような気もしてくるのう。お前が……観音だろう？』

武士どもの中で、どろりとした妖気が蠢《うごめ》く気がした。怖くなったすがるは八瀬の方に逃げようとした。

と、後ろで、

『馬を見ておれ！』

武士どもが下馬する音、猛然と駆け寄る音がして、背中に熱い痛みが叩《たた》きつけられた。その一撃ですがるは道に沈み、涙が止め処《とど》もなく流れてきて、叫ぼうにもその声が喉で詰まり、小さい呻《うめ》きしか、出ない。

竹の根の鞭で――背を強く打ち据えられたのである。

激痛で道に蹲《うずくま》るすがるを武士は、引っくり返そうとした。すがるは手足を激しく動かして抗《あらが》った。

『こ奴、まだ暴れるか！』

拳《こぶし》が、頬を、殴った。瞬間、血の稲妻が頭を突き抜けた気がして、すがるは動けなくなった。

『乱暴はしたくないのじゃ。大人しゅうしておれ』

一人に足を摑《つか》まれ、もう一人に肩を持ち上げられて、藪に引きずり込まれた。

痛みと恐れで抵抗できなかった。

紺の小袖《こそで》が乱暴に剝《は》ぎ取られ、ひどくけがらわしいことをされた。

すがるは止めてくれと泣きながら声を搾《しぼ》り出すが、二人は笑っただけだった。耐え難い痛みが幾度も幾度も、下腹を貫いてくる。

気がつくと——虚《うつ》ろな目で、一つのものを見つづけていた。侍どもはもういない。

それは何かの枝から吊《つ》り下がった火のように赤く光る糸で、先端に枯れ葉を一枚つかまえている。枯れ葉は風に弄《もてあそ》ばれると、高速でまわりながら、振り子状に動く。

その運動をいつまでもくり返す。よく見ると——落ち葉をつかまえた蜘蛛《くも》の糸を、西日が血のように染めているのであった。

……許せない。力が足りなければ……他の力に囚《とら》われ、踏みにじられる！　強くなってやるっ……。あたしは、強くなって、あいつらを……潰《つぶ》す。あたしを同じ目に遭わせようとする者も、みんな……。

赤く燃える蜘蛛糸に鐘の音が重なる。

はっと、意識がもどる。

――八瀬の家であった。

遠くで鳴る鐘を耳は聞いていたが、意味を受け止められない。

あの日から、自分の中に、溜《た》まっていた黒い憎しみの汁が、大きな泡を発して煮え滾《たぎ》っていた。今にも肌という肌から煮えた怒りの汁がにじみ出そうだ。

背中に、べっとり、汗をかいている。

――鐘っ。

我に返ったすがるは、ばっと、跳ね起きる。

隣の一室で父が今日も寝ている気がした。むろん、錯覚だ。鐘は、鳴り続けている。

――何事?

土間に降り、蒸し暑い闇に飛び出す――。

すがるの家は、お山に近すぎる。逆に叡山からはなれるようにして様子を見んとした。

家を出ると、左前方に大豆畑、右前方に低い空木《うつぎ》が生えていた。大豆と空木の間を通る。

左手に黍畑《きびばたけ》が広がる。

大豆畑も、隣り合う黍畑も、すがるの家の畑だ。雑穀である黍は畑に蒔《ま》けば勝手にそだつ。稲のように手がかからない。般若丸は木地師としての表の顔をもっていた。山に生えた木で椀《わん》や盆などをつくる職人だ。すがるは父を手伝いながら、仕事をおそわっていた。九年前のあの日から……薪を鬻《ひさ》ぐには抵抗がある。忍び働きもあって二人は忙しく、母がいない今、稲田を手放し、畑作物だけをそだてていた。

父がお山に登った今、畑の面倒は、一人で見ねばならない。

黍畑と他の家の田の間に人影がいくつか立っている。

「お山が……燃えておる……」

「東塔の方じゃっ」

八瀬童子と小原女は口々に言い、中には合掌する者もいる。

すがるは、小走りしながら、山を仰ぐ。

「――」

黒々とした稜線《りようせん》の一部が赤く爛《ただ》れていた。尾根の向うで、山火事が起き夜空の底が朱に染まっている。鐘はまだ、鳴っている。――たしかに、東塔の方。

……父……白夜叉……。

濃い不安が、漂った。

だが、父も白夜叉も、山火事如きでは死なぬ。

賊は――？ いや、凡俗の盗賊がお山を襲っても、あの二人なら瞬《また》く間に……。

安心しかかったすがるに、

「六角の返しかのう……。この前の意趣返しに、甲賀《こうが》でも動かしたか」

すがるの左に音もなく立った元くノ一の嫗《おうな》が不気味に低い声で囁《ささや》いた。

「猿梨《さるなし》ノ姥《うば》。滅多なこと、言うんじゃないよ。向うがした返しを、八瀬はしただけ」

自分が責められていると思ったすがるは、老婆《ろうば》相手にかっとなった。

猿梨ノ姥は鉄漿《かね》を差した歯を剝《む》き、刀傷が走った頰を歪《ゆが》めて小さく笑い、

「戦がはじまりゃ……どっちが先かなど、誰もわからなくなる」

と、

「乙名様！」

「おお、乙名様っ……」

忍びではない村人たちがどよめく。

空木垣にかこまれた大きな窯風呂《かまぶろ》屋の方から、七郎冠者と鉄心坊が、若者二人をつれて――音もなく駆けてきた。

すがるをみとめた七郎冠者は足をゆるめ、大きくうなずく。

火術に優れる猿梨ノ姥が七郎冠者に、

「あれだけ雨が降ったのじゃ……。付け火、それも何か工夫した付け火ぞえ」

「左様に見るか。婆様も」

八瀬の首領は、すがるに、告げる。

「わしが様子を見てくる。お前は、里の皆を落ち着かせよ」

すがるが首肯すると同時に逞《たくま》しい男の影が、斧《おの》を引っさげ、田と田の間をこちらに突進してきた。

若犬丸だった。腕まくりしながら里道に飛び出ている。

「御頭。おらも、行かせて下さいっ」

「……お、おう」

七郎冠者が言うと、若犬丸が腰に差した二本の竹竿《たけざお》を猿梨ノ姥が指した。

「何じゃ、それは？」

それは二本の細い竹竿の先に、小さく火をつけたボロ布を垂らしたものだった。

カッコという。

蚊くすべである。

「カッコだよ」

「んなことはわかっておる。何故《なぜ》、今、カッコをつけとる？」

「おら……ブトに刺されやすいんだ」

ブトは蚊ほどの大きさの血を吸う虫で、肌を食い破るように血を啜《すす》り、清らな水を好む。八瀬大原の人々は連年、ブトの群れに苦しめられていた。

すがるが、複雑な顔で、

「……いつもブトのせいで血だらけになっているから、夏に山仕事する時は必ずつけろって、あたしが言ったの」

「御頭の分もあります」

唇を舐《な》めた若犬丸に、猿梨ノ姥は、早口で、

「お前は何処《どこ》まで頓痴気《とんちき》なのか、お山が燃えておるのに火を持ち込む阿呆《あほう》が何処におる？　斯様な時、八瀬童子は――」

「あとはわしが言っておくから……」

七郎冠者の分厚い掌《てのひら》が忍びの姥の瘦《や》せた肩に置かれた。

「ちえっ、また、やっちまったか、おいら。こいつはすがると婆《ばあ》さんでつかってくんなっ」

カッコが二つ、すがると猿梨ノ姥にわたされている。

「では、たのむぞ！」

言い置いた七郎冠者は鉄心坊以下四人をつれて山上を目指し走り出す。少し行って、振り返った若犬丸が、

「お前の父と白夜叉、きっと大丈夫だっ！　あの二人ならよっ」

猿梨ノ姥と手分けして、

「お山で、火事があったようだ。乙名様が見に行っている！　心配するな」

と、里の衆に告げてまわった。

忍びたちは既に、忍具を支度し、いつでも戦える態勢を取っていた。忍びではない炭焼きや小原女、樵《きこり》に木地師たちは怯《おび》えていた。特に大叔父、但馬丸を落ち着かせるのは大変だった。

里中にふれまわったすがるは一度家にもどったが気持ちは波打っている。

すがるは、父の部屋に入る。

すがるの家は萱《かや》葺《ぶ》きで桁行《けたゆき》四間、梁間《はりま》三間（約七・二メートル×五・四メートル）。土間と二つの板敷、そして、納戸《なんど》がある。やや広い板敷は般若丸の部屋で、手狭な板敷が、すがるの寝室、兼、囲炉裏がある居間である。

般若丸が起居していた部屋は、栗板《くりいた》を粗くはつった板敷で、土間から入ると左は棚で、父がつくった椀や盆、曲物桶《まげものおけ》や箱が、ずらりと並んでいる。

奥の壁の下端、つまり座った時の目の高さに、父がつくった神棚があり、三方《さんぼう》に酒と水、米、塩が供えられていた。茄子《なす》や瓜《うり》を供えた三方もある。

すがるは神棚の灯明に火をつけ柏手《かしわで》を打つと眼を瞑《ひし》ぎ般若丸と白夜叉の無事を祈った。

高野川の帰り道、親切な白夜叉を、すがるは激しく拒んでいる。

誰の愛も要らないという思いが、すがるにはあった。一方で、孤独を恐れ、誰かに傍にいてほしいという心ももっていた……。白夜叉の気持ちに応《こた》えられぬ、という思いと、あの夜まで、時をもどせるなら、違った答を出していたかもしれない、という思い、矛盾する二つの気持ちがすがるの中でぶつかっていた。結局、白夜叉に歩み寄る糸口を摑めぬまま、むしろ避けてしまい、彼が守部として山に登る日を迎えた。

——これで、良かったんだ……。

懸命に己に言い聞かせている。

が、胸の奥深い処《ところ》で重たい悔いが蠢く。

あたらしい守部二人がお山に登った日、般若丸との間も、ぎくしゃくしたままだった。

灯明の赤く弱い光が、相貌《そうぼう》に浮かぶ陰を、浮き立たす。あの日、白夜叉を突き放して家へかえると、父はちょうど今、すがるが座している所で座禅していた。

その手首には昔すがるがつくった木の数珠《じゅず》が巻かれていた。

すがるが無言のまま、自室に下がろうとすると、父は、

『……器から、こぼれるほどの水を入れるな』

神棚に顔を向け、厳しく言った。

忍格が……達していないと言われたのだ。期待された役目に。

——父は、あたしを、低く、評価しすぎる。みんなみとめてくれるのに……。血がつながったこの人だけが、みとめてくれない。この人の中で、あたしはいつだって、忍びに向かぬ子供……。

並みの幸せを摑むなら、父より母に似た方がよかろう。だが、すがるが欲しいのは、幸せなどという甘ったるいものではない。

——強さ。あたしは強くなるため、他の一切を削《そ》ぎ落した。そして、強くなった。現実が見えていないのは……この人の方。

十一まで薪や炭を売って生きていくのだと思っていた。

あの日が、すがるを変えた。

——あの男たちを……決して、許さない。

すがるは復讐《ふくしゅう》を誓った。あ奴らを倒すには、強くならねばならない。それが、すがるを、

『くノ一になりたい』

と、般若丸に言わせた理由であった。

だが、動機は誰にも言っていない。

八瀬衆の鉄の掟《おきて》に反する。

寺家の忍び、八瀬衆は——御頭の命があった時にだけ、その秘術をつかい、人を殺《あや》め、傷つける。

それ以外の時に決して術をつかってはならぬ。

また復讐を遂げたくても、復讐出来ないかもしれない。というのは、夕闇の藪でのしかかってきたあ奴らの顔を、すがるは恐ろしくて……しかと正視出来なかったのである。

それでももう二度と同じ目に遭いたくないという思いは強く、決意は固かった。

当初、すがるを忍びにすることに頑《かたく》なに反対していた父は、とうとう根負けし、

『お前は十一。八瀬の修行はふつう——七つよりはじめる。血の涙が出るような修行を、十年、元日の他、一日の休みもなくつづけ、やっと一人前になる。お前と同い年の若犬丸はもう四年修行しておる。お前は、それくらい出遅れておる。

もし、やるなら——血の涙はもちろん、血の汗が出尽くす覚悟でやれ！

忍びになるか、死ぬかじゃ。わしも左様な思いでお前を鍛え抜く。

その覚悟がつかぬのなら、止めろ。如何《どう》する？』

『——やる。やってやるっ！』

すがるは嚙みつくような形相で咆哮《ほうこう》した。

その日から、修行が、はじまった。

すがるは驚くべき気迫と集中力で修行にのぞんでいる。名人の誉《ほま》れ高い般若丸から、

ゆずり受けた天賦《てんぷ》の才もあったし、厳しく鍛えた般若丸、鉄心坊の教え方も優れていた。眠りを削り、夜更けに裏山に入り、昼覚えたことをくり返した。周りが倒れるのでないかと案じるほど鍛練した。すがるは、自分より早く修行をはじめた年少の子らを見る見る追い抜き、四年早く修行をはじめていた若犬丸たちも——二年で追い越した。その頃から、般若丸の教え方は益々《ますます》厳しさをました。それまで褒めるべきは褒めていたのに、滅多なことで褒めなくなり……より高く、ずっと難解で、他の子たちより遥《はる》かに複雑な術をすがるにもとめたが、見事に応えた。

鬼のような父の特訓に打ち勝ったすがるは、通常十年かかる八瀬の修行を、わずか五年で終らせ、十六にして八瀬流の忍術印可状をさずけられている。

特に一番筒から四番筒まで、あざやかに使いこなす吹き矢は、七郎冠者《しちろうかじゃ》を驚かせたらしく、印可状をさずけた折、首領は、

『すがるとは——蜂也《はちなり》。誰よりも、疾《と》く、鋭き娘。……良きくノ一たれ』

滅多に投げかけぬ賛辞を十六の娘にあたえた。

すがるには——強さへの自負がある。父を睨《にら》むすがるの細い目がさらに細まり、きりっとした眉《まゆ》の間で青筋がうねる。

『御頭の命令だよ』

『水が溢《あふ》れるのを……案じておるだけよ』

般若丸がかすかに顧みる。表情を消したすがるは、囁くように、
『聞こえなかった？』
『……………』
すがるはわざと足音を大きく立て、自らが寝る部屋に去った。

その一件があったからか。ただでさえ静かな般若丸は、以後五日、家にいてもすがるとほとんど口をきかず、黙々と支度をし、やりのこした木地師の仕事を綺麗《きれい》に片付け——お山へ登って行った。だが、時折、般若丸は、轆轤《ろくろ》や鏇《せん》を動かす手を止め、小首をかしげ、細い目を瞑《つぶ》って何か考え込んでいた。

……父……何を考えていたの……？

一人になり、俄《にわ》かにがらんとした暗い家で、すがるは思い出している。

一度引き受ければ幾年《いくとせ》も下山出来ぬ守部の務めに何か思う処あったのか、すがるが、中ノ頭をつとめることを案じていたのか。娘に歩み寄る機を窺《うかが》っていたのか——。

今となっては、知れぬ。元より言葉が少なすぎる人なのだ。

忍びである父は……すがるでも立ち入れぬ、陰を持つ。

……あたしが初めてそれを感じたのは七年前、都で沢山の人が死んだ大飢饉《だいききん》がはじまった頃。あの頃の父は、何だか人が変ったように、恐ろしかった。修行の時の当りも、

きつかったし。だけど、そのおかげで――今のあたしがある。

刹那《せつな》、裏山で不吉に甲高い叫びがひびいた。

……狐《きつね》。

夜の山気を裂きながら叫ぶ狐の声に妖気が張りついている気がする。喉にせり上がった不安が、すがるの腰をもち上げた。理屈に非《あら》ず。すがるがもつ刃の如く鋭い勘が、上で只事《ただごと》でない事態《こと》が起きていると告げていた――。

自室へ向かい、床板をずらす。床下に隠し物入れがもうけられ――逆鐘が入っていた。取る。

音もなく暗い納戸に入る。木箱から目潰しを出して衣に仕込むと、闇に呑《の》まれた柱にふれる。柱には、成長の記憶がきざまれていた。父と鬼童丸の童の頃の。

手が柱から右へ動く。

すがるは、板壁の下端を引き上げた――。壁は、かすかな音を立てて、上へ動いている。

隠し戸だ。

――少しでも、急ぎたい。

夜気を切って、出る。

駆けた。

——三合目まで、行こう。

八瀬から叡岳に登る道は二つあり、一つは西塔に、いま一つは横川に出る。この二道の他に東塔まで直通する「隠し道」があり、八瀬忍者だけが、つかう。七郎冠者たちは隠し道で東塔に向かったはず。

すがるも隠し道の入り口に向かっている。

そこは比叡山の裾《すそ》で、森が、黒く息づく。

欅《けやき》から、山芋、ヤブガラシの蔓《つる》が、帳《とばり》のように垂れている。蔓草の幕を掻《か》き分け奥にすすむ。

——細く低い竹どもが、壁をつくって、行く手をふさいだ。

篠竹《しのだけ》だ。

篠竹の海に胸まで浸《つ》かって漕《こ》ぎすすむや、忽然《こつぜん》と細道が開け、縄が張られ、という梵字《ぼんじ》がしるされた札がかかっている。

——八瀬忍びは、己らを不動明王に仕える童の化身と考える。

制吒《せいた》迦《か》童子《どうじ》。

仏敵を駆逐する荒ぶる童だ。

は——制吒迦童子をあらわす。

乱破以外入るなという警告であった。

軽く縄を跳び越えたすがるは、明りを持たず、僅かな月光、星明りを頼りに、椎《しい》や椋《むく》、コナラが両側から押し潰さんばかりの勢いでのしかかってくる山道を、突風となって、駆け上がった――。

息を切らさず走ってゆくと左前方に石柱が見える。

字面《じづら》は闇に潰されていたが、浄刹《じょうせつ》結界の始まりを告げる結界石だ。

三合目に来たのだ。

叡山に登るあらゆる道の三合目に例外なく結界石が置かれ、この線より内に女人が立ち入ることを禁じている。また、結界内では狩りも禁じられ、小鳥一羽捕ることも許されない。

すがるは子供の頃、自らが崇《あが》める山が、己の立ち入りをみとめぬことが、悔しかった。母に問うたことがある。

その時、岩は、

『お坊様も弱い……ということじゃ。女子がおると、心乱れて、修行に集中出来ぬということ。ほら、尼寺にも男衆は濫《みだ》りに立ち入れまい』

と、言った。なおも疑問が消えぬすがるは、

『清水寺《きよみずでら》には……女も入れる』

『清水寺は、皆が祈る寺なのじゃ。侍も、民百姓も、お坊様もみんな。比叡山は、お坊

様が修行する山。……お山の上が見たいなら、四月八日に、表参道の花摘堂《はなつみ》に行こう』

叡山の花摘堂は結界線より遥かに山上に近い。毎年、四月八日だけは、伝教大師が母と会ったとつたわる花摘堂まで、女性信徒が登り、花を手向けることが許された。

父と幼馴染《おさななじみ》の無事をたしかめたい。その一念で、夜の山道を駆けてきたすがるの胸に、結界を越えたいという思いが、湧出《ゆうしゅつ》している。

見えぬ線を越える足を踏み出さんとする。が、ひたすら掟にしたがうことをもとめる忍びの修行、生れそだった里の慣習が、すがるの足を、ぴたりと止めた。

凄《すさ》まじい禁圧が、のしかかる。

「………」

足をもどす。

その時であった。

前方に、小さい火を、みとめた。

すがるは瞬時に逆鏟と目潰しを出し――いつでも攻撃できるよう構えた。筋骨と、血流が、殺気立つ。鬱蒼《うっそう》たる闇の森を駆け下ってくる松明《たいまつ》はどんどん大きくなる。

「誰だ？」

火が、止った。若犬丸の声だった。

「あたし……すがる」

すがるは、かすれ声で言う。

すがるの名乗りを聞いたとたん、若犬丸はぎょっとしたように身じろいでいる。すがるの細い目は、若犬丸の動揺を見逃さぬ。

「何があった？」

逞しい幼馴染は答えずにやけに重い足取りで降りてきた。松明は、お山の僧がかしてくれたのだろう。

——嫌な予感が、した。

「おい……若犬……」

若犬丸は溜めてきたものを吐き出すように、

「……勅封蔵が襲われた……」

すがるは、一瞬で、青褪《あおざ》める。

「父や……白夜叉……越後坊《えちごぼう》……六郎太《ろくろうた》は？」

「…………」

越後坊も六郎太も守部をつとめていた八瀬童子である。すがるの傍らに立った若犬丸は苦しみを嚙み殺すように歯を食いしばっていた。松明に照らされた若犬丸の形相は、赤鬼のようだった。若犬丸は——癖が強いぼさぼさ髪を、力なく横に振っている。

「おいっ」

「落ち着いて聞け」

口早に、

「早く言えっ」

若犬丸は、辛そうに、

「賊が……宝蔵を……」

「それは、さっき聞いた」

面貌《めんぼう》をくしゃくしゃに歪めた若犬丸は声をふるわす。

「みんな、殺された。御宝ノ守部が……みんな。白夜叉も……越後坊も、六郎太も……お前の父も……」

「――」

脳を殴られ、五体を大きく揺さぶられた気がして、すがるの口は二、三度漂うように動いたが、声は出ぬ。

「宝蔵と、守部の宿が焼かれた。大切な宝が奪われた。まだ燃えていて……林に燃えうつってよっ！　……おい、すがる、大丈夫かっ」

「――嘘《うそ》言うなぁっ！」

すがるは、凄まじい形相で吠《ほ》えて、若犬丸の襟首を摑んだ。

「父と白夜叉が盗賊なんかに殺《や》られるわけないだろう！　何処の賊だよっ、うちの父と

「白夜叉殺るなんて、何処の！　……おい」

若犬丸を激しく揺さぶる。

「本当なんだっ！」

一度大きく叫んだ若犬丸は今度は遥かに小さい声で、

「……本当なんだ……おらも信じられん、信じたくねえ……」

すがるは茫然《ぼうぜん》とした顔で若犬丸をはなした。

雨が、降りはじめた。

＊

夜半から降り出した雨により山上に起きた火は朝方に静まった。

すがるの左手にある舞良戸《まいらど》が開け放たれており、棗《なつめ》の古木と薬草が植わった庭越しに、空木垣の青さが見える。

緑の実、鋸葉《のこぎりば》の一つ一つが、雨でふるえていた。

生垣に張られたいくつもの蜘蛛の巣は、雨滴の真珠をびっしりまとい、重たげに瞬いていた。

すがるは七郎冠者に呼ばれていた。他に三人、呼ばれていた。白夜叉の父、越後坊の妻、六郎太の倅《せがれ》である。いずれも、白い喪服を着ている。

窯風呂屋をいとなむ七郎冠者の屋敷の、奥の一室だった。

床の間に、紅蓮《ぐれん》の肌をもつ童子が左手に金剛杵《こんごうしょ》、右手に金剛棒をもって、立っている。制吒迦童子だ。

元三大師《がんざんだいし》・良源《りょうげん》の軸も掛かっている。

延暦寺を打ち立てたのが、伝教大師・最澄ならば、元三大師は中興の祖である。

半分は板敷で半分は畳が敷かれており、すがるらは板敷に座し、畳に座った乙名と向き合っている。何の変哲もない座敷だが床下や壁の中にいくつもの武器や抜け道が隠されていると聞いていた。

七郎冠者は沈痛な面差しで遺族たちに哀悼の意を述べた。

そして、昨夜、東塔で何があったか、知り得る限りを話した。

それによると——正体不明、人数不明の盗賊が、夜陰に乗じて東塔に潜入。

「御宝ノ守部を悉《ことごと》く討ち果たし、勅封蔵と宿に火をかけ、逃げおおせた。八人の守部の顔形は火に焼かれ……誰であるか、わからぬほどじゃ。

ほとんどの宝は僧たちが火の中から持ち出したが、三つの極めて大切な宝が奪われた」

白夜叉の父と六郎太の子は硬い顔を微動だにさせなかったが、越後坊の妻は面を歪ませ、泣き崩れる。すがるの中には般若丸が常々、忍びには不向きと指摘していた、激しさが、在る。今、すがるの胸底は――ふつふつと、気泡を立て煮えくり返っていた。

……どうして……盗賊なんかに。あたしは、滅多な奴に殺《や》られない。父は、あたしより、強いっ。なのに何故？

すがるは激情が外に出ぬよう気をつけたが、への字形の唇、同じくへの字に怒った眉は時にかすかにふるえる。白き顔は青褪めていた。

七郎冠者は、険しい面差しで、

「仇《かたき》は必ず取る。山ノ鬼の総力を挙げて」

白夜叉の父は押し殺した声で問う。

「奪われた重宝とは……何でごぜえますか？」

七郎冠者は、瞑目《めいもく》した。

深い苦慮を吐くように、

「一つ目が、座主《ざす》血脈譜《けちみゃくふ》」

白夜叉の父が瞠目《どうもく》し、六郎太の子は頰をふるわした。

平家物語に、云《い》う。

伝教大師、未来の座主の名字を兼ねて記しおかれたり。我名のある所まで見て、それより奥をば見ず、もとのごとくに巻き返しておかるる習也《ならいなり》。

最澄が、未来の座主の名を悉く予言、その名が記された巻物がある。歴代の天台座主は己の名が記された所まで見て、それ以上は見ず、もとのように巻き返しておく習慣がある。

平家物語によると、この巻物は――、

種々の重宝共《ども》の中に、方一尺の箱あり。白い布でつつまれたり。……彼《か》の箱をあけて見給《みたま》ふに、黄紙《おうし》にかけるふみ一巻あり。

いろいろの重宝の中に、一尺四方の箱がある。白布でつつまれている。……この箱を開けると、キハダ染の紙にしたためられた巻物が一つ、入っている。

天台座主とは叡山の頂に立つ僧で天台宗の指導者である。すがるから見て六百年以上昔を生きた伝教大師・最澄が、すがるの生きる現在《いま》、そしてずっと先の座主の名まで見越し、一巻の巻物にしたためたというのは、荒唐無稽《むけい》な伝説であろう。しかし、こうした巻物を遥か昔から大切に伝承し、天台座主の正統性を担保するものとしてきた歴史こそ、比叡山の宝といえる。とにかく叡山にとって、この寺宝が奪われることは、朝廷が三種の神器をうしなうことにひとしい。

「二つ目……八舌《はちぜつ》の鍵《かぎ》」

「――」

聖徳太子《しょうとくたいし》と同時代を生きた、隋《ずい》の傑僧、天台大師・智顗《ちぎ》。

この人こそ天台宗の祖である。

智顗はある時、大切な経や寺宝をしまった蔵を前に、

『わしの死後、二百年して……東の彼方《かなた》で天台の教えは再び栄える。その時が来るまで蔵を閉ざす』

と、言い、硬く閉じた蔵の鍵を、東天へ向かって高く放ったという……。

二百年後、最澄が叡山に寺を建てようと土を掘っていると、地中から鍵を一つ、発見した。

八つの舌状突起をもつ鍵だった。

その後、遣唐使として、大陸にわたった最澄は、天台山で開かずの蔵の話を聞き――

自分がもっている鍵を入れてみた。

——すると、どうだろう。

二百年閉じられていた扉が開き、最澄は中にあった貴重な経や寺宝を悉く継承、日本に持ちかえったという。八舌の鍵も、座主の相承式で伝承される、隋代に遡《さかのぼ》る秘宝であって、その尊さは座主血脈譜に匹敵する。

「三つ目……阿修羅草紙。天台山国清寺《こくせいじ》にあったという絵巻じゃ……。なんでも深い因縁のある絵巻とか」

「因縁、とは？」

六郎太の子が問うている。七郎冠者は、言った。

「言い伝えにすぎぬと思うが……」

開眼した七郎冠者の瞳《ひとみ》に——鋭気が、灯《とも》る。

「……強い呪《のろ》いの力があるとか……」

「…………」

「如何《いか》なる呪いかは、知らぬ。また、国清寺には、阿修羅草紙と共に美しい玉《たま》で出来た阿修羅像が二つあった。金銀はもちろん、数多《あまた》の宝玉《ほうぎょく》で飾られた世にも見事な像が。この二つの阿修羅も……伝教大師が日の本に請来《しょうらい》されたが、何か思うことあり、六十余州の何処《いずこ》かに埋められたという。その埋めた位置を、謎言葉《なぞ》にされて、阿修羅草紙の巻末にしるされたとか」

ここで言う玉とは翡翠《ひすい》、それも最高級のもので、宝玉とは紅玉や蒼玉《そうぎょく》、つまりルビーやサファイアなどだ。

「その二つの阿修羅像が……賊の狙いなのかもしれぬ」

最澄の時点で、六百年前、智顗の時点で、八百年昔。斯程《かほど》、昔につくられた翡翠製の阿修羅──しかもそれは、眩《まばゆ》いばかりの金銀宝石をまとっている。

もし商人《あきゅうど》にわたせば銭の山がそびえるのは間違いない。

すがるの眉根で、殺気がうねる。

──たかが仏像、たかが銭のために……父や白夜叉を？

歯が唇にめり込み、爪《つめ》が掌に食い込む。

「六角の返しという線も、考えられる」

どちらにせよ──忍びだ。八瀬の手練れを、四人、殺した。

……甲賀か、伊賀《いが》か……風魔《ふうま》？　何処の誰でも構わない。──地の果てまでも追ってやる。

八瀬忍びにそんな不埒者《ふらちもの》はいないが他流の忍びは食うに困れば盗賊に早変りする。伊賀甲賀はその忍術体系に、偸盗術《ちゅうとう》（強盗術）をふくむほどなのだ。賊働きを禁じる流派は八瀬など例外的流派にすぎぬ。

九年前、すがるを襲った暴力の牙《きば》は、激しい傷と嫌悪《けんお》感を、心にのこしていた。

あの侍どもを許せぬ。

あの侍のような輩《やから》も――許せない。すがるは、暴力で他者の暮しを踏みにじり、命や銭、尊厳を奪うことに、何ら痛みを覚えぬ輩や、欲望の貫徹にだけ心をかたむけ、強い力で弱い者を虐《しいた》げる者を、決して、許せなかった。

そのような者を駆逐するために強くなることへの凄まじい渇望が生れた。

お山の仏教は、どんな者でも仏になることが出来る、如何なる者も仏の心の芽をもつと説く。

道で見知らぬ困窮者がいる。

その者に、手を差しのべたいという思いが、仏の心。

だが、素通りしてしまう人が、多い。

仏から遠い心が勝ってしまうから。

しかし、かすかでも……手を差しのべてやりたいという思いがあれば、その人の胸の中には仏になる種や芽がある。この種や芽を多くの人が、大きくそだてれば――安《やす》らな世になる。

これが、お山が説く理想であった。

十一の時、男どもの暴力の犠牲になり、絶望に沈み、家族と僅かな仲間以外は信じられなくなったすがるは……このお山の理想を自分なりに変化、発展させている。

この世には——仏になる芽や種を、一片も持たぬ者たちが、いる。

その者たちは……消す他ない。

それをやるのは、いかなる罰も、仏に見離されることすらも受け入れる覚悟を固めた、鬼が殺《や》る。

その鬼が、自分たち八瀬衆。

如来《にょらい》や菩薩《ぼさつ》が見せる穏やかで知恵深い面差しだけが、仏の顔ではあるまい。牙を剝き、火炎をまとい、眼を怒らせ、剣槍《けんそう》を構えた不動明王や毘沙門天《びしゃもんてん》、制吒迦童子を思い出すがよい。

憤怒《ふんぬ》の仏は——決して、紛《まが》い物に非ず。

それらは、在る……。

ここ、八瀬に。

……今度の敵がどれほど強くても、どれほど大きくても、あたしは倒す！　必ず。そいつを倒す強さが足りぬなら、そいつを倒せるくらい——強くなればいい。……あたしは、そうやって、この九年生きてきた。

七郎冠者は亡《な》くなった四人の八瀬忍びは、八瀬の念仏堂と、雲母坂《きららざか》上、あこやの聖《ひじり》の千本の卒塔婆、二所に弔うと告げ、

「ふつう……八瀬で死んだ者は、こちらで弔った後、お山に上げるのじゃが……此度《こたび》は逆じゃ。まず、お山で懇《ねん》ろに弔う」

と、話し、葬儀は明日とつたえた。

首領の話を聞きながらすがるは、ある願いを乙名に聞いてもらわねばならぬと考えた。

家族を殺された三人が、退出すべく腰を上げた時、すがるは頭《ず》を下げ、

「お願いがあります」

「何じゃ？」

七郎冠者は膝《ひざ》の上で両手をくむ。

すがるの白い相貌に漂う鋭さが、集約され、乙名にそそがれる。

他三人が出て行くと、すがるは、言った。

「下手人を討つ組に入れて下さい。——はたらきます、存分に」

「……こちらからたのもうと思っておった」

顴骨《かんこつ》が張り出した厳《いか》つい首領は応じた。

「が……大丈夫か？　般若丸をうしない……」

「ご心配は無用。もう一つ、願いが」

すがるは、にじり寄る。聞こうという仕草をする七郎冠者だった。

「父の体は……千本の卒塔婆で焼かれ……里に下りてくるのは、僅かばかりの骨ですね?」

骨の大部分は千本の卒塔婆に埋められるのだ。

「……左様」

すがるの白い額が床にふれる。双眼から、鋭気が迸《ほとばし》る。強い声で、

「千本の卒塔婆に、あたしも行かせて下さいっ。父が死んだお蔵にも、花を手向けさせて下さい」

千本の卒塔婆は供養《くよう》卒塔婆原《そとうばがはら》といい浄刹結界の内だった。宝蔵が、結界の中枢にあることは、言うまでもない。父を殺した下手人を突き止めるには、父の遺骸《いがい》をこの目で見、父が斃《たお》れた所にこの足で立たねばならないと、すがるは考えている。七郎冠者は一度庭に視線をはずし、面の火傷《やけど》をピクリとふるわし、白いものがまじりはじめた眉を寄せている。

また、すがるに向き、言い聞かせるように、

「そなたの気持ちは……わかる。だが——結界の内ぞ。……わかっておろう? 許されぬこと」

「男になれば、入れますか?」

「…………」

突如、すがるは小刀を出した。

異変を察知した鉄心坊、さらに若き八瀬童子が、血相変えて座敷に飛び込んできた――。

七郎冠者が鉄心坊たちを制す。

すがるは、刃を髪に当てた。

男衆が瞠目する。すがるの小刀は、素早い動きで、長い髪を削ぎ落しはじめた。黒髪がばらばらと板敷にこぼれている。髷《まげ》を結う前の、百姓の童のような髪型になってゆく。長い髪を肩までとどくか、とどかないかくらいまで、みじかくしたすがるは、小刀をしまい、

「般若丸の倅ということで――結界を越えさせて下さい！　御頭、お願いします！」

刃物の如く鋭い目で首領を睨む。

「――すがるっ」

横から、険しい一声を放つ鉄心坊だった。七郎冠者は顎《あご》に手をやり押し黙っていた。いま一度下ろされたすがるの額が、切り落とした髪に当る。七郎冠者が立つ気配があった。すがるの前まできて、暫《しば》し見下ろしていた。

「門跡様方に話してみよう」

「ありがとうございます！」

首領は、深みがにじむ声で、

「礼を申すには、早い。……みとめられるか否《いな》かは、三門跡様次第」

言い置くと鉄心坊たちをつれて座敷を出て行った。

後には、自らの髪に額をふれさせたすがるが、のこされている。

雨が止んだ庭からホトトギスのけたたましい声が聞こえた。

……あたしが、退治するよ。父、白夜叉。

涙など、出ぬ。昨日から、一滴も。

十一で修行をはじめて半年で、どれだけ落ち込んでも涙は出なくなっている。むろん、芝居で出すことは出来る。自分が落とした髪を片付けようとすると、箒《ほうき》と塵取《ちりと》りをもった猿梨ノ姥が、怒ったような顔でやって来た。左手にもつ塵取りは——この屋敷の道具の多くが般若丸のつくったものであることを考えれば、父がつくったものかもしれない。

媼は、むっとした様子で、

「あとはわしがやる。……お行き」

そして、有無を言わさず、はきはじめた。

すがるがなおも腰を上げずにいると、やや穏やかな声で、

「いいんだよ。お行き」

立ち上がったすがるは、猿梨ノ姥の父も夫も忍び働きで死に、この老くノ一が天涯孤独であったことを思い出す。

伊賀者

四人の八瀬童子が疾風《はやて》となってお山を登っている――。

いや、一人は少年の姿をした女人のようだ。

髪は、肩までとどくほど。細い双眼に、猛禽《もうきん》の鋭さをたたえ、浅葱色《あさぎいろ》の地に藍色《あいいろ》の洲浜《すはま》が入った筒袖《つつそで》をまとい、青壊色《あおえじき》の手甲、脛巾《はばき》をつけている。瞳《ひとみ》は茶に緑が混じったような独特の深みがある色――すがるであった。

隣を走るは、若犬丸。ぼさぼさ髪を後ろで一つにたばねていた。鼻孔から突き出ている鼻毛はいつもより少ない。二、三本か。

若き二人の前を、七郎冠者と鉄心坊が、天狗《てんぐ》の如《ごと》く疾駆する――。

険しい隠し道を駆け上る四人の足取りは驚異的に軽い。

六月五日、朝。下界には既に真夏の日差しが、降りそそいでいた。だが、山気には、涼しさがある。

結界石まで、来る。

七郎冠者と鉄心坊は一気に結界の向うに行っている。猛烈な勢いで鳴いていたミンミンゼミが、一瞬、鳴き止《や》む。

すがるは、唾《つば》を呑《の》み、止った。

浄刹《じようせつ》結界と書かれた石柱がすがるを見ていた。

「行こうぜ……」

同じく足を止めた若犬丸が、隣で囁《ささや》く。

すがるは——見えざる線をまたぐ。そして、駆け出す。

未知の領域に足を踏み入れた。また、蟬《せみ》の声が、森のいたる所から溢《あふ》れる。

『御宝《みたから》ノ守部《もりべ》の息子、すがるの入山を許す』

天台三門跡の七郎冠者への答であった。

……こんなものか。

もっと、強い禁圧が心にかかると思っていた。だが、それは、ほとんどなかった。

賊が引き起した激情が——結界を気にさせない。

しばらく行くと常緑照葉樹が多かった暗い森が様変りしている。針葉樹の樅《もみ》が爽《さわ》やかに佇《たたず》み、犬ブナ、瓜膚楓《うりはだかえで》など落葉樹が、明るく囁き合う森に変った。林床の主役がシダ植物や蔓草《つるくさ》から笹《ささ》に入れ替わる。すがるは、緑の光明につつまれた気がした。

草木成仏《じようぶつ》――。

厳かに佇む樅。

黒っぽい幹に、青葉の積乱雲をまとった、犬ブナ。

瓜膚楓、笹の海、倒木がまとう苔《こけ》や、密生する茸《きのこ》、草ども、その一つ一つが、仏性、すなわち仏になる種を持つ。

比叡山の僧、安然《あんねん》が説いたこの教えを芽吹かせ、大いにはぐくんできたのは、こうした森であったろう。

さらに登ると厳《いか》めしい杉、檜《ひのき》の天衝《てんつ》くような森に変り、霧が出はじめている。何百年もつづく重たい静黙が霊気となって淀《よど》む煙雨にはぐくまれた森であった。

霧深き隠し道を疾駆したすがるらは、東塔に出ている。

……ここが……。

八瀬の鬼が命がけで守ってきたお山の中心だった。厳めしい顔つきで遥《はる》か足元を見下ろす巨大杉、巨大檜が靄《もや》をまとって林立する中、いくつもの堂宇が、並んでいた。

八瀬衆はそれら諸堂に一切見向きもせず朝霧を踏んで林内の小径《こみち》を疾走。四王院《しおういん》に出る。

大講堂の近く、四天王を祀《まつ》った仏閣であり、王朝の昔、平将門調伏《たいらのまさかどちょうぶく》がおこなわれたという。後年、戦国の焼き討ちで四王院は見られなくなるが、九院の一つ、由緒《ゆいしょ》正しき子院であった。

四王院こそ、天台座主《ざす》が山ノ鬼どもに密命を下す場であった。

「そなたが……般若丸《はんにやまる》の倅《せがれ》か。父のこと、真に不憫《ふびん》であったの」

梶井《かじい》門跡が言った。

すがるは、深く頭を下げる。当然、相手はすがるが娘だと知っている。

「わしは大原まで彼《か》の者を呼び諸道具、つくらせておった」

梶井門跡の政所《まんどころ》は大原にある。すがるが九つの時、梶井門跡の文机《ふづくえ》をつくり、過分のお褒めにあずかったと父は話していた。

「誰よりも優れた道具をつくる男であった。真の職人にして、生粋の乱破を、我らはなくした」

「……勿体《もったい》ないお言葉にございます」

父に手を合わせる前に此処《ここ》に来ていた。葬儀に出るつもりも、ない。遺骸《いがい》に手を合わせたら、すぐに探索にくわわる。

……父は、鬼の末裔《すえ》。きっとそれを、望む。

蔀戸《しとみど》を上げた先に高麗縁《こうらいべり》の青畳がしかれ、三門跡が座っていた。

鏡と見まがうほどよく磨かれた濡《ぬ》れ縁を降りた庭に、盆栽が三つ並んでいた。庭に立てられた太い青竹が板をささえ、板上に、小梅、小松が立つ鉢、そして、水が張られ、睡蓮《すいれん》が浮かび、メダカが泳ぐ鉢が、据えられている。

三門跡がそれぞれ手入れしているらしい、三盆栽の傍らに——八瀬の四人は跪《ひざまず》いている。

「そなたらにたのみたいのは……下手人をさがし出し三つの宝を取り返すこと」

ゆっくり染《し》み渡る低い声が、かかった。

中央にいた僧が、口を開いたのだった。

天台座主・教覚《きようかく》。細く、理知的な壮年の男で、老いた松を思わせる。細い目は滅多に感情を見せぬが、時折、松にやすらう小鳥のような穏やかさと、松を激しくふるわせる寒風のような鋭さを、漂わす。徳大寺大納言《とくだいじだいなごん》の子で妙法院《みようほういん》(三十三間堂)門跡でもある。

「累代《るいだい》の重宝をうしなう訳にいかぬ、何としても取り返せ。また、その際、下手人は——そなたらの裁量で厳しゅう灸《きゆう》を据えてほしい」

さすが、天台座主は……物騒な言葉をつかわぬ。七郎冠者はお山に登る前、

『根本中堂の上をよく見ておけ。鬼瓦《おにがわら》がある。我ら、八瀬の鬼をあらわしておる』

と、話していた。

鬼が据える灸は命を奪うほど――熱かろう。

四王院は静まり返っており、三門跡とすがるたちの他は、薙刀《なぎなた》をもった公人《くにん》が三人、庭のずっと右奥に控えるばかり。むろん、声がとどかぬ遠さだ。

「……承りました」

七郎冠者は言った。

「如何様《いかよう》にしてさがす？ 七郎よ」

教覚よりも、細い声がかかっている。

すがるから見て座主の左に座った高僧が問うたのだった。教覚より、若い。病弱そうな男だ。額が異様に広く顎《あご》は細く、少し受け口だった。垂れ気味の両目は大きく、手足はほっそりしていた。漢詩や書画を愛する雰囲気が、面差しから漂っていた。

青蓮院《しょうれんいん》門跡・尊応《そんのう》。

父は二条《にじょう》関白で、青蓮院流書道の名手であった。

「その前に……」

七郎冠者はまず尊応、つづいて教覚に、

「門跡様方は――何者が下手人の後ろにいるとお考えですか？ 何かお心当りあらば、承っておきたいのでござる」

三門跡は口元を扇で隠し囁き合っている。

もっとも右に座る門跡が、前のめりになる。太声で、

「まずは、六角……」

――他二人と異質な様子の老僧だ。

横に太い。

胸が、厚い。灰色の顎鬚《あごひげ》をたくわえた福々しい相好で、眼差《まなざ》しにただならぬ精気が在る。僧というより、大名か、百戦錬磨の抜け目ない豪商を思わせる。

梶井門跡・義承《ぎしよう》。

船岡山《ふなおかやま》の麓《ふもと》に寺（後に政所のある大原にうつるこの寺が、今の三千院《さんぜんいん》である）を構える高僧で当代の将軍・足利義政《あしかがよしまさ》の叔父に当る。

梶井義承の父は――天下人であった。室町幕府第三代将軍・足利義満《よしみつ》であった。

「青地《あおち》伯耆《ほうき》辺りかの……。次に、我ら山門と長きにわたる因縁、対立の在る……」

義承がもつ青扇が真っ直《す》ぐ南を指す。

「寺門、かの……」

四百年以上にわたる両寺の争いだが、その対立が深まったのは、平安朝末期、院が力を振るっていた頃と、すがるは聞いていた。

……鉄心坊から聞いた話では、院の家来の横暴に、反発し、抗《あらが》ったのが山門、院に庇《ひ》護《ご》され、その手兵のようにはたらいたのが、寺門だったとか……。

梶井義承は首をかしげる。

「あとは、二体の阿修羅像について知った賊なのやもしれぬな……。

いずれも、玉製。高さ、二尺。一体は……」

一体は、裏葉色《うらはいろ》、緑に白が溶け込んだ、艶《つや》やかな肌の、逞《たくま》しい男の阿修羅で、

「もう一つは——羊脂玉《ようしぎょく》なる最高の白翡翠《しろひすい》で出来ておる。これは阿修羅女《にょ》とか。双方、
黄金、金剛石、紅玉、翠玉《すいぎょく》などでかざられておる」

「伝教大師は何ゆえこれを隠したとお思いですか？」

鉄心坊が問うと、義承は、鈍い歯切れで、

「あまりにも……美々しき宝ゆえ修行の場に向かぬと思われたのでは？」

「梶井殿——」

義承に言った教覚が、

「もはや八瀬の者に隠し立てせぬ方がよい。……わしは阿修羅像狙《ねら》いの賊であれば、まだ、よいと思うておる」

「これは異な——」

教覚は、憂《うれ》いの陰を、面貌《めんぼう》に漂わせ、

「最後まで聞いて下され。……わしはもっと根深い謀《はかりごと》が……此度《こたび》の一件の後ろで蠢《うごめ》いている気がしてならぬ」

「………」

天台座主の次なる言葉をまつ重たい沈黙が、すがるの白肌にのしかかってきた。

教覚が口を開く。

「わしが恐れる企《たくら》みは、二つ在る。一つ、座主《ざす》血脈譜《けちみやくふ》と八舌《はちぜつ》の鍵《かぎ》が……奪われた。これが見つからぬと、次なる座主の重みが、大いに揺らぐ」

教覚は、尊応を見た。

若き尊応は瞑目《めいもく》していた。

天台座主は、梶井、妙法院、青蓮院——三門跡が持ち回りでつとめる。梶井義承は既に座主をつとめているから、次なる座主は青蓮院門跡・尊応でほぼ決っていた。

尊応が開眼し、

「わたしの相承をくじこうとする一派が、山内、あるいは山外におるのやもしれませぬ」

「ことは……そなたの相承にとどまるまい。京でも争いが起きる。天下の騒乱につながるやもしれぬぞ……」

教覚が低く言った。

叡山での争いが——何故《なにゆえ》、都での争いにつながるか。

それは、叡山が只《ただ》の寺にとどまらないからだった。

まずは大学としての機能ももつ。

さらに、公人の中には土倉（銀行）をいとなみ財を成した者も多い。足利尊氏《たかうじ》が天下人であった頃、京には、三百軒の土倉があったが、この内、二百四十が——山門気風《さんもんきっぷ》（叡山系列）だった。また、叡山領で生産される近江米は、都の胃袋を満たしている。この近江米をはこぶのは東坂本に住む坂本馬借《ばしゃく》だが、彼らは叡山の民であり、京で消費される布、鉄、材木などが盛んに行き来する琵琶湖の水運業者は、一人の男——「観音《かんのん》寺《じ》別当」の支配下にあるのだが、観音寺とは山門の末寺で、観音寺別当は三門跡から富の湖の差配を命じられた代理人だった。

叡山は、そのメンバーに日本の首都、京都の財界を支配する、複数の豊かな銀行家をふくみ、首都の食糧市場と、それにつながる陸運、水運を統《す》べ、これらを守る軍事力を持っていた。

このような存在は……他に在るだろうか？

——在る。

ヨーロッパに存在した。

バチカンである。

ヨーロッパの大学が、教会からはじまったのは有名な話だし、バチカン銀行は今も存在する。バチカンは広大な教皇領を治め、教会を守る武力、聖ヨハネ騎士団やテンプル騎士団などの騎士修道会（僧兵衆）を擁していた。ヨーロッパの君主が次の教皇を気にかけたように、日本の権門にとっても、次の天台座主は大きな関心事であった。

——お山に争いが起きたら……。

すがるは、思う。

……花の御所、諸大名、公家衆《くげ》、都の土倉にも争いがおよぶ。大名どもが争いを起すということは、大きな戦が……。

「今一つの気がかりが」

教覚が口を開いている。蟬が一斉に、五月蠅《うるさ》く鳴く。すがるは、一言も聞き逃すまいと耳をかたむける。

「——阿修羅草紙にまつわる因縁を……わしは恐れる」

「深い呪《のろ》いがかけられた絵巻と聞いております」

ふっと、義承が笑う。彼は呪いを信じていないのかもしれない。

教覚が、言う。

「何でも後趙《こうちょう》の終りにつくられた絵巻とか。我らも……それを見ておらぬ。ただ、言い伝えにおいて知るのみ。また、二体の阿修羅像も、阿修羅草紙と関りあるとか」

後趙は言うまでもなく中国の王朝である。七郎冠者は、天台座主に、

「如何なる呪いなのでしょう？」

蟬が一瞬――鳴き止んだ。暑さのせいだけだろうか。座主の額には、汗がじっとり、浮いていた。

「それを見た者の心を邪《よこし》まにし……天下に大乱を引き起す」

義承が小さく溜息《ためいき》をつく。すがるは、左様な妖術《ようじゅつ》めいた話を信じられぬ。だが、古《いにしえ》よりつづく霊山で、天台座主から言われると……無視できぬ真実味もにじんでくる。

呑んだ唾が重い気がした。

天台座主は灰色の扇を額に当て、

「他言は無用ぞ」

八瀬の四人は、素早く、うなずく。

「これは叡岳でも一握りの者しか知らぬ大秘事じゃ」

教覚は、低い声で、

「何でも、後趙から江をわたって南へ逃げた絵師により描かれたとか。……聞く処《ところ》によれば……南朝の幾人かの皇帝がこれを見て惑乱した。悪名高い狂気の帝《みかど》……東昏侯《とうこんこう》などじゃ。隋の煬帝《ようだい》も、南朝の宮殿でこれを見て、乱心、三度の高句麗《こうくり》遠征をおこなって、国を滅ぼした。二体の阿修羅像は絵巻に魅せられし……煬帝がつくらせたものとか。その後、阿修羅草紙は長安《ちょうあん》の宮廷にもち去られ、唐朝の宝庫に固く封印された。が、これを見た者が……二人、おった。一人は楊国忠《ようこくちゅう》じゃ」

鉄心坊から、聞いたことのある名だ。冷たいミミズが血潮の中で蠢く気がした。

「――唐を滅びに向かわせた佞臣《ねいしん》ぞ。いま一人が……安禄山《あんろくざん》」

「………」

「唐朝の腰骨を揺るがす大乱、安史の乱を引き起した張本《ちようほん》じゃ。その後、絵巻は長安を落とした安禄山の手にわたったが、安禄山の子がこれを見て惑乱、安禄山を弑逆《しいぎやく》した。じゃが……既にこれを見ておった史思明《ししめい》が、今度は安禄山の息子を殺し、帝位につくも、史思明の子も阿修羅草紙を垣間見《かいまみ》て父親を討つという……反乱の連鎖が巻き起された」

「一体どうして斯様《かよう》な絵巻が本朝に?」

七郎冠者ならずとも訊《たず》ねたい、問いであろう。

教覚は答える。

「かの絵巻は、反乱の首領の手から首領の手にわたったが……ある時、天台山の僧がこれを盗み出し、山中に秘匿《ひとく》したという。四海の乱れを収めるためよ。天台山を開いた天台大師の鍵の話は存じておるな? 天台大師は、鍵を東に放られる時……こうも、おっしゃったとか。

『いずれ当山は天下に争いを起す災いの種をあずかる。東から来る……鍵を持つ者は、その災いの種を浄《きよ》め得る』」

すがるたちが初めて聞く伝説であった。

「故《ゆえ》に、天台山の僧たちは、伝教大師渡唐の折、天台大師の蔵にあった宝にくわえ、阿修羅草紙と二つの阿修羅像をわたした。伝教大師は、深く悩まれたが、それらのものも日本に請来《しょうらい》された」

「何ゆえ……」

義承が、口を開いている。

「伝教大師は、海にすてられなかったのかの？」

若犬丸が懸命にうなずいた。教覚は、頭を振り、

「それは……天台大師が託されたものをむげに出来なかったのでしょう。しかも、絵巻をすてたり、引き裂いたりした者には、大いなる災いが降りかかる……という言い伝えまであるのです」

すがるたちに、

「故に誰もこれを軽々しく処分出来なんだ。先程、梶井門跡は、阿修羅像が美々しすぎるゆえ隠されたのでは、とおっしゃったが……そうではあるまい。伝教大師は不吉な言い伝えにいろどられし絵巻と二つの阿修羅が一つ所にあるのを危ぶみ、阿修羅像の方だけ、隠されたに相違ない。謎《なぞ》言葉をのこされて……。その謎言葉を記録した僧が、おったはずじゃが」

とにかく、阿修羅草紙と二阿修羅は……日本にやってきた。そして、この忌《い》まわしき

草紙を見た者が、本朝にも、いると、教覚は言った。

かすかに前のめりになった七郎冠者が、

「……誰です？」

「第百十六世天台座主・尊雲法親王《そんうんほっしんのう》」

大塔宮護良親王《だいとうのみやもりよし》その人である。

「さらに、当山に登られた後醍醐《ごだいご》の帝。第百五十三世天台座主・義円《ぎえん》大僧正も……」

義円大僧正は梶井義承の兄であり、下山後、征夷《せいい》大将軍・足利義教《よしのり》である。

――希代《きたい》の暴君と恐れられた六代将軍・足利義教である。

義円の名が出た時から梶井門跡は複雑な面差しでうつむいている。

「いずれも……動乱の起りに、深い関りをもたれるお方じゃ。阿修羅草紙が乱を起すのか、乱を起す者が阿修羅草紙を呼ぶのか……。呪いなどないのかもしれんが、これだけ戦乱を起したという噂《うわさ》にいろどられておること自体、阿修羅草紙の力であろう。武将たちの手にわたすわけにはゆかぬ。さて、下手人については……六通り考えられる」

――六通り？

すがるは、絶句する。

「一つ、六角。一つ、三井寺。一つ、凶賊。一つ、山内の不平分子。一つ、関東……」

関東と聞いた刹那――深く同意する梶井義承だった。

関東とは、古河公方《こがくぼう》・足利成氏《しげうじ》と彼に忠誠を尽くす東国武士団を指す。京都幕府の正統性をみとめぬ成氏は、天下を引っくり返し、自ら将軍になろうと目論《もくろ》んでいる。

「最後の一つが……これら五つにふくまれぬ、他の大名、花の御所に巣くう……化け物の誰かぞ。すなわち、尋繹《じんえき》は——六方面でおこなわねばならぬ」

六方面の大掛かりな尋繹、そんな人材は八瀬にいるだろうかと、すがるは考える。

「これを……そなたらにたのみたい」

「恐れながら——」

七郎冠者の深い皺《しわ》が寄った額が下げられ、

「六方面の探りをおこなうには、我ら八瀬衆の手は些《いささ》か足りぬかと」

「坂東には、我が手の者をおくろう」

義承が、言った。

「わしの手下《てか》には——侍上りの、腕に覚えがある僧どもが、ごろごろ、おる。前にも坂東に入って柳営《りゆうえい》(幕府)のためにはたらいた者どもよ」

今度は、尊応が、

「山内のことは公人衆に当らせる」

教覚が首肯し、

「徳大寺の家がつかっておった乱破がおる……。実は、妙法院の法灯を継いだ頃、おことら八瀬衆がことの外多忙の折、その乱破を二、三度つかった覚えがあってな」

「貫首様……初耳でございますな。何処《いずこ》の乱破でしょう?」

教覚、少し、決り悪げに、

「伊賀の者じゃ。その道では、名人と言われた者のようじゃ」

「……ほう」

七郎冠者は小さな片靨《かたえくぼ》を見せた。だが、双眼は、少しも笑っていない。

「此度は大掛かりな仕事になる。故に、その者の手も必要かと思うた。昨日の早暁《そうぎよう》、彼《か》の地に使いを出しておいた」

「…………」

「明日明後日には参るのでないか? 信頼できる者どもじゃ」

瞬間――すがるの反射神経が閃《ひらめ》く。手が、高速で動き、逆鏇《ぎやくせん》を出した。

何者かの気配を上に感じた。風を起して立ち、

「――何奴《なにやつ》っ」

すがるは、屋上に向かって、叫ぶ。と、檜皮葺《ひわだぶき》の屋根の上から――からからと、笑いが落ちてきた。

「誰も気づかぬかとひやひやしたが、一人はまともなのがおったかよ!」

姿は――無い。

声の主は檜皮葺と一体化している――。すがるは、殺気立ち、咆哮《ほうこう》している。

「狼藉者《ろうぜきもの》っ！」

この辺りだろうと読んで逆鏟を投げんとすると、

「まて！」

教覚が止め――逆鏟は紙一重の差で放たれぬ。七郎冠者は、微動だにしなかったが、独鈷《どつこ》を諸手《もろて》持ちした鉄心坊、斧《おの》を手にした若犬丸は、腰を浮かせていた。

「座主殿、久方ぶりにまねかれた嬉《うれ》しさに、夜通し駆けて参ったわ！」

姿なき者は、快活に言った。男の声である。

「わしが呼んだ者どもじゃ、そのまま、そのまま」

教覚が扇で腰を下ろせと下知《げじ》した。青蓮院門跡は眉《まゆ》を顰《ひそ》め、梶井門跡は楽し気に笑んでいた。

「では、小法師《こぼうし》、参るか」

快活な声がする。すがるは、教覚が呼んだ伊賀者の声がした方を睨《にら》む。

と――全く別の所で檜皮が動き、男が二人現れている。

……忍術……声で攪乱《みだ》された。

怒りですがるの鼻が動く。檜皮に見える布をかぶり、屋根に伏せていた二人は、音もなく四王院の屋根を走り――すがるを真っ直ぐ見下ろす軒に悠然と立った。

一人は、若侍風。いま一人は、編笠《あみがさ》をかぶり杖《つえ》を持った出家風。出家風の面貌は、陰になり、窺《うかが》い知れぬ。

鉄心坊と若犬丸は腰を下ろしたが、すがるは立ったまま二人を仰いでいた。右手は逆鐽をはなさず今にも投げそうだ。

「——ふ」

皮肉っぽい笑みが若侍風の面に刷《は》かれた気がする。

瞬間、その伊賀忍者から——殺気が放たれた。

伊賀者がつかう星形十字手裏剣が、いくつも降ってくる。

すがるは逆鐽で勢いよく払う。と、急速に落ちてきた手裏剣は、俄《にわ》かに勢いをゆるめ、ふわふわ漂うように、土に舞い降りた。

手裏剣ではなく——。

……木の葉？

はっとしたすがるが軒を仰ぐと——男たちは消えている。

瞠目《どうもく》しかかったすがるは、動揺を抑え、素早く辺りを見まわす。若犬丸も口をあんぐり開けていた。

と、松、梅、水草、青竹の杭《くい》に乗った三つの盆栽の陰から、男が二人、すっと出た。音もなく飛び降りたのだ。

――何て速いのっ……。

前腕の筋肉が強い感情でうねる。すがるは、眉根に激しく皺を寄せていた。

この男の縮地《しゆくち》を――自分が超えられるかわからぬ。

父が生きていたらこ奴に勝てるかもしれぬが、般若丸はもういない。

武家装束の伊賀忍びはすがるの五つ六つ年上であろうか。三十には、手がとどくまい。

長身で、面長。

すがると対照的に、二重で大きい目で、一文字の眉は太く上にきりっと上がっていた。

鼻は高く、顎は尖《とが》り、肌は浅黒い。

忍者にしては……異様な装《よそお》いである。婆娑羅《ばさら》すぎる。

忍びは、地味な装いを、好む。

八瀬には洒落《しゃれ》た娘が多く、すがるも都の華やかな装いにあこがれたが、忍びになると決めた日、そんなあこがれは、すてている。今は浅葱色に藍の洲浜が入った古小袖を着ていた。若犬丸は、鶯色《うぐいすいろ》の擦り切れた筒袖に、くたびれた野袴《のばかま》をはいている。

対して、この伊賀者――黒地に真っ赤な檜扇《ひおうぎ》模様がでかでかと散らされた上着、袴は赤黒く、裾《すそ》と腰回りにだけ、白い千鳥格子《ごうし》が入っていた。むろん、この男より、婆娑羅な男は、京や堺には、ごろごろ、いるが、同業者として――不快になる派手さだ。

現に、この男の相棒、編笠をかぶった僧形の伊賀者は、今にも穴が開きそうな焦《こ》げ茶の衣をまとっている。僧形の服装には、好感が持てたが、向うは……そうでもないらしい。すがるが何かしようものならすかさず杖をくり出してくる殺気をたたえていた。

地味な伊賀者は、初老である。小兵《こひょう》で、丸顔。かなり日焼けした顎周りで無精鬚が銀に光っていた。鼻から上は、陰に潰《つぶ》されていた。

婆娑羅な若侍風が皮肉っぽい笑みをたたえた薄唇を開く。

「名張《なばり》ノ音無《おとなし》」

僧形の伊賀者が、

「種生《たなお》ノ小法師《こぼうし》」

音無が、再び、

「お召しにより参上いたしした」

門跡相手に軽く頭を下げただけの音無たちは八瀬衆の方へずかずか寄ってくる。三門跡を崇《あが》めるすがるたちからすると、不遜《ふそん》極まり無い態度だ。

音無が、皮肉っぽく、

「で、この連中と共にはたらけと？」

若犬丸が——ギリッと歯ぎしりする音がした。単純素朴なる八瀬の若者の、筋骨はち切れんばかりになっている。鉄心坊も険しい面差しだ。七郎冠者は、静かに瞑目していた。

すがるは立ったまま、逆鏇をしまう。敵意を隠そうともせず、

「何か文句、あるのか？」

かすれ声を、音無に突き刺した。

若き伊賀者はすがるの前で足を止め微笑《ほほえ》みを浮かべた。

「そなた……女子であろう？　何故、女が此処《ここ》におる？」

「あ……」

あたしと言おうとしたすがるは、言葉を呑み、

「俺は男だ」

音無は面白そうに、

「いや、女だろう？」

――――！

いきなり、すがるは――音無の顔を殴りつけた。

よけ様もない、鋭い一撃だった。

音無は唖然《あぜん》としていた。

小法師が、素早く杖を構えるも、音無が制す。

三門跡が固唾《かたず》を呑み、七郎冠者は瞑目したまま笑んだようである。

すがるは、嚙《か》みつくように言葉を浴びせている。

「俺は男だ。二度、同じことを言わすなっ」

音無の鼻から、血が一筋流れ出した。

音無は鼻血を人差し指と中指で拭《ぬぐ》う。指についた血を一瞥《いちべつ》し、またすがるを見、

「――ふ」

不敵な様子で、

「気に入ったぞ。実に面白い仕事になりそうだの。小法師」

小法師は微動だにせず、すがるを睨みつけていた。


詳《つまび》らかな動きが決る。

七郎冠者は、八瀬の主力を率い、六角と三井寺をしらべる。

鉄心坊は八瀬衆七人を率い、盗賊周りを探査。

関東には梶井義承が手の者を放つ。山内の不平分子は、公人がしらべる。

最後に、天下に騒乱を引き起そうとする、何らかの勢力が、諸大名、および、花の御所、つまり将軍御所に隠れていまいか。この探索は室町幕府と諸大名の屋敷が、ずらりと並ぶ王城の地でおこなう。

叡山の西に横たわる――京の都である。

都における探索について、七郎冠者は、

「中ノ頭は、すがる。若犬丸はすがるにつける。音無殿、小法師殿は、すがるの介添えにまわってもらいたい」

と、決めた。

むずかしい仕事である。

諸大名はそれぞれに忍びを雇い、おのおの屋敷に忍者返しの罠《わな》をもうけている……。

当時の京は——忍者屋敷がずらりと並んだ街と言ってよい。

さらに、幕府の無策により、飢民が溢れ、盗賊団や透破《すっぱ》と呼ばれる詐欺師《さぎし》が跋扈《ばっこ》、印地《いんじ》（石合戦）に明け暮れる凶暴な若衆も多い。ただ道を歩いていて、刺されかねない、京の都であった。

その危険と混沌《こんとん》の街から、下手人どもを、さがす。

……たった四人で。

名張ノ音無が言うように面白いかもしれぬと、すがるは感じた。初め、すがるは六角という主線から己がはずされたのに不満を覚えた。六角こそ、もっとも、きな臭い線と思えたからである。大津であれだけ派手に暴れた以上、自分がはずされるのはわかっていたが、悔しかった。

だが、考え様によっては……、

——六角がこんなにすぐ派手な返しをするだろうか？　父と白夜叉《しろやしゃ》を殺《あや》めた奴らは京

にこそ潜んでいるのかも。……見つけてやる！　あたしが。

すがるの形がいい唇が美しい殺気を匂《にお》わせた。


梁塵秘抄《りょうじんひしょう》に、云《い》う。

根本中堂へ参る道、賀茂川は川ひろし、観音院の下り松（一乗寺下り松）、ならぬ柿《かき》の樹《き》、人宿《やどり》、禅師坂、滑石、水飲、四郎坂、雲母谷《きららだに》、大嶽《おおたけ》、蛇の池、あこやの聖《ひじり》が立てたりし千本の卒塔婆《そとば》……。


京から叡岳に登る道、雲母坂《きららざか》について、歌ったものである。

雲母坂の名は、雲母という鉱物が採れ、参道の両側がきらきらと光っていたことに由来する。

雲母坂を登り切った所が東塔西谷《にしだに》。

施薬院《せやくいん》が、あった。

漢方に秀《ひい》でた僧たちが常に詰めていて、山内で病になった者がはこばれる。北嶺《ほくれい》の病院であった。

施薬院の一角。裏の檜林から、物哀《ものがな》しいヒグラシの声が、絶え間なく降りそそぐ板屋に――死んだ守部たちが寝かされていた。

筵《むしろ》の上に真っ黒く焼け焦げた遺体が八つ。それぞれの枕元《まくらもと》に、箸《はし》を立てた枕飯と、樒《しきみ》を一つ挿した花瓶が置いてあった。香炉が据えられ、青みがかった煙がたゆたっている。

遺体を置いたのは、出家し学問を積んだ僧たちでなく、葬送にたずさわる聖らだろう。ふつう、僧になるには、幼い頃から寺に入り、学問の研鑽《けんさん》に励むわけだが、聖はその学問課程を経ていない。よんどころなき事情から発心《ほっしん》し、髪を下ろした元侍や元百姓が聖だ。

野伏《のぶせり》が非正規武士なら、こちらは非正規僧と言えばよいか。

遺体は総じて、顔が黒焦げになっていた。

すがるの目が見開かれ、途方に暮れたような感情を閃かせ、泳ぐ。

……白夜叉っ！

衣の一部が黒焦げになったものが、その遺体の、腰回りや、肩に、まとわりついている。焦げた泥が身の内から噴き――それが、付着したような様《さま》であった。所々、焼けていない皮が見られた。何故、白夜叉とわかったかと言えば、面の大部分が惨《むご》たらしく焦げている中、いつも柔和な光をたたえていた眼と、その周りだけ……綺麗《きれい》に焼け残っていたのだ。

すがるの眼差しが狼狽《うろた》えながら横に動き、

――父っ――！

胸で煮えたぎった激情が、喉《のど》にこみ上げる。

黒焦げとなった数珠《じゅず》が腕に巻かれていなければ気づけなかった。

……あたしがつくった……。

その数珠をつくろうと思った日――比良山地の谷に落ち、般若丸に救われた日――を思い出す。

あの日、すがるは兎肉《うさぎにく》の汁に温められながら、次なるお務めをあたえられた父のために、お守りをつくろうと思った。辛《つら》い修行の合間に、丈夫な木をあつめ、数珠を細工した。

父はすがるの数珠をとても喜び、いつも手首にはめてくれた。

……よくも……こんな姿に。

全身がひどく焼け、衣はすっかり炭化し、影も形もなくなっている。黒い海のように総身が焦げ、赤く爛《ただ》れた皮膚の島が、三つほどみとめられた。

髪はなくなり、大きく開けた口の周りは焦げ、顔形は、滅形《めっけい》している。

すがると若犬丸、七郎冠者で施薬院に来ていた。

音無と小法師は鉄心坊に案内をたのみ、宝蔵焼け跡に向かっている。

若犬丸が、大きな手で口を押さえている。その手が、かすかに、ふるえていた。

「二人とも……喉に飛刀が刺さっておったようじゃ」

重く言う七郎冠者だった。

跪いたすがるの手が、筵の傍、土を無意識に掻《か》く。

悔しさと苦しみが、胸を抉《えぐ》った――。

無念や憤怒《ふんぬ》の相、穏やかな面差し、何でもいい。死に顔さえ見られたら……斯程《かほど》までの激情に苛《さいな》まれなかったかもしれない。

……せめて……顔を見たかったよ。

吠《ほ》えたい気持ちを歯噛《はが》みして押さえる。若犬丸が心配そうに、こちらを見ていた。

すがるは、樒を出す。樒はまだ暗いうちに稚児宿《ちごやど》の裏山で手折ってきた。

母と行こうと話していた花摘堂、ここで言う花とは樒を指す。花と呼ばれる青い木の枝を、父と白夜叉に供えると、こすり合わすように手を合わせている。

唇をふるわした若犬丸も、力強く合掌した。

憤怒で法華経《ほけきよう》が口から出ない。

若犬丸がすがるが誦《ず》そうとした経を唱えだす。逞しい声であった。すがるも、それにならって、唱えた。

根本中堂傍、勅封蔵の焼け跡に七郎冠者たちと向かおうとした時だ。雲母坂を登ってくる白衣の一団を——すがるはみとめている。

大叔父がいる。

八瀬童子たちだ。

喪服を着た一団は竜頭《たつがしら》に三角の幡頭《はたがしら》がついた、白い幡を四本、もっていた。さらに紙《し》花《か》ももっている。紙花は、紙で出来た白い花だ。長方形の白紙にいくつも切り込みを入れ、棒に巻きつけたものである。

釈迦《しやか》は弟子たちと、よくサーラの樹（沙羅の樹）の林で野営したと言われ、入滅の折も沙羅の樹の下で息を引き取った。この時、沙羅は、悲しみのあまり……一斉に白く変じた。

鶴林《かくりん》という故事である。

紙花は、この伝説にちなんだものだ。

白い一団をみとめた七郎冠者は彼らをまって声をかけようとした。だが、すがるは、七郎冠者に、

「……先に、行っています」

と、告げ、宝蔵の方へ向かっている。若犬丸もすがると白い一団を交互に見ながらついてきた。すがるは少しも振り返らず——木《こ》の下道を足早に行く。住み慣れた里の人々と話したら、再び心が八瀬に引かれる気がした。今は、鬼にならねば。

弔いは、既に、大叔父にたのんだ。だとしたら、里の衆と悲しみに浸っている暇など、ない。一刻も早く、下手人を、賊を、追いたい。

すがるの懐《ふところ》にはさっき取ってきた黒焦げの数珠が入っていた。

降りそそぐヒグラシの声を浴びながら、しばらく行くと――栩葺《とちぶき》の、大堂が、左前方に現れている。

根本中堂。

北と南、東に回廊をもつ根本中堂は、全山で、もっとも重要な堂だった。根本中堂には最澄手彫りと言われる本尊、薬師如来《やくしにょらい》像が祀られ、最澄が灯《とも》した不滅の法灯が燃えつづけていた。

奈良に都があった頃、諸国を重く蝕《むしば》んだ疫病《えきびょう》を大いに憂えた伝教大師は、人々から病による苦しみを取りのぞきたいと考え、さる仏を崇めた。

それが延暦寺の本尊、薬師瑠璃光《るりこう》如来である。

一昨日、賊が起した火は、宝蔵と守部の宿を燃やした後、南風にあおられ、北に広がる林に絡《から》み、樹を幾本か焼いている。

不幸中の幸いというべきか。本堂たる根本中堂、宝蔵と向き合う形で建つ全山の財務所、政所など、他の建物に火はおよばなかった。

賊がもたらした凶事《まがごと》を受けての、特別の法要だろうか。

全山の心臓、根本中堂から、一人の僧の、

「えーいーがぁーくーたぁーいしー」

と、高く、のばす、朗々たる声がひびいてきた。

その後、もの悲しくも遠くまでとどく声は、

「せぇーいぃーさぁーんしーん……」

つづいて、幾人もの僧が腹の底から、

「きーベーいさいちょーうしかじぃーん！　……」

と、声を揃《そろ》え、歌った。

叡岳大師姓三津《せいさんしん》。其名《きべい》最澄滋賀人《しかじん》。（叡岳大師、姓は三津《みつ》。その名は最澄、滋賀の人）

と、歌ったのだ。

三津という姓を持つ最澄は朝鮮系、あるいは中国系の渡来人の家に生れたと言われる。

奈良仏教の腐敗を嘆いた最澄は、二十歳にして、時の都、平城京《へいじょうきょう》に背を向けた。疫病《えやみ》と貧しさに苦しむ無数の人々のために……仏教は何もしていないように感じていた。

故郷の山を、目指した。

比叡山。

そこに、最澄は、庵《いおり》を建てた。

この庵が、後の延暦寺であり、今歌われているのは、その庵を建てた一人の男を、讃《たた》える唄《うた》だった。

お山の心臓の鼓動に思われる、僧たちの声明《しょうみょう》は、ヒグラシの声を伴奏に、すがるの腹にひびいてきた。若犬丸も表情を変えている。

すがると若犬丸は大堂に、体を向け、小さく頭を下げ、手を合わせた。

父の死で荒ぶっていた気持ちが、声明のおかげで少し穏やかになった気がする。

根本中堂の南から、勅封蔵があったはずの、広場に出る。

「…………」

焼け跡を見たすがるは固唾を呑み、足を止めている。すがるたちから真っ直ぐ東に行った所に、柿葺《こけらぶき》の建物が、見えた。

政所だろう。

政所の左奥に、大きな二階建ての門、文殊楼《もんじゅろう》がある。

東から白亜朱塗りの文殊楼を潜《くぐ》ると、正面奥に根本中堂、左手前に政所、右手前に宝蔵がある、宝蔵と政所は向き合っている、という知識は、すがるの脳中にあった。

が、本来、宝蔵と守部の宿があったはずの所に、今、瓦礫《がれき》が散乱している……。

黒く焼け焦げた樹が何本も倒れ、幾本かは力なく立っている。

卒塔婆垣の一部だろう。焼けのこった卒塔婆が、少しみとめられた。根本中堂から声明が聞こえる中、すがると若犬丸は、焼け跡に歩み寄る。音無と小法師は、瓦礫の傍を何か落ちていまいかと、身を低くして歩いていて、鉄心坊は二間ほどはなれて佇んでいた。

「……ひどい」

かすれた呟《つぶや》きが、すがるから、こぼれる。

灰にまみれた瓦が沢山転がっている。

炭化した校木《あぜき》が、水溜《みずたま》りや灰を寝床に横臥《おうが》していた。

真っ黒に焦げた柱の一部は、蛇の鱗《うろこ》が如く罅《ひび》割《わ》れ、白銀色の光沢をおびていた。

宝蔵の焼け跡で公人らしき男が六人、曲物桶《まげものおけ》を置き、棒で灰を掻いており、僧が二人、少しはなれて見守っていた。灰に埋もれた宝が無いかさがしているようだ。

瞬間、異臭が——すがるを襲う。焼け跡からその悪臭は漂ってくる。

悪い臭《にお》いがする虫を酢と芹《せり》で、よく煮たような臭いだ。

「……何だ？　この臭いは。初めて嗅《か》ぐ」

若犬丸に言うと、

「んと……何っつったかな？　何か、御頭が言ってたんだよな……」

逞しき幼馴染《おさななじみ》は頭をかかえてしまった。

若犬丸とくんで、下手人に辿《たど》りつけるのか、憎き凶賊を倒せるのか。不安になるすがるだった。

と、若犬丸が、

「何だ、その目は……。おらだと心もとねえって、思ったんだろ？」

「……思ってないよ」

昨日、誰よりも早く、供養《くよう》の米をとどけてくれたのは、若犬丸だった。彼の家に田は無いから、無理して買ったのだろう。多くを語らなかったが誰よりも心配してくれているのを感じる。若犬丸は顔を赤くして、むっとしている。

すがるは、あきれたように、

「だから、思ってないって」

「――燃ゆる水じゃ」

鉄心坊が歩み寄ってきた。

「そうだった……。たしかに、御頭はそう言ってたな！」

若犬丸が納得し、すがるは首をかしげている。

「燃ゆる……水？」

燃える水など在るのだろうか？　この世に。

「油じゃなくて？」

鉄心坊は白い眉を顰め、黒い髭《ひげ》を撫《な》で、

「油の類《たぐい》じゃろう。地が噴く、黒い水とか。ひどく臭うそうじゃ。わしは見た覚えがないが、御頭は見たという」

「——越後《えちご》の方で、湧《わ》くそうだな。名は知っていたが、臭いまでは知らなんだ」

名張ノ音無が腕をくみながらやってきた。

胸底で、苛立《いらだ》ちが、首を、擡《もた》げる——。

音無は若き美男子で、立ち居振る舞いも、颯爽《さっそう》としているが、どうにも拭い切れぬ警戒を、すがるにいだかせる。——この男の何かが気に食わぬのかもしれぬ。

それは、服装だろうか。喋《しゃべ》り方だろうか。他人《ひと》を、八瀬を、見下す態度だろうか。

……たぶん、その全《すべ》てだろう。

音無の下忍であるらしい小法師は宿の焼け跡から、幾本かの樹が燃えた木立に足を踏み入れた。すがるは、若犬丸に、

「父は……何処《いずこ》にいたの？」

「こっちだ……」

勅封蔵の瓦礫から、東へ、土が焼けた跡がつづいている。二人がそちらに歩むと鉄心坊と音無もついてきた。

火災の爪痕《つめあと》が終る所に、人が倒れながら焼けたような跡が、あった。

腰を下ろす。

「…………」

きりっとしたすがるの双眼で一瞬、焰《ほむら》が揺らぐ。

忍びに向かぬと父に散々言われた激情を抑えにかかる。心の中で、赤く、強く燃えていた火が消えてゆく……。

胸闇《むなやみ》で、もっと静かだが、ずっと熱い青き炎が――燃え出した。

樒を供え、手を合わす。

と、立ち上がろうとしたすがるの面に、鋭気が走っている。

さっと、駆ける。

「何かあったか？」

若犬丸が、驚き、飛んできた。

すがるが向かったのはさっきの所から五間半（約十メートル）ばかり東北に行った所、杉林の縁だ。少し西には、守部の宿の、卒塔婆垣の焼け残り。つまり幾本かの卒塔婆が、力なく立っていた。

今いる辺りに火はおよんでいない。麝香草《じやこうそう》の中から、光るものをひろい、若犬丸に見せる。

「逆鏟っ」

若犬丸が一度、視線を落とし、再びすがるを見る。

「……父のだ」

苦しさをにじませながら、言った。

般若丸は――ここに賊を見出《みいだ》し、逆鏟を投げた処、反撃に遭い、命を落としたと思われる。

賊の跡がのこされているかもしれない。三人の八瀬者、そして音無の捜索の手が、早速、近くの茂みに入った。

逆鏟が見つかった至近、ミカエリソウの叢《くさむら》をしらべていた音無が、

「見ろ。群青《ぐんじよう》の糸だ。草についていた」

すがるがのぞくと、

「甲賀者はよく……群青の忍び装束をまとう」

……甲賀っ。

すがるは唇を嚙んだ。

甲賀忍者は南近江の山岳地を根城とする。そこは、六角家の勢力圏であり、甲賀忍び

には六角に忠誠を誓う者が多い。

ちなみに、甲賀から山一つ隔てた南——伊賀の忍びたちは、主《あるじ》を持たぬ。伊賀衆は銭次第で何でもする。昨日、六角に雇われ、今日は、叡山にたのまれ、明日は、他の大名のためにはたらくという具合に。

大和屋事件の報復で、甲賀の魔手がお山におよぶ恐れも十分あるわけである。

……しかも……この甲賀、かなり、腕が立つ。厄介な相手だな。

もっとも、甲賀の跡を見つけた伊賀の音無も、得体の知れぬ魔性のような人だった。

伊賀者ゆえ、事情が変れば、明日には六角、甲賀方になっている恐れがある……。

——だから、嫌いなのだな。

すがるは音無たちと上手《うま》くやっていける自信がなかった。

と、少し離れた所から、小法師が、

「……やはりな」

深沈たる声を発している。

「何か、わかったか」

音無が問う。

「若。来て下され」

編笠をかぶった法体《ほったい》の伊賀者は宿の焼け跡の少し西に立っている。

ちょうど、西側の卒塔婆が、ひどく焼け落ちた跡と思われる。

笠からのぞく小法師の顔は、日焼けして水気が無く、小さい。水やりを忘れた茄子《なす》が、灼熱《しゃくねつ》の中、息も絶え絶えにつけた萎《しな》びた実を思わせた。

幾星霜も錆《さ》びついた声で、

「ひどく燃えておる所、臭いがひどい所は、燃ゆる水が撒《ま》かれた所と見ました」

小法師の視線が般若丸が倒れていた方に動く。

「燃ゆる水は、あすこから……ここまで、一つの線をつくって撒かれております」

「……ほう」

相槌《あいづち》を打つ音無だった。

「その線の内に――勅封蔵と守部の宿をふくむ。斯様《かよう》な線形になり申す」

小法師の杖は、灰の上に、一本、曲線を描いた。

「……蛇がのたうったような線だの」

音無が薄く笑い、顎に手を当てる。すがるが、かすれ声で、

「この線に何か意味が？」

「ご存知無いか？　すがる殿は」

鼻から上が陰になった小法師は面を上げている。

「ないね」

すがるは、肩をすくめた。

「俺も知らんな」

音無が言う。若犬丸も、首をかしげていた。

小法師は、この中でもっとも年かさの八瀬者、鉄心坊に、

「――三郎焼き。聞いた覚えは？」

「無い」

嗄《しやが》れ声で返す鉄心坊だった。

アカゲラが、頭上で鳴く。ヒグラシが声の雨を降らす中、小法師は一人うなずき、

「……無理もないか。わしがこれを見たのは、童の頃。かれこれ四十年も昔ゆえ……」

音無が、低く、

「勿体《もつたい》ぶるな。三郎焼きとは、何だ？」

「火の付け方。呪《しゆ》の如きものでしょう。これは、火を吐く大蛇《おろち》を表す。三郎とは……」

鉄心坊が呻《うめ》くように、

「甲賀三郎かっ……？」

「――いかにも」

小法師は素早く首肯している。

「……大蛇になったという言い伝えをもつ、伝説の甲賀忍びです」

甲賀三郎——平安時代の忍びで平将門討伐に功があったと言われる。兄の騙《だま》し討ちに遭い、地下世界に沈むも、大蛇になって地上にもどり……領土を取り返したという。

「三郎焼きをよくしたのは……甲賀五十三家の中でも、甲賀三郎の血を引く、いくつかの家にかぎられる」

「望月《もちづき》家などじゃな？」

鉄心坊がたしかめると、左様という仕草をして、

「しかも……その家の全ての者がするわけではない。ごく少数の火係（放火部隊）だけがこれをした。近頃の若い乱破は、このやり方を知らぬと……わしと共にはたらいた甲賀の古老は話しておりました」

伊賀者と甲賀者が同じ雇い主のためにはたらくのは、よくあることだった。

「今これをやるのは、よほど古い甲賀者か……そうした古老から教えを受けし者」

雇い主が何人《なんぴと》なのかはともかく、尖兵《せんぺい》として動いたのは、甲賀でないかとすがるは思った。

音無は小首をかしげ腕をくんでいた……。

気になったすがるは、包丁のように鋭く、

「何を……考えている？」

音無はほどよく日焼けした端整な顔を俯《うつむ》かせ、三郎焼きの跡を眺めながら、

「……別に何も」

はぐらかしている。璞《あらたま》を思わせるすがるの両眼が——きつく、光る。

突き刺さってくる視線に気づいた音無は、

「いやさ何故、火をつけたのだろうな」

「それは……決っておろう。火によって、追手の足を此処で止めるためじゃよ」

鉄心坊が、言った。若犬丸も腕まくりし、腕の筋肉を、誇示するかのようにふくらませ、

「んなこともわからねえのか？　名張ノ音無さんよ。おらだって、わかるぜ。んなことは」

若犬丸の声には敵意が籠《こも》っていた。だが、すがるの中には、筋骨隆々たる若犬丸と、風流をも解しそうな伊賀の音無、二人がぶつかった場合……音無が勝つのでないかという予感が、薄っすら漂っていた。

音無は八瀬者がぶつける敵意を微笑みでかわしている。婆娑羅な伊賀者は、政所の方に体を向ける。

柿葺の政所に向かって今、本坂から上ってきたのだろうか。烏帽子《えぼし》をかぶり、諸肌脱《もろはだ》ぎになった屈強な男や、頭を九分刈りにした山伏体の男、髪を肩まで垂らした裸足《はだし》の童が、重荷をかつぎ、汗にまみれて、歩いてゆく。公人衆だ。

「結界石から上は、牛馬も入れねえ。ああやって、人の足でよ……米や塩などはこび入れるんよ」

若犬丸が言った。烏帽子の男は天秤棒《てんびんぼう》で米俵を二つ、短髪の男は油が入っているらしい大きな桶を二つ、かつぎ、少年は米俵を一つ背負っていた。

音無は政所に消える三人をじっと見つつ、

「——ああした者は、毎日、かなりの数、登るのか？」

「当然よ。じゃなきゃ、飢え死にするわ。山の上の坊様方が」

音無は、すがるに、

「一つ、提案がある。ああした者の中に、火が出た日の昼、あるいはその前日辺り……見慣れぬ者がまじっていなかったか、政所にたしかめたい。もう一点、ここ一月以内に北嶺に参拝した大名、公家、柳営の要人、豪商の名が知りたい。その中に下手人が紛れているやもしれぬ」

至極、真っ当な提言と言わざるを得なかった。

「……わかった。七郎冠者を通して、たのもう」

すがるは言った。

と、灰の中で探し物をしていた男たちが、政所の方に引き上げる。それとすれ違うように七郎冠者が歩いてきた。

七郎冠者は、漂うように飛んできた胡麻粒《ごまつぶ》ほどの羽虫どもを払い、

「糸と火の付け方で、六角、甲賀の線と決めつけるのはよくない。鉄心坊が追う線、すがるがさぐる線、双方に下手人が潜んでいる恐れが、ある。——そこを忘れるべからず」

重たい声で告げた。鉄心坊、すがるが、きびきびとうなずく。音無が、しなやかだが、鍛え込まれた筋骨が内に隠れているらしい腕をくむ。

「俺も同じ考えだ。八瀬の乙名」

——それをさっき言わなかったのか。

音無の偉そうな言い方に、すがるは、むっとした。

七郎冠者は言った。

「音無殿の献策、もっともだと思う。その二つ、政所でしらべられよう。ただし——」

「政所に……賊に早変りするかもしれぬ、伊賀者は入れられぬか？」

先回りする音無だった。政所は全山の財務をあずかり公方や大名からの喜捨も受け付

ける。荘園《しょうえん》の富、資産もここが管理する。

「……疑うわけでないが、政所での聞き取りは、八瀬者《われら》だけでおこないたい」

鬼の首領の答に、不敵な伊賀者は、ふっと、眉を動かし、

「あいわかった」

苔生《こけむ》した古木の如く、じっと黙していた小法師が、

「忍び宿は、如何《いかが》します？」

錆びた声を出した。

「たしかに……」

すがるは、呟く。八瀬衆は近江方面のお務めが多いため、東坂本、大津、六角領観音寺門前に、大きな忍び宿をもつ。また、興福寺《こうふくじ》をさぐるべく——南都（奈良）にも忍び宿が二つある。

だが、花の都には、小さな忍び宿が一つあるきり。

——西坂本の忍び宿。二人入るといっぱいだ。

八瀬と京はわずか一里半しかはなれておらず十分日帰りし得るからだ。ただ、近いとはいえ、洛中《らくちゅう》と八瀬を毎日往反するのは一苦労であり……すがると若犬丸、音無と小法師で別々の宿に入るのも、意思疎通《そつう》の面で、難がある。そうつたえると、

「名張の者で都に出たのが三人、おる。そのいずれかに当りをつけよう」

音無が受け合っている。

「一応……礼を言っておく。あた、俺たちの……」

すがるが、かすれ声を出すと、

「うん？」

「一応、礼を言っておく。うちの忍び宿は小さいから助かる」

「一応が余分だよ」

からりと笑った音無は、

「では、暮六つ、西坂本の、雲母茶屋の前におる。さあ、小法師、ここは女がおらず、妙に堅苦しい……。墨色に染まった世界のようだ」

すがるを、ちらりと、見、

「女子と様々な色で溢れた娑婆《しゃば》に、早々に下山すべし」

顎を踏み、

「何ともなやなう、何ともなやなう、浮世は風波《ふうは》の一葉《いちよう》よ」

当節流行の今様を口ずさみながら、歩き去ろうとする音無に、七郎冠者が、

「そう言えば……以前、名張のお人とはたらいた覚えがある」

背を見せた音無が止る。

「たしか名張ノ黒鳶《くろとび》というお人で……」

「黒鳶は、俺の父だ」

音無は振り向きもせずに言った。

「ご息災かの？」

七郎冠者が問うと、

「死んだ」

音無は手短に告げ、小法師と共に、歩み出す。

山風に吹かれて立ち去ってゆく伊賀者の後ろ姿を見ながら、七郎冠者は八瀬衆をつれ、政所に向かう。

もう声はとどくまいという所まで音無が遠ざかった時、七郎冠者は、

「──上手くつかいこなせそうか？」

底知れぬ深みがある声で、すがるに訊ねた。

「……やってみます」

そう答える他ない。ずいぶん、小さくなった小法師の顔が、振り返る。音無は一切顧みず遠ざかっていった。七郎冠者は満面の笑みを小法師に向けて、

「──伊賀者は信用できぬ。もし、胡乱《うろん》な動きをしたら、斬《き》れ」

「はい」

すがると若犬丸は面差しを硬くする。

と、鉄心坊が、にこやかに囁く。

「……笑顔、笑顔、斯様な時ほどな」

お主らは思ったことが顔に出過ぎる、若犬丸と自分が、再三、父に注意されていたことを、すがるは思い出していた。小法師が首をもどし、完全に後ろ姿となると、痛々しい火傷《やけど》が走った首領の面貌から、笑みが全く消えた。

「鉄心坊」

「はっ」

七郎冠者は足を止めている。

「四王院で、例の謎言葉をうつした古文書が見つかった」

謎言葉とは——伝教大師が、阿修羅草紙末尾にしたためたとされる、二つの玉製阿修羅の隠し場所について語る暗号であろう。叡山に眠る古文書の海に潜った、幾人もの僧が手分けして、件《くだん》の謎言葉をうつした文書を見つけたのだ。

「政所の調査《しらべ》の後、わしは般若丸たちの葬儀に出る。じゃが、その方は、謎言葉の調査に向かえ」

「承知」

賊が、阿修羅像狙いの場合、八瀬衆が先に謎言葉を解けば、阿修羅像を盗《と》りに来る賊の先回りをし得る。

「すがるも四王院に参るか？」

「むろん」

即答した。

と、七郎冠者は——さっき見せた金属的とも言える厳しさと百八十度逆、深い哀《かな》しみを双眼からにじませ焼け跡を顧みた。

＊

同じ日。

西近江——比良山地。

山籠りの行者と八瀬忍びしかおとなわぬ、厳しく寂しい大山地を、異形の者が蠢めいていた。

山伏である。

般若の面をかぶっていた。

幅一尺ほどの岩棚が仮面の山伏の両足をささえている。一歩でも、踏みはずせば——地獄同然の幽谷だ。

山伏は絶壁の上、樅《もみ》に巻き付けた命綱を腰に巻き、崖《がけ》に楔《くさび》を打っている。

楔は、如来を思わせる線彫りがほどこされた岩に、打ち込まれている。

カツーン、カツーンという音が、誰もいない深山にひびく。

やがて岩が剝《は》がれ——遥か下、谷底に真っ逆さまに落ちて行く。

刹那、面の山伏は、東へ、琵琶湖に、顔を向けた。

茫漠《ぼうばく》たる湖中で沖島《おきしま》が煙っていた。

琵琶湖に浮かぶ、有人島だ。

鬼面山伏は崖に出来た穴に手を入れた。同時に、山伏の足元から小石が、ぽろぽろと、ずっと下の谷底に飛び降りて行く。中から——六つの手をもつ、眩《まばゆ》い輝きが二つ、取り出された。

三面六臂《ろっぴ》。金銀はもちろん、金剛石《ダイヤモンド》を初めとし、紅玉、蒼玉《そうぎょく》、翠玉、黄玉、紫水晶……色とりどりの宝玉を、腕釧《わんせん》に足釧《そくせん》、菩薩《ぼさつ》の瓔珞《ようらく》を超える豪奢《ごうしゃ》な胸飾り、裙《くん》の飾りとしてまとった、二体の阿修羅であった。

高さ二尺ほど。磨きに磨いた翡翠の肌は、一つ目が、葉の裏側のような薄緑——裏葉色で、いま一つが雪のように白い。

裏葉色は猛《たけ》り狂った男の阿修羅、白は妖艶《ようえん》な女の阿修羅だ。

面の山伏は阿修羅像二つを白い大袋に入れる。

阿修羅は——戦を好む悪神である。
阿修羅が棲《す》む、阿修羅道は、永久《とわ》に戦乱がつづく魔界と言われる。

下洛《げらく》

道の両側に杉檜《すぎひのき》が茂っている。

夕日は、樹《き》に遮られ、雲母坂は薄暗い。

狸《たぬき》が化けて出そうな坂道を、すがると若犬丸は、疾風《はやて》となって、駆けていた。

二人は下洛している。

都に行くことを、上洛と言った。

並の山から、この王城の地に坂を降りる時も、やはり、上洛という。

だが、例外が、ある。

比叡山から京に降りる時には「下洛」という言葉をつかう。

雲母坂を都に下洛し、ある修行を成し遂げた、お山の行者は、たとえ、その者が百姓の出であっても、京都御所に土足で上がることを許された。

千日回峰《せんにちかいほう》。

その修行の、名だ。

叡岳でもっとも厳しい修行で、深夜に、寺を出、全山を一周、朝にはもどる、最短三十キロの回峰修行を、七年かけて一千日おこなう。中でも辛《つら》いのが最後の二年。六年目の赤山苦行は三十キロの基礎行程にくわえ、雲母坂を降り切った所にある赤山の社《やしろ》――今の赤山禅院に参拝し、もどってこねばならぬ。

移動距離は、一日、六十キロになる。

これを百日ぶっ続けでおこなう。

七年目はより辛い苦行、京都大回りがまっている。

基礎行程三十キロの叡山一周にくわえ、京まで降り、都を、一周する。その一日の行程は――八十四キロにおよぶ。

これも百日間つづけておこなう。

年百日ないしは二百日おこなう回峰修行は、一度はじめれば、途中で一日の空白もみとめられない。土砂降りの日も、大雪の日も、高熱が出た日も、身悶《みもだ》えするほど腹が痛い日も、山を走らねばならぬ。

まさに、人間の限界を超える苦行であった。

千日回峰を成し遂げた者は、生身の不動明王と見做《みな》される。八瀬衆もまた、比良大回りを成し遂げ、印可状をさずけられる時、自らが生身の制吒迦童子《せいたかどうじ》になると考えた。

比叡山は日本仏教の聖地であった。帝《みかど》が仏教の信者である以上、その冠の上に仏が在ると考えられた。だから、叡岳から俗世間の中心に降りることを、下洛といい、この山から降りてくる不動明王は、御所に土足で上がった。

今、すがるたちは千日回峰の行者が行き来し、花の都から貴族が登る参道を、ヒグラシの唄《うた》につつまれて、駆け降りている。

右前方、杉林の中を、塒《ねぐら》から出た狸が走り、都笹《みやこざさ》の海から叡山苔《えいざんごけ》の島に跳びうつりながら、すがるらとは逆、山上へ向かっている。

すがるは狸から坂道に視線をもどしつつ政所《まんどころ》と四王院で得た情報を整理した。

ここ一月の間に、お山をおとずれた要人の中で、気になる名が、二つ。

一人が、

――権中納言《ごんちゅうなごん》・阿野《あの》公熙《きんひろ》。

公家《くげ》、阿野家で、もっとも高名なのは、後醍醐天皇の寵妃《ちょうひ》、阿野廉子《れんし》だろう。

廉子のおかげで阿野家は南北朝動乱時、南朝方柱石としてはたらいた。

南北朝合体後、京にもどったが冷遇されてきた。紀伊山地の奥深くには、今も、南朝の皇胤《こういん》が隠れているという噂《うわさ》がある。公熙は、彼らとつながっている恐れがある。

……後醍醐の帝が、叡山から消え、吉野《よしの》に入られたことで、南北朝動乱がはじまった。

公熙はお山でことを起し、何か大きな騒ぎを扇動しようとしているのでは？

斯様《かよう》な推理が——八瀬衆の脳裏を、よぎっている。

もう一人、気になる名が、

——山名《やまな》家家宰・垣屋弾正《かきやだんじょう》。

山名宗全《そうぜん》——超大名である。

山名一門は、宗全が治める但馬《たじま》を初め、山陰山陽を中心に、九ヶ国の守護をつとめている。九ヶ国からあつめられる猛兵の数は、もう一つの有力大名、細川《ほそかわ》家に匹敵、元々軍事的基盤の薄い足利将軍家の力を……遥《はる》かに、超えた。

公方《くぼう》様の周辺《まわり》は赤入道のことをよう思うておらん。

童でも知ることだ。

赤入道とは宗全のことで、彼が赤ら顔であることに由来すると思われる。

もう一つには宗全が、血の気が多い人だからだろう。

武勇に秀《ひい》でる宗全は、短気で喧嘩《けんか》っ早く、禅僧の一休《いっきゅう》が、
業《ごう》は修羅に属し（戦を好む阿修羅道の業を背負っている）。

と、評したほどである。

この赤入道を公方の周り、つまり、将軍側近の腹黒い輩《やから》が、追い落とそうとしている。

そんな企《たくら》みをめぐらす、花の御所の、策士の中心に、伊勢伊勢守貞親《いせいせのかみさだちか》が、いる。

――山名を憎む者は伊勢伊勢守だけじゃない。……細川だって……。

細川勝元《かつもと》は山名宗全の娘婿《むすめむこ》だが、この二人の間には、冷たい隙間風《すきまかぜ》が吹いていた。

細川家は山名家の領土の大きさを警戒しているようだ。

……伊勢守や細川に追い詰められた山名が、何か企んでいるのか？

たとえば、次の天台座主《ざす》の座をめぐる争いを、お山に引き起し、

――その争いを鎮《しず》めるためと言って、軍兵を都に呼び込むとか？

山を駆け降りながら閃《ひらめ》いた可能性だが、あり得ぬ話ではない。

――都にはもう一つ、きな臭い噂《うわさ》があると聞いた。次の将軍をめぐる争い……。

つまり、一昨年、「将軍職をゆずる」と、現将軍・義政《よしまさ》に言われた義政弟、足利義視《あしかがよしみ》と……去年、義政の子を産んだ正室・日野富子《ひのとみこ》の争いだ。

山名細川伊勢が三つ巴《どもえ》の政争を繰り広げる中、花の御所の内も、二つにわれつつある。

そんな陰謀の都に――すがると若犬丸は下洛している。

若犬丸はほとんど日が差さぬ山道を降りながら、

「伝教大師の謎《なぞ》言葉……どんだけ、頭、ひねってもわかんねえわ」

ずっと無言だと思ったら、別のことを考えていたらしい……。

「七人の知恵深きお坊様に考えさせるって、貫首様はおっしゃった。あんたが考えた処《ところ》で意味ないよ。止《や》めな」

二体の阿修羅像を隠した、お山の開祖、最澄の謎言葉とは……、

にう　なごし　ひま
ひえさる
いるをさすい
ならしか
ほふみち
まつおかめ
さきとゆえ
くらまむかで
ちな

というものだった。

この内、ひえさる、ならしか、まつおかめ、くらまむかで、の四文句、動物名をふくむ四つはすがるでも解せた。

ひえさるは、日吉《ひえ》（比叡）の猿、ならしかは、奈良の鹿《しか》を、まつおかめは、松尾の亀《かめ》、くらまむかでは、鞍馬《くらま》の百足《むかで》をあらわすのだ。

これらは全《すべ》て、神の使いだった。

どういうことかというと、比叡山の東、山門と関り深い日吉社は、猿を神使とする。同じように奈良春日大社は鹿、松尾大社は亀、鞍馬の毘沙門天《びしゃもんてん》は百足を使いとした。

だから、この四文句が比叡山、奈良、松尾大社、鞍馬寺をあらわすという読みは、七人の高僧ならずとも容易《たやす》くみちびき出せている。

が、どうしても、ここでつっかかる……。

……にう　なごし　ひま　ひえさる　いるをさすい　ならしか　ほふみち　まつおかめ　さきとゆえ　くらまむかで　ちな……。

——どれだけ考えても無意味だろう。

すがるは直覚している。

雲母坂の両側で、杉檜の高木林が、姿を消す。クヌギが大きくそそり立ち、なめらかな幹を有する藪椿《やぶつばき》が軟体動物の踊りのように茂った凄《すさ》まじい密林となっている。左右で人の背丈くらいある斜面が切り立ち、落ち葉と苔をかぶった花崗岩《かこうがん》が至る所で剝《む》き出しになっている。

「おらが考えても意味ねえって……そりゃ、あんまりだ、すがる」

若犬丸が太い足を止めた。斑《まだら》な西日を浴びた岩が、きらきら輝いていた。

すがるは構わず、先を行く。

「おらだって、お前の親父《おやじ》や白夜叉の無念を晴らしてえっ」

すがるは無視して、クヌギの倒木を潜る。

若犬丸の野太い声が後ろから、

「一人でかかえ込むなっ！」

「………」

汗ばんだ、すがるも、止った。すがるの左では二本の椿が一本の橋状の枝で完全に連絡し合っていた……。連理の木だ。野生の椿は、枝と枝が一つに結合したり、密着し、絡《から》み合う二つの幹が一つにつながったり、またそれがはなれたりと、想像を絶する面妖《めんよう》の生態を見せる。

そんな妖気漂う藪椿の脇《わき》にマタタビが茂っており、蔓《つる》状の枝に、びっしり茂るマタタビの葉の幾割かは、白く染まっている。

マタタビは暑い夏に、梅に似た形の白花を、鬱蒼《うっそう》たる葉群《はむら》に、つける。このいま一つ目立たぬ花に虫を誘うため葉を白くすると思われる。

すがるが顧みると叡山を背負った若犬丸は何故《なにゆえ》だろう、泣きそうな顔をしていた。

「お前は……いつだってそうだっ」

二人の横で猿どもが木から木へ跳びうつっている。蟬時雨《せみしぐれ》を突き破り、甲高い叫び声と梢《こずえ》の軋《きし》み音が、ひびく。猿に驚いたルリビタキが二羽、すがるの上を飛んでいく。

「どんなに辛《つれ》えことがあっても、おらたちに何も言わねえ。……一人で背負い込んじまう」

「………」

逞《たくま》しい若者は一歩近づいてきた。赤い西日が、藪椿を貫き、若犬丸のごつごつした顔と苔生《こけむ》した石を照らしていた。若犬丸が、もう一歩、近づく。

すがるは一歩後退《あとずさ》り、眉間《みけん》に皺《しわ》を寄せ、

「父《ノノ》は言った」

すがるが放つ厳しさが若犬丸の足を止める。

「乱破《らっぱ》はいつだって、一人なんだと。頼りにしていいのは……己の力だけ。仲間の力などあてにしてはいけないと！」

初めて忍び働きを成し遂げた十六の冬、般若丸は納豆餅《なっとうもち》を振舞ってくれた。

すがるは驚いた。納豆に塩をかけ、餅に絡めて食す納豆餅は、正月の馳走《ちそう》であり、年の暮れに食うものではない。

納豆餅を半分食った処で般若丸は喜びに輝いたすがるの目を見ようともせずに、乱破の心得を口にした。

深々と雪が降る晩だった。

父の戒めを、すがるは、納豆餅の旨《うま》さ、あの夜の寒さと共に、覚えている。

すがるの言葉を聞いた若犬丸は寂し気な顔をしていた。唇をふるわし、

「般若丸は正しいよ。だけどよ……おらは、ここにいる。お前は……一人じゃねえんだ。何があったって、おらはお前の味方だ。それを知ってほしかった」

「…………」

「辛かったら、辛えって、たまには言え。な？　言っていいんだ……」

すがるはうつむき瞑目《めいもく》していたが、京の方に体をまわした。

「こんな所で油を売ってちゃ、日が暮れる。……行くぞ」

美男風呂《ぶろ》

色気を滴《したた》らせた美男美女が体をあらってくれる。銭を積めば……もそっと深い処《ところ》まで汗まみれになって奉仕してくれる。

左様な噂《うわさ》が漂う人気の風呂屋が、西坂本に、ある。

まつき風呂という。

京における風呂屋は、八瀬《やせ》の窯風呂《かまぶろ》と同じ、サウナである。

歴史は古い。

早くも今昔物語に、「東山の辺《ほとり》に湯涌《ゆわか》して候《そうろ》ふ所」が現れるから、平安時代には在ったと思われる。

室町の頃には町のそこかしこで風呂屋が競い合っていた。

たとえば、永享《えいきょう》の頃、我が国をおとずれた朝鮮国の特使は、

日本人は大人も子供も沐浴《もくよく》を好み、大家には湯殿があり、町中には銭湯があって、

沸けば角ぶえを鳴らしてこれを告げ、人々は湯銭を払って入浴する。

と、したためている。

ここで言う角笛とは法螺貝《ほらがい》だと思われる。

何故《なぜ》なら戦国時代に来日した宣教師、ジョアン・ロドリーゲスが、

大衆浴場があって、そこでは一人の男が法螺貝を吹いて人々に呼びかけ、日本人の非常に好きな入浴をすすめている。

と、記録しているからだ。太平記にはこうした風呂屋で女童部がはたらいていたと書いてある。体をあらってくれる湯女であろう。

まつき風呂は湯女だけでなく玉のような美少年を揃《そろ》え、湯男としてはたらかせていた。

湯女を買う男が、いる。

はたまた湯男を買う女、湯男を買う男もいる。まつき風呂には大名や公家、高貴の女房まで通うと評判だった。

こうした高嶺《たかね》に住まう人々は庶人と同じ風呂に入るのを好まぬ。

止湯《とめゆ》か、合沐《ごうもく》を、おこなう。止湯とは五十疋《ぴき》ほど払って一定時間湯屋を貸し切りにす

るのだ。

五十疋は、五百文。一文を百円と考えれば、五万円払って……湯屋を独り占めするということだ。

京の都は数文の銭を大切ににぎりしめてその日を生きる庶民で溢《あふ》れ、文字通り一文無しの身空で、道端で飢え死にする男女が、後を絶たない。

止湯は一握りの者にしか出来なかった。

合沐は、気の合う数人で湯屋に出かけ、貸し切り料を割り勘にする方法だった。

山名家に仕える上臈《じょうろう》、柊野《ひらぎの》もまた、まつき風呂に湯男目当てに通う一人である。

柊野は貧しい公家《くげ》の家に生れた。

十四で、山名家へ女房としてはたらきに出た。

武家の世である。雲の上人《うえびと》でも……力を蓄えてきた侍どもや、いちじるしく台頭してきた商人どもに、軽んじられている。あわよくば、山名の北の方におさまり……教養を切り売りして何とか食いつないでいる実家を救わんという、夢は、淡くも崩れた。

山名の男たちの手は、どういう訳か、柊野にはつかなかった。この時代、女の盛りは十代後半と言われている。その盛りをとうに過ぎても何事もなかった。

男は、知っている。山名の侍と通じ、わかれた。

働きに出て二十年になる柊野は、熟れた体に時折灯《とも》る焔《ほむら》を鎮《しず》めに、まつき風呂に通っている。風呂屋になど絶えて近づかぬ素振りを見せつつ……大原寂光院《じゃっこういん》や西坂本赤山明神に物詣《ものもうで》すると見せかけ、山名邸から遠くはなれた、まつき風呂に通っている。贔屓《ひいき》は、ぼんてん、という美少年。

今日も百疋払って一刻《とき》（約二時間）止湯する気だ。

「まだ、湯は沸かぬでしょうか……」

女の童《めのわらわ》が退屈げに呟《つぶや》く。

この子は、主《あるじ》が蒸し風呂の中で何をするか、知らぬらしい。さっきから言葉の端々に自らも入浴したいという気持ちがにじんでいて、気の毒でもあるし、疎《うと》ましくもある。

ただ、今日は、座っていても汗が垂れるほど暑い。誰しも汗を流したい。そんな中、柊野と老女、女の童は、都の西端近く山名邸から、北小路《きたこうじ》（今出川通《いまでがわ》）を延々と歩き、洛中《らくちゅう》を横断、鴨川を徒歩でわたり、蓼原田中《たではらたなか》の里や、一乗寺下り松が佇《たたず》む田んぼの中を通り、ここまで歩いてきた。輿《こし》をつかうと他の女に行き先を気にされるのだ。

甘酒屋の女がいそいそと寄ってきて、柊野と女の童に、よく冷えた甘酒のお代りをそそぐ。老女の甘酒はあまりへっていない。

西坂本には大原若狭路《わかさ》など大きな道がいくつか通っており、まつき風呂は雲母坂路《きららざか》に面している。今、三人は風呂屋の向いにある甘酒屋で憩《いこ》うていた。

「イワシの、へしこぉー。若狭のイワシの、へしこぉー、買うぇい！」

山また山の大原若狭路を海が見える所から歩いてきたか。たっぷりの塩に、幾日も漬け、糠《ぬか》の中で数ヶ月眠らせたイワシを商う男が、甘酒屋の前を通り過ぎる。

と、

「いや……柊野様。お待たせしてしまいましたな」

まつき風呂の主、松木道珍《まつきどうちん》が、汗を拭《ふ》きつつ、甘酒屋に入ってきて、法螺貝の音が勇ましくひびきわたった。被布《かつぎ》をかぶった柊野は、脂《あぶら》が乗った腰を上げると、ほんの僅《わず》かな距離なのに市女笠《いちめがさ》をかぶり、従者二人を甘酒屋にのこし、道珍について表に出る。

白い袋を背負った芥子坊主《けしぼうず》の童、大きな曲物桶《まげものおけ》を頭に乗せた女と、日焼けした童女、痩《や》せた枇杷葉湯《びわようとう》売りが、通り過ぎる。少しはなれた所にぼろぼろの衣を着た乞食《こじき》たち、笠と布で顔を隠した者たちが筵《むしろ》をしいていて、道行く人に碗《わん》を差し出していた。

逸《はや》る気持ちをゆったりした足取りが隠している。

『歩く速さで、身分が知れるぞ。ゆるりと、歩け。せわしのう歩くな』

亡《な》き父が、話していた。ふと——今の自分を亡き父が見たら、どう思うだろうという真っ白い眩暈《げんうん》に襲われた柊野は、蟬時雨《せみしぐれ》の中、立ち止った。

いつも、上がり場に三つ指をつかえて跪《ひざまず》いている、ぼんてんの姿はなかった。

無人の上がり場に軽く驚いた柊野が道珍の許《もと》にもどって問い合わせると、

「ああ、すんまへん。さっきまでおったのに……。何処《どこ》に行ったんやろ？　すぐに、支度させまっさかい。申し訳ありまへん、柊野様……まずは、お一人で、お風呂の方に……」

道珍の話の途中で背を向け、上がり場にもどって衣を脱ぎ、用意されていた湯文字に着替える。高貴の姫は、自ら着替えることを知らぬが、十四で山名邸に上がった時、柊野にはお付きの者もおらず、自分のことは自分でやらねばならなかった。実家に侍女まで添える余裕がなかったのだ。今の老女と女の童は口が堅く信頼出来る者たちだが、これは、山名家の方で、長く仕えてきた柊野に添えてくれた者たちだ。

真っ白い湯文字をまとった柊野は遣戸《やりど》を開ける。

薄暗い蒸気につつまれながら、一人呟く。

「世が世なら……きつい仕置きが、下る処じゃぞ。道珍」

熱く蒸され、汗まみれになって横たわりつつ、柊野はぼんてんも叱《しか》ってやらねばと思う。——近頃、あの者は図に乗りすぎのようだ……。

蒸気から簀子《すのこ》の洗い場に出ると——白い筒袖《つつそで》を着た男が一人、三つ指をついてかしこまっていた。薄暗がりにも、ぼんてんでないとわかる。

ほっそりしたぼんてんより、ずっとがっしりしていて、歳《とし》も少しいっている。

「——何者ぞ」

厳しく問うた。

男は、いよいよかしこまり、

「はっ。ぼんてんが、急な腹痛のため、垢取《あかと》り出来なくなりました。代りの者にございます」

「聞いておらぬ」

鋭く言う。

男は、顔を上げ、静かな声調で、

「申し訳ありませぬ。……それがしがお気に召さなければ……すぐに、代りの者をよこす、道珍はそう申しております」

端整な顔形をした男であった。

――精悍《せいかん》な面構《つらがま》えだが、野卑ではない。

威儀を正した様子も、この処、柊野の寵愛《ちょうあい》で調子づき、小生意気な発言が目立つぼんてんより好感が持てる気がする。

男は早くも立ち去りかけた。この男を下らせ、これ以上の者が出てくる保証は、ない。

「待ちゃれ。そなたでよい。……名は、何と申す？」

柊野は、呼び止めている。

「……愛染《あいぜん》、と申します」

汗一つかいていない男はふっと微笑《ほほえ》んだ。

涼しい笑みである。

体じゅう汗にまみれ、髪と湯文字が重くなった柊野は、男の逞《たくま》しい体から密教の寺が聳《そび》える深山の涼気が、漂った気がした。

愛染は静かな手つきで柊野の湯文字を脱がせる。

水で体をあらわれながら、柊野は、この男は武士の出ではないかと感じ、訊《たず》ねてみた。

「はい。元は、青侍《あおざむらい》をしておりました」

途端に、好感が湧《わ》く。

青侍は公家に仕える侍である。

幼い頃、家にいた剽軽《ひょうきん》な青侍を思い出している。

「そうか、そうか、何処《いずこ》の家に?」

「飛鳥井《あすかい》様に仕えておりました」

愛染の手つきは、快楽《けらく》に向かう助走にも入らず、ただひたすら、柊野の垢をこそげ取ることに注力しているようである。

微妙な所に近づこうともせぬ。

それが、やや、もどかしい。

もしかしたら、この男、自分がただ、ぼんてんに体をあらわれるために、西坂本くんだりまで来ているのだと勘違いしているのか。

が、垢取りの腕は確かであって――逞しい手が動く度に、我ながら恥ずかしくなるほど沢山の垢が、鮎《あゆ》のようにぬめった肌から、噴き出るのだった。

　愛染は言った。

「ただ、故《ゆえ》あって……」

「訊《き》くまい、訊くまい」

秘所に近づこうとした指が、太腿《ふともも》から膝《ひざ》に流れた。柊野は、かすかにぎこちない声で、

「飛鳥井様と言えば……和歌と蹴鞠《けまり》の家よの？」

「ええ。御尊父も、和歌の名手であられたと、ぽんてんから伺っています」

「そう……。歌詠《うたよ》みで、あらしゃった。されど今の世は、和歌よりは今様……」

「お茶の水が遅くなり候《そろ》、まず放さいなう、また来うかと問はれたよなう、なんぼこじれたい、新発意《しんぼち》心ぢゃ（お茶の水汲《く》みに時がかかりすぎて、みんなに怪しまれるわ。また来るか、なんて、あたしに言うの？　何てじれったい人なの、あんた）

斯様《かよう》な唄《うた》がここら辺りでは流行《はや》っておりますな」

――心を蕩《とろ》かすほど見事な唄声だった。

「そなた……今様歌いになれよう？」

「とても、とても、今様だけで食っていけるほど、世の中、甘くありませぬ」

濡《ぬ》れた幾本かの髪を汗ばんだ頬に張りつかせた柊野は、

「歌人も、そう。太い蔓《つる》を摑《つか》まねば、世をわたってゆけぬ」

教養を買おうとする大名や豪商を見つけられない歌人は悲惨なものだ。父がそうだった。

「山名様は……和歌や琴より、犬追物に狩りというお家柄ですからな……」

「………」

実家で培《つちか》ってきた和歌や琴の技を、もっと活《い》かせる家があるはずという思いをずっとふくらませてきた柊野に、

「今の世の殺伐とした気が収まり、和歌や琴の音に、もそっと耳をかたむけられるような穏やかな世になってほしいですな……」

心に忍び込んでくる声で、愛染は囁《ささや》いた。柊野はぼんやりと男を見る。麗《うるわ》しい湯男の面から深い憂《うれ》いが漂っている。愛染の大きな二重の目が、柊野を捉《とら》える。

——よろしいか、と問われた気がした。

柊野は小さくうなずいた。

瞬間、乳房を力強くこねられて、簀子に押し倒された——。あっという間に衣を脱いだ愛染がおおいかぶさってくる。愛染の腕や胸で逞しい筋肉が盛り上がっていた。

愛染は、柊野に唇を重ねている。もそっと、呉《く》りゃ、と胸の中叫びながら舌を突き出

すと――愛染の舌は柊野の顎《あご》に動き、やわらかく、舐《な》めた。電撃が体を貫いた。もどってきた愛染の舌が、柊野の唇の形をたしかめるかのように、緩慢に口唇《こうしん》の表面をなぞる。十分に潤《うるお》った口腔《こうこう》に愛染の舌が侵入した。

愛染の舌が、白い喉《のど》を下降する頃には、柊野は薄目を開け、体を小刻みにふるわしている。

――そろそろかの。

名張ノ音無は、冷静に思案している。

愛染なる源氏名を名乗り山名家上臈、柊野に近づいたのは音無であった。

ぼんてんは鳩尾《みぞおち》に一発くらわせ、阿呆薬《あほうやく》を嗅《か》がせて、蔵に放り込んである。美少年を探しに来た松木道珍も同じ目に遭わせた。懸命に薪をくべる少年に、道珍の声で、『ぼんてんの奴《やつ》、見つかったわ！　ご苦労』

明るく声をかけ、悠然と浴室に侵入したわけである――。

伊賀者は、腰を振り、声を千切らせた柊野を後ろから貫きながら、脱ぎすてた小袖の隠し（ポケット）に手をのばす。女の背に玉の汗が浮いていて、音無の動きによって、こぼれたり、もっと大きい滴《しずく》になったりした。

甘く喘《あえ》ぐ柊野をじっと窺《うかが》いながら音無が取り出したのは貝殻だ。

——阿呆薬が入っている。

芥子からつくった伊賀の妙薬で、意識を飛ばす効果がある。

柊野に嗅がせ、効き目が出る頃、起しながらしゃがみ、後ろから抱いて、

「柊野……俺は、愛染明王だ。愛欲を悟りに変える仏」

上臈女房は没我の面差しで、

「……愛染……明王様？」

「そうだ。もっと、眩《まばゆ》い極楽に参りたいか？」

濡れそぼった叢《くさむら》に指を這《は》わせ、ぬめりを愛撫《あいぶ》しながら囁くと、柊野はこくりとうなずいた。

「ならば俺が問うことに答えよ」

山名の奥に仕える女は首を縦に振る。

「叡山から、宝が三つ、奪われた。何か知っておるか？」

夢遊する柊野は、首をかしげた。

「盗まれたのは座主《ざす》血脈譜《けちみやくふ》、八舌《はちぜつ》の鍵《かぎ》、阿修羅草紙」

微細な反応が見られる。

「……阿修羅……草紙？　阿修羅……」

「そう、阿修羅草紙じゃ。何か、心当たりでも？」

音無の双眼が――鬼をもおののかす、凄《すさ》まじい炎を発した。

音無は銭のために賊を追っていた。引き受けたからには、存分にはたらく気である。

いま一つ動機があるとすれば、忍びとしての誇りだろう。

『忍び働きには、順序がある。一番働き、二番働き、三番働き……。働きが大きい順にこう呼ぶ。五人ではたらいても一番、十人ではたらいても一番、百人ではたらいても――一番の働きをせよ。乱破としての誇りは一番働きを重ねることによってしか生れぬ。闇《やみ》を行く我ら忍びにあって、一番働きの栄光だけが……先を照らす星屑《ほしくず》よ』

名張ノ黒鳶《くろとび》の口癖だった。

音無は、孤児だった。

奈良に生れた。

物心ついた時には、盗みを生業《なりわい》とする集団で生きていたが、その集団が興福寺の僧兵に攻撃されて滅んだ時、助けてくれたのが育ての親となる黒鳶だった。黒鳶は、音無の他、四人の子をそだてていた。皆、血の繋《つな》がりは、ない。全員孤児である。

三人は厳しい修行――少しでもしくじれば叩《たた》かれ、飯や水を抜かれる――の中、死んだ。

音無と、血が繋がらぬ妹、いな、いなだけが生き残っている。二度目の忍び働きの時、いなは音無の身代りになって、死んだ。いなは音無を慕っていた。

——何故、俺なんかの身代りになったっ。愚か者っ！

音無はいなの墓に花を供えながら、幾度罵《ののし》ったか知れぬ。黒鳶は、忍び働きで死んだ者に墓をつくる必要はないという考えであったから、音無が知る限り、妹の墓に詣でていない。

音無はもし自分がいなと逆の立場で、同じことが出来たかどうか……わからない。

黒鳶に術をならっていた頃、音無は「俺にとっての星は——この血の繋がらぬ四人の兄妹」と感じていた。その四つの星は全《すべ》て落ちた。

黒鳶も死んだ。音無が彼の屋敷と田畑、たった一人の下忍、種生《たなお》ノ小法師《こぼうし》を相続している。

八瀬衆が言う通り、北嶺《ほくれい》に忍び込み、宝蔵に火をかけ、三つの宝を持ち去った下手人は、忍びであろう。

小人数《こにんず》の乱破ということで伊賀も八瀬も見方は一致していた。

……やり口を見るに……並の乱破に非《あら》ず。……俺と小法師でも成し遂げる自信が無い。天下無双の妖賊《ようぞく》と言えよう。

音無は、それを成し遂げた奴らに、会ってみたかった。

——連中を見つけ出し……斬《き》りたい。

父親をうしなったすがるの前で口が裂けても言えぬが、恋に似た感覚である。

……賊を見つけ、俺の手で息の根を止め、宝を取り返す。それが出来れば俺は伊賀一の乱破に……一歩近づける。伊賀一の乱破は、天下一の乱破と言っていい。

忍びは陰を駆ける者。

天下一の忍者になれたからと言って誰に知られるわけでもない。ただ、自分一人がその称号を己にあたえるだけ。

しかし、音無はどうしても──その闇に埋もれた称号が欲しい。我が盾になって、血を吐き、ふるえながら死んだいなや、何の忍び働きもせぬまま、斃《たお》れていった兄弟たちへの、供養《くよう》になる気がした。

「緑の玉の……」

柊野が呟いている。

「仏」

「──緑の玉の仏？」

音無は、鋭く言う。伝教大師が何処かに隠し、埋蔵場所を例の阿修羅草紙にしたためたという二つの玉製阿修羅。うち一体は裏葉色《うらはいろ》の阿修羅でなかったか。

これは、単に、「緑の仏」と呼べよう。

「……絵巻……」

朦朧《もうろう》と山名の侍女がしゃべった言葉は音無の胸で閃光《せんこう》となった。驚駭《きょうがい》を押さえ、

「絵巻とな？　それは、阿修羅にまつわる絵巻でないか？　仏とは阿修羅像か？」

軽く揺する。薄目を開けた柊野の唇が、動く。

「……庭……」

「庭がどうした？」

柊野はぐったりしたように答えぬ。

引っかかりを覚えつつも、

「それらは今、何処にある？」

「赤漆の床の間……」

山名宗全邸、赤漆の床の間に「碧玉《へきぎょく》の仏」と「絵巻」があるらしい……。宗全が黒幕で、乱破をつかって三宝を叡山から奪い、最澄の謎《なぞ》言葉まで解いて、二つの玉製阿修羅を見つけて館《やかた》に隠しているのか？

――それ以上、訊きだそうとしても、柊野はもはや答えられなかった。

音無は女に活を入れる。

気絶していた上臈女房は、はっとして目をしばたたく。頰を紅潮させ、乱れた髪に手をかけ、

「はじめてのことじゃ……。斯様に……」

「それがしもでござる」

肩を引き寄せただけで、甘美な呻《うめ》きが漏れる。

「また、お会いしとうござる」

相手は夢中でうなずいた。

逞しい腕で、がっしり抱きしめる。

「御屋敷にお伺いしても？」

「屋敷に……来てくれるか？」

「それがし、蔵廻り（小間物もあつかう古物屋）もしておりまして。実はそちらの方が本業なのです」

伊賀者の冷え冷えとした双眸《そうぼう》を……柊野は見ていなかった。


音無がまつき風呂から出て北に少し歩くと、物乞いの群れから、破れ笠をかぶり、ぼろぼろの頭陀袋《ずだぶくろ》を下げた聖《ひじり》が一人、よろよろと立ち上がる。

——小法師である。彼は、風呂屋に異変があり、音無が危うい目に陥った場合、表で騒ぎを起こし、音無を逃がすという役目を言いつかっている。

二人はそのまま赤山明神に向かった。

比叡山の西の鎮守、赤山明神は、慈覚大師《じかくだいし》・円仁《えんにん》の入唐《につとう》に由来する。渡来人の家系とも考えられる円仁は唐において、時の皇帝・武宗《ぶそう》の凄まじい廃仏政策に遭い、危難に見舞われた。

武宗は中国発祥の道教にかぶれ異国の教えたる仏教を猛撃したのである。

この時、円仁に手を差しのべてくれたのが、唐に住む新羅《しらぎ》の人たちだった。円仁の帰国も新羅人の助けによる。円仁は、感謝の気持ちを込めて、新羅の人々が祀《まつ》っていた神を、比叡の西の鎮守として請来《しようらい》した。

これが赤山の社《やしろ》、今の赤山禅院の由来である。

拝殿の屋根には——都の鬼門を守る猿が祀られていた。

猿の像が、蟬時雨に耳をかたむける下で、艾《もぐさ》と草餅《くさもち》を鬻《ひさ》ぐみすぼらしい娘が、子供らと話していた。

——すがる。

すがるが娘であることは、忍び宿に入った日、若犬丸の口によって露見した。まあ、わかっていたことではある。

三日前、西坂本は雲母茶屋の前で合流した四人は、伊賀衆が用意した忍び宿に向かっている。

宿に入ると、二つある部屋を、どうするかという話になり、小法師が、

『ふつうに考えれば……八瀬と伊賀でわけるべきと思うが、それでは芸がない。八瀬と伊賀一人ずつくみ合わす形で二部屋つかうのも一興かと』

すがるはじっと黙っていたが、若犬丸めが、こらえ切れぬという様子で、

『すがるが、一つの部屋。おらたち三人で一部屋だ』

二つの部屋の面積はひとしい。小法師が、それを盾に反撃すると、若犬丸は、何故か泣きそうな顔で、

『もう……あんたらだって、わかってるんだろう？　すがる、おらは言うわ』

すがるに引っぱたかれながら若犬丸は、

『すがるは女子だ。言うなりゃ八瀬の小町《こまち》よ。その娘を――』

音無を真っ直《す》ぐ、指し、

『てめえのような、怪しい伊賀者とやすませるわけにはいかんっ』

音無は、ふっと笑い、

『すがる殿が……俺たちの頭、ということであるらしい。一応な』

すがるにギリッと睨《にら》まれながら音無は、

『すがる殿が一部屋つかわれ、かなりむさ苦しいが俺たち三人で、一部屋という形で、よかろう』

もはや開き直ったか、今、赤山明神前で艾、草餅売りの娘に扮《ふん》したすがるは、塗料によって頬を赤くし、偽《にせ》のそばかすを散らし、鬘《かつら》と付け黒子《ぼくろ》をつけ、全く別の者になり切っている。顔見知りの小原女《おはらめ》が見てもすがるとはわかるまい。

境内で、遊んでいた子供らが、すがるに、

「姉はん。草餅おくれ」「おくれ、おくれようっ、姉はん」

かすれた声が、

「二文」

「ええ、わしら二文なんて、大金、持ってへん」「持ってへん」

微笑みを浮かべたすがるは蟬時雨をこぼしてくる大樹を眩《まぶ》しそうに見上げた。

「いいよ。お前たちに、全部あげる」

子供たちの歓喜の舞いを、すがるは楽しそうに見ていた。

その姿は、音無に——この娘が忍びである事実を、ほんの一瞬忘れさせた。

子供たちが餅を喰いながら走って行き蟬音喧《かまびす》しい境内に忍び三人だけとなる。

すがるは、池に向かって歩いて行く。

小法師をつれ、そちらに歩もうとした音無の面を——大雀蜂《おおすずめばち》が威嚇《いかく》するようにかすめた。

すがるとは、蜂の古い呼び方だと、音無は何処かで聞いていた。

鬱蒼《うっそう》と茂った青い樹々《きぎ》が、池を緑の鏡に変えている。深山を思わす暗い涼しさが水面《みなも》から漂っている。

まつき風呂で摑んだことをすがるに話す。

「二人で摑んだにしては大した働きだ。よくやってくれた」

言葉の針で、伊賀衆を軽く刺したすがるは、偽のそばかすに止った蚊を、人差し指の爪《つめ》だけで……削るように両断する。

——見事。

すがるは池を睨み、半分に切れた蚊が、ぽろりとこぼれる。

「山名が張本？」

「断言は出来ん。が、その線が、濃い」

「山名は、鉢屋者《はちや》をつかうでしょ？」

苫屋《とまや》鉢屋衆——山陰地方を根城とする忍び衆で、伊賀甲賀に次ぐ勢力を持っていた。

小法師が、破れ笠の陰から、

「鉢屋衆が、我らの目を甲賀に向けるべく、三郎焼きを偽装したとも考えられましょう」

小法師は年かさの忍者であるが、四人の頭がすがると決められたため、慇懃《いんぎん》な態度を取っていた。

内心は、音無も知らない。そもそもこの男の心が何処にあるか、常に定かではない。

小法師は空っぽの瓢箪《ひょうたん》のような男である。

……それを言うなら、俺もか。

音無は胸底で苦笑する。忍びは、誰かになり切る芝居を日常とする。左様な日々をおくるうち、音無は己の真の心が奈辺《なへん》に在るのか、時に見失うようになっていた。

音無は、すがるに、

「山名邸に、入らねばならん」

「そうだね。屋敷の間取りは若犬丸が摑んでくるだろう」

「唐花《からはな》の方は、どうであった？」

唐花を紋とする家、阿野家について問われたすがるは、

「ろくな花は咲いていないね」

すがるはあれから三日、阿野公煕の周りを探っていた。

「屋敷に忍び込んだけど、何も、ない」

今日、妙法院に出かけた公煕を尾行したが、怪しい動きは何も無かったとつけくわえ、

「あれは、大事を成せる男じゃないね。これ以上しらべても無駄」

「とすると、やはり、赤入道でしょうか？」

小法師が音無を見る。音無は、黙している。

すがるたちは赤山明神から南へ出た。後に、この辺りには、修学院《しゅがくいん》離宮がつくられるが、この頃は田畑や草原、雑木林であった。

膝をくすぐるくらいまでそだった稲は今、百姓たちに水を止められ、渇きにさいなまれていた。

田干し。

根腐れをふせぐと同時に、土の中に溜《た》まる毒を抜くため、ある程度そだった段階で、わざと田を干上がらす。水が無くなった田には亀裂《きれつ》が走っていて、すがるは、お山の石工・穴太衆《あのう》の野面積《のづらづみ》を思い出した。青き稲の根元、白く乾いた土に、浮草がびっしりこびりついていて、雨蛙《あまがえる》が一匹、途方に暮れてさすらっている。

青田と林にはさまれた浅茅《あさぢ》ヶ原で先刻の子供らが銭打ちをして遊んでいた。

――もってるじゃないか、銭を。

銭に、銭を投げ当てながら、子供たちは、歌っていた。

「天台山の
宝蔵《たからぐら》
火鼠《ひねずみ》入る
ちう、ちう、ぼおっ

ねずみの主は
たそれたもれ（誰だ、誰だ）」

初め、漫然とこの歌を聞いていたすがるははっとする。音無、小法師も、面差しを険しくしていた。天台山は比叡山とも考えられよう。だとすれば、これは……あの夜の盗賊について歌った童唄《わらべうた》であるまいか。比叡山に賊が入り、火をかけ、いくつか大切な寺宝を掠《かす》め取ったらしいということは、既に洛中で噂になっていた。

だが、こんなにも疾《と》く……子供は、竹取物語の火鼠を織り込み、一つの唄に仕立てるだろうか……。

――大人がつくった唄だっ。それに東塔で火が出たと噂になっているだけで、宝蔵が襲われたと知るのは……。

すがるは、童らに駆け寄っている。伊賀者たちもついてくる。

「ねえ、ねえ、坊やたち。その唄は誰におしえてもらったの？」

つとめてやさしく、問う。青っ洟《ぱな》を垂らした童が、案山子《かかし》のようにぼんやりと、

「……山伏のおじさん」

「どんな様子の山伏だった？　体が小さいとか、大きいとか、痩せているとかさ」

子供たちは顔を見合わせて黙り込んでしまった。訊き方が怖かったのかもしれない。

音無がやんわり言った。

「のう、坊やたち」

音無は、田の脇《わき》に生えていた小さな木の枝を手折って、

「その山伏の顔、描いてみてくれんか？」

音無は稲が植わっておらず、絵を描きやすい所がないか、田を見ながら歩いた。

夏草が生い茂った畦道《あぜみち》にイカルの群れがおり、ずんぐりした首を左右にひねりつつ、その顔に比して、あまりに大きな黄色い嘴《くちばし》を草中に入れ、夢中で何かをついばんでいる。

三人の忍者と子供たちが接近するとイカルたちは驚き、一羽が飛び立ったのを皮切りに、群れの全てがどっと舞い上がり、逃げ去っている。

音無は青っ洟の少年に棒をわたした。少年は、しばし、考えていた。やがて棒が乾いた土に入る。

――誰が好んで、あの夜の賊を唄に？　賊がつくった唄では？　だけど、何のために？

すがるは、考えていた。棒は山伏を描いてゆく……。すがるは、固唾《かたず》を呑《の》む。

棒が、止った。硬い面持ちで田の隅に描かれた絵を眺めていた音無が、

「もう少し詳しく描けぬか？　これでは、まるで……」

――のっぺらぼう。

童は、山伏の首から上を描いたが、顔の輪郭線内に……何も描かれていない。

絵を描いた子は音無に、困ったように、

「……覚えてへん」

「誰か、ここに、目や鼻とか、描ける子はいない？」

すがるは他の子たちを見る。日焼けした百姓の子供らは、一斉に首を横に振った。

背筋が凍ってゆく気がする。

小法師が深くゆっくりうなずいている。

さすがよの、という頷《うなず》きだった。優れた乱破ほど……己の印象を見事に消す。

音無が、子供たちに、

「その山伏に何処で、唄をおしえてもらった？」

「一乗寺下り松の傍」

「いつ？」

「昨日」

すぐ、そこであった。

念のためすがるらは一乗寺下り松に駆けた——。

一乗寺下り松の東には、西坂本から白川《しらかわ》へ抜け、吉田《よしだ》村の東を青蓮院へ抜ける道が走っていた。これを室町人は「東大路」と呼ぶが、今京に在る東大路とは微妙に位置が違う。

泥田にはさまれて枝を低く下げた老い松があり、旅人に日陰をあたえていた。今、松葉の敷物に腰掛け、蔬菜《そさい》の振り売りが握り飯を頰張り、板売りの二人組と話している。当然のことながら昨日、ここに現れたという山伏は影も形もなかった。

野菜を売る男が、汗を拭きながら、

「祇園会《ぎおんえ》も延引ゆう話で……。残念なことで」

この頃、山鉾《やまぼこ》で知られる祇園の御霊会《ごりようえ》は六月七日と十四日におこなわれた。

「表向きは山訴《さんそ》（叡山の訴訟）ゆえ延引、ゆう話ですが違《ちや》いますな」

比叡山を仰ぎ、

「山に――賊が入ったからや」

若い板売りが蚊を払って、

「おら……田舎から出て来たばかりで、よくわからねんだけども、何でよう、祇園さんの祭りとよう、比叡山がよ、関りあるんだんべ？」

初老の板売りがたしなめるように、

「祇園は日吉社の末社、日吉社の上に延暦寺がある。山門が閉門すると、日吉社も閉門、日吉社が閉じると祇園も閉門するのだ」

「はぁん、そういう仕組みかいっ。盗賊のせいで昨日の祭りがなくなったのか……。だけど、十四日はやるんだろ？」

「いや……十四日も延引やろなぁ」

すがるたちは四囲を見まわすも――怪しい者は、いない。

と、吉田村の神楽岡《かぐらおか》の方から、娘が四人親しく言葉を交わしながら歩いてきた。

四人とも手拭《てぬぐ》いを巻いたり垂らしたりした頭に売れのこった薪を乗せていた。

大原女、小原女だ。

八瀬の二人は、水色に白の小桜模様、山吹色に緑の笹《ささ》模様の小袖を着ていて、膝を隠していた。対して、大原の二人は、黒く地味な小袖を着ており、膝を見せていた。

小原女は、やや洒落《しゃれ》っ気があり、決して膝を見せぬが、飾り気がない大原女は、よく膝を見せる。

四人とも、他の里の者に化けた、すがるとは逆に、脛巾《はばき》を前合わせしている。

これは、源平の戦いの後、大原寂光院に隠棲《いんせい》した建礼門院《けんれいもんいん》の侍女たちが、脛巾の付け方（後ろで合わす）を知らなかったことに由来する。間違った脛巾の履き方を大原八瀬の女は洒落ていると思い真似《まね》したわけである。だから、すがるは脛巾を後ろ合わせにつけると――気が引き締まる。外に出る、忍び働きに出る、という気になる。

――舞《まい》、綾《あや》、月野《つきの》、山吹《やまぶき》。

大原など、ほんの近郷だから、すがるは小原女はもちろん大原女もみんな知っていた。

面差しを曇らせたすがるは、

「もどろう、忍び宿へ……」

＊

東洞院《ひがしのとういん》大路と七条大路がまじわる辻《つじ》に来ている。

西日が、行き交う者たち、人馬や牛が巻き立てる埃《ほこり》、数え切れぬ板葺《いたぶ》き屋根、「井」の形に屋上で組まれた竹、屋根の重しの石、土壁、赤や白、黄緑に青の暖簾《のれん》、その翻《ひるがえ》る軽やかな布にほどこされた二重丸に雁金《かりがね》、丸にたの字、墨で描かれた富士山を、燃やすように照らしている。

すがるの左に一階建ての小袖屋と二階建ての呉服屋が肩を並べていた。

小袖屋は、主に苧《お》や麻、稀《まれ》に絹でつくられた、色とりどりに染められた小袖が売られていて、商家の娘や職人、下級の武士の夫妻が品物を見ていた。

小袖屋は賑《にぎ》やかだが、呉服屋は客が少なく、ひっそり静まっていた。

大身の武士や、豪商、公家女房と思われる者たちが、ゆったりした所作で、店の者の話を聞いていた。

呉服屋《そこ》には……恐らく、すがるが一生袖を通すことのないであろう衣が飾られている。

絹でつくられていて、金銀をふんだんに散らし、色とりどりの糸で紋や絵が織ってある袿《うちき》などだ。

呉服屋と、小袖屋の向いに、ちょうど、衣を売る二軒を合わせた大きさの、立派な二階家があった。呉服屋の二階の窓は無双窓であるけれど、その店の二階には明り障子の瀟洒《しようしや》な窓が並んでいる。

土倉であった。

行く手から供をつれた騎馬の武士がやってきて、すがるたちは呉服屋の店先によける。

七条大路を南に横切ると、左前方から、鑿《のみ》を入れる小気味よい音、彫刻刀で削る、かすれたような音が一斉に聞こえてくる。

木を細工する音は、父と白夜叉《しろやしや》をうしない殺伐としているすがるの気持ちを、和ませてくれる。

ここは、七条仏所。

定朝《じようちよう》の流れを汲《く》む仏師の工房群だ。かの運慶《うんけい》も、はたらいたという。

七条仏所の南外れ——都の南郊である——に来ると、東洞院通の左に軸物《じくもの》屋があって、その店の中を山伏が一人、じっと、窺っていた。

白く長い髪はぼさぼさで腹までとどく長い白髯《はくぜん》を垂らしている。

面相は、窺い知れぬ。——警戒心の波が胸底でしぶく。

……子供たちに唄をおしえたのは……山伏！

いつでも、口内の針を、吹き出せる態勢を取る。伊賀者二人からも静かなる鋭気を感じる。

と、

「――ざらつきすぎじゃ」

髭《ひげ》山伏がこちらを向く。

見覚えがある、くりっとした双眼が、悪戯《いたずら》っぽくすがるを眺めていた。

その男はすがるに術をおしえる時、ぎこちない処があると、ざらつきすぎ、と叱った。

誰だかわかったすがるの肩はほっとして相好がほころぶ。

長い付け髭で変装した――鉄心坊だった。

安堵《あんど》した口が、思わず、毒針を吹きそうになった。

鉄心坊がこらと目で叱っている。

七条仏所の南、軸物屋・有馬《ありま》屋が、伊賀名張党の京における忍び宿であった。

名張の里の、みの八という男が都に出て、軸物屋、つまり掛け軸屋を営み、名張の衆や名張と同盟関係にある里の衆に宿をかしている。

伊賀六十六家という。

伊賀には、守護の統制がまるでおよんでいない。服部《はっとり》家など六十六の上忍家が割拠、それぞれに下忍をつかい、忍び働きにいそしんでいる。六十六家は必ずしも一枚岩でなく、互いに小戦をしたりしていた。それが諸国の乱破に一目も二目も置かれる伊賀の術を練り上げていた。名張家は六十六家の一つだが、この家は一人の当主に率いられているというより、複数の分家の主が本家の座を争っている状況だった。

だから、名張の里には上忍を名乗る地侍が幾人かいる。

おおむね仲良くやっているが、伊賀六十六家であつまるとなると——誰が総代かで必ず揉《も》め、互いに、忍びの秘術を尽くした争いが起きる。

音無の家もかつては一廉《ひとかど》の上忍とみとめられていたが、二代前に、下忍が一人になり、『あの家は中忍……下手したら下忍頭止りじゃろう……』

格下げされた。

しかし、音無も小法師も、音無こそ、忍びの隠し国である伊賀で五本の指に入る忍者であり、音無の家は立派な上忍家であるという誇りを持っていた。

みの八は、同じ名張の別の地侍に仕える下忍だが、小法師としたしい。また、みの八の上忍は音無の父、黒鳶の兄弟分だった。

「赤入道の許に玉の仏と絵巻……たしかに、怪しいの」

鉄心坊が言った。

夜だった。

若犬丸も、かえってきている。

有馬屋の奥の一室だ。もっとも奥まった二間が、すがるたち四人の拠点である。

「小法師が、山名の上臈がまつき風呂に通うのを突き止め、音無が話を聞き出した」

すがるが、告げると、

「八瀬の窯風呂から散々客を取ってくれた、まつき風呂は、この日のためにあったのかの」

鉄心坊は、低く笑っている。

燈火《とうか》に照らされた若犬丸が、

「堀川《ほりかわ》通・山名邸の間取り、うつしてきた」

若犬丸はここ数日、山名邸を建てた北野《きたの》の大工の許に弟子入りしていた。

病気の泥鰌《どじょう》が跳ねたような汚い線と字でしるされた図が広げられる。

「……相変わらず、絵が下手じゃの……」

鉄心坊が言うと、すがるはぷっと吹き出し、若犬丸はむっとなる。

「仕方ねえだろ。棟梁《とうりょう》が起きねえか、ひやひやしながら、うつしてんだから……。赤漆の床の間はここだ」

太い指が、ぐっと押し込むように強く、一点をおしえた。

「御座所《ござしょ》っつう、御殿の一室で、宗全の寝所の隣の部屋だ。……何でも、御座所に鼬穴《いたち》があるみてえで、手が空いた時、直しに来いと、大工の棟梁は言われてる」

燈火に照らされた八瀬者、伊賀者は真剣な形相で図面をのぞいている。

すがるが、鉄心坊に、

「鉄心坊の方はどうなの」

「京と近江で、目ぼしい盗賊、野伏《のぶせり》の首領を探った……。少々手荒に問うたが、何も知らなんだ。もっとも相手の稼業《かぎょう》が稼業だけに、まだ追い切れぬ者も多い」

ずっと、黙っていた小法師が、鉄心坊の目も見ずに、

「大和《やまと》の賊には？」

「そちらの方にも手をまわそうかと思う」

音無が腕をくみ、

「……南都の賊を探るなら、一人、気をつけた方がいいのがいる。——望月毒姫《もちづきどくひめ》。甲賀の忍び崩れだ」

初めて聞く名である。滅多なことで動じぬ八瀬の老忍の顔色が変っていた。

「あの女は……奈良に、潜んでおったか？」

「二年ほど、消息を聞かぬがな。裏にまわって指図しておるのか……殺されたのか、何

処ぞへ潜ったか」

鉄心坊に話した音無が、

「毒姫なら、三郎焼きを知っていておかしくない。甲賀三郎の末裔《すえ》ゆえ……」

毒姫について知りたい気もしたが、鉄心坊の領域である。すがるは踏み込まず、

「鉄心坊。一つ、提案がある。山名ほどの大大名、探るには……もっと、人数が要る。御頭に応援を請《こ》いたい」

「──反対だな」

音無からすかさず異論がねじ込まれた。

「大きな相手を探るには、人数が要るという考えは、間違っている。大きな相手ほど小人数がよい。たとえば、この世でもっとも位が高い武士は？」

「公方《くぼう》」

「そう。将軍だ。公方を──殺す、としよう。この時、お前は百人の忍びがいた方がいいと思うか？」

音無は、ゆっくり頭を振り、

「……百人も乱破がいれば必ず裏切り者が出る。口をわる奴が、出てくる。大切な計画が漏れる」

「二人か三人の腕利《うでき》き、あるいは……絶群の腕を持つ、一人で殺《や》るべきでしょうな」

小法師がじっとすがるを見詰めながら言った。小法師は完璧《かんぺき》な無表情であったが、その小さな目の奥が——笑っている気がして、苛立《いらだ》ちを覚える。
若犬丸は何か口をはさもうとしていたが言葉が出ぬようだった。
鉄心坊は、すがると伊賀者双方を、慎重な面差しで見くらべていた。
「すがる……応援はむずかしいかもしれん。御頭は六角と、その意向を受けて動く三井寺の調査《しらべ》に、総力を挙げねばならぬとお考えよ。六角、三井寺は幾度も争ってきた相手。しかも、六角は、甲賀衆をつかう。どうしても、人が、要る。実は近江で……奇妙な童唄が流行っておっての」
すがるたちの顔色が変っている。
「——どんな唄？」
鉄心坊は嗄《しゃが》れ声で歌う。
「天台山の
宝蔵
火鼠入る
ちう、ちう、ぼおっ
ねずみの主は
たそれ　たもれ

ねずみの主は……

六本角の竜神様」

近江の海、琵琶湖には竜神が棲《す》むという言い伝えがある。江州《ごうしゅう》の子供らが歌う六本角の竜神とは南近江の雄、六角家であろう。

戦慄《せんりつ》がすがるの中で渦巻いていた。すがるは、刃口に似た鋭い眼に、炯《けい》と光を灯す。

「実は……似たような唄を西坂本で聞いた。ただ、その唄には最後の一節が無かったの」

すがるは音無たちと聞いた唄を鉄心坊に歌って聞かす。

鉄心坊は――深く、驚いていた。

軸物屋だけに、鉄心坊が背負う土壁には柿本人麻呂が描かれた掛け軸、古い詩が仰々しい書体で書かれた軸、墨で竹が描かれた軸が下がっていた。人麻呂の真下が隠し戸と、すがるはおしえられていた。

部屋の一隅には掛け軸が入った桐《きり》箱が積み上げられており、その傍らの床板は容易《たやす》くはずれ、第二の隠し戸、抜け道の入り口となっている。

抜け道は――ここから少し南に行った荒れ寺の、つかわれなくなった井戸に通じていた。

顎に手を当てた音無が弓を射る時の武士に似た集中力を漂わせ、

「何を考え……敵は、斯様な唄を流行らしておる……？」

そして何故、西坂本で聞いた唄と、近江の唄は違うのか。

——攪乱《かくらん》するため？

すがるは考える。思案顔を崩した、若犬丸が頭を掻《か》き毟《むし》り、

「ああ、わっかんねえよぉう。この髷《まげ》っつうのは、どうもいけねえな……。ただでさえ悪いおらの頭が、よけい鈍重になってくるわ。へ、鈍重な奴めって、大工の棟梁に言われたんだよ。そういうふりをしたわけだけどよう……」

「都にいる間は髷でいな。ここは、里じゃない」

すがるが言うと、

「てめえは、鬘《づら》を取ってるのに？」

「だって、暑い……」

音無が、若犬丸を見てふっと笑う。と、若犬丸が、

「おう、音無。何がおかしい？」

「別に、何も」

「何もってことはねえだろ、てめえっ」

音無は落ち着いた様子で、

「気を悪くしたのなら詫《わ》びよう」

若犬丸は——音無を嫌いであるらしい。

腕まくりしかねない勢いで、

「はっきり言っとくけどな、すがるや鉄心坊……里のみんなに笑われるのはいいんだよ。だけどな、てめえら、伊賀者に笑われると、おらの中の……鬼の血が騒ぐんだぜ」

今日も鼻毛が一本だけ出ている若犬丸だった。

「——ほう。騒いだら、どうなる？」

音無が、言った。すがるはぞわり、とした。

底無し沼の主《ぬし》に似た殺気を音無から覚えたすがるはさっとごつい肩に手を伸ばし、

「止《や》めろ、八瀬童子」

浮きかかった八瀬童子の腰が板敷にもどる。音無が胸底に持つ沼に、漂い出した暗い瘴気《しょうき》が引きもどされる。

鉄心坊が、言った。

「話をもどそう。ふつうに考えれば、六角が自ら怪しまれるような唄をつくるとは思えぬが……それでも、我らが乙名《あおち》は青地伯耆《ほうき》を疑っておられる。昨日話した段階ではな」

「というと……」

すがるが首をひねると、

「つまりじゃ、青地伯耆は——我らを挑発しておると、お考えじゃ」

すがるは唇の前で両手を合わせ、指の腹同士をくっつけた人差し指と親指で、握り飯に似た形をつくる。かすれ声で、

「八瀬を暴走させて、あたしらに騒ぎを起こさせ、それを種に、公方か誰かに訴え……お山から、領土や銭を、捥《も》ぎ取ろうとしている。そんな処？」

「御頭は左様にお考えよ」

「一理あるとは思うがな」

含みを持たせる、音無の言い方だった。

すがるは深く刺すように、

「——何を考えている、音無」

「別に、何も」

「いや嘘《うそ》だ。何か考えていた」

若犬丸も、便乗し、

「音無、この四人の中ノ頭はすがるなんだぜぇ」

伊賀者どもが自分をみとめているのか、いま一つ自信が持てぬすがるは、ことさらに中ノ頭と言われると、こそばゆい。が、若犬丸は、そんなすがるの気も知らず、

「てめえはなあ、考えていること、もう洗いざらい中ノ頭にぶちまけた方がいいぜ。おらたちはよ、同じ方を向いた仲間なんだよ。仲間ってのは——みみっちい隠し事をしね

えもんだ」

「笑われると、鬼の血が騒ぐのに……仲間、か？」

「そこは別だよお前っ。いちいち小五月蠅《こうるせ》え野郎だな」

うちの若い者が申し訳ないという顔をする鉄心坊だった。

音無は、小法師と顔を見合わせている。そして、

「お前たち――面白いな」

「何が面白いだ、この野郎っ」

鼻息荒くした若犬丸のみならず、すがるもむっとした。

音無は、言った。

「忍びとは、幾枚もの面をかぶる者よ。その面を全てはずした忍者を俺は知らぬし、それらを悉《ことごと》くはずせと鼻息荒くする乱破も……この頃、初めて、知ったのよ」

「………」

ぐうの音も出ない、八瀬の二人だった。

とにかくすがるたちは、柊野を糸口に、山名邸に忍び込むつもりだと、鉄心坊に話した。

「あいわかった。じゃが、すがる……山名家を守る鉢屋衆には気をつけよ。手強《てごわ》き相手ぞ」

鉄心坊は戒めている。

その夜、七条を出、東山に入った鉄心坊は、山科《やましな》を突き抜け、逢坂山《おうさかやま》を越え、東坂本へ抜けている。

西坂本から見て、お山をはさんで反対側にある門前町だ。

――琵琶湖に面したこの町の、碁道具商、いし屋が、八瀬衆の忍び宿であった。

鉄心坊はいし屋の屋根裏の隠し部屋で、七郎冠者《しちろうかじゃ》と対面した。七郎冠者は今、いし屋に本陣を据え、六角家――特に青地伯耆――と三井寺を探る八瀬忍者の采配《さいはい》を振っていた。

近い内、山名邸に入ると聞かされると、頬骨が張り出た面に、憂いの皺《しわ》が寄った。

「何か……ご心配でも？」

「うむ。気になる噂が……あっての」

七郎冠者は瞑目《めいもく》して呟いている。

「丹波から呼び寄せた地蔵丸がもたらした話よ」

地蔵丸は中堅の乱破で、丹波方面の中ノ頭をつとめていた。今は青地伯耆を探る戦列にくわわっている。

「丹波と但馬《たじま》は近い。但馬の方から……漂ってきた噂じゃ。ある男が、山名配下の鉢屋衆をたばねるべく、呼ばれたそうな……」

「誰《たれ》にござる？」

七郎冠者が開眼する。刃物に似た、鋭い眼差《まなざ》しで、

「……飯母呂《いぼろ》……三方鬼《さんぽうき》」

「――――」

飯母呂三方鬼、その名を聞いた鉄心坊は夏なのに、寒風に巻かれた気がした。

「御頭、三方鬼は三十年前に死んだのでは……？」

飯母呂三方鬼――苫屋鉢屋衆の上忍で西国無双の乱破大将と恐れられる男である。

その奇妙な名は、この乱破の暗殺を命じられた伊賀甲賀屈指の名人三人が、三方から跳びかかり、斬ろうとしたのを……刹那《せつな》で殺戮《さつりく》したからという。

以後、伊賀衆、甲賀衆の腕利きも、この男と戦うことだけはひたすらに避けてきた。

武士は名を惜しむが、忍びは命を惜しむ。

負けるとわかっている無駄戦はしない。

「三十年前というのは細川の侍三十人にかこまれて死んだという話じゃな？」

ふだん、穏やかな七郎冠者から獣的な凄気《せいき》が、漂う。

遠く、材木宿（材木倉庫）の辺りで、喧嘩《けんか》が起きた。その遠い音を、二人の聡《さと》き耳は吸い尽くすくらいの勢いで聞き、ほぼ同時に、敵ではないと、判断している。朝妻《あさづま》辺りから荷をはこんできた船乗り同士の喧嘩かもしれぬ。七郎冠者が顎を上に向けた。乙名

の視線の先、屋根裏を照らすには、切灯台の火は小さい。ぼんやりした闇が、二人を見下ろしている。あえかな燈火で下から火傷《やけど》を照らされた首領は、

「そこで死んだのが三方鬼かもしれぬし、影、かもしれぬ。また、三方鬼なる者はそもそもいなかったのかもしれぬし、いるのかもしれぬ。……何もわからぬ」

「…………」

「……全て靄《もや》の中よ。左様な靄を生み出しただけでも、彼《か》の者の忍格が知れよう。また、三方鬼が存在せぬなら、三方鬼という幻を生み出した鉢屋衆の力……やはり侮《あなど》り難しと言わざるを得まい」

「三方鬼がいるにしても、いないにしても、三方鬼はおるということですな」

「……うむ。但馬から漂ってきた噂というのはな、赤入道宗全が遂《つい》に細川との対決を決意。隠棲《いんせい》していた三方鬼を驚くべき高禄《こうろく》で召し抱えたという話なのじゃ。また、三方鬼の方が――山名に近づいたという話もある。つまり、山名配下の鉢屋衆をたばねていた別の上忍を、忽然《こつぜん》と現れた三方鬼が斬り、首領におさまった。すると山陰の各地から鉢屋流の名人どもが一斉に馳《は》せ参じ、かつてない精強なる忍軍となった。……斯様な話じゃ」

「どちらも、あり得る話ですな」

鉢屋にもまた――いくつかの流れがあり、三方鬼はそのうち一つの雄にすぎない。

「——とにかく、わしの方から、すがるに使いを出し十分気をつけるよう下知《げじ》しておく。ところで」

　ふと思い出したように言う七郎冠者だった。身を乗り出し、

「伊賀者の忍び宿は、どうであったよ」

「さすが……伊賀衆と、言っておきましょう」

　今日、鉄心坊が七条に現れたのは、七郎冠者の下知による。七郎冠者は音無と敵対する可能性も考えているのである。

「抜け道、隠し戸はもちろん、立地がよいです。七条は都の外れ。鴨川にも洛外にもすぐ逃げられる。七条を西に行くと」

「一夜道場《いちやどうじょう》（市姫金光寺《いちひめこんこうじ》）か」

「左様、時宗聖の一夜道場に近く、琵琶法師があつまる左女牛《さめがい》八幡にもすぐ出られる」

　忍者は放浪の時宗聖や琵琶法師に、よく化ける。また、宮寺見聞と言い、人があつまる神社や寺で情報をあつめることが多い。

「鉄心坊、名張ノ音無——どう見る？」

「……はっ。今の処、すがるの下知に大人しくしたがっておるようにございますが、なかなか、測り難き男にござるな」

　七郎冠者は深く考え込んだ。

赤入道の館《やかた》

旧暦の六月十一日は——梅雨が明け、京都盆地が灼熱《しやくねつ》につつまれる頃であった。耳を打つような蟬時雨《せみしぐれ》は夕方になって落ち着いたが、西日に焙《あぶ》られた舟橋《ふなばし》は、まだまだ、暑い。舟橋は都の西北である。

堀川が溢《あふ》れた時に舟を並べて橋としたからそう呼ばれるという。

かつては、高師直《こうのもろなお》が住んでいた舟橋に、赤入道・山名宗全の大邸宅は、在った。今の藤木町《ふじのきちよう》から、山名町《やまなちよう》、北舟橋町《きたふなはしちよう》にかけてで、屋敷の南北を堀川が貫いている。東西に長い壮大な館で、高く厳《いか》めしい築地《ついじ》塀《べい》が、四囲を圧しながら、立っていた。

邸内を流れる堀川と築地がまじわる所から、盗賊が潜れると考えがちだが……無理だろう。

堀川にかかる橋から、赤入道の要塞《ようさい》を見ると——川床にも柱が並び、水の上にも塀がめぐらされていた。

子供が川に潜水すれば塀をくぐれるやもしれぬ。しかし、館の主は、塀の下を堀川が潜る所では金棒を等間隔で並べていた。

赤入道を守る鉄壁をその蔵廻りの兄弟はちらりと横目で見る。

兄は、烏帽子《えぼし》をかぶり、大小を帯び、花柄の大きな風呂敷《ふろしき》を背負っている。

弟の蔵廻りは、短髪で、紺地に白い霞《かすみ》模様が入った粗末な小袖《こそで》をまとい、腰刀を帯に差し、大きな袋を背負っていた。

蔵廻りは、土倉をめぐって質流れの衣や高価な茶道具、刀剣などを買いもとめ、化粧品や櫛《くし》などと一緒に、大名屋敷、公家《くげ》屋敷に売り歩く。金子や貴重な品を持ち歩くため――追剝《おいはぎ》に狙《ねら》われる。故《ゆえ》に、帯刀した。銭を持っている百姓や商人は、たとえ使い方を知らなくても、刀を買う。帯刀して出歩き己の身は己で守る。

左様な時代だった。

――兄は音無、弟はすがるだった。

音無は風呂屋で柊野《ひらぎの》を誘惑してから三日後の今日、かの上臈《じょうろう》を取っ掛かりに山名屋敷に忍び込むと宣言している。三日より早くては、柊野が警戒するし、あまり遅いと、女心が妙な方にこじれたり、まつき風呂のぼんてんが柊野に接触、ややこしい事態になるかもしれぬというのが、音無の読みだった。ちなみに山名邸は算置き（占い師）に化けた小法師や、行商に扮《ふん》した若犬丸が、見張っており、もし、ぼんてんが現れ、柊野に接触しようとしたら、排除する。

喧嘩《けんか》を吹っかけて、痛めつけ――しばらく女の前に出られぬ顔にする。すがるは、女心を道具のように扱う音無の言いぶりに、反発を覚えた。白夜叉なら……そんな言い方はしない気がした。だが、これは、お山の命運がかかった大切な作戦である。

夜陰に乗じて、築地塀を越えて忍び込んでも、鉢屋《はちや》衆がかけた厳重な網にかかる恐れがある。出入りの商人や職人という皮をかぶって入る方が、安全だ。

蔵廻りに化けた二人は、山名邸を南から睨《ね》める橋の上で、算置きに化けた小法師をたしかめつつ、板橋を西にわたり切る。

……館の北には、若犬丸がいるはず。

西の橋詰には鋏《はさみ》と櫛、剃刀《かみそり》の看板をぶら下げた小さな板屋があり、縁側に腰かけた山名侍らしき壮年の男が、見事な髭《ひげ》をたくわえた床屋に、月代《さかやき》を剃《そ》られている。

床屋の隣は茶店であった。

茶店からは、御成門がよく見える。将軍や摂関家の者などがおとずれる時以外、決して口を開かぬ門である。

洛中《らくちゅう》のそこかしこから、赤く爛《ただ》れた空を、カラスどもが飛んできて、築地の内に吸い込まれていく。山名館の樹《き》に巣をつくっているのだ。

すがると音無は山名邸を右に眺めながら西進。猪熊《いのくま》通にぶつかった所で、右に、おれる。

猪熊通は山名邸の西を走っている道だ。もし、猪熊通を今の辻《つじ》で左にまがれば、昔、朝廷の織部司《おりべのつかさ》（官営織物工房）があった辺りに出る。この頃は、かつての織部司の東南《たつみ》、大舎人《おおとねり》町が、高級織物をつくる町だった。

山名屋敷は猪熊通に向けて通用門を二つ持っていた。

手前に見えるは、「大台所」につながる門。

住み込みで守る侍衆のために飯を炊《た》き、食わせるのが、大台所である。

この門に用はない。

蔵廻りが用があるのは――奥の門である。

奥の門は、「女房詰め所」、「奥の台所」に、通じている。

柊野がいるのは女房詰め所だ。当然この建物、御裏方（奥御殿）とつながっている。

奥御殿は山名宗全の常の居所たる御座所と接していた。

御座所こそ、蔵廻りに化けた二人の忍びの――最終目的地であった。

「柊野様から呼ばれ申した。蔵廻りが参ったと言えば、わかるはず」

音無は門を守っていた六尺棒の翁《おきな》につたえた。

「取り次いで参る。ここでまっていよ」

蔵廻り二人は、夕日に焼けた門の前で、しばしまたされている。

翁がもどってきて、

「柊野様がお会いになる。通るが、よい。場所はわかるか？　正面に竹の透垣《すいがい》が見えよう？　竹の戸の前で、いま一度声をかけてくれい。ちなみに、在所は何処《いずこ》か？」

門を潜《くぐ》った音無は、平然と、

「石清水八幡《いわしみずはちまん》の門前、橋本《はしもと》にござる」

邸内をすすむと、左に、蔵が二つ。右に井戸と下女の長屋らしき建物がみとめられた。右斜め前方に薪小屋、その向うに奥の台所らしき大きな板屋がある。

門を潜って真っ直《す》ぐ歩いた二人は青竹がつくった涼し気な壁にはばまれた。

透垣だ。

わった竹を、隙間《すきま》が出来るように並べた目隠しで、古い物語に出てきそうな垣根だった。宗全は武勇一辺倒で癇癪《かんしゃく》持ちの荒武者というが、宗全の妻や姫、女房の中に雅《みやび》を解する人がいるのかもしれない。

指示された竹の戸の前で、

「たのもう、たのもう、蔵廻りが参りました」

音無が声をかけると――すぐに戸が開いた。

面が角張り、目付きが鋭い侍女が、顔を出す。

すがるは一目で忍びだと思う。

――強張《こわば》りかけたすがるだが、すぐに、父に言われていた空《くう》の心を思い出す。心を空っぽに、警戒心を無くす。今、この下女が短刀で突いてきても、よけ切れぬくらい低く、警戒の壁を下げる。同時にすがるの面貌《めんぼう》に笑みが広がった。音無が浮かべる、よく練れた笑みではなくて、まだぎこちない笑みが。ようやく愛想が板についてきた、見習いの蔵廻りが浮かべる笑みである。

すがるが乱破《らっぱ》と直覚した女は、刺すように二人を睨《にら》んで、

「――柊野様の御用聞きに参ったという蔵廻りは、その方たちか？」

名張ノ音無、淀《よど》みなく、

「左様にございまする」

相手は音無から、すがるに、視線をうつす。

笑みを大きくするすがるだった。

「……お待ちかねじゃ。入れ」

竹の戸を潜ると――夏なのに、雪が、降っていた。

いや、飛び石の左に半夏生《はんげしょう》が生えていて、真っ白い葉群《はむら》を雪と錯覚したのだ。

半夏生は夏に白く目立たぬ花を咲かせる。しかし、半夏生を特徴づけるのは、花の頃、マタタビが如《ごと》く全体、あるいは部分が白く染まる葉であろう。

そこは横に細長い庭であった。

飛び石の左に半夏生がどっと茂っていて、その奥に竹が見える。竹の葉群から雀《すずめ》の囀《さえず》りが聞こえた。

右にトクサが植えられていて鶉《うずら》が数羽遊んでいる。丸々と肥えてきた処《ところ》で、包丁人が俎板《まないた》に乗せるのか、単に、観賞用ではなされているのか。

飛び石をつたって濡《ぬ》れ縁の手前まで来たすがるたちに、侍女は、

「しばし、まて」

梨地蒔絵《なしじまきえ》の鏡掛けに立てた鏡が貂《てん》の毛でつくった刷毛《はけ》で白くなってゆく喉《のど》をうつしていた。柊野は、蒸し暑い部屋の中、女の童に風をおくらせながら、化粧直しをしていた。

まつき風呂のぼんてんからは——一昨日、誤解を解きたいという文が、とどいている。

だが、その文は、ろくに読みもせず、火鉢に放り、餅《もち》を焙るのに、つかった。

汗で白粉《おしろい》が溶けた処を直しながら柊野は山吹が描かれた火鉢を見る。

火鉢で焙った餅を食おうとしていたら、蔵廻りが来た、という知らせを受けた。餅は女の童と老女に食わせ急いで化粧直しをはじめたのである。

もはや、ぼんてんなど、過去の男であった。ここ数日、愛染《あいぜん》はいつ来るのだろう、屋敷の方を訪れたいというのは一種の方便で、本気にすべきではないのでないか、という

問いかけが、柊野の胸を吹き荒れている。

一度抱き合っただけの男なのだ。

だが、愛染は、麗《うるわ》しく、逞《たくま》しく、野性的でありながら知的で、慇懃《いんぎん》でありながら何処《どこ》か決定的に無礼であった。心にそっとわけ入ってくるような話し方も忘れられない。

一昨日は何とか耐えられた。だが、昨日、何の音沙汰《おとさた》もなかったことが、重い苦しみに変った。やはり、甘言に踊らされただけではないか、という疑心暗鬼に陥り、昨夜は、よく眠っていない。

昂《たかぶ》る気持ちを押さえ、自分と同じように、眠たげな少女に、

「昨夜は双六《すごろく》遊びにつき合わされ、あまり眠れなかったそうじゃな?」

やっと餅を呑《の》み込んだ女の童は弛気《たゆげ》にうなずいた。

「今日、麿《まろ》は、あの蔵廻りの男と……ゆるりと物語せねばならぬ。わかるな?」

少女は、首をかしげている。主の意を計りかねているようである。

「こちらからそなたを呼ぶまで、そなたから声をかけるにおよばぬ。心得たか?」

「得心しました、あの……」

「何じゃ?」

扇を振る女の童は茜染《あかねぞ》めの地に水色と紺、緑と白、四色の朝顔がちりばめられた小袖を着ていた。自分ももっと若ければ、左様な色遣いの衣を着られるのにと思う。

「北の方様の夕餉《ゆうげ》の席には？」

「北の方様の夕餉には、別の女房が伺候《しこう》する。故に麿は今日、早めに……」

山吹の模様が散らされた納戸構え《なんどがま》の入り口に視線を走らせ、

「……納戸構えの方で、やすむ」

壁の下方に——身を屈《かが》めねば入れぬほど低い引き戸があり、そこが、寝室、兼、納戸の入り口となっている。寺院からはじまり、権門の館で流行《はや》った、寝室の形だ。

「朝方……蔵廻りがかえるやもしれぬ。その際、声をかけるゆえ、門の所まで彼《か》の者をおくるように。しかと、起きられたら、お菓子を上げる」

「得心しました」

急に元気よく、言った。


「蔵廻り、今日は……何用であったかの？」

あえて余裕の外皮をかぶった柊野が濡れ縁まで出ると、庭先にあの男、愛染と見知らぬ少年が控えていた。髪がみじかく、目が細く、凛々《りり》しいけれど、夏椿《なつつばき》の花のように白く、乙女のやわらかさをふくんだ少年だった。愛染は微笑をたたえたまま、

「以前、お話しした品をとどけに参りました」

不審の光をちらりと瞳《ひとみ》に瞬《また》かせた柊野は、

「その者は？」

「弟にございます。申し上げませんでしたか……？　弟と、蔵廻りをしておると」

「はて……申したような……」

愛染の弟ということだけで柊野は少年に好感を持っている。だが、愛染はどうして弟をつれてきたのだろう？　二人きりになれるのだろうか？　柊野は、少年に、

「名は何と申す？」

「駿河丸《するがまる》と申しまする」

愛染が言葉をはさむ。

「柊野様。品物をお見せしても？」

「……うむ。上がるがよい」

蔵廻りを自室に上げた柊野は、何だかそわそわして、体の深みがむず痒《がゆ》くなる気がした。

「つまらぬものにござるが……」

愛染の厚みがあるも繊細そうな手が花柄の袋の中から漆塗りの小箱を取り出す。

菓子が数切れ、入っていた。

「大明の菓子……」

「羊羹《ようかん》じゃな。めずらしいものを」

甘いものに目がない柊野の声は上ずっていた。早速、女の童を呼び、一切れやって下らせ、自身も愛染にすすめられるがままに口に入れる。

頬が蕩《とろ》けるほど甘く――旨《うま》かった。羊羹を頬張った刹那《せつな》、口の中に、ねっとりした生温《なまぬる》さが広がっている……。

「梨地の櫛にござる。牡丹《ぼたん》の飾りが、ございましょう？」

愛染は無礼にも柊野の目を真っ直ぐ見詰めながら話しかけてくる。その無礼さが、心地良い。

「柊野様にお似合いになるかと思い、持参致しました。だが、こちらの方がよいか。山吹の……扇。どうやら、山吹がお好きなご様子」

恋疲れに羊羹を食べたせいか、愛染から漂う爽《さわ》やかな野性味のせいか――柊野は酔うたような心地になっていた。

「如何《いかが》されました？　お加減でも？」

甘く粘つく睡魔が、柊野の心に、触手を伸ばしてきた。

音無が、すがるに、めくばせをする。

羊羹には、眠り薬を混ぜてあった。

部屋の近くに女の童がいないのを耳でたしかめた音無は体をぐらぐら揺らしはじめた

上臈女房に、にじり寄っている。

「柊野様、さあ、気付薬にござる」

音無は薄桃色の匂《にお》い袋を嗅《か》がせた。

それを嗅いだとたん――柊野は、薄く白目を開き、全く意識をうしなった。

柊野を逞しい腕でかかえた音無は、すがるに、面差しで、合図した。すがるは音もなく納戸構えの入り口に膝行《しっこう》、壁の下につくられた山吹の絵の引き戸をそっと開けている。

薄暗く、手狭な納戸構えは、畳敷きで、紅の夜衾《よぶすま》が敷いてあり、蒔絵がほどこされた枕《まくら》が据えてあった。

二人は素早く、昏倒《こんとう》した上臈を納戸構えに押し込み、夜衾に寝かした。外の様子を窺《うかが》えるよう、真にかすかな隙間をのこし――身を低めなければ入れぬ寝床の戸を閉める。

納戸構えに窓はなく、のこされた隙間から、夕刻の部屋の弱い光が淡い線状に入るのみ。

夜目を鍛えた者でなければ何もわからぬくらい暗い。

すがると音無は袋に隠した忍び装束を、出す。暗い中、手早く着替えている。

口を出す形で頭巾《ずきん》をかぶったすがるは義経松明《たいまつ》を出した。

義経松明――平安時代の勇将、源義経が考案したという忍具で、牛の角の中を削り、鳥の羽を幾本かたばねたものと、水銀を入れる。化学反応により、光が、生ずる。火がない所に光を創《つく》る道具である。

比叡山は一時、義経を匿《かくま》ったことがあり、その折に八瀬《やせ》衆につたわったという。

水銀が生む淡い光が、音無の黒い忍び装束、すがるの青《あお》壊《え》色《じき》の忍び装束を照らす。

音無の手が納戸構えの天井にのびた。

天井板は、容易《たやす》く、ずれる。大工が天井裏に入る時の出入り口なのだ。

――その時であった。

「そなた……」

昏睡したと思われた柊野から怯《おび》えた声が漏れている。

何故《なにゆえ》か意識がもどり――義経松明に照らされた忍び装束の二人を、見たらしい。

一瞬であった。音無が反応したのは。

伊賀者は、八瀬の娘が止める間もないくらい速く――手を疾風《はやて》にして、柊野を、襲った。

手刀である。

鋭い一撃をこめかみにくらった柊野はまた昏倒した。

次の瞬間、音無の非情な手は、柊野の額を摑《つか》み、恐ろしい勢いで、柱に後頭部を激突させた。

そして、すぐに、音無は二本の指で、哀れな上臈の喉を圧迫し――気道を絶った。

声もなく叫んだすがるは音無の黒い忍び装束をまとった肩を掴むも、伊賀者はびくともせぬ。

――止《や》めろっ！

――こいつ、何てことをっ。

寺家に仕える忍び、八瀬衆は、お務めの時以外、決して人を殺《あや》めないし、傷つけない。術をつかって……無力な者を脅《おびや》かすこともしない。また、お務めの時も、必要最低限の命しか奪わない。

止むを得ず奪った魂は餓鬼、あるいは無縁さんと呼ぶ。高野川で懇《ねんご》ろに弔う。それが、幾百年も北嶺《ほくれい》を守ってきた八瀬忍者の仕事のやり方であり、鉄の掟《おきて》であった。

すがるはそんな八瀬に誇りを持っている。だが、伊賀者や、甲賀者は、八瀬とは全く違う仕事のやり方、考え方を有した集団と、聞いていた。

『伊賀者は草木をおるように――人の命を取る。銭のため、自らが生き残るためなら……我らと違い、平気で、仲間を裏切る。……化生《けしょう》が如き者どもよ。伊賀者を信じ過ぎてはならぬ。伊賀の者を信じ切れば、そなたらは、滅ぶ。そこは伊賀者と仕事する以上、胆《きも》に銘じておけ』

七郎冠者はすがると若犬丸を戒めていた。

柊野の足が苦し気に二、三度動いた……。それきりであった。

息が、止っている。

すがるは山名邸に忍び込むに当って自分の中に線を引いている。もし、宗全が下手人ではないなら、山名屋敷の人々は誰も、殺めたくない。もし宗全が盗賊の陰で糸引いていた張本人なら——山名は、仇《かたき》である。

山名宗全以下、山名の男たち、侍ども、山名の走狗《そうく》、鉢屋衆は、斬《き》り捨てても構わない。

だが、山名家に仕える侍女や女の童、下人や料理番などの命まで、取りたくない。

無抵抗の上﨟女房を、容赦なく絞め殺した音無の所業は、すがるの中の線を冷然と跳び越す行いだった……。

この男と知り合ってまだ七日だが、すがるの中には、音無の忍者としての経験、知見、計画力、胆力を畏敬《いけい》する念が、芽生えはじめていた。

その畏敬が一瞬で吹き飛ぶ音無の行いだった。

夜叉が如き形相になったすがるは、押し殺した声で、

「——何故、殺した？」

音無は黒き覆面に隠された口に指を当てている。

青壊色の頭巾《ずきん》におおわれたすがるの額で、青筋が炸裂《さくれつ》しかかる。

「答えろ」

「元より――消す気であった」

――何だとっ――。

音無が、得体の知れぬ魔物に、思えた。

「後で、話そう。今は、暇《いとま》が、ない」

「………………」

全く、納得できない。だが音無が言うようにたしかに、時が無い。竹の戸を開けてくれた女は間違いなく女忍者、くノ一であった。奥御殿を守るべく配された鉢屋衆だろう。あの女がいつ何時、異変に気付くか知れない。いや、もう気付いている怖《おそ》れが。

――行くぞ。

義経松明にぼんやり照らされた音無が手振りする。

すがるは血が出るくらい強く、唇を、嚙《か》んだ。したがう他なかった。

――明りを、わたせ。

音無が、手でつたえる。

「………………」

音無はどうしたというふうに、すがるを見詰めている。

義経松明をわたした。すがるから明りを受け取った音無は天井裏を素早くあらため、安全をたしかめると——一瞬で登った。すぐに、こいというふうに、手振りしてきた。すがるはかすかに開いた引き戸を完全に閉じると柊野が斃《たお》れている方に、みじかい間だが、手を合わせた。

それからするりと——天井裏に登っている。

山名邸には多くの女房、下女がいるが、大抵は御裏方と呼ばれる北の方の御殿に、住み込んでいた。若犬丸によると、御裏方が手狭になったため、新たに女房詰め所を西側に増築、上臈たちの住いとし、二つの建物を渡り廊下でむすんだようである。

御裏方と女房詰め所、奥の台所の総称が「奥向き」であり——女たちの園である。

御裏方は宗全の寝所がある御座所とやはり渡り廊下でつながっていて、御座所は、男の空間だった。すがるたちはまず、女房詰め所の屋根裏から、渡り廊下の屋根の上に出、御裏方の屋上にわたり、そこから、二つ目の渡り廊下の屋上をつたい、御座所の屋根に取りつき、若犬丸が話していた鼬《いたち》穴から——屋根裏に入り込もうと目論《もくろ》んでいた。

乱破や盗賊が屋根裏を行く場合、必ず、梁《はり》の上をすすむ。

梁上《りようじよう》の君子という言葉は此処《ここ》から来ていた。

今、二人は梁上の君子となっていて、音無が先に這《は》い、あえかな義経松明で闇《やみ》を照らし、すがるが後につづいていた。

埃臭《ほこり》い空間である。

妻壁の辺りには、夕方の弱い光が、実にかすかに漏れ入っているが、全体的に、暗い。

忍びの目をもってしても明りが無ければ何もわからぬ暗さだ。

梁の上には、鼠《ねずみ》の糞《ふん》が、沢山、落ちている。蜘蛛《くも》の巣が所々にかかっていた。

音無が静止し少し前を義経松明で照らす。梁上に角材が据えられ――釘《くぎ》の尖端《せんたん》がずらりと、上向きに、並んでいた。

忍び返しの罠《わな》である。

音無は、少し上を、照らす。

黒い紐《ひも》が横に張られていた。義経松明の光が、紐上を、横に這う。

黒漆をたっぷり塗られた鳴子が、黒紐からいくつも、吊《つ》り下がっている。

引っかかればガラガラ音が鳴る。きっと、鉢屋者が、仕掛けたのだ。

「――」

すがるは、生唾《なまつば》を呑んだ。ほどこされた仕掛けは、鉢屋者が定期的に屋根裏を、巡回することを、しめしている。

……こんなにも他国の乱破を警戒しているとは。宗全は、戦でも起す気か？

宗全、さらに宗全を動かす策士どもには、天下大乱につながる遠大な謀《はかりごと》があるのかもしれぬ。その前段階として、比叡山の内に、争い、混乱を引き起す、あるいは六角及び三井寺と叡岳を衝突させるという過程が、あるのでないか。

……どんな企《たくら》みがあっても、あたしが暴《あば》いてやる。

ずらりと並んだ上向きの釘を慎重に跨《また》ぎ、鳴子を吊るした紐の下をゆっくり潜る。

山名館は――今まですがるが潜ってきた六角家や京極家、三井寺の要人宅とは、格が、違う。

城と言っていい守りを固めた九ヶ国の太守の屋根裏は、底知れぬ重圧となって、二十歳の小原女《おはらめ》にのしかかっている。

おまけに赤入道宗全に――飯母呂三方鬼《いぼろさんぽうき》が雇われているという話まであった。

……気にしない。三方鬼と言えど、人。あたしと同じように血が流れ、水を飲まず、息をしなければ死ぬ存在《もの》。

すがるは、次なる釘罠をよけながら、思う。音無ももちろん無傷ですがるの先を這っている。

……初めて、忍び働きに出た年、六角に仕える甲賀衆を気にしすぎるあたしに、父《ノ》は言った……。鬼を名乗る我らも、所詮《しょせん》、人。同じく相手も、人。

ここに宝があるなら、父を殺した者は……飯母呂三方鬼なのかもしれない。

来た。

女房詰め所の、東端に。

ちょうど、その時——義経松明が消えたが、かすかな隙間から入る、黄昏時《たそがれどき》のごく僅《わず》かな青明りが、音無の影をぼんやりと照らす。

音無はすがるの方を向き、一度指してから、耳に指をつけ、つづいて自らに指を向け、目を指差している。すがるは耳になれ、俺は目になると告げていた。

すがるは全神経を耳にそそぐ。

音無は、屋根の妻壁、木連格子《きつれごうし》の内に顔をくっつけ、僅かな隙間から、外を窺い出した。

木連格子は入母屋《いりもや》造りの棟近く、三角形の外壁にもうける格子で、木でつくった格子状の壁の内に板を張りめぐらしたものである。狐格子《きつね》ともいう。

今、音無は板と板の間隙《かんげき》から外を窺っていた。

耳を研ぎ澄ましたすがる。怪しい音は、ない。下から、女房たちが談笑する声がした。

小音《さおと》聞きの修練を積んできた鋭い耳は奥の台所の菜をきざむ音、御裏方から聞こえる「夕餉はまだか、あら、夕餉はまだか」などという即興の今様を聞いている。

御裏方から今様に合わせて鼓《つづみ》を鳴らす音がした。

音無が、何かを取り出した直後、すがるの目をもってしても伊賀者の姿をみとめられなくなった。

夜が都をつつみ全き闇が天井裏を統《す》べたのだ。夜こそ、乱破が本領を発揮する刻限である。すがるは音無がにぎりしめているのは苦無《くない》であろうと推測する。

鉄で出来た苦無には二種類あり、一つが楔形《くさびがた》、いま一つが琵琶の撥《ばち》に似た形。きっと、楔形をつかうはず。

ポォン、という鼓の音に合わせて、苦無が、木連格子の内側にある板に打ち込まれたようだった。

音無は息を殺して今の一撃が気付かれていないかたしかめようとしていた。

しばし動かぬ、名張ノ音無だった。

……誰も気づいていない。

すがるが思うと同時に、鼓に合わせて音無はまた苦無を打ち、木で出来た格子の一部が壊れる小音が、している。暗くて、何も見えなかったが、夜気の流れの変化が、実《げ》に小さな穴が出来たことをおしえてくれた。

すがるは気配で音無が苦無をしまいシコロと呼ばれる携帯鋸《けいたいのこ》を出すのを、知った。

音無は自分が貫いた小穴にシコロを入れて、ほとんど音もなく動かし、穴を広げているようだ。

すがるは、ここまで音を立てず鋸を扱う者を、初めて見た。木地師であった般若丸《はんにゃまる》でさえシコロをつかう時、かすかな音を立てた。

穴はたしかに、広がっているらしい……。さっと広がったすがるの瞳孔《どうこう》は徐々に大きくなる小穴から漏れ入る、僅かな月明りをみとめていた。

昨日、忍び宿で、若犬丸は、

『なあ、何でお前《めえ》、音無っつうんだよ？』

『音もなく走り、音もなく跳ぶからよ』

音無は答えている。音もなく道具をつかうという三つ目をくわえねばならぬのでないか。——地味な術、ではある。

が、かなり使い道が広い術、と言えよう。

音を立てずにシコロをつかう音無だが手際《てぎわ》はよい。短時間で、小動物が潜り込めそうな穴が、開いている。細く弱い月光に濡れた、黒装束の男は振り返る。

——行けるか？

問われたようだ。

すがるは首肯した。

すると、道具をしまった音無は、肩関節をはずし、子供でも苦戦しそうな小穴にさっと潜り込んだ。

関節をはずしたすがるもつづく。

すがるが上半身を広い夜気の中に出した時——何ら音を立てぬ伊賀者の影は、蜘蛛の物《もの》の怪《け》の如く、渡り廊下の屋根の上にぴったりはりついていた。そこに音無がいることを知るすがるがよほど注意して初めてわかる隠れぶりである。

すがるもふわりと飛び降りる。

計画では、屋根から屋根へ行く形で、御座所の上に辿《たど》りつき——鼬穴にまた関節をはずして、潜る。もし潜れぬ場合は、シコロで広げる。

渡り廊下の上を、二人は静かに這う。前方で、音無が、止った。

奥の台所で調理した馳走《ちそう》を御裏方にはこぶのか。

二人が乗った渡り廊下と平行に走る渡り廊下——奥の台所と御裏方をむすぶ渡り廊下を、女たちが移動していた。汁物や焼き魚の匂いが、二人の許《もと》まで上ってくる。

女たちが御裏方に消えてから二人は動く。

瞬間、音無はまた——何かに気づいたようだ。ぴたりと静止、気配を殺した。すがるもそれにならっている。

……すがるは、初め、伊賀者の心を、計りかねた。

音無はじっと動かず、渡り廊下の板葺《いたぶ》き屋根に溶け込んでいる。

「…………」

夕餉がはじまったのか。器がふれ合う音、歓談の声が、する。下方からは、小さな水音が、する。

水音とは女房詰め所の北にある井戸から流れている遣水《やりみず》の音。若犬丸の図によれば、遣水は二つの渡り廊下の下を潜り、御裏方の南、春の御庭に流れ込み、池を形づくる。

初め、すがるは――伊賀者が南、つまり、春の御庭の方に神経を尖《とが》らせているように感じた。

が、違った。音無は御座所の北、一本の巨木に、注意を向けていた……。

桂《かつら》の巨木である。

御座所の南は夏の御庭と呼ばれる庭だが、北は馬場であった。宗全が馬を走らせる大広場だ。この馬場に、桂が一本、立っている。山名屋敷でもっとも大きい樹だった。高さ、十丈（約三十メートル）ほどか。今、桂の偉大な樹影は、渡り廊下屋上に潜む二人からも、視認出来た。

音無は桂の何かが引っかかっているらしい。

……あの樹に……何が？

すがるは、柊野を殺めた音無をみとめていなかったが、忍者としての腕はかっていた。音無は心の中に妖《あやかし》を飼っている気がするものの、彼の力量はみとめざるを得ない。音無が何かを感じるということは、桂に何かが、ある――。

二人は息を潜めて夜に沈んだ高木を窺う。

すがるも、真剣に黒々とした樹を凝視するが、怪しい処は、何も、見出《みいだ》せない。

どれくらい時が流れたろう。桂が南側に発達させた葉群の一部が怪しい動きをしている。

初めすがるは――葉群の中で猿でも動いたかと思ったが、すぐに違うと気づく。人だ。

木の葉をかぶった人、つまり――木の葉隠れの術をつかっている乱破である。かなり高い梢《こずえ》で、目立たぬように立ったその忍びの屈強な体から、密度が濃い妖気《ようき》が、どっと放出された。妖気の暗雲をまとった乱破は今度は北に張り出した枝に天狗《てんぐ》の身軽さで飛び移るや、北の築地から屋敷に忍び込む者がいないか、見下ろし出した。次の瞬間、そ奴《やつ》は、北から、西へ、すがると音無がいる方に不意に首をまわす。ただ、首をゆらりと動かしただけなのに、途方もない不穏さ、黄泉《よみ》から溢れたような禍々《まがまが》しさが……漂った。

――あたしは……屋根。

すがるは板葺き屋根になり切る。桂に潜む乱破の視線が、渡り廊下の屋上にぴったり貼《は》りついた二人の上をかすめる。桂から殺気はこない。

……気取られなかった？

梢に蹲《うずくま》った忍者は一度東に注意を向けてから、さっと太い枝に抱きついた。刹那で――樹と一体化している。どれだけ、あの桂に忍びがいると思って見据えても、単なる枝影にしか、思えぬ。

——恐るべき忍者であった……。

今の動きだけで、すがるより強く身軽で、経験豊かな乱破であることを、しめしていた。音無がさっと動いている。すがるも、つづく。

二人は、御裏方の屋根がつくった、桂からの死角に潜り込んでいた。

音無が声を発さず、手振りで、

『——見たか？』

すがるはうなずく。

『……侮《あなど》り難い。屋根をつたっていったら、見つかる』

同感であった。

音無は、すがるの指図をまっている。

三つの道があろう。

一つ、桂の上の敵を十分警戒し、今日の処は引き上げる。

二つ、屋上以外の道から、御座所に近づく。

三つ、桂の上の敵との対決を覚悟しながら、当初の予定通り、屋上をすすみつづける。

武勇に自信がある武士ならば……三つ目の道をえらぶ者も、少なからずいるように思われる。それは武士が金銭と同じかそれ以上に名を、重んじるからだ。

だが、忍びは——決して、高名をもとめない。

むしろ名を隠して自分にあたえられた役目を全うしようとする。忍者という存在《もの》の方法論からは、三をえらぶという発想は、なかなか出てこない。自分と同じか、それ以上に強い敵との戦いは、死をもたらす恐れが高く、死ねば、役目を果たせぬ。

だから、忍者は武士などから、時として臆病《おくびよう》と誹《そし》られるような動きをするが、それは決して、小心からくる臆病ではない。

役目への執念が——強すぎるがゆえの、臆病だ。役目さえ果たせば、武士や百姓などからの臆病という嘲《あざけ》りさえ……忍者の屈折した心理は、嬉《うれ》しい、と思うのだった。

すがるの指が下を差した。

音無は、我が意を得たりというふうに首肯する。

——二つ目の道がえらばれた。

すがるは、忍び装束から、みじかくまとめた縄と、下に輪を持つ鉤《かぎ》を取り出している。忍び装束にはいくつもの隠しがあり、様々な忍具や薬がしまわれている。

鉤の輪に縄が通される。鉤縄が、生れた。

鉤を屋根に引っ掛け——垂らす。

鉤縄をそろそろとつたって降りたすがるは、渡り廊下に誰か来ぬか、地面に撒《ま》き菱《びし》などないか、たしかめる。安全を確認してから上に合図した。音無が、鉤をはずし、音もなく飛び降りた。

二人は――濡れ縁の下に潜り込む。

このまま床下をつたって御座所まで行ければよいが、むずかしい――。

若犬丸は昨日、

『図面には描かれちゃいねえが……御座所や御裏方、会所には、床下に入れねえように、忍び返しがもうけられているんじゃねえか』

この頃の大邸宅や寺院は、濡れ縁から、床下まで、容易く潜り込める。柱と柱の隙間から自在に入れる。通気を良くし湿気をやわらげるためだ。ところが大名屋敷は防湿よりも防犯を重んじた。

忍者や盗賊は、縁の下に潜り込めても、それより内側の床下、つまり、部屋の下に入り込めぬ形になっている。

山名邸は、一般の屋敷や寺では……大気の通り道、忍びの侵入路になっている家の外壁の下に、板壁をむっつりと張りめぐらしていた。

忍び返しである。

これを突破するには二つのやり方――強引に壊す方法と、下に穴を掘って潜り抜ける「穴蜘蛛地蜘蛛」があるが、今は、どちらも、採らない。二人は、忍び返しの壁に体をくっつける形で長い濡れ縁の下を静かに這う。

二人は遣水を右に見ながら桂があるのと逆――南へ這う。今度はすがるが前を行く。

途中、また、奥の台所と御裏方をつなぐ渡り廊下を女たちがするすると歩いてきたから、ぴたりと、止り、

「大和の……門跡様から頂戴《ちょうだい》いたしました、甘瓜《あまうり》にございまする」

などと言いながら、夕餉の場に入っていく音を聞いていたが、誰も、乱破二人に気付かぬ。もし、今誰かが、二人の傍に立ち、かがみ込んで濡れ縁の下をたしかめてもするると音無は闇に見えたろう。配膳《はいぜん》の者が行き来する渡り廊下の下を潜った遣水はやがて、左にねじれて御裏方の南、春の御庭という大庭園に流れ込んだ。

縁の下を潜行する忍者二人も左に進路を変え、今度は夜闇をたたえた春の御庭を右、忍び返しの板を左に見つつ、御裏方の南面を用心深く這う。

忍び宿で見た図面には春の御庭の所にいくつかの花の名が書かれていた。

桜、梅、椿、れんぎょう、カタクリ……。

女の御殿から眺められるこの庭、中央に池を持ち、春になれば、一斉に、匂いと色を咲き乱れさせるのだ。

と、御裏方から、老いた女の声で、

「柊野は如何したのじゃ？」

「昵懇《じっこん》の……蔵廻りと、話をされておられる様子」

「話を、の」

柊野の名が——すがるの胸を抉《えぐ》った。だが、今は、音無が柊野を殺めたことを、頭から追いやる。今、すがるは、精強な忍び衆が守る日本一大きな大名の館に、忍び込んでいる。山名邸にいる者の中で己の味方になってくれる者は……後ろを這う音無一人なのだ。

春の御庭の池からはまた水が流れ出ている。小さな流れは、御座所の南、夏の御庭を西から東に貫いていた。

二人は御裏方から渡り廊下の下を這って——目的の御殿、御座所の縁の下に辿りつく。御座所にもやはり忍び返しがもうけられていた。もし、宗全の密話を盗み聞くというお務めならば、すがるは、忍び返しの板を抜けて、床下に忍び込んだろう。だが、今回は盗み聞きが目的ではない。赤漆の床の間にお山から奪われた宝があるのなら奪還せねばならなかった。

二人は御座所の南縁の下を、夏の御庭を右手に見つつ潜行している。

宗全の寝所や居間があり、手練《てだ》れの武士どもが守っている御座所は、図面によれば、七つの部屋から成っており、赤漆の床の間は東北に在った。二人は南から東、東から東北へ、まわり込もうとしていた——。

夏の御庭を右に見、建物から荒武者どもの気配を感じつつ、這う。

ちなみに、夏の御庭を貫いた遣水は、会所（諸侯《しょこう》を招く宴会場）と主殿と呼ばれる建物の間を流れ、今度は会所の南から東にかけて広がる秋の御庭を蛇行、広大な館の東寄りを流れる堀川にそそぐのである。広縁を警固する侍の硬い息を真上から感じつつ、すがる、音無は建物の東南の角に到達。今度は東の縁の下に潜り込む。

鉢屋者を警戒しつつ、気配を絶ちながら、ゆっくり、這った。

御座所の北は——例の柱の、真下、つまり、今、すがるは、あの乱破にどんどん近づいていた。弥《いや》が上にも相貌《そうぼう》は硬くなっている。

赤漆の床の間まで二間と思った時だ——。

話し声が、する。

すがるの左では、忍び返しの板が、みっちり並んで床下を守っており、右は、数間をへだてて、件《くだん》の図面で「会所御膳所」と書かれた建物が、眠りこけていた。

聞き筒を、出す。真鍮《しんちゅう》で出来た筒で伸縮可能だ。音を、増す。

当てた。

忍び返しの板に聞き筒をつけたすがるは前進を止め、中の会話に全聴覚をかたむけている。

とても太く、低く、伸びる声が、聞き筒を通して、耳に入ってきた。

「弾じょぉぉぉう……」

山名家の家宰は垣屋弾正——。数日前、比叡山に、物詣《ものもう》でに来た重臣である。では、弾正、と呼び捨てにしたのは……。

　弾正らしき声が、

「……はっ」

「まだ、女御殿の方に……」

　臼《うす》がしゃべったら、こういう声かもしれない。臼声、というべき、この太い声の主こそ――九ヶ国の太守で山陰道の覇者、赤入道宗全であろう。

　干し豆か何かをかじる音をはさんだ後、山名宗全は、

「女御殿の庭に、誰が、この阿修羅とよ、阿修羅絵を……投げ込んだか見当はつかぬか？」

　――阿修羅と阿修羅絵を庭に投げ込んだ？

　どういうことだろう。

「いまだ、調べはつきませぬ。そうじゃな？　茶坊主《ちゃぼうず》ども」

「御意」

　赤漆の床の間に、山名宗全と垣屋弾正、茶坊主ども、がいるようだ。すがるは調べを命じられているらしい茶坊主どもこそ苫屋《とまや》鉢屋衆ではないかと読んでいる。

　小音一つ立ててはならぬ。茶坊主どもは忍びである。御座所の広縁には手練れの侍どもが詰めていよう。山名宗全も豪の者で桂の上には――。

すがるは身を固くして聞き入り、音無も息を潜めて耳をかたむけているようだった。

臼が呟《つぶや》くような、重い声が、する。

「何処ぞの乱破が外から入ったか……。あるいは、当家に仕える者が——何らかの思惑があり、これらの品を奥向きの庭に置いて立ち去ったか」

それが、お山の秘宝、阿修羅草紙と最澄が隠したという阿修羅像なのかは、知れぬ。

が、阿修羅にまつわる品二つが、正体不明の諜賊《ちょうぞく》の手により、山名屋敷の奥御殿の庭に、放置されていたようである——。

垣屋弾正が、言った。

「当家の中の者という線は薄い気が」

「外から、入ったと？」

「ええ。叡岳の方をいろいろしらべました処……八日前に盗まれたのは、座主《ざす》血脈譜《けちみゃくふ》、八舌《はちぜつ》の鍵《かぎ》、阿修羅草紙、この三つのようでござる。

また、この阿修羅草紙と……何やら深い因縁のある……伝教大師御請来《しょうらい》の二つの阿修羅像、裏葉色の阿修羅と白き阿修羅が存在するようにござる。今、ここにありますのは、この内の阿修羅草紙と、裏葉色の阿修羅ではありますまいか」

すがるの双眸《そうぼう》は山犬の眼光をたたえていた。驚きの事態が、明らかになっている——。

今の話が真なら……宗全は、黒幕ではないようだ。むしろ、真の下手人によって、巻き込まれた者である。真の下手人はあの夜、般若丸や白夜叉たちを殺め、三つの宝を持ち去り、早くも謎《なぞ》言葉を解いて二つの阿修羅像を見つけた。

……そして、阿修羅草紙と裏葉色の阿修羅像だけ、山名邸に置いて、立ち去った？

……何のために？　では、他の宝は、今何処に？

宗全が下知《げじ》したのでないのなら、真の下手人は一体誰なのか？　また、すがるが名乗り出るわけにはいかぬが、三門跡を通して交渉すれば、少なくとも二つの宝を宗全は返してくれるのではあるまいか。すがるは様々な思案をしている。

と、弾正が、

「御屋形様、某《それがし》、叡岳の方に一刻も早く、この二つの宝、返すべきではないかと思いまする」

「たわけ。今返せば……この宗全が盗《と》ったものの如く思われよう」

「むしろ、お手元にこれを置かれていた方が、そう思われるかと。祇園会《ぎおんえ》が中止となったこと、お聞き及びでございましょう？　町の者どもは、山訴《さんそ》ではなく、叡岳に入った盗賊が此度《こたび》の中止のきっかけではないかと噂《うわさ》しております。深く落胆しております。柳営の政《まつりごと》が悪いから度々祭りが中止になるなどと申す輩《やから》もおる始末」

今の一言が、気に食わなかったようで、臼は火山に変り、噴火した。

「祭りが中止になったくらいで柳営についてあらぬ雑言を口にするとは……度し難き愚

か者どめ！」

「盗賊のせいで祇園の祭りが中止になり――町衆の不満は高まっております。御屋形様が賊の張本であるという噂が立てば……町の者どもの怒りが、当家に向きまする」

畳が蹴《け》られる音が、した。

「伊勢守ぞ！」

宗全が、声を叩《たた》きつけた。怒りで熱くなった赤入道の声に、もう、聞き筒は要らない。

「いま一つ確証が……」

「勝元ぞっ！　あの男、信用出来ん」

しーっと指を唇に当てる垣屋弾正の姿が目に浮かぶ。声を押し殺し、重臣は、

「滅多なこと、申されますな。――細川殿は、御屋形様の御婿君《むこぎみ》にございます」

垣屋弾正という男は家臣や侍女として入り込んでいる細川家など他の大名の細作《さいさく》を十分警戒しているようである。少し熱が引いた、赤入道の声がする。

「三方鬼につたえい」

飯母呂三方鬼は……やはり、噂だけの薄っぺらい存在ではない。しっかりと血肉を持ち山名邸を守っている。実存するのだ。今まで幻のように受け止められた名が俄《にわ》かに凄《すさ》まじい質量ですがるの胸に迫った。

「伊勢守と、細川を探れと。賊を動かし、わしを貶《おとし》めようとしておるのは、この両人の

いずれかよ」

茶坊主どもが答えた。

「ははっ」

今度は弾正に、

「わしは賊が何者の手下《てか》か判明するまで——これらの宝を叡山に返すつもりは、毛頭ない」

「……何と」

「——考えてみい。今、この入道が、これらの宝を持ってのこのこ山に登り……我が館にあったゆえ、御返し致すと申したら、どうなる？」

「御屋形様が盗賊の張本と疑う僧も出てきましょうな」

「そう、しかも『血脈譜は？』『八舌の鍵は？』と問われても……『知らぬ』と言う他ない。こんな怪しいことはあるまい？　わしの敵どもは『赤入道が——叡山に賊を入らせ、宝のいくつかを奪い、いらぬ宝だけ返した』と、必死に讒言《ざんげん》しよう。……それが彼奴《きやつ》らの狙いなのよ。下手をしたら山名の家がこの世から消えかねぬ」

今度は弾正が黙り込んでいる。しばらくして、

「……左様に言われますと……仰《おお》せの如き仕儀になりそうな気が致しますな」

「三方鬼にとくとしらべさせる。彼の者ならば——動かぬ証拠を押さえられる。伊勢守

なり、勝元なりが、賊を動かしたという証拠をな。その証拠を押さえて、初めて、『伊勢守か細川が、わしを貶めるべく、賊を叡山に入れ、大騒ぎを起した』と、叡岳、柳営、朝廷に訴え、これで赤入道を倒せると舌なめずりしていたうつけどもを――滅ぼし去るのじゃ」

「妙案かと思いまする」

「阿修羅草紙と、裏葉色の阿修羅が、わしを貶めんとする者を滅ぼす、証拠となる。しかもこの阿修羅……やけに見事じゃ。山がわしにゆずるなら、もらってやらんこともない」

山名宗全は――賊の張本ではないが、阿修羅草紙と阿修羅像を速やかに返す気はなさそうだ。

「斯様《かよう》な時に三方鬼は何処で何をしておる？」

と、宗全が、言う。

茶坊主どもが答えた。

「我らが頭は、今日辺り、何処ぞの鼠が、当屋敷に……のこのこと、入って来る気がする……と、仰せにございます」

「御庭を巡検し――鼠を引っ捕らえ、寸刻みに料理しながら、何処から潜った鼠かゆるりと、吐かせたいと……。九分九厘《りん》、あの御方の勘は……あたるのでございますよ」

「わしは三方鬼が鼠を捕らえるのを楽しみにまっておればよいのじゃな？」

——ぞわり、とした。

……三方鬼っ……柱にいるのは。

冷たい脅威が塊となってすがるをつつんだ。忍者は、恐れを、恥じぬ。恐怖すべき対象《もの》を正しく恐れる。男とふれ合うことを嫌悪《けんお》するすがるだが、山で熊《くま》に遭っても、飢えた狼《おおかみ》の群れにかこまれても、五人の刀を持った追剝《おいはぎ》に脅されても、多分恐ろしくない。

だが、今は、怖い。幾人もの男女の生気を吸い取り、殺した、大きな蜘蛛の化け物、その冷酷な妖魔の巣に迷い込んだような恐怖だった——。

三方鬼が、すがると音無を見ていて、聞いていて、嗅いでいる気がする——。

今、二人で、赤漆の床の間に押し入り、宝を取り返しても、茶坊主に化けた忍びたち、御座所に詰める手練れども、三方鬼の存在を考えれば……生きてもどれる可能性は、無にひとしい。じっと身を隠し、隙が生れるのをまっても、三方鬼に見つかる恐れが出てくるし、柊野の死体が見つかって大騒ぎが起きるかもしれない。

——退《ひ》き時だ。

音無を顧みる。音無は、首を縦に振った。

二人は元来た経路で御裏方の方にもどりはじめている。

奥の台所の傍まできた時——女房詰め所の方から、侍女の叫び声が聞こえた。きっと——柊野の骸《むくろ》が見つかったのだ。

何だろう、と、台所女たちが、女房詰め所が見える中庭に出る。その隙を突き二つの影が奥の台所を突破。すがると、音無である——。二人は味噌蔵《みそぐら》の裏にまわる。と、ゴイサギという鳥の鳴き声がした。鳴いているのは鳥に非《あら》ず、忍びが仲間に、厳戒を呼びかけている、と察したすがるらは、矢竹の藪《やぶ》に潜り、西の築地をふわっと跳び越え——夜の町に逃げた。

「上臈が、蔵廻りと会っていて頓死《とんし》し、蔵廻りは出て行った形跡がないとな？」

侍衆が——女の聖域、奥御殿に呼ばれていた。

「御裏方、女房詰め所、奥の台所、一通りあらためましたが、怪しい者はおりませぬ」

蔵廻りと話した侍女が告げている。鉢屋者という本性を隠しもつ彼女が、女の童の様子がおかしいと気づき、他の侍女と柊野の室《へや》に入り、遺体を見つけた。

「わかった。我らがいま一度、あらためてみよう」

肩幅が広い武士が言う。

「どんな顔をした、蔵廻りであった？」

痩《や》せた武士が、異様な眠気に襲われているらしい女の童に問うた時、庭男が二人戸板を持って庭先に現れた。

「何だ……権《ごん》さんではないか？　如何した？」

「……へえ」

権さんは、庭掃除の翁で、歳《とし》は六十ほど。がっしりしていて、顎《あご》が角張り、いつも飄々《ひょうひょう》としていて、温和な目付きをした男である。

仕事ぶりは真面目《まじめ》で好感が持て、すこぶる、物知りだった。

権さんを見ると百姓や地侍は村の長老を思い出す。赫々《かくかく》たる先祖を持つ武士も、一族の古老を思い出す。故に、高禄《こうろく》の重臣すら……この粗末な麻衣を着た庭男を見ると、どういうわけか、さん付けで呼んでしまうのだ。

「亡《な》くなった御上臈がおられたそうで。不浄門の傍の小屋へはこべとの、お達しにございまする」

「誰の下知じゃ？　権さん」

「はて……御方様の方から出た御下知ではないでしょうか」

権さんが言うなら、そうに違いないと思わせる何かが、老人の口ぶりには、あった。

「わかった。すぐ、はこんでくれ」

「へえ」

武士は女の童への聞き込みや、消えた蔵廻りの捜索を再開、権さんともう一人の庭男が戸板に柊野を乗せ、はこび去っている。侍女の形《なり》をした鉢屋くノ一も、すっと、庭男たちにしたがう。

三人は奥御殿の北庭を歩き、網代垣《あじろがき》にもうけられた木戸を潜り、少し歩いた。

馬場と呼ばれる広場が眼前に広がっていて、右に井戸、その井戸におおいかぶさるように神木かと思えるくらい大きい桂が生えていた。

後ろ手で、死体が乗った板をささえていた権さんが、

「——気付かんかったか?」

「申し訳ございませぬ」

侍女が答えている。何か不始末ある時、侍女が、権さんを叱《しか》る立場なのだが……。

少しはなれた所に番所があって篝火《かがりび》が焚《た》かれ、警固の侍が三人いるも、二人の会話はとどいていない。権さんが、左手を、戸板からはなす。つまり右手一つで死体が乗った戸板をささえる。権さんは氷河のような冷たい声で、

「ぬかったの」

左手が——ふわっと動いた。

刹那、戸板の横を歩いていた鉢屋くノ一の右耳が——魔風に攫《さら》われて吹っ飛んだ。

何らかの暗器が権さんの左手から神速で放たれたのだが、その凶器の正体を、くノ一も、戸板を後ろで持ち上げる若き鉢屋者も、見切れなかった。

――速すぎた。

くノ一が呻《うめ》き一つ立てず、血がぼとぼとこぼれる耳の痕《あと》を手で押さえた時、権さんの左手はもう戸板にもどっていた。

「次は、ない」

前を向いたまま、権さんは、静かに、告げた。

一瞬で右耳を捥《も》ぎ取られたくノ一は、震えを嚙みしめながら、

「得心しました」

くノ一は痛さでふるえているわけでも、恐ろしくてふるえているわけでもない。この老いた忍びの信頼を裏切った悔しさに、ふるえていた。

庭掃除の権さんこそ――西国無双の乱破大将、飯母呂三方鬼その人であった。


小屋に入ると、暗い妖気が張り詰めていた。茶坊主が二人、鉢叩きが一人、燈火《とうか》に照らされて蹲っていたのが、一斉に頭《ず》を下げている。

鉢叩きとは――瓢《ひさご》を叩きながら念仏踊りをしたり、物語芸をしたりする、さすらいの芸能民である。

そして、鉢叩きと鉢屋忍び、鉢叩きと時宗、時宗と茶坊主の縁は……深い。

将軍家の茶坊主、同朋《どうぼう》衆の多くは、時宗の徒であった。時宗はその内側に鉦《かね》叩き、鉢

叩きという者をふくんでいる。鉦叩きとは——平安貴族が己が寺社に参れぬ時、代参僧を立て、霊地で鉦を叩かせたことに由来する。鉢叩きは鉦の代りに瓢を打つ。この風習が貴族から民百姓に広がり、依頼が殺到すると——寺は正規の僧に鉦叩きさせるのでは、とても間に合わなくなってしまった。家がない者、貧しい者などに、鉦を叩かせて、人員を拡充した。やがて鉢を叩く者も出てきた。だから鉦叩き、鉢叩きは、僧とは違う。遠い昔、寺院に雇われた、そういう歴史をもつ人々なのだ。

鉦叩き、鉢叩きはやがて一遍の時宗教団に呑み込まれた。彼らは家をもたぬ。旅を人生とする。諸国のいろいろな話、面白い話も、悲しい話も、最新の情報も知っている。物語芸をして生きていける。時には茶筅《ちゃせん》をつくって売ったし、物乞《ものご》いもした。血腥《ちなまぐさ》い所に出かける胆力もあるから、戦が起れば戦死者を率先して弔った。

こうして——武士たちに気に入られた。

乱世を生きた武将は、戦時には時宗の徒を陣僧としてつれて行き、討ち死にした者を弔わせ、平時には彼らが諳《そら》んじた戦物語に、彼らが出す茶を啜《すす》りながら、聞き入った。茶坊主の始りだ。

さて、時宗聖の一角をなす鉢叩きに——忍びが入り込んだのが平安の頃という。

平将門に仕えた、飯母呂《いぼろ》石念《せきねん》という忍びの大将が、いた。大陸系の渡来人であったと思われる石念は獅子《しし》奮迅の働きを見せるも、将門は討ち死に。失意の忍び頭は長子、大《だい》二郎《じろう》を西に、次子、小二郎《こじろう》を東に逃がした。

西に逃げた鉢屋大二郎は——洛北の山に潜み、手下を使い、京中を震撼《しんかん》させる盗賊の元締めとして暗躍したが、空也《くうや》上人に諭されて悔い改め鉢叩きの徒にくわわったという……。

鉢屋大二郎の末裔《すえ》が、山陰最強の忍び、苫屋鉢屋衆で、足柄《あしがら》山地に隠れた弟、小二郎がつくりし忍びの流れが、関東で猛威を振るった風魔忍軍である。

将軍に仕え、茶の湯、花飾り、面白話、骨董《こっとう》の鑑定、庭作りではたらく同朋衆、諸大名の茶坊主、鉦叩き、鉢叩き、鉢屋忍び、時宗は、全《すべ》て一つの線でつながる。東に目をむければ風魔にまでつながる壮大な情報網が浮き上がる。茶坊主、鉢叩きの全員が、忍びではない。ただその内に——忍者を多分にふくむ。

将軍、大名すら無視できない……この影のネットワークの中で、もっとも恐れられている男こそ、飯母呂三方鬼なのだった。

「御屋形様は伊勢守と細川を探るようにと仰せになっておられました」

茶坊主が告げている。鉢叩きが、口を開く。

「女房詰め所の天井裏に壁を壊した跡がございました」

さっきまで、桂の樹に隠れ、御座所に近づく者がないか見張っていた三方鬼は、戸板を下ろし、

「屋敷の隅々まで青阿弥《あおあみ》たちにしらべさせておるが、もう、逃げた後であろう。この女の体、下でしらべる」

言うが早いか、鉢叩きが遺骸《いがい》をかつぎ、茶坊主の一人が、板壁の下をさっと引き上げた。

隠し戸だ。濃密な深闇が凝縮された四角い口が開く。いま一人の茶坊主が手燭《てしょく》を支度する。鉢屋衆は地下に通じる隠し戸に、吸い込まれていく。

暗く狭い階段を降り切ると、地下道が二方に、のびている。

地下道を左に行けば阿弥陀《あみだ》寺という寺のつかわれていない古井戸につながる。

阿弥陀寺は、この頃、山名邸の西にあった寺で、時宗聖、鉢叩きが、よくあつまる。

当然、鉢屋衆の京における拠点の一つとなっていた。

三方鬼たちは窈然《ようぜん》たる地下道を西に行く。

すると、筵《むしろ》がしかれた小さな地下室が現れた。柊野は地下室に横たえられた。

屍《かばね》を手早くあらためた、三方鬼は、武士どもと話した時の穏やかさと、まるで逆の、飢えた豺狼《さいろう》に似た凄気《せいき》を漂わせ、

「……やはり、素人《しろうと》のやり口ではないな……」

血だらけの耳を押さえたくノ一に、

「死んだ女のお付きの者は、蔵廻りの素性について心当りはないのか？」

「まつき風呂で会ったということの他、何も、わからぬようでした」

「その風呂屋のこと、早急にしらべよ」

死者の顔に鼻を近づけ、真剣な面持ちで臭《にお》いを嗅いだ三方鬼は、

「……かすかに眠り薬の香りがする。鉄阿弥《てつあみ》」

「はっ」

小柄な茶坊主に、三方鬼は、

「胃の中をあらためよ」

鉄阿弥という男は柊野の衣を剝《は》ぐと、さっと小刀を出し裸体を切り開いた。胃袋からぐちゃぐちゃに崩れた茶色い物体が取り出された。血と粘液にまみれたそれを、指でほじくりつつ、三方鬼は、

「――羊羹じゃの。大明の……菓子じゃ。これに、眠り薬が混ぜてあったのじゃ。匂いからして伊賀者か甲賀者がつかう、眠り薬に思える……」

左様な匂いの判別は三方鬼でなければつかなかった。

鉄阿弥が切れ味鋭い刃のように、目角を立て、

「羊羹をつくる菓子屋はかぎられましょう。そこを当れば――」

「早まるな。この乱破、羊羹に眠り薬を塗ったわけではないわ。羊羹に、薬が、練り込んである。つまり自ら唐土《もろこし》の菓子を製したのじゃ、菓子屋などに足跡をのこしておらぬ」

「…………」

柊野を眠りに誘った羊羹は小法師の手で練られている。

忍術の一つに七方出《しちほうで》――七種類の職業になり切る術――が、ある。小法師は、雲水、乞食《こじき》坊主、薬師《くすし》、算置きなど複数の生業《なりわい》を着物のように自在にまとう。

その中に、菓子屋が、あった。

小法師は菓子屋になり切る術を練るためだけに、奈良の菓子屋で二年、はたらいた覚えがあった。羊羹をふくむ数多《あまた》の菓子をつくれる小法師は、明の船が錨《いかり》を下ろす堺に出向いて、高価な輸入品・砂糖をかい、七条仏所は有馬屋で薬入り羊羹をつくったわけである。

「――凝った仕事をする」

腹を裂かれた女の遺骸が転がる前で不気味な笑みを浮かべる飯母呂三方鬼だった。

「死んでくれるか？」

「――いつでもその覚悟はついております」

答えた下忍たちに、老練の上忍は、

「伊賀と甲賀へ、入れ。今京に出ておる忍びは誰か、菓子作りに長じた忍びは、誰か。二つの線がまじわる所に……この女を殺めた者が、おる」

「御屋形様を貶めんとする者が放った乱破でしょうか？」

くノ一の言に、三方鬼は、死神のような顔で、

「まだ、わからぬ。わしの留守中、ここに入り、阿修羅草紙と阿修羅像を置いて立ち去ったという憎き妖賊と同一人なのか、違うのか……。違うとすれば山が宝を取りもどすべく放った者、という線も考えられよう。だが、どちらでも、構わん。彼奴らの末路は決っておる。わしの目のとどく所で、ここまでの騒ぎを引き起したのだから」

下忍たちは、一斉に、頭を下げた。

謎《なぞ》の女

死者が眠る土饅頭《どまんじゆう》、夏草の叢《くさむら》に、侘《わび》し気に並ぶ卒塔婆《そとば》——葬《ほうむ》りの野、紫野《むらさきの》の夜の姿は、闇《やみ》の濃さを、さらに深めていた。

赤入道宗全が、真の下手人に、巻き込まれたに過ぎぬことが明らかになっている。だが、奪われた宝のうち、阿修羅草紙と、謎言葉を解いて見つけたと思われる秘宝——裏葉色の阿修羅像は、下手人の手で、山名邸に持ちはこばれたようだ……。

そして、宗全は、素直に、返す気が、無い。

門跡方と相談せねばなるまいが、山名邸に再度潜入、奪還する必要がありそうである。

黙々と歩いて、紫野、柏野《かしわの》と抜け、北野の黒々とした森を過ぎ、双ケ丘《ならびおか》が見える所まで来た時、

「もう、よいのでないか」

音無が後ろから声をかけている。鉢屋者の追跡を危ぶんだ二人は、端《はな》から真っ直《す》ぐ隠れ家にかえる気はなかった。

館《やかた》を抜け出たすがるたちはまず若犬丸とすれ違った。二人に着替えをわたし、追手がいないかたしかめ、もしいた場合、妨げる——若犬丸にあたえられた役目だ。紫野で新たな小袖《こそで》を着た二人はあえて走らずに、忍び宿とは逆、西に歩き、ここまで来た。

すがるは振り返る。

他に、人はいない。

都の西郊、寂しい野原である。黒々とした雑木林におおわれた双ヶ丘は、かつて、兼《けん》好《こう》法師が隠れ棲《す》んだことで知られる。高さ百メートルほどの丘が三つ並んでいて秦《はた》氏の墳墓もあった。ススキや荻《おぎ》が深く茂り、夜霧が這《は》う原で、二人はしばし睨《にら》み合った。

いきなり——すがるが、音無に、殴りかかっている。

音無はすっと後ろにかわした。

すがるは、左手で音無を突こうとするも、音無は、がっと、掌《てのひら》で拳《こぶし》を摑《つか》み、

「いきなり、何をする？」

「何故《なぜ》だっ」

眉間《みけん》に皺《しわ》を寄せ、鬼の形相で睨みつけるすがるに、音無は、

「女のことか？」

落ち着いた言い方であった。音無の落ち着きが、気に食わぬすがるは、

「決っているっ」

「あの女は……俺という男を見過ぎた。むろん、少しは変装していたが、それでもな」

据眼《すえまなこ》で、

「だから……初めから、そうする気だった？」

「……………」

あの時、音無は初めから消す気であったと言ったが、すがるは今、違う答を聞きたい。が、音無の静黙は、そうだと告げていた。

すがるは夜霧に足を撫《な》でられて、

「武士や、乱破はいいんだよ。だけど……あの女は、手にかけちゃ駄目だ。あの女は武器を持っていなかった。戦う力が無かった」

もう一度、四囲に人がいないか、たしかめてから、かすれ声で、

「お前がしたことは――あたしの流儀に反する。あたしの里の、流儀に。だから、もう、止《や》めろ。少なくともこのお務めでは」

「――ことわる」

細い目をさらに細め、鋭気を迸《ほとばし》らせるすがるに、音無は、

「それが俺の里の、流儀だからだ」

「あたしが中ノ頭だ。下知《げじ》に、したがえ。お山もあそこまで望んでいない」

「最大限、お前の下知にしたがっているつもりだが……。そこまでの指図にしたがう謂《いわ》

れは、ない。俺は別の里の者。それに……あの女は、武器を持っていた」

すがるは瞠目《どうもく》し、かんばせを引き攣《つ》らせ、

「短刀？　本気で言っている？　あの女が、つかえたと？」

「いいや」

音無は頭を振り、冷厳なる面差しで自らの口をすっと指差した。

「——口だ」

女の口から出る情報が、苫屋《とまや》鉢屋《はちや》衆につたわり、危険となって襲い掛かってくると、音無は言っていた。

すがるは男たちに襲われた十一歳の一日《いちじつ》を思い出している。

男たちのおぞましい笑い、自らを貫く激しい痛み、汚らわしい粘液、背中を裂いた鞭《むち》、のしかかってくる恐ろしい影、振り上げられ、打ち下された拳、幾度清流であらっても、染《し》み込んで、体の中で膿《うみ》となってしまった気がした男の触感……。

この世には——暴力が渦巻いている。

あの日の光景に、殺された柊野という女の姿が、閃光《せんこう》をともなって重なった。巷《ちまた》に溢《あふ》れる暴力の行使者、たとえば、濫妨衆《らんぼうしゅう》。近江で仕留めた濫妨衆よりも、音無の方が危うい気がする……。次元が違う悪を生きている気がするのだ。音無が——魔物のように思えてきた。

七郎冠者《しちろうかじゃ》の声が幾度も胸にひびく。

──吐き気を覚えた。

……あたしは……。

暴力を憎むがゆえに──強くなりたいと願った。

──だけど、あたし……強くなったがゆえに、もっと惨《むご》たらしい世界《もの》を見ている。

双ヶ丘の方から、アオバズクの鳴き声が、聞こえた。

強張《こわば》ったかんばせをすがるは下に向けている。深く、息を吸う。

「……大丈夫か？」

音無が、言う。

すがるは此度《こたび》のことをお山の検断（警察行為）の一つと捉《とら》えている。室町幕府や、諸大名は、検断行為を寺や神社、村々に、丸投げしていた。

寺や神社に強盗が入ったとする。この強盗の追捕《ついぶ》は、公人《くにん》や行人、あるいは神人《じにん》と呼ばれる寺社お抱えの武装勢力がおこなう。村で、野武士が人を殺して暴れたとする。この野武士を捕らえたり、成敗したりする行為は……村人たちにゆだねられている。

──自検断という。

武士は小商人や百姓が一人か二人、何かを盗《と》られたり、殺されたりしても、なかなか、重い腰を上げない。

自分で取り返せ、自分で下手人を探し懲《こ》らしめよ、己は己で守れ、と言うだけだ。

ところが、昵懇《じっこん》の大商人や土倉が一揆《いっき》に襲われたりすると、その腰は軽い。

自家の者が百姓に殺されたりする時、武士の腰は、異様なほど軽い。

二十年以上前、山名家の者が洛北《らくほく》の寺に物詣《ものもうで》に出た折、侍たちと付近の百姓が些細《ささい》なことから喧嘩《けんか》になり、侍が、百姓衆に殺された。

報復として直ちに山名軍が出動――百姓たちを斬《き》り捨て、村を一つ焼き払っている。

さて、すがるたち八瀬衆は、検断の延長として、謎の賊を追っている。だとすれば、無闇な殺生《せっしょう》を戒めるお山の教え、八瀬の掟《おきて》が――この追跡行為に適用されるはずである。

音無も八瀬の掟の中で動く必要がある、と、すがるは思った。それを飛び越す音無の乱暴狼藉《ろうぜき》は、力ずくで制していいはずだ。

だが、人と話をするのが苦手なすがるは……思いを、上手《うま》く言葉に出来なかった。

「どうすれば……あたしにしたがう？」

音無は黙って立っていた。

すがるは凄気《せいき》を燃やし、

「あたしの方が強いとわかれば……あたしにしたがうか？」

「………」

すがるは音無を睨みつけながら――石を、ひろう。

「お前の言葉の意味が、よくわからない」

「先に石を当てた方が勝ち。あたしが勝ったら——お前らは、八瀬のやり方にしたがえ。あたしが負けたら、仕方がない、お前ら伊賀者のやり方をみとめてやろう」

必ず勝つという自信がすがるにはあった。

音無は、ふっと口元をほころばせ、

「——よかろう。ただ、俺はお前に、印地打ちで負ける気はせんがな。一つ、宣言する。俺はお前の石を叩《たた》き落としてから、石を投げてやろう」

左手で石をひろい、右手で扇をゆっくり出す音無だった。

「左で、いいの」

「ああ」

「あたしはあんたの顔が潰《つぶ》れるくらい強い石を、投げるかもよ……」

「構わぬ。俺は、お前の美しい顔を潰したくないが……骨の一、二本は折れる石を左手で打つ」

二人が今にも殺気をぶつけ合わんとした時、

「何しているんだよ、お前ら」

天秤棒《てんびんぼう》をかついだ逞《たくま》しい若者が駆けてきた。乾物売りに扮《ふん》した若犬丸であった。

「仲間同士だろう？　奴《やつ》らが来たら、どうする」

わって入ろうとする若犬丸をすがるは石を構えたまま鋭気の刃で刺す。

「――邪魔するな」

「なあ……すがる、何があったんだよ」

若犬丸は頭を振り歩み寄って来る。逞しい肩の困った様子が人の良さをあらわしている。

「寄るなっ」

すがるは、厳しく言った。

若犬丸がすがると伊賀者をむすぶ線のやや手前で止る。

と、音無が、
すがるの斜め後ろに声をかけた。

「小法師。――止《よ》せ」

すがるはもちろん、鉢屋者に対する、幾重もの警戒の帳《とばり》を、己の周りに立てていた。ところが、音無に神経をかたむけるあまり……帳がめくれ、僅《わず》かな隙《すき》が、斜め後ろに、生れている。

老いた算置きに化けた伊賀忍者は、その隙を衝《つ》き、全く気配を絶ってすがるの数間後ろまで、忍び寄っていたのだ……。

……音無も恐ろしい乱破だが……こいつっ。

鳥肌が、立つ。不覚であった。若犬丸が、すがるに、囁《ささや》く。

「どうしたんだよ……。石、下ろせ、とにかく」

若犬丸が落ち着けという素振りをした。

「そちらが止めるなら――俺は、止めてもいいんだぞ」

音無が、扇を、しまおうとした。刹那――すがるの右肩の筋肉が躍動、上腕が、恐ろしい勢いで撓《しな》った。

闇を横に切る稲妻となって――礫《つぶて》が、直進している。

――ッ！

すがるは、目を、瞠《みは》る。

「きっ……く、なぁっ……」

若者は涎《よだれ》を垂らしながら呻《うめ》き、ごつごつした足を、がくんと、草地に落とした。

――若犬丸であった。

若犬丸は咄嗟《とっさ》に石の進路に飛び出、礫を分厚い胸で受けている。

手で胸を押さえ蹲《うずくま》った若犬丸の後ろで音無は石が飛んでくるであろう所に正しく扇を構えていた。もし、礫が、飛んでも――言葉通り叩き払ったろう。

すがるは若犬丸に詰め寄り、

「何故……邪魔をした？」

苦し気に、胸に手を当てる若犬丸に、

「あたしが──正しいと思ってやったことなんだよ。どうして、お前は……」

「……そうだろう。お前は、訳もなく、んなことしねえさ。だけど、何でだろう……？」

若犬丸は痛々しい笑みを浮かべて、言った。

「お前が石を当てても、当てられても……お前のためにならねえ……。おらはただ、そんな気がしただけさ。だから、すがる。そう、責めてくれるなよ」

「…………」

すがるは唇を噛《か》んでいた。音無が、扇をしまい、石を、ぽとんと、放る。

「おらだって……そいつのことは、嫌いだよ。合わねえ奴って……いるだろ？　うん。おらは、そいつと、合わねえ。だけど、今のおらたちはさあ……門跡様や、乙名《おとな》様に……おいっ、すがる」

すがるは若犬丸に背を向け歩き出す──。小法師と、すれ違う。

──一人に、なりたかった。

取りのこされた若犬丸に音無が、

「これを、噛め。痛みが弱まる」

薬を差し出している。若犬丸は、熱い痛みに耐えながら、

「……いらねえ」

「遠慮するな」

「遠慮じゃねえよ。お前が呉《く》れる薬が、怪しいだけだ……」

音無は苦笑し、

「——ふ。よほど、警戒されているな、伊賀者は」

「伊賀者を警戒しねえ乱破が何処《どこ》にいるよ」

「それも……そうだな」

小法師と顔を見合わせた音無は、

「骨に、罅《ひび》入ったか？」

「骨までは……いっちゃいねえ……」

若犬丸は、まだ、動けぬ。たかだか小石である。だが、すがるが放った礫はそれくらい重みのある痛みを——逞しき八瀬童子にあたえていた。

「立てるか？　肩を、かそう。薬をことわったのだ。肩まで、ことわるな」

若犬丸は音無に肩をかしてもらって立ち上がり、

「なあ、お前……何をしたんだよ？　あいつに」

音無は有り体に話している。話を聞いた若犬丸は、

「……おらは……お前に四の五の言えねえな。前に忍び働きで、間違ってよ……関りのねえ人を、殺《あや》めちまったことが、ある。本来なら忍びをやめなきゃならねえ処《ところ》だが、御頭は半年の蟄居《ちっきょ》で許して下さった。……おらがしたことは、八瀬の掟に反すること。今でも、その男の顔を……夢に見る」

音無にささえられて夜の野を歩きはじめた若犬丸は小声で語った。

「すがるは、掟に厳しい。決して——掟を踏みはずさねえ。仏がどうしても必要にかられて見せる……鬼の顔。不動明王とかの顔だよ。あの鬼がよ……八瀬者のあるべき姿って、本気で考えている。だから、許せなかったんだ、お前を」

「………」

黙って歩く音無の後ろで、小法師が、深みがある声で、

「——向きませぬな」

「あ？」

若犬丸が横顔を向けると、法体《ほったい》の下忍は、

「我ら四人の中ノ頭に、向かん」

かっとなった若犬丸は、

「何言いやがる、この糞坊主《くそぼうず》っ」

小法師が、錆《さ》びた声で、音無に、

「――生半可ではない相手とわたり合っております。此度の役目、若が、仕切った方がいい」

「てめっ」

小法師に詰め寄ろうとした若犬丸の、無理な体のひねりが、胸の熱い痛みを再燃させた。

よろめいた若犬丸の足が、昼間蒸された体を、夜風に涼ませていた草どもを踏み散らす。音無はふっと笑い、

「安心せい。若犬丸。俺は、すがるが中ノ頭でいいと思っている」

苦言を呈そうとする小法師に、

「言うな。俺は――すがるを高くかっている。たとえば、四王院で会った日、お前やお前たちの頭は、俺たちに気付かなかった」

若犬丸はすかさず、

「ま……御頭は、気付いていた、とは思うんだよな……」

「すがるは――いち早く我らに気付いた。大した女だ。ああ……男という建前だったか。とにかく大した乱破よ。そして、その思いは今日共に動き……確信に変った」

気配の絶ち方、気の配り様、小音《さおと》聞きの冴《さ》え、判断力が、すぐれていると感じたとい

う。

「だがな」

音無は一拍置き、

「俺たちは——俺たちのやり方で、はたらくことで、最大の成果を上げられる。そこは……崩せぬ。我らと共にはたらく以上、我らの流儀はみとめてもらおう」

若犬丸はむずかしい顔をしている。

「それでよろしいので……若」

——なおも、異論があるらしい小法師だった。

「里が違えば、考え方も違おう。考え方の違いゆえ、ふさわしくないとは、言いたくない。あの者の采配《さいはい》、手際《てぎわ》に至らぬ処あれば、この音無、ずけずけ言う。……左様な点はみとめられぬ以上、滅多なことは申すべきではない。得心したか？」

「……はっ」

不本意さがにじむ声であった。

若犬丸は、少し、音無という男を見直していた。平野《ひらの》村の影に向かって、夜の野を歩きながら、

「なあ、音無。んな時よ……おらたちの稼業《かぎょう》以外の者はよ、酒飲んで、腹ん中見せ合ったりするんだろ？」

忍びは、酒気を嫌う。

八瀬忍びは、元旦《がんたん》に、自らこしらえた黍酒《きびざけ》を僅かに嗜《たしな》む他は、酒を、口にしない。伊賀者も同じだろう。

「一日くれえいいだろ。おらたち、乱破が、酒飲んでもよ……」

たまには掟を破りたい……男と男の絆《きずな》を、深めてみたいという思いが若犬丸の中で濁流となり、飛沫《しぶき》を上げている。

「今日だけは……少しばかり、飲んでよ……もそっと、わかり合わねえか？　音無よ」

「――いいな」

あっさり答える音無だった。

「本当か？　いい酒じゃなくて、いいんだよ。柳の酒とか、決して、いい酒は要らねえ。何つんだろうなぁ……」

「あぶり餅《もち》など商っている茶屋の親父《おやじ》が、自前でこさえている、どぶろくなどで、いいわけだろ？」

「わかってんな、お前」

既に酔うたような、若犬丸の語調だった。

「北野辺りに茶店の一つや二つ、あるだろう。親父を叩き起して、どぶろく、わけてもらおうぜ」

貧しき家々が並ぶ中を歩いている。

すがるの左右で、萱葺きや葦葺きの、今にも崩れそうな暗い小家が、痩《や》せた肩を寄せ合っていた。板壁に穴が開いたり、土壁が所々剝《は》がれた家々だった。魚油や松脂《まつやに》が焦《こ》げる臭《にお》いがして、僅かばかりの明りをこぼす家もある。

男と女が絡《から》み合う時の声、酒に酔った野卑な男どもの、荒々しくも下手な、唄声《うたごえ》がする。

すがるは面差しを険しくしている。

この都で――もっとも貧しい者たちは、家すら無い者たちであろう。

左様な者が京には、何万人も、いた。

諸国から食い物をもとめ、都に押し寄せた人々で、疫病《えきびょう》、大雪が起れば、真っ先に道端で死んでゆく……。

今、すがるが歩いている月明りに照らされた町は、そうした家無き人々から見たら、少しだけましな境涯にある者が暮す一角である。

洛中のこの辺りには、権門や豊かな家で下働きする者たち、築地などをつくる者たち、枕《まくら》売り、苧《お》売りなど貧しい行商、売れない猿楽師、立君《たちぎみ》、職人見習いなどが、住んでいた。山伏や借金まみれの侍も暮していた。

辻《つじ》便所の悪臭と糠《ぬか》や野良犬《のらいぬ》の臭いが混ざった中を足早に行きすぎる。

と、

「兄やん、見ぃひん顔やなぁ」

道端にしゃがみ、小さく火を焚《た》いて濁り酒をあおっていた若い男が、話しかけてきた。

赤褌《あかふんどし》を堂々と見せ、向かって左半分が桜色に黒い小桜、右が白に黒い小桜という、小袖を引っかけた人相が悪い京童である。どうやら、幾人かの京童が、板壁がずり落ちかけた廃屋で、酒盛りをしていたようだ。女の声もする。

うち、二人が道端で焚火して、酒を引っかけていたのである。

すがるは、無視して行こうとする。

いかなる術《すべ》で手に入れたか……それなりの館でつかわれているような、太鼓形酒筒を道に据え酒を飲んでいた若者は、すっと腰を上げ、

「つれないな。待ちいや」

小走りに、傍らまで、来ている。で、

「ん？……姉やんか？」

「…………」

「えらい……麗《うるわ》しい、見目しとるのうっ。太液《たいえき》の芙蓉《ふよう》ゆうんは、お前のことかの」

公家《くげ》屋敷ではたらいたりしていたのだろうか。やけに雅《みや》びな言葉をつかう京童は、

「この際、兄やんでも姉やんでもええ。一緒に、飲もう。……何か言うてくれや」

すがるにふれようとする。怒りが、牙《きば》を剝《む》く。

激しく、振り払い――、

「いそいでいる」

と、

「どないしたんや？」

廃屋から――ぞろぞろと、幾人も、出てくる音がした。

「この、兄やんだか、姉やんだか、とにかく、愛《う》い奴がな、疾《と》く疾く行こうとすんねん。一緒に飲みたいだけやのに、つれないんや」

すると、夕顔の実を思わせる面長の坊主頭で、緑褌一丁、ほとんど裸形のやけに上背がある京童が、

「何やと？」

夕顔入道と呼ぶべき、背だけが無駄にでかい褌一丁の京童はすがるの前にさっとまわり込み、

「ここはわしらの関所や。素通りする訳には、いかんのや。ここ通るには、共に飲んでいくか、関銭払うかや」

「……いそいでいる」

すがるが、繰り返すと、同じく前にまわった小男が、

「つれないなあ。わしらは、ただ、寂しいだけなんや。祇園の祭りも中止ゆう話や。表向きは山訴《さんそ》ゆえ中止ゆう話やが……比叡のお山に、賊が入ったさかい、中止になったんは、三歳の童でも知っとるわい」

後ろで娘たちと京童がじゃれ合っているのだろう。二人の女の、なまめいたはしゃぎ声がした。すがるの後ろに、娘が二人、京童が五人、横に初めに話しかけてきた男。前に、夕顔入道と小男が、いた。

「楽しい祭りが吹っ飛んだ世を……何を楽しみに、生きて行けばええんや」

愚痴った小男は歌う。

「天台山の　宝蔵　火鼠《ひねずみ》入る」

夕顔入道も、声を張り上げ、

「ちう、ちう、ぼおっ……ねずみの主は　たそれ　たもれ」

小男と、夕顔入道は、声を合わせ、

「ねずみの主は……赤い大入道っ」

すがるの眼が——研師が仕上げたばかりの刀の如《ごと》く、鋭く光っている。

最後の一節は初めて聞くものである。

小男が、言った。

「この唄に歌われとる入道様のせいで祭りが無《の》うなったんなら、わしはこの御方……恨むで！」

都の西北に顔を向け、手で筒をつくり、

「恨みますぅ」

「滅多なこと、言うんやない」

他の京童が慌《あわ》てて唇に指を当てる。

「——その唄、何処で、聞いた？」

かすれ声が訊《たず》ねる。

と、舌なめずりするような声で、

「たしかに……愛い奴や」

夕顔入道のどろりとした関心がすがるにそそがれたようである。血が音立てて凍るほど、嫌な気持ちがする。小男が、すがるに、狡《ずる》そうに笑んで、

「わしらの酒の相手するゆうんなら、おしえてやっても、ええで」

夕顔入道は魚に似た目で、すがるを睨みつけ、酒臭さを充満させながら、寄って来る。

——不快感が溢れそうになっていた。何とか、押さえて、静かな声で、

「何処でその唄を聞いた？」

小男にもう一度問う。小柄な京童は、にたにた笑い、

「物分かり悪いな、お前。大丈夫か？　……そやから、わしらの酌したら、おしえたる、言うてるやん」

　ごく近くまで寄ってきた夕顔入道の酒気がむわっと顔にかかった。

　初めに声をかけてきた京童が、

「お前が訊《き》きたいことだけ、訊いて、したくないことはせんで、それで通るほど……世の中、甘くないんやでっ！」

　明るい調子で囁《ささや》いた。

　不快感が——決壊した。

「——ッ！」

　すがるはほとんど裸同然の、夕顔入道の、緑褌を蹴上《けりあ》げている。金的を蹴られ、

「——くはっ」

　苦し気な息を吐き、体が海老《えび》状にまがる。

　闘気が、黒風となり——縦に上がる。

　すがるの足が夕顔入道の顎《あご》を破壊、蹴上げられた長身の京童は、派手に吹っ飛び——

　背中から大地に打ちつけられ、動けなくなった——。

　尖《とが》った一声が横から放たれた。

すがるの横にいた、初めに声をかけてきた男が、摑みかかろうとしていた。すがるの足が横に薙《な》がれ——相手の内股《うちまた》を蹴りつける。苦痛に歪《ゆが》んだ顔を、もう、拳が襲った。

すがるの左拳が相手の顎にめり込んでいる。

八瀬衆の鉄の掟は——お役目以外の術の行使、暴力の発動を、堅く、禁じている。

……これは、役目の内だっ。

すがるの左拳は、並みの男の右拳より、強い。顎を殴られた相手は目を白黒させ、涎を噴き散らしながら……道端の、腐食しかかった板塀に突っ込み、塀を倒して、向う側、夏草が茂った空き地に転がった。

小男はすっと、短刀を抜く。

二人、ばらばらと、殴りかかって来た。

すがるは初めに走って来た方の小袖を摑むと——道に投げ飛ばす。

勢いよく、地に打ちつけられた男は、苦悶《くもん》の声を上げ——動けなくなった。後ろから殴りかかって来る気配を感じる。素早く、振り返り、左手で敵拳を払ったすがるは、右拳を——相手の肝臓がある辺りに、くり出した。

ぐえっと、呻き、身震いして戦力を奪われた相手の顔面を、すがるの拳が容赦なく襲う。

すがるの右手は相手の鼻と上唇の間に痛撃をくわえた。

拳と、折れた歯に、両側からはさまれ、上唇がズタズタに切り裂かれ、血が噴き出る。短刀の小男は怖気《おじけ》づき、なかなか襲ってこぬが、女の傍らにいた屈強な京童が、咆哮《ほうこう》を上げ、木刀をにぎって――突進している。喉《のど》を狙《ねら》って、突いてきた。

一瞬で、よけたすがるは、相手の木刀を上から取り、前に勢いよく押す。己が突っ込む力を利用された男は物凄《ものすご》い力で前へ走って行き転んだ。怒号を上げながら、起き上がり、すがるの脳天目がけて、渾身《こんしん》の一撃を振り下ろさんとするも――相手の脇腹《わきばら》を殴りながら横にかわしたすがるは、右手で木刀を上から押さえ、左手は男の首の後ろにまわし、刹那《せつな》で引き倒しつつ――木刀を奪う。倒れた相手の頭を死なない程度の強さで、木刀で殴った。ぐふっと、唾《つば》が散り、小刻みに痙攣《けいれん》する。

一瞬で男五人が地に沈み、そこかしこで、苦痛に耐える呻き、すすり泣く声がしている。

娘たちの傍にいた若者二人は、

「武兄《たけにい》を……」

「呼んでくるっ」

背を見せて、逃げ出した――。さっきまで黄色い声を上げていた娘らは総身を凍りつかせていた。娘二人も、足をもつれさせて、逃走する。

ふるえる足が、のこされた。短剣の小男だ。

すがるは凄《すさ》まじい笑みを浮かべ、

「どうした？　かかってこい」

木刀を持ったすがるが誘うと小男は唇をひくひく痙攣させ、

「いや、あの……わしっ、堪忍《かんにん》や、堪忍……」

すがるは顎を張られた男が転がった空き地に木刀をすてる。

瞬間、狡そうな顔になった小男は短刀を、すがるの心臓目がけて突き出してきたが
——すがるは巧みにかわし、あっという間に腕を捩《ね》じり上げながら、路面に叩きつけた。

悲鳴を上げた小さな京童は、

「止めてくれ……許してくれっ、後生やからっ」

すがるは小男から短刀を捥《も》ぎ取るや——相手の耳の後ろにある骨を、短刀の柄《つか》で、したたかに、殴る。——急所の一つである。

「あっ痛！　ああっ」

相手は、泣きそうになっている。

もう一度殴ると息も絶え絶えになった。

「あの唄を、何処で聞いた？」

すがるは冷えた声で言った。

「子供らや……子供らが歌っとった。他に何も、わしは知らん」

「どの辺りの子供だ？」

「この辺りの子供らや」

「嘘《うそ》をつくと……」

今度は、小刀の切っ先を、うつ伏せに倒れた小男の後ろ首に当て、

「――承知しているな？」

短刀がやわらかい皮を、少し切り、血が流れ出した。恐慌《きょうこう》状態になった小男は、泣き出した。

「こ、殺さんといてっ。ほんまや……ほんまっ。この辺の子ら、みんな、今日歌っとったっ」

「…………」

もう少し深く傷つけると、小男は、

「許してっ。信じてくれ。堪忍……それ以上は、わし……ほんまに何も知らんねやぁっ！」

――ゴッ！

頭を短刀の柄で殴ると男は悶絶《もんぜつ》している。

武兄とやらが、大勢をつれてくると、面倒だ。すがるは足早に路地に駆け込み、立ち

去っている。

無数の小さな家がひしめき合う、迷路を思わせる空間を駆ける。

都を碁盤にたとえれば──大名や公家は大路小路に区切られた、百二〇メートル四方の桝目《ますめ》を占有、築地にかこまれた館を建てていた。

豊かな商人や弟子を沢山つかう職人は、一つの桝目を一個のコミュニティとした。一《いち》条《じょう》大路、油《あぶら》小路など、平安京の設計者がつくった、名の在る通り、つまり表通りに、顔を向け、家を並べてゆく。桝目の中心に、空き地が、生れる。この空き地に、町衆は井戸や厠《かわや》、洗濯場をもうけ、コミュニティの共同空間とした。

ただ、貧しき人々が暮す町は、一桝の中に、さらに小さい家や、長屋が、密集してひしめいている。隣接する大路小路にまで小家が次々に溢れ町に飲み込んでしまう。そこには、あたらしく生れた名も無き小道が碁盤目状ではなく複雑に交差し合う。今すがるが駆けているのはそんな空間だ。

視界が、開けた。

名が在る通りに出たのかもしれぬ。

東に行くすがるの左は朽ちかけた網代垣《あじろがき》で、右は廃寺、もしくはかなり寂れた寺の土塀だ。

崩れかかった土塀の前に、物乞《ものご》いが幾人か寝ていた。

真っ白い短髪、痩せているが、筋肉質の翁《おきな》が、曲物桶《まげものおけ》を枕にし、熟睡していた。老女に見えるほど窶《やつ》れているが、実は若いと思われる女が、肋骨《ろっこつ》が浮き出た少年と、雑草の茎のように腕が細い童女を抱きかかえて、路上で寝ている。

乞食《こじき》たちは菰《こも》に横になっている者もいれば、藁をかかえている者もいる。菰も藁もなく地べたに横になっている者もいた。昼間つかう日除《ひよ》け——破れ傘や、板を縄でつらねたもの——が、築地に立てかけられていて、錆びた五徳や鍋《なべ》などが傍に置かれていた。

……お山が説く……みんなが慈《いつく》しみ合い、助け合う世の中は……いつ……おとずれるんだろう。

面がかすかに歪んだ。

乞食たちの反対側に歩き巫女《みこ》らしき女が座っていた……。

網代垣を背に座ったその女、破れ笠《がさ》をかぶり、覆面で相貌《そうぼう》を隠し、粗末な衣をまとい、筵《むしろ》の上にしゃがんでいる。白犬を二匹、つれている。

俯《うつむ》き加減に座った歩き巫女と犬たちは結び灯台の小さな明りに照らされている。

客をまっているらしい歩き巫女は、その小火を頼りに、黙々と作業していた。

ぺたん……ぺたん……版木をまっさらな紙に押し付ける。摺仏《すりぼとけ》、つまり仏の絵の複製を、次々につくっていた。商う気だろう。

歩き巫女というのはさすらいの巫女で、占い、口寄せを生業《なりわい》とする。呪術《じゅじゅつ》一本でやる者もいれば、春を鬻《ひさ》ぐ者もいる。

忍び宿がある東に行くには、寝静まる物乞いたちと、何やら怪しげな巫女の間を、通って行かねばならぬ。歩き巫女の前では、飼い犬なのか野良犬なのか、白い紀州犬が二匹、向き合う形で、お座りをしていた。

だが――もどる気はない。

もどれば、武兄率いる京童の群れに鉢合わせする恐れが、ある。物乞いたちは寝静まっている。すがるが気になるのは、歩き巫女だ。

窺《うかが》う。

注意力の鋒端《ほうたん》が、光る。

……隙だらけ。考え過ぎだ。この女、乱破じゃない。

夜更《よふ》けに客を待っている姿を、一瞬、怪しいと思ったが、夜でなければ占えぬという歩き巫女もいる。春を鬻ぐ歩き巫女なら、なおさら夜に、蠢《うごめ》く。ちなみに、この頃の洛中は、覆面をして蠢く人々で溢れているから、覆面もまた、この女を怪しむ要素にならない。

手傀儡《てくぐつ》と呼ばれる覆面の人形遣い、卒塔婆を売るイタカに、饅頭売り、煎《せん》じ物売り（移動式番茶売り）、祇園社を守る犬神人も、全《すべ》て、覆面の者たちだ。

すがるは厳戒しつつも歩き巫女と物乞いたちの間を通って東に行かんとした。

版木を押す、小気味よく湿った音の横に来た時、それとなく見る。

すがるは――白犬どもに、驚いた……。

二匹の紀州犬は歩き巫女の前に神社を守る狛犬《こまいぬ》のように向き合い、座っていた。

紀州犬どもの前には、干し肉が一切れずつ、置かれている。二匹は静かなる面差しで肉を眺めていたが、口をつけようともせぬ。ずいぶん前にお預けと言われて、ずっと止っているようだ。犬の彫刻的にまで静かな面差しはしっかりした躾《しつけ》を物語っていた。

躾の良さが――すがるを不安にさせる。

すがるが知る限り、百姓や商人が飼う犬で、躾が行き届いた犬など、滅多に、いない。狩人《かりうど》の犬はさすがにしつけられているが、武家の番犬でも、躾が不十分な犬がごろごろいる。若犬丸が昔飼っていた柴犬《しばいぬ》は、餌を置かれて、お預けと言われても、十数えるくらいで、そわそわして、十五数えれば、耐え難い待ち遠しさのあまり、珊瑚《さんご》の玉のようにふくらんだ陰茎から、ピュッ、ピュッ、と尿《いばり》を散らし……二十数えれば、よしと言われなくとも、勝手に首を出し、浅ましく餌《えさ》にかぶりついたものである。

そんな犬に溢れた時代にあって、この二匹の白い犬の折り目正しさは――。

歩き巫女が摺仏をつくる手を止めずに、

「犬が、気になるの？」

すがるは、歩速を、ゆるめる。

「八瀬の、娘さん」

「………」

男装のすがるは——足を止めた。顔色を変えずに口の中で毒針を構えている。

——誰だ、鉢屋者か……？

女は相変らず摺仏をつくりつづけていた。

女が次々に複製しているのは——孔雀《くじやく》明王の絵であった。

密教の仏、孔雀明王はコブラを餌にする鳥、孔雀に跨《また》がる。あらゆる毒を撥《は》ね退《の》ける仏である。

「八瀬大原の娘は、雪の如き肌をしているとか。お前の横顔を見て、そう思った」

八瀬大原は都より僅かに北にあるにすぎぬが、冬は雪に閉ざされ、山が迫っているため日照時間も少なく、その寒さはより厳しかった。

いつでも戦える体勢を取りながら、すがるは、

「俺は男だ」

女は版木を一際強く押して摺仏をつくり、ゆっくり、見せた。

目にも止まらぬ早業が——いつの間にか、版木をすり替えていた。

見せられたのは……異形の仏である。

孔雀明王は厳かな面差しで、荘重な口を閉ざし、孔雀に跨るものだが、女が摺った仏

は、孔雀明王であって、孔雀明王に非《あら》ず。牙を剝いた憤怒《ふんぬ》相で、跨る孔雀の頭が猛悪な毒蛇になっている。

が、すがるの注意は、蛇頭鳥身の怪鳥《けちよう》に乗った外法仏《げほうぼとけ》でなく、それを持った女の手に向いていた。火傷《やけど》に似た爛《ただ》れが両手をおおっている。

「……嘘つきね」

女は鼻から下を白布に隠された顔を心なしか上げ、初めて、すがるを直視した。

二重の大きな眼で瞳《ひとみ》には黒曜石に近い光沢がある。目の周りは陰になっていた。

「――すがる。取り引きを、しよう」

――ぞわり、とした……。

とたんに、さっきまで隙だらけであった歩き巫女から俄《にわ》かに隙が無くなり、底知れぬ暗さをたたえた妖気《ようき》が、漂っている。

――どうしてあたしを知っている？

「……お前は、誰だ？」

言いながらすがるは築地塀の傍で寝ている物乞いたちを気にする。

歩き巫女が言った。

「そこな者どもは皆、乱破に非ず。そして、わたしの薬で眠っている。朝まで醒《さ》めぬ……。わたしたちの話を聞いているのは、この二匹、仏母《ぶつも》と金剛《こんごう》だけよ」

孔雀明王の異名を仏母金剛といった。

「――お前は誰だと聞いているんだよ」

尖った語気で、刺すと、

「敵ではないわ。今の処」

はぐらかしている。

「山名邸を出た後、音無と言い争い、京童とはずいぶん派手に暴れていたわね。音無のあんな顔……初めて見たわ」

――こいつ、ずっと……見ていたんだ。あたしにも、音無にも、若犬丸にも、小法師にも気取られずに、ずっとっ――。鉢屋者？　いや、音無を知っていたから、伊賀者？

ぎりっと歯噛みし、毒針が口の中を、傷つけそうになった。脳味噌《のうみそ》が、煮えるほど熱く、はたらいていた。

「――伊賀では、ないわ」

見抜いたように、囁く。

「伊賀の男は嫌いだしね。貴女《あなた》も、そうでしょ？　ふふ。それとも貴女、伊賀の男が……好き？」

攪乱《かくらん》するような戯言《たわごと》を聞きつつ、決して、味方でもあるまいと考えている。

この女――すがるたちにとって危うい者であった。武力を持たぬ柊野を非情にも殺めた音無の行いを、すがるは厳しく咎《とが》めた。八瀬の流儀に反し、すがるの逆鱗《げきりん》にふれる行いだったからである。

だが、この女は、素人《しろうと》ではない。巨大な武力を有する玄人《くろうと》だ。さらに、巻き込まれた訳でも、はめられた訳でもなく、自らの意志で、すがるたちを嗅《か》ぎまわっている。泳がしたら何をし出かすかわからぬ。

この女を排除するのは――鉄の掟に反しない。排除とはこの場合、死を、意味した。

口中の毒針の他に、すがるは三つ目兄弟にもちいた一番筒と、二番筒を所持していた。さらには、逆鏇《ぎやくせん》、鉄菱《てつびし》、煙玉に、目潰しなどを隠し持っている。

闇討ちにつかう三番筒と四番筒は此度はつかわぬと思い忍び宿に置いてきた。

……小さい、二番筒が、いい。

「取り引き云々《うんぬん》の前にさ……あんたが、誰だか知らないと……」

すがるは一歩、相手に近づき、間を詰めると――この女の二刀に匹敵すると思われたある存在に、口の中から細い毒気を、ビュッと吐いた。

附子《ぶし》を塗った吹き針は二匹の白犬の目に向かって飛ぶ――。

忍びの者が、もっとも嫌う獣、それは……犬である。犬は人間の――百万倍から、一億倍にもおよぶ嗅覚《きゆうかく》を持ち、優れた探知力、追跡力を有する。耳もいい。未知の相手に吠《ほ》えるという犬の習性も、厄介だ。

だから乱破は犬を恐れた。犬の牙を恐れるのではない。犬に噛まれるような忍びは、少ない。――鼻と耳を畏怖《いふ》する。犬のたった一声により、武士が殺到、無惨《むざん》に斬りきざまれた仲間たちの記憶が、忍びの血肉には凝縮されている。

故《ゆえ》に忍びは、壮大な遇犬《ぐうけん》術の体系を発達させてきた。

逆説的とも言えるが忍者がもっとも愛好する動物も、犬、であろう。犬を鍛えることに長じた忍びは「忍犬」が他の忍びとの戦いで強い武器となることを知っているからだ。

二番筒を出しながら、すがるが吹いた針は、仏母、金剛、二匹の紀州犬の目に向かって飛ぶも、ぎりぎりで、かわされている。――二匹は伏せた。

右の犬に飛ばした毒針は歩き巫女の横に、左の犬に飛ばした毒針は歩き巫女の手前に、落ちる。女は鋭気を――すがるに向けて飛ばす。

――棒手裏剣。

すがるは、高く横跳びして、棒手裏剣をよけ、カラスの羽でつくった二番筒をくわえた。

カラスの羽は中が洞になっている。つまり――天然の管だ。黒い羽毛を全て取り去った、五本の羽の管を、紐《ひも》でたばねる。これが、二番筒である。二番筒は、三稜針《さんりようしん》と呼ばれる、断面が三角になった、針を五本同時に、飛ばす。口針よりずっと遠くへ。即死させるというよりは、附子を塗った毒針を目などに当て、戦力を奪う。

鍛え抜いたすがるの口は犬までは針を吹けたが、歩き巫女までは、ぎりぎりとどくかどうかだった。

空中の人となったすがるは左手でささえた小さな二番筒から三稜針を疾《と》く発射する。

同時に、相手が投げた棒手裏剣が、恐ろしい勢いで築地《ついじ》塀《べい》に突っ立った。

五本の毒針は、一挙に女の顔に飛ぶも、女はさっと顎を引き――三稜針は笠に当り、カン、カン、カンという乾いた音がしている。

何の変哲もない市女《いちめ》笠《がさ》だが一部に鉄板を仕込んでいるようだ――。

着地するすがる。

仏母と、金剛が来た――。

白い風となって。と、歩き巫女が、紀州犬どもに、

「もどれ」

白犬どもはさっと体をひねり、元いた所までもどるやすがるを睨み、牙を剝いて、低く唸《うな》る。

「気が早い娘《こ》。戦うつもりは、ない」

――歩き巫女は座ったままであった。

乞食《こじき》たちはじっと眠りつづけていた。

着地と同時に、二番筒を左手に、右手には逆鏟をにぎっていたすがるは険しさを崩さぬ。

「よし」

歩き巫女が声をかけると犬どもは干し肉を食い出した。

「殺す気なら、犬に襲わせているよ。取り引きしたいだけなのよ」

「だから――誰だって、訊いているんだよ。お前が誰だか知らなきゃ取り引きも何もない」

女は、取り合わず、

「山名邸で何を見聞きしたか、おしえて。おしえてくれたら……もっといい、あの館への出入り口をおしえてあげる。貴女が、あの館に、何かを盗りに、また入るなら、それを手助けしてあげてもよい。わたしは……音無と同じかそれ以上にはたらける」

すがるは恐ろしく尖った声で、

「――お前が……下手人か？　御宝《みたから》ノ守部《もりべ》を殺した者か？」

「違う」

——信じられない。いや、まてよ……今、下手人があたしの前に現れて何の得が？

「もちろん、わたしが何者かも、おしえよう。貴女が先に話すなら。今日見聞きしたものを話すだけで……沢山のものを得られる。悪い話じゃないでしょう？」

「名乗れぬなら、誰に雇われているか、言え。誰がお前の後ろにいる？」

「それは何者かという問いと、ほぼ同じでしょう？」

餌を食い終った仏母と金剛の鼻に凄まじい縦皺が寄る。犬どもの四肢からは——殺伐とした凄気が、立ち上っている。狼《おおかみ》の血が濃い犬だろう。ただの犬というよりは、得体の知れぬ神通力を持つ犬神を思わせる、不穏な猛犬どもだ。

すがるはぴしゃりと、

「なら——取り引きなど出来ない。お前の助けなど、要らない」

この女の正体は——不明だ。下手人ではなさそうだが、何を考えているか、明らかではない。仮に正体を明かしたとしても嘘かもしれぬ。三方鬼《さんぽうき》という鬼気が充満する館に新たな妖気を持ち込んで……何になろう？　歩き巫女は、牙を剝いて威嚇《いかく》する二匹に、

「止せ」

すると白犬どもは大人しくなり、女に近づいて臭いなど嗅ぎはじめている。

「だけど、お前は……取り引きをせざるを得ない」

謎の女はくすくす笑い、ゆらり、と立った。

すがるは身構える。

女は攻めてこず、物乞いたちに歩み寄った。

そして、ぐっすり眠った少女の足を摑んで、突然、高く引き上げた。足を捕まえられた少女は頭を地面に向ける姿になった。

歩き巫女は鉄菱を撒《ま》いて、

「この子を殺されたくなかったら、取り引きに応じて。ぐっすり眠っているし——この高さから鉄菱に落とせば、脳《なずき》を貫かれ、こと切れる。貴女がことわれば、わたしは、この子を殺す。……どうする？」

すがるの面貌は引き攣っている。激情が、胸で噴火し、止めろという叫びが——溶岩の奔流となって、喉から、出かかった。

理不尽な暴力を嫌悪《けんお》するすがるは、顔見知りしかいない八瀬で、大きな子が小さな子を虐《しいた》げたりしているのを見た時、厳しく叱《しか》りつけたことがあった。

だが、やられた方にも、鋭い眼差《まなざ》しを向け、

『強くなれ。あたしは、そうしてきた』

と、言った。

今すがるが見ている光景は腕力に勝る者が腕力に劣る者を脅かすという暴力の次元を遥《はる》かに超えた、途轍《とてつ》もなく、歪《いびつ》な暴力であった。

――すがるが取り引きに応じなければ、罪も、関わりもない少女、それも完全に熟睡した少女を殺すと脅した女は、冷えた声で、

「貴女は応じるでしょう？　心が、揺れているのがわかる。ふふ」

覆面の内で暗い笑みがよぎったようである。その笑みが、すがるを戦慄《せんりつ》させた。

……弱点……。

忍びは、相手の弱点を虚と呼び、その虚を――攻める。

銭に汚いと思えば銭で籠絡《ろうらく》し、女に弱いと知れば女を近づける。男に弱いとわかれば、もちろん男を……。古い刀や壺《つぼ》に目がないと知れば、刀剣や壺を中心とする贈り物攻勢を仕掛け、病気があると知れば薬をちらつかせ、家族の病気もまた、弱点と考える。

不正などをはたらいていれば、そこを脅しの種にする。

そうやって協力者をつくり上げる。

心の弱さもまた、忍者は――弱点と見做《みな》す。

怒りっぽい、思慮が浅い、臆病《おくびょう》、落ち込みやすい、嘘が多い、逆に律儀《りちぎ》一辺倒である……悉《ことごと》く利用し、相手を破滅に追い込む。

歩き巫女は、すがると音無の会話から、不当な暴力へのすがるの憎しみ、力で蹂躙《じゅうりん》される者へ寄せるすがるの情け、激情を知り、弱点と考えた。

その弱点を抉《えぐ》るように突き――揺さぶりをかけてきた。

般若丸の声が胸にこだましている。

『そなたはよく、怒りで己を見失う。八瀬の乱破なら、空《くう》の心を持て。見よ。青空には悲しみも怒りも、喜びもあるまい。ただ、無が広がっておるだけじゃ……。空の心を持たねば、隙が生れ、一つでも隙あらば、そこを敵に突かれる』

……だから父は……中ノ頭は無理だと……？

すがるは、奔流となってこみ上げてきた、その子を殺すなという声の塊を飲み込んでいる。猛烈な眼火を燃やし、かすれ声で、言った。

「――やるなら、やってみろ」

「……ほう……」

女は、囁いた。

「本気だよ」

「やればいい。だけど、その代り、あたしは――お前を殺す。必ず殺す。あたしがお前に殺られ《や》ても、八瀬がお前を、何処《や》に逃げても消す」

「そう、なら、今すぐ殺り合いましょうよ」

「…………」

白犬どもが地面にふれそうになっている魔睡状態の少女の髪の臭いを嗅がんとする。

「その気持ちは、無い？　無理もないか。京童が、来るかもしれない。苫屋鉢屋衆も動きまわっている。わたしが、鉢屋者である恐れすら……あるわ。わたしが貴女と話しているのは、三方鬼が来る時を、ただ、かせいでいるだけなのかも……」

すがるの心は、歩き巫女に正しく見られていた。

すがるは今、強敵と戦う気はない。京童や鉢屋衆を警戒するすがるは、一刻も早く立ち去りたい。お山の役目を何よりも優先する八瀬の鬼としては、生きて七条仏所の隠れ家にもどり、「歩き巫女の姿をしたくノ一の介入」を、仲間たちにつたえねばならぬ。

今、歩き巫女と戦って確実に勝てる保証もない。時も、無い。

かすれ声が告げる。

「あたしはやると言ったことは――やる。わかったな？」

女は物乞いの少女の体を高々とかかげた。恐ろしいほど、隙が無かった。

――口だけだ。こいつの脅しは！

踵《きびす》を、返す。

途端に、後ろで、体が落ちて、鉄が肉を貫く音が、する。

激しい衝撃がすがるを襲っていた――。すがるの面貌は、病的なほど歪む。痛いほど唇を噛む。

——あたしのせいだっ。

後ろで、犬が少女の肉を、齧《かじ》る音がした。

夜叉《やしゃ》の形相となり頰を痙攣させたすがるは駆け出す。

吐き気がした。

「ふふふ、ははははは！」

夜道に歩き巫女の笑いがひびいている。

——あたしのせいで、あの子は、死んだっ。間違っていたの？　乙名様。父、鉄心坊……あたしは……あの子を助けるべきだったの？

尾行をまくため、洛中を幾度も方角を変え、滅茶苦茶《めちゃくちゃ》に走る。かなり走ってもまだ、先刻の歩き巫女が見ている気がした……。もう振り切ったろうという所まで走ったすがるを耐え難い苦しみが襲う。苦しみは濁流となって、胃からせり上がり、口を溢れさせ、こぼれた。道端に蹲ったすがるは月明りに照らされて幾度も幾度も吐いた。

疲れが、どっと噴き出る。すがるは僅かな水音に向かって歩いている。

五摂家の一つ、二条《にじよう》家の館には龍躍池《たつやくいけ》という名高い池があり、かの池から流れた小さな川が、円福寺《えんぷくじ》の東を流れていた。

川というより側溝と呼ぶ方がふさわしい小さな流れで四囲を警戒してから汚れた口をすすぐ。目がくるめく気がした。

強い悔いと敗北感が、交互に、押し寄せている。

軸物商い有馬屋、と書かれた看板を潜ったのは、深更であった。有馬屋の主《あるじ》、名張ノみの八は刀で削ったように頰がこけた壮年の男であった。手燭《てしょく》に照らされたその頰に漂うかすかにあきれたような思いを、憔悴《しょうすい》したすがるは見た。

原因はすぐに知れた。

――酒気。

忍び宿にあるまじき酒臭さが――奥から漂ってくる。

陽気だが音程が乱れた今様も、聞こえる。若犬丸の声だ。

……何事？

合言葉を言い、粗末な遣戸《やりど》を開けたすがるは、驚いている。

「…………」

酒を飲まないはずの忍者が、酒宴を開いていた。

真っ赤になった若犬丸が眠たげな目付きで唄を歌い、小法師が渋々手拍子をしていた。

若犬丸と向き合った音無が土器《かわらけ》を口につけながら、よう、というふうに手を上げる。

板敷に――馳走《ちそう》も並んでいた。

ゴマを振った、刺し鯖《さば》。主に能登《のと》からはこばれてくる刺し鯖は、王朝の頃より畿内の庶人の食卓に上った食べ物で、大量の塩に薄切りにした鯖を漬け込んだものである。茶《ちゃ》筅《せん》形に切り出汁《だし》で煮た茄子《なす》。たぶん、包丁捌き《ほうちょうさば》が見事な音無が調理したものではないか。白瓜《しろうり》の漬物。

不機嫌な顔になったすがるは腕組みをして立ったまま戸口の傍で首をかしげた。

上機嫌な、若犬丸が、

「おっ、すがるっ」

すがるの眉間に、皺が寄っている。

小法師が、すがるに、

「中ノ頭……斯様《かよう》な長丁場には時には息抜きも必要になってくるかと、思うておりまする」

音無が馳走を指す。

「すがるの分も、あるぞ。しかと、とっておいたのだ。茄子は俺が煮たものだ」

「…………」

「刺し鯖はな……」

音無の話の途中で、泥酔《でいすい》した若犬丸が、波の中にいるような顔で、言った。

「──おらが飲もうっ言ったんだよぉおう。あんまりよおう、音無の兄貴につ《つ》っかかんねえでくれよ、すがるぅ」

「音無の兄貴……?」

赤く心地よい波動の中にいる若犬丸は、両目をつぶり、むにゃむにゃ呻き、肩を揺り動かしながら、

「北野でどぶろく買ったんだよ。だから、絆ぁ深めてぇと思ってよ。で……腹割って話したらな……この人、いい人だよ」

音無が、いい人だと、言いたいらしい。すがるは一切表情を変えず、

「……そう……」

ふっと薄い唇をほころばせた音無が、

「肴《さかな》も要るかと思い、鯖を買ったら、茶屋の親父がな、これもっていけなどと言って茄子と漬物までつけてくれた。はからずも盛大な宴になってしまった」

若犬丸がいきなりずどんと――仰向けに転がり、ぐーぐー鼾《いびき》をかき出した。瞬間的に寝たようだ。

いつもなら吹き出したろうが、苦虫を嚙み潰したような顔を崩さず、

「あんたらも、飲んでいるの?」

小法師が答える。

「それがしは、一杯だけ」

音無は、ニヤリと笑い、

「俺は——一滴も飲んでいない。皆、酔っ払うと、敵が来た時、心もとないからな」

すがるは完全に部屋に入り、泥酔の若犬丸に視線を向け、

「……で、こいつは、あんたと飲んだ、と信じ切っている？」

——酒を飲んでいるように見せかけたのであろう。

「腹をわって話し合ったと信じ切っている？」

すがるが若犬丸の隣、小法師とは反対側に腰を下ろすと、微笑《ほほえ》みを浮かべた音無は、

「腹をわって話したのは、真のことだ」

どうだかねという顔をして見せるすがるだった。

「さあ、食ってくれ」

音無にすすめられたすがるだが刺し鯖は白い犬の前に置かれた干し肉を思い出させた。

殺された少女が思い出され、食べたくなかったが、この者たちをまとめる立場にある以上、食べないわけにいかない。無理に茄子を口に入れる。味を感じられない。

——あの歩き巫女を……許せないっ。

憤怒の炎が、胸底で、燃え立つ。激しい怒りが面貌に現れぬよう気をくばりながら、あの女のことをどう音無たちに話すべきか頭を整理する。

と、音無が、土器を下ろし、若犬丸を、見詰めた。

「愉快な男よ」

若犬丸の酒臭い鼾は何故かすがるをほっとさせてくれた。

「……ああ……」

「そなたのこと、いろいろ話してくれた」

どんなことをこいつは言ったんだろう、と思う。

「幼い頃、若犬丸は夜盗虫《よとうむし》を食えなかったが、お前はよく食ったとか……、お前の家の裏に大きな椋《むく》の樹《き》があり、その実をたらふく食って腹を壊し、大人たちに叱られた話などだ」

夜盗虫は野菜の葉につく黒く気味悪い長虫で、火を通すと、旨《うま》い。山里の子は、食える虫は何でも食うのであり、この鼾をかく、ごつごつした男が見かけによらず有する繊細さ――夜盗虫は気味悪いから、食えない、という繊細さこそ、奇怪《きっかい》だと、すがるは思うのだった。

「そんな話まで……」

溜息《ためいき》をついたすがるは夜衾《よぶすま》を持ってきて若犬丸にかけた。若犬丸は、んんん、と呻きながらそれを引っ張る。すがるはふと、自分が、この男たちに近くなり過ぎている気がした。精神的な距離がである。男たちの酒宴の余韻に引きずられ自分まで無防備になってしまったのか。

特に、音無は、化生《けしょう》と言われる伊賀者であり、今日も……。

この男には、警戒しすぎて、足りるということはない。

音無が、言った。

「すがる。あの後……何かあったか？」

音無はすがるを心配そうにのぞき込んでいた。

「…………」

――また、あたしの弱さが、隙になり、心の動きをさっきのように読まれたの？　他の忍びに……。

「いつもと様子が違う」

すがるの頰は、知られたくないことを親に知られた童女のように、硬く引き攣っている。唇がふるえる。

先刻の歩き巫女はすがるの弱点を見抜いた。音無に同じ処を、突かれた気がした。

「京童が唄を歌っていた」

瞑目《めいもく》したすがるは唄の話からする。

その唄を聞いた音無は、考え、

「山名が賊の元締めと歌っておるわけか……」

すがるが目を開き、

「だけど、宗全じゃなかった」

小法師が呟《つぶや》く。

「顔の見えぬ乱破がつくりし童唄……。時に六角が怪しいと歌い、時に山名が怪しいと歌う。真の下手人が、何か思惑あってばらまいておるのは確かでしょう。彼奴《きやつ》の後ろには……山名と敵対する大名か、幕府の権臣がおるのでは？」

「細川勝元か……伊勢伊勢守か？　山名、細川、伊勢、この三者は互いに憎み合っておる」

荏胡麻《えごま》油の淡い光が音無の端整な相貌に陰影を刷《は》いていた。

小法師が、話を引き取り、

「細川勝元は舅、宗全の領国内に——赤松《あかまつ》家を甦《よみがえ》らさんとしております」

二十年以上前……山陰山陽の王、山名宗全に討たれた大名が、播磨《はりま》赤松家である。宗全の娘婿《むすめむこ》で四国から摂津《せっつ》和泉《いずみ》、丹波にかけて統《す》べる細川勝元は——赤松家を復活させ、宗全を弱めんと目論《もくろ》んでいる。山名領播磨における、赤松再興計画の後ろ盾となっている。

「この計画に山名の大きさを危ぶむ公方《くぼう》様、そして、伊勢伊勢守も同調しておりまする」

小法師が言うと、音無は、

「だが、伊勢守と細川も……対立しておる」

「ええ。伊勢守は、領国を持たぬ、幕府の権臣ですが、うなるほど銭を持っている。都にいくつか土倉をいとなんでおるし、諸国から——あり余るほどの賄賂《わいろ》が、贈られてくる。そんな伊勢守ですが……やはり、領国は、欲しい。将軍の寵愛《ちようあい》を刀にして諸大名の領国を切り取ろうとする訳です」

「だから、山名や細川など、大名どもは、伊勢守が憎い」

音無の指が瓜の漬物をつまみ、口に放る。頭を丸めた下忍が、

「当然でしょう。自らの領土を、奪おうと……様々な調略を仕掛けてくるのですから」

「山名が下手人だと思って探ってきた。だけど——違った。山名を陥《おとしい》れようとする輩《やから》が、真の下手人かもしれない。で、それは、細川勝元か伊勢伊勢守」

すがるが整理すると伊賀衆は首肯した。

「他は？　この京に——そういう絵を描ける者はまだ隠れていない？」

その存在《もの》に、妖賊は奉仕しているのかもしれない。もしかしたら、あの歩き巫女も？

太い鼾がひびく中、音無がすがるに、

「あるとすれば……花の御所の中かな？」

「というと？」

「将軍家は長らく子宝にめぐまれなかった。御台所《みだいどころ》との仲が、あまりよくないことが、原因やもしれん」

将軍・足利義政の正妻は日野富子であった。この富子と将軍の仲は、あまりというか、かなり、悪い。原因は、今参局《いままいりのつぼね》という一人の女であった。

義政には、富子と結婚する前から、今参局という愛妾《あいしょう》がいたのだ。お今ともいった今参局は義政より十歳上。乳母と言われるが、年齢を考えれば、姉《ねえ》やのような養育係であったと思われる。このお今と義政はいつしか一線を越え――深い愛欲に沈んでいた。

富子が嫁いだ時点で将軍の寵愛は今参局にそそがれている。

日野家としては、面白くない。日野家は、足利将軍家の妻を代々出す、公家の家である。お今は、武家の出であり、日野家としては、地下人《じげびと》の成り上がり者が、公方様の寵愛を得るなど許せぬ……という、激しい思いがある。七年前、日野家の調略により、お今は孤立し、自害した。

将軍にとっては前から愛してきた女が、家が決めた妻に、殺された形になる。義政富子夫妻の間は冷え切っていた。

音無は、言う。

「なかなか子が出来なかった将軍は、寺に入っていた弟の義視《よしみ》を還俗《げんぞく》させ、跡継ぎとした。これが二年前」

「ところが去年、富子が身籠《みごも》った」

すがるが額に指を当てる。この辺りの義政の心情は、わからない。弟が跡を継ぐことが辛くなり、子を欲したか、あるいは瞬間的に、富子と和解したか……。

飲むふりをしようとして、途中でもう必要ないと気づき、土器を宙で止めた音無が、

「富子が義政の子を産むと……花の御所は二つにわれた。富子派と、義視派に」

一人の赤子の誕生が、四季を通して花が咲き乱れるようにつくられた、将軍御殿・花の御所の無数の美しい草花、大きな樹々を揺すり、ざわざわと、囁き合わせている。

長いこと黙していた小法師が、

「公方様の家では、義視と富子が、政《まつりごと》の府たる柳営では、山名派、細川派、伊勢派が睨み合っており、富子と伊勢派がつながっておる……。斯様な情勢ですな」

音無が、土器を床に置き、

「富子周辺。あるいは、義視が何事か企み《たくら》……賊を動かしている、という線も無きにしもあらず」

もし、妖賊の雇い主が、京師にいるなら——細川勝元か伊勢伊勢守、日野一族か足利義視辺りでないか？

三人の忍びは斯様な推論に達した。

「もう一つ……心配事が」

ようやく……歩き巫女について話す気になったすがるが、重い口を開くと、

「何だ、お前が心配事とはめずらしい」

「怪しい歩き巫女が、取り引きをもちかけてきた。ことわったけどね」

小法師が、

「──乱破でしょうか？」

「ああ……。罪もない子を、殺しやがった。音無を、知っているようだったよ」

音無が首をひねり、

「どんな女だ？」

すがるの話は、音無の顔を見る見る硬くさせた。静かな声で、音無は、

「たしかに、犬を二匹つれておったか？　双子の赤犬ではなかったな？」

「違うよ。白い犬。仏母と金剛っていう」

「…………」

音無と小法師はうなずき合った。音無、小法師の顔様は、鉄の如く硬い。

……この二人を……こんな顔にさせるなんて……。

「やはり、心当りが？」

音無は天井を仰ぐ。

「……毒姫だ……」

呻くような言い方だった。

「──望月毒姫……。俺とはたらいた時は、赤犬をつかったが、間違いなかろう」

その名を、すがるは、一度聞いている。

「どんな、女なの？」

「忍者は非道なる者よ」

「…………」

「だが、毒姫はあまりの非道さに、忍びの里たる甲賀庄から恐れられ、甲賀を追われた女だ……」

音無は毒姫について語った。

甲賀には——「甲賀五十三家」と呼ばれる、五十三の上忍家がある。内、最高の家格を誇る家が望月家で、甲賀三郎直系の子孫である。

「毒姫は、望月家の有力な分家で、毒をあつかう家に生れた」

甲賀売薬という。

甲賀の山々には古くから薬草が豊かに茂っていた。甲賀衆は薬売りの仮面をかぶり諸国を往来することが多い。また……薬と毒は紙一重、毒物に通じた忍家が、独自の発展を見せている。

「毒姫の家は……毒草の原、毒木の森に、かこまれていたようだ。幼い頃から毒の効かぬ体をつくるため、食事に少しずつ毒を混ぜられた。ある時、毒姫は何か不始末をし、父親から凄まじい叱責《しっせき》を受けた。そなたは、忍びに向かぬと——」

……あたしと、同じだ。何度父に言われたか、わからない。母に似た自分を抹殺する作業、と言ってよかった修行の日々を、すがるは噛みしめていた。

「杖《つえ》で打つなど激しい折檻《せっかん》を受けたのみならず、罰として、常の五倍の毒を飲まされたようだ。命は取りとめたが、全身が焼け爛れた……」

音無は言った。劇毒に悶《もだ》え苦しむ毒姫が、見えた気がした。

「それは……毒姫がいくつの頃？」

「九つか、十だろう」

九つといえばすがるが――母をうしなった歳《とし》だ。まだ、あの頃は乱破としてはたらく気などなかった。

「毒は、体だけでなく、心をもとことん蝕《むしば》んだ。幾年《いくとせ》かして、毒姫の周りで下忍どもが不可解な頓死《とんし》をするようになっていった……。不穏な噂《うわさ》が立ち上るも、毒姫が殺した証《あかし》はない。何よりも、毒姫は乱破として……恐ろしいほどよく、はたらいた」

「我らが同じ役目で動いたのはその頃のこと。六年前です」

小法師が、言葉をはさむ。音無は空っぽの土器を眺めながら、

「それから半年ほどであろうか。毒姫が――下忍たちを毒殺していたことがわかり、ふつうなら、斬られる処だが、望月家内部の話し合いで、甲賀庄永代追放と決った」

その瞬間、夢の淵《ふち》深くに沈んでいる八瀬童子が、

「おう、おらのつくった、カッコつけてけい。そいつだよ」

たわけた寝言を飛ばした。小法師はにこりともしなかったが、すがると音無は思わず微笑んでいる。

と——寝返りを打った若犬丸の毛深い手が、どんと、すがるの膝《ひざ》に置かれた。一気に面相を険しくしたすがるが、若犬丸の手を、勢いよく払う。音無はすがるが見せた激変に少なからず驚いたようである。音無はすがるを、じっと見詰めている。すがるは視線を逸《そ》らす。若犬丸が、むにゃむにゃ呻く。

小法師が冷静に、

「その後、毒姫は大和に流れ、同じように甲賀を追われた者どもをあつめ、盗賊となったのですが、近頃ふっつりと消息を絶っておりました。……京にいたとは。若、三方鬼にくわえ毒姫まで、この一件に絡んでくるとなると、相当厄介ですな」

「ああ」

さっきまで相好を硬くしていた音無の顔様は今はもう、いつも通り不敵さをたたえていて、眼は爛々《らんらん》と輝き出していた……。

この伊賀者、毒姫とぶつかり合う刹那を、楽しみにしているのかもしれない。毒姫は猛毒を吐く大蛇だが、共にはたらいているこの男も、やはり化け物だと思う。もっとも、

伊賀者もまた、八瀬者を、鬼か魔と思っているのやもしれぬ。

「毒姫なら、三郎焼きも、群青《ぐんじょう》の糸も、辻褄《つじつま》が合う」

小法師が呟くと、すがるは、

「一時はそう思ったけど、毒姫はお山を襲った者ではない気がする」

「と、言いますと？」

「下手人だったら今、あたしの前に出て、何の得が？」

「我らの動きを探る、という意味もありましょう。断言出来ぬのでは？」

すがるの考えに、時折疑いを差しはさむ小法師なのだった。

「ああ……断言は出来ないけどね。とにかく、毒姫の後ろに何者がいるか探る必要があるね」

音無はふと思い出したように、

「毒姫の雇い主を……知っているかもしれん者が、おる。その者をたずねてみよう」

若犬丸が夜衾を豪快にはねのける。

音無が、夜衾を若犬丸にかけてやる。と、若犬丸は、よろりと立った。

半眼で、

「厠《かわや》……」

ふらつく足取りを一目見た音無が、さっと腰を浮かせ、若犬丸をささえる。

「厠はこっちだ。大丈夫か若犬丸。辛抱できるか？　厠まで」

甲斐甲斐《かいがい》しく声をかけ、若犬丸と共に、部屋を出て行った。

山名邸で見せた冷酷な顔と今見せた顔、どちらがこの伊賀者の真の顔なのだろう？

すがるは――わからなかった。

滝《たき》ノ糸《いと》

「ちょうど、来てくれて助かったの」

音無は、鉄心坊のことを言ったに違いない。すがるはうなずいた。

日差しが、激しい。

暑さが、数多《あまた》の家が密集し、諸国の物産があつまる盆地を、蒸していた。

商業がもたらす未曾有《みぞう》の栄えは、その中にいれば、楽しい今が、永久《とわ》につづくだろうという錯覚を、胸に掻《か》き起す。

だが……意外に脆《もろ》いものであるかもしれない。

都では権勢をにぎる者たちが激しく睨《にら》み合い、坂東《ばんどう》、鎮西《ちんぜい》はもちろん、畿内の一角、大和でも争いがつづいていた。ほんの小さなきっかけで対立と対立が絡《から》み合い——凄《すさ》まじい噴火を起しかねない。

昨夜の評定は、朝方近くまでおよんだ。

少し寝た処《ところ》で鉄心坊が、来た。

老いた八瀬者《やせ》は、城州《じょうしゅう》、江州《ごうしゅう》、和州《わしゅう》で、目ぼしい賊を悉《ことごと》くしらべたが、収穫は無いと、話し、七郎冠者に伝えに行くと告げた。

すがるは、山伏姿の八瀬者に——山名家に、阿修羅草紙と裏葉色の阿修羅が在ること、宗全は賊の張本《ちょうほん》ではなく、真の下手人にはめられたらしいこと、など昨日摑《つか》んだ全《すべ》てを報告した。

鉄心坊は深くうなずいている。

『よくぞ……そこまで。山名邸には三方鬼……。望月毒姫まで動いておるのか……。由々しき事態よの』

すがるは今日、音無が言う「毒姫の雇い主を知るかもしれぬ者」をたずねる気だ。小法師は山名邸の様子を見に行き、若犬丸は……二日酔いで潰《つぶ》れていた。

すがると音無で行くほか、無い。

二人は埃《ほこり》っぽい洛中《らくちゅう》を歩いていた。

七条大路である。

右は扇屋。

床几《しょうぎ》に、白木の扇箱がつみ上げられており、店の中には、水色と銀の霞《かすみ》たなびく扇、紺の空に白と水色、金色の小さな扇が漂う入れ子構造の扇、青紅葉が描かれた扇、松原の扇などがずらりと飾られていて、雅《みやび》な涼を添えている。

左は塗師《ぬし》の家。

頭が禿《は》げた翁《おきな》が、曲物桶《まげものおけ》にたっぷり入れた黒漆を、厳しい顔で、椀《わん》に塗っている。

塗師の家の隣は蒔絵《まきえ》を商う店で艶《あで》やかな美服を着た稚児《ちご》と硬く手をつないだ老僧が、店主と話し込んでいた。なまめかしい稚児は、化粧をした顔をちらりとすがるに向ける。

「今日たずねる相手とは？」

「まあ、行けばわかる」

はぐらかす、音無だった。

二人は――昨日とは扮装《ふんそう》を異にしていた。

音無が、古編み笠《がさ》をかぶり、黒漆太刀を佩《は》いた武家風。

すがるは長い鬘《かつら》をかぶり娘姿である。市女笠《いちめがさ》に杖《つえ》、後ろ合わせに脛巾《はばき》をつけ、白地に青い霞がたゆたい、黒い縞《しま》を入れた小袖《こそで》をまとっていた。

音無の衣は、有馬屋にあったもの、すがるの衣は、幾日か前、若犬丸が、西坂本の忍び宿に、取りに行ったものだった。

こうして歩いていると二人は田舎から出て来た武家の若夫婦、あるいは、兄妹《けいまい》に見える。

扇屋の隣は反物屋だ。緑と茶の小槌《こづち》が遊んだ黄色い布や、橙《だいだい》に黄金の唐草が茂った布を、麗《うるわ》しい娘が、野暮ったい中年武士の前に、広げていた。

「市姫金光寺《いちひめこんこうじ》の前を通るの？」

すがるは音無に囁《ささや》く。二人の話を聞いている者など、いない。

音無の首は、縦に振られている。

市姫金光寺は時宗寺院である。諸国から人があつまる時宗の寺は、忍者にとって、大切な場所である。ただ、時宗寺院には鉢叩《はちたた》きが出入りする。

……そして、鉢叩きは……鉢屋忍びを内にふくむ。

柊野《ひらぎの》を殺した者を追う三方鬼の魔手が、伸びている恐れがあった。

……時宗の寺は、都の南に、多い。都の北に忍び宿をうつすべきか？　いや、駄目だ。都の北には、山名に細川、伊勢守、大名重臣の館《やかた》がずらりと並んでいる。そっちの方が、危ない……。

すがるは音無に市姫金光寺前をあえて通らなくてもいいのではとほのめかしたわけだが、音無は通って行こうという。

忍びは、逆転の発想を、好む。音無としては市姫金光寺の前を通り、何か妖気《ようき》を感じれば、鉢屋衆の動きを探れると踏んでいるようだ。

「冬《とう》ー瓜《がん》、枝豆ー！　芋茎《ずいき》ー！　水葱《なぎ》（水葵）ー！」

夏野菜をどっさりあじかで担《かつ》いだ百姓男が、前から歩いてくる。

山吹色の衣を着た童女が蔬菜《そさい》を買おうと、町屋からとことこ出る。山吹色が、昨日見た山吹の模様を、思い出させる。

すがるは音無との間にしこりの如《ごと》きものをかかえていた。

堀川、そして、市姫金光寺が見えてくる。

音無は寺の築地を見つつ川の手前を右にまがる。川向う、築地の前で、鉢叩きが――三人、瓢《ひさご》を棒で打ちながら、盛んに身をくねらせ、踊念仏をしている。ちらほらと人があつまり出した。

鹿杖《かせづえ》を塀に立てかけ、喜捨を放るための筵《むしろ》を道に敷いていた。

この時、すがるは――中央にいる一人編笠をかぶった鉢叩きの老人と、目が合った。

同じ時――飯母呂《いぼろ》三方鬼は、市姫金光寺の前で、踊念仏していた。

三方鬼には習慣がある。

強い相手を屠《ほふ》る前、鉢屋衆の歴史に大きくかかわった二人の偉大な上人、空也と一遍《いっぺん》に、魂で向き合う。そして詫《わ》びる。今から殺生《せっしょう》をすると――。

その儀式を経ることで三方鬼は「妖鬼の心」を得られた。今日、三方鬼は、一日中、鉢叩きとして、辻《つじ》に立つつもりだ。むろん、無数の手足たる下忍どもは、動かしている。

身をくねらせて踊っていた三方鬼は一際《ひときわ》強く瓢を打つ。踊りを、ぴたりと、止める。

横の二人も、三方鬼にならう。

そして世にも見事な声で和讃《わさん》を歌いだした。仏を讃《たた》える唄《うた》を。

どよめきが起きどんどん人があつまってくる。歌声に聞き惚《ほ》れた人々から次々に銭が筵に放られた。

今日だけは忍び働きをせぬつもりの老上忍だが、長年の習性で我が芸を見に来る者に怪しい奴《やつ》がまぎれていないかは心眼で見ている。

川向うを田舎から出て来たと思われる武家風の男女が歩いていた。三方鬼は……怪しむべき二人とは、思わなかった。

見事な和讃を聞きながら、すがるたちは北に歩く。

和讃が斜め後ろに遠くなった時、鉢叩きたちは唄を止《や》めた。

「さあ、皆の衆、よう、あつまってくれた！」

もっとも見事な声で歌っていた編笠の鉢叩きが言ったのだろう。よく通る声で、

「せっかく、あつまってくれたんじゃ。……地獄の話を、しよう……。子供らよ泣くでないぞ。さっ、巻物を広げてくれい」

地獄語りをはじめるらしい。血の池地獄に、引きずり落とすような、真に迫った語りがはじまった——。

黒い地に白い九曜紋《くようもん》を染め抜いた暖簾《のれん》の前で、音無は足を止めている。

先程の場所から堀川沿いに六条《ろくじょう》道場や判官池《ほうがんいけ》の横を北に行った所で、佐女牛井《さめがい》と呼ばれる井戸の南である。

右隣は刀屋。

白地に黒の刀を描いた暖簾が、夏風に揺れていた。

左は、佐女牛井がある空き地だ。

後ろを向くと堀川がある。堀川は、大体幅二間強くらいの洛中の小川で、ずっと川上に行けば山名邸を縦断する。川向うは足袋屋で、がっしりした体つきの強面《こわもて》の武士が、床几に腰かけ、汗をにじませながら、革足袋の試し履きをしている。

「たのもう」

軽やかに告げるや音無は暖簾をくぐる。すがるも、入った。

暗い店内、きめ細かい連子《れんじ》窓から、光の矢が何条か入り込んでいた。

壁には黒布が貼《は》られており、そこにはいくつもの能面や狂言面がずらりと並んでいた。

全ての男を虜《とりこ》にする妖《あや》しい女をかたどった万媚《まんび》、小面《こおもて》、姥《うば》、中将、翁、猩猩《しょうじょう》、鬼を表す武悪。

いくつもの仮面《ペルソナ》が猿楽師の手に取られる刹那《せつな》を固唾《かたず》を呑《の》んで待ち構えていた。

垂れ髪の女が微弱な光を頼りに能面を鑿《のみ》で削っている。

痩男《やせおとこ》という面だった。音無は――この世を深く恨む男の面と、知っていた。

その面打ち、滝《たき》ノ糸《いと》は、こちらを見もせず、

「音無かえ？」

「……久しいな」

歳《とし》は音無より少し上。極めて細身で顎《あご》は尖《とが》っていた。木の葉形の目は、きりっと吊《つ》り上がった三白眼で肌は白い。

女面打ちは素早く、手を動かしつつ、すがるを鑿の一撃のように、窺《うかが》う。

「見ない顔だね。……伊賀では」

音無は上がり框《かまち》に腰掛けて草鞋《わらじ》を脱ぎながら、

「ああ、すがるは、伊賀ではない。共にはたらいている娘だ」

すがるは滝ノ糸を警戒、土間に突っ立ったまま、面を打つ女人を睨んでいた。

「すがる。そこに立っていられると、気になる。上がっておくれ。わたしは、滝ノ糸。しがない面打ちだ」

「古い仲間だ。銭か話を払えば――話が買える」

滝ノ糸の手元で白く薄い木の滓《かす》が飛んでゆく。すがるは、何故《なぜ》か鑿をじっと見ていた。

音無には……何かを思い出す眼差《まなざ》しに、思えた。

伊賀の忍び崩れ——滝ノ糸。いなの墓に彼岸になると花を供えてくれた女《ひと》である。

その墓をつくることを音無の父は許さなかった。

音無は密《ひそ》かに雑木林にいなの墓をつくった。墓の所在は、滝ノ糸にだけ、つたえている。

滝ノ糸は名張の里の他の上忍に仕えていて、黒鳶《くろとび》に請《こ》われ、くノ一の術についてだけ、いなに伝授していた。

ほとんど感情を表に出さぬが、義理固い処が在る滝ノ糸を、音無は昔から敬っていた。

滝ノ糸は数年前、伊賀を抜けた。

多くの密事を知った忍びが里抜けするのは容易《たやす》いことではないが、彼女は何か大きな手柄を立てて上忍に交渉し、波風を立てずに伊賀を去り、京に出たと聞いていた。

今は堀川沿いで面打ちをしながら、忍びから忍びへ情報を売って副業としている。

危ない副業であるが……ともかく無事なのは、後ろ盾がいるからではないかと音無は読んでいる。後ろ盾について、小法師は、

『——禁裏ではないでしょうか？』

この花洛には、花の御所の他に——土御門《つちみかど》御所がある。

花の御所が将軍以下諸大名が居流れる武門の府なら、土御門御所は帝《みかど》以下公家《くげ》百官がつどう場所である。長らく政《まつりごと》と軍事の力を奪われてきた朝廷であるが、それなりの影響力は持っており、幕府が余計な餡《あん》をくわえて煮詰めた諸国の情報よりは、もっと鮮度のいい、生の情報というものを、常に欲していた。

……滝ノ糸のような者を京で飼うことは、得にこそなれ、損にはならぬ。小法師の読み、あながち、誤っておらぬのでないか。

すがるが板敷に腰を下ろすと既に滝ノ糸に向かって座っていた音無が、

「叡山の宝蔵が燃えたのを知っているか？」

「むろん」

「そのことについて何か、知ることは？」

「洛中の噂《うわさ》程度は。盗賊が宝蔵を焼き、寺宝をいくつか盗んだ。おかげで……七日の神《み》輿《こし》迎え、十四日の還幸、いずれも、中止」

今日は六月十二日だ。室町の祇園祭は、前祭より後祭・還幸祭が盛り上がる。つまり本来であれば数知れぬ見物客が詰めかける都一の祭りが、明後日におこなわれる。

「町の者どもの不満は……高まっている……。特に若い衆の。山名が賊の張本という童唄が京で、いや六角が張本という唄が、近江で広まっている。この話に、お代は、いらないよ。町衆ならほとんど知っている話」

古い付き合いの音無からは、それなりの値打ちがある情報のお代しか取らない、滝ノ糸はそう言っているようだった。すがるからかすれ声が出る。

「望月毒姫《もちづきどくひめ》が――」

それまで滝ノ糸は絶えず鑿を動かしながら話していた。今初めて、鑿が、止った。

「都に、いる」

「………」

「誰が雇い主なの？」

切り込むような口調であった。鑿が痩男からはなれて、床に置かれる。美しいが、少しトカゲに似た情報屋は、二人に向かって座り直している。

「高く、つく」

「よかろう」

即答する音無だった。

「これで、良いか？」

巾着《きんちゃく》から銀を出し、滝ノ糸の前に置く。

「倍」

同じ量の銀が、音無の手で、迷いなく、積まれた。

滝ノ糸は銀に出しかけた手を止めている。

「まだ、生きたい。あの女に切り刻まれても、毒責めにされても……わたしから聞いたとは言わないね？」

「約束する」

受け合った音無に、

「では、昔のように証《あかし》を」

「鑿をかりても？」

音無は滝ノ糸から鑿を受け取った。音無の左手が浜に打ち上げられたヒトデのように開かれて床に据えられる。右手の鑿を振り上げた音無は、

「もし、嘘《うそ》あらば……蔵王《ざおう》権現、飯綱《いづな》権現の祟《たた》り、ここにあり」

伊賀名張にある赤目四十八滝《あかめしじゆうはちたき》は伊賀忍者修行の地とされる。この滝の入り口には、役行者《えんのぎようじや》開基の延寿院《えんじゆいん》があり、役行者が始めた修験道の主尊が、蔵王権現である。また、巨大な妖力を持つとされた、飯綱権現も、乱破《らつぱ》に深く信奉された。

光に照らされてたゆたう、木屑《きくず》を中心とする埃どもに、刹那、緊張が走った。

すがるが小さく息を呑む横で音無は右手の鑿を左手の指の間に勢いよく突き下ろす。

とん、とん、とん、とん！

音無がゆっくり鑿を上げると、指は一つも傷ついておらず、小指と薬指の間、薬指と

中指の間など、指の隙間《すきま》四つに、真に小さな傷が一つずつついていた……。

「我ら、常に虚言を弄《ろう》する者なれど」

滝ノ糸が囁くと、

「今、この時は、虚言無し」

音無は断言した。滝ノ糸は深くゆっくりうなずき銀に手を伸ばす。

「政所執事」

「――」

「毒姫の雇い主は、伊勢伊勢守貞親だ」

室町幕府政所執事・伊勢伊勢守貞親は山名宗全ともっとも激しく敵対する男である。宗全が武の人なら、伊勢守は謀の人、宗全が荒武者の大軍という豪腕を振るうなら、伊勢守は、金力という神通力を持つ。

また殿中における礼儀作法の伝授も伊勢家の職掌の一つだった。

後に吉良《きら》が浅野《あさの》を追い詰めたように、伊勢守は、礼法を刃《やいば》に、狙《ねら》いをさだめた相手を、貶《おとし》めたり、孤立させることが出来た。山名宗全など礼儀知らずの蛮将は、伊勢守の格好のターゲットだった。

「名は言えぬが……甲賀の者から、聞いた。間違いないよ」

——伊勢守は、毒姫などをつかい、叡山から宝を奪い、山名に濡《ぬ》れ衣《ぎぬ》を着せ追い落とそうとしているのか？　ではあの女は何のために、すがるに近づいた？　……我らを探るためか？

音無は、推理を、重ねる。すがるも深く考えているようだった。

すがるが問う。

「伊勢守は——毒姫をつかって、何をしようとしている？」

「……さあね。そこは、わからない」

「伊勢守は、諸大名の跡目に、前から、嘴《くちばし》を入れていた。次に狙っている大名があるとすれば、何処《いずこ》か？」

音無は質問の矛先を変えている。

「——銀」

滝ノ糸の手が、銀をねだった。

今度はすがるが巾着から銀を出し多くの情報を持っている面打ちの方に押した。

「少ない」

すがるは、さらなる銀をわたす。滝ノ糸は言った。

「伊勢守は……斯波《しば》家に嘴を入れようとしている」

音無の面を、不審が、よぎった。斯波家は越前《えちぜん》、尾張《おわり》、遠江《とおとうみ》を治める大名である。

伊勢守は斯波家のことに既に散々嘴を入れてきた。過去のことを話された気がした。

「幾年か前、伊勢守は、斯波家の当主・義敏《よしとし》を追い出し、義廉《よしかど》という男に、替えたろう？」

滝ノ糸の唇にかすかな笑みが走り、すぐ消えたようである。

「そう。斯波家の執事・甲斐《かい》の妹が……なかなかの美貌《びぼう》で……伊勢守寵愛《ちょうあい》の妾《めかけ》だった。甲斐と義敏は仲が悪かった。妾に閨《ねや》で唆《そそのか》され、斯波家の当主をすげ替えたんだよ」

将軍を、そそのかして、である。ちなみに執事と家宰は同じで後の世の家老である。

「しからば、其《そ》は昔話で……」

「いやいや。今度は――その逆をやろうとしているの。せっかく当主にした、義廉を追い出し、自分が前に追い出した、義敏を、当主にしようとしているの」

「…………」

前に義敏から義廉に替え、今度は義廉から義敏にもどす。政という醜悪な妖獣の姿を垣間見た気がして、さしもの音無も軽い眩暈《めまい》を起している。

「それは一体どういう」

「銀」

すがるが銀を追加すると、滝ノ糸は、

「義敏は今牢人《ろうにん》で、近江の長命寺《ちようめいじ》の門前に匿《かくま》われている」

長命寺は山門の末寺であった。

「唯明《ゆいみよう》という僧が、匿っているの。さて、牢人の義敏に妾がいてね。この妾の姉が美しい女なの。義敏は我が妾の姉を伊勢守に近づけた。……何が起ったと思う?」

音無、すがるは、聞き入る。

「……今度はね、伊勢守の奴、甲斐の妹に飽きて……義敏の妾の姉に、心奪われた。歳を取り、容色衰えた甲斐妹は、失意の内に病となり、儚《はかな》くなった。あとはわかるでしょう……? 義敏の妾の姉、新造《しんぞう》という麗人が、伊勢守の寵愛を得、伊勢守は新造の囁きに動かされるようになった。今度は義廉を追い、義敏を当主に据えんとしている。自らの決定を真逆に覆《くつがえ》そうとしている」

「ろくでもない男だな、伊勢守貞親は」

吐き捨てるようなすがるの言い方だった。滝ノ糸が無表情に、

「今の花の御所は、ほとんどが、斯様《かよう》な連中」

すがるの鼻が、小さく動いている。腐った臭《にお》いを嗅《か》いだように。

音無は、問う。

「義敏に替えるということは——山名を刺激するな?」

伊勢守に一度引っ張られ、今度はお払い箱にされようとしている男、斯波義廉。この男……赤入道の婿《むこ》候補だった。実の娘をもらう義廉は宗全の養女が嫁いだ細川勝元と違い、従属的婿になるだろう。そして、宗全は身内のために腕まくりするのが好きな親分肌の男だ。

「それも、宗全を倒す、一手にする気でしょう、伊勢守は。赤入道が短慮を起し、将軍に食ってかかれば、山名を追い込める。伊勢守は金と女には汚い。だけど……悪巧みは冴《さ》えている」

音無は、滝ノ糸に、

「他に、嘴を入れようとしている大名家は？」

「銀」

音無はとうとう渋い顔になる。すると、滝ノ糸は、

「仕方ない。お前とは古い縁だ。まけてやろう」

滝ノ糸は言った。

「畠山《はたけやま》家。伊勢守は……猛将、畠山義就《よしなり》を都に引きずり込もうとしているよ」

すがるは薄目を開けただけだが、音無は眼火を燃やし、

「……何？　義就は諸大名の兵に都を追われた男。もし、義就がもどってきたら……」

畠山家はかつて細川や山名に匹敵する大大名であったが、細川山名に敵視されていた。

武勇に秀《ひい》でる義就が畠山家の当主になると、細川や山名は連合してこれを追い出し、畠山家の家督を、もっと御しやすい畠山弥《や》三郎《さぶろう》、畠山政長《まさなが》兄弟に替えたのだった。畠山義就は……諸大名の軍勢に追われ、南近畿の深山に僅《わず》かな兵と姿を消した男なのである。

滝ノ糸は囁く。

「――戦になるかもね。特に、義就と畠山家の家督を争ってきた畠山政長、政長の後ろ盾……細川勝元が黙っていないでしょう」

「山名もそうだろう。赤入道もまた、義就を追討する戦で大いにはたらいた」

滝ノ糸は溜息《ためいき》をついている。

「音無……あんたは、少し前の話をしているよ。遠国働きでもしていた？　……赤入道宗全は老いた荒武者。昔の己に似た若い荒武者が、好きなんだよ。干戈《かんか》をまじえてもね。幕府の大軍相手に一歩も退《ひ》かぬ義就の武者ぶりを見て、宗全は、感心したのさ。だから今、赤入道は――畠山義就を敵とは見ていない。……ここが面白い処なの」

「たしかに興味深い読みだ」

音無が呟《つぶや》くと、面打ちという面をかぶった情報屋は、強く、

「――読みじゃない。わたしは、この件について、確信している。他の者なら銀を取る話だよ。古い付き合いだから、おしえてあげた」

有意義な話を存分に吸い込んだ音無が腰を上げた時、すがるが、巾着に入れてきた、ありったけの銀を出して、滝ノ糸の方に押した。

「もう一つしらべてほしいことがある」

また痩男に取りかかろうとした能面のように表情が乏しい女は、すがるを眺める。

「宝蔵を焼いた盗賊の童唄。誰が、ばらまいているか、しらべて。それは手付け金。上《う》手《ま》くいったら、その倍あげる」

「……やってみよう。しらべられぬかもしれぬが」

「いいよ。上手くいかなくても、返さないでいい」

抜き衣紋《えもん》にして妖しいまでに白いうなじをのぞかせた滝ノ糸は、

「宿は何処？　丹後《たんご》屋、それとも有馬屋？」

――同じ名張の出である滝ノ糸には隠しようが無い。音無は言った。

「有馬屋だ。何かわかったら、すぐ知らせてくれ。それと、滝ノ糸、俺がいいと言うまで、俺たちのこと、他言無用でたのむ。その口止め料――過分なまでに積んだ銀の内に入れておいた」

「お前も……大人になったね。え？　音無」

下の方がふっくらした唇をくすりと動かした滝ノ糸は、逆三角形の顔をかしがせ、初めて、表情らしきもの――小馬鹿《こばか》にしたような顔様を浮かべた。

「誓えるか？」

「ああ」

鑿を取り、音無がしたのと同じように、左手を床に広げ、右手を振り上げた。

蒸し暑くも薄暗い店の中で、静かに言った。

「……見ていよ」

目にも止まらぬ速さで鑿が動き――指と指の間の床に小さな傷が四つ、きざまれている。

「――今、この時は、虚言無し」

「よろしく、たのむ」

出ようとした音無はすがるの視線に気づく。すがるは、ある一つの面を――細い目で凝視していた。金色に剜《む》かれた両眼から怒りが奔出していた。返り血を浴びたような、赤い顔肉の翁面で、両側が裂けそうなほど広く、口が開かれていた。

自分で打った小面に似た、何を考えているかわからぬ、のっぺりした顔になった滝ノ糸は、

「甘柘榴悪尉《あまざくろあくじょう》。気に入ったなら、買っていく？」

「いや……いい。赤入道って、こんな顔をしているのかと、思っただけ」

すがるは答えている。草鞋をはきかけた音無に滝ノ糸が思い出したように、
「そうだ。……服部大角《はっとりだいかく》を、京で見た。――気をつけな」
音無はほとんど顔様を動かさず、
「……左様か……」
今度は、すがるが、音無を窺っていた。
黒暖簾をくぐってすがるたちは仮面が並ぶ薄暗がりから出た。
男が三人、堀川に入り、縄で材木を引きながら川上に歩いて行く。筒袖の汗染《あせじ》み、日焼けした額や水に濡れた脛《すね》の白っぽいてかりが、蒸し暑さを物語っていた。蟬《せみ》の声にまじって――童唄が、聞こえてくる。
童女たちの声だ。
「天台山の
　宝蔵
　火鼠《ひねずみ》入る
ちう、ちう、ぼおっ
ねずみの主は
たそれ　たもれ……」

すがる、音無は面差しを引き締め、歌声がする方へ向かう。誰の目があるか知れぬ。走らない。——歩く。

「ねずみの主は……一つ引き両っ！」

一つ引き両は新田《にった》家の家紋である。また、新田の血を引く山名の、昔の紋でもある。

「ねずみの主は……二つ引き両っ！」

足利将軍家の家紋である。また、これを賜った山名の……今の家紋でもある。

「ねずみの主は……三つ鱗《うろこ》！」

百年以上昔、地上から消えた鎌倉幕府の執権、北条《ほうじょう》家の紋所である。

「ねずみの主は……四つ目結！　ねずみの主は……五七の桐《きり》！　……」

童女たちは道端に座って石なごをしながら歌っていた。地べたに、小石をいくつも、ばらまく。親石という石を一つ放り、落ちてくるまでに、地面にある子石を一つひろい、落下してくる親石を同じ手で受け止める。次に親石を放る時は、ひろう子石を二つにふやす。そうやってひろう石をどんどんふやし、難しくする。聖徳太子が夢中になった遊びだ。童女たちは小石を四つひろう段階で四が入る紋を、五ひろう段階で五が入る家紋を歌っている。

少し川上の向う岸に——板をつらねた日除《ひよ》けや、ぼろぼろの黒い傘がいくつか並んでいて、穴だらけの衣を着た、十人以上の物乞《ものご》いがしゃがんでいた。老いた物乞いに若い物乞い、幼い者まで、いた。すがるは昨日殺された物乞いの少女を思い出し、胸が重くなった。物乞いの中から、三、四歳の、裸同然の童が、商人や職人の家に生れた石なごの少女たちを、じっと、見詰めている。

石なごが止る。

石投げ遊びを見詰める武家の兄妹か若夫婦を、しゃがんだ女の子たちは口を小さく開けて見上げる。すがるは、膝《ひざ》をまげ、一瞬で笑顔をつくり、

「ねえ、その唄……誰におしえてもらったの？」

「………」

「面白い唄だから……ちゃんと、歌いたい。誰が考えた唄なのかしら？」

童女たちは小さい顔を見合わせる。一人が、すがるに、

「……山伏の……おじさん」

——そう来るだろうという答であった。

低い姿勢になった伊賀者が、にこやかに、

「いつ、会《お》うたのかな？　その山伏のおじさんに」

「今さっきや」

迸《ほとばし》りかかる殺意をすがるは押さえた。

「ほう、何処で聞いたのかな？」

「こっちや」

「五条天神さんの傍や」

童女たちに誘われ、すがると音無は急行する――。

二人の後ろ姿を、川向うの陰から現れた男が……じっと見ていた。

頭襟《ときん》をかぶり、金剛杖をにぎった、山伏であった――。

五条大路で右にまがり、五条天神の北を走り、西洞院川《にしのとういん》を一っ跳びし、五条西洞院の辻に出る。

――商人か職人ばかりで山伏はいなかった。

どんな顔の男だったか、すがるが訊《たず》ねるも、覚えていなかった。件《くだん》の山伏がつかう忍術は――童女たちの記憶から、己の顔の処だけ、綺麗《きれい》に、拭《ふ》き取っていた……。

＊

青くやわらかい夕闇《ゆうやみ》が、五条の橋を、つつんでいた。

五条西洞院の辻で、またしても真の下手人の手掛かりをうしなったすがる、音無は、別々の屋敷に探りに向かっている。

編笠をかぶった音無が、伊勢伊勢守邸へ。

市女笠をかぶったすがるが、細川勝元邸へ。

……山名という線が消えた今、伊勢守か、細川家が怪しい。

山名邸から宝を奪い返す作戦と、真の下手人を探り当て、そ奴から、のこりの宝を、取り返す作戦、二つをすすめねばならぬ。

伊勢邸、細川邸に忍び込むにも、まずは周りの様子を、探らねばならなかった。

音無は、細川邸について、すがるに、

『……細川屋敷には十分気をつけろ。あすこは、丹波の……村雲《むらくも》忍びが、守っている』

村雲忍びに警戒しながら細川屋敷を探ってきたすがるは、

……あれはまだ昨日のことなのか……。山名邸に入り、毒姫と会ったのは——。

ふと、毒姫に、見られていないか——気になり、見まわす。毒姫らしき女は近くにいなかった。だが、どっと疲れが噴出する。

今日、洛中を歩きつづけたすがるはあばら屋に転がっている病人たち、子供を入れたと思われる小さな棺《ひつぎ》をはこぶ、三組もの白装束の葬列、己とさして歳も変らぬ数知れぬ立君《たちぎみ》を、見た。

立君は道で男に声をかけ、春を鬻《ひさ》ぐ女だ。遊女屋に住み、姫の如く着飾った傾城《けいせい》とは違う、一匹狼《いっぴきおおかみ》の女たち。飢えに苦しむ村を夜逃げしてきた百姓娘や、長いこと遊女屋ではたらくも、容色衰え、店を出された女たちが、立君となると、聞いていた。

何故か山仕事の時よりも重い疲れに襲われたすがるは、鴨川の畔《ほとり》にしゃがんだ。

立君たちも、飢饉《ききん》があれば真っ先に飢え死にしてしまう崖《がけ》っぷちで生きている。この都は、そのような者たちがたむろする道から、たった一つ塀をへだてた先に――極楽や竜宮のような御殿があるのだった。

と、五条大橋から、酒に酔うた怒声が、

「ええいっ、辻の女ども、どけい。わしらは、五条東洞院に先約があるのじゃ！」

五条東洞院は天女のような美女をそろえた傾城屋がずらりと並ぶ街だった。足利義満の愛妾《あいしょう》、高橋殿は五条東洞院ではたらく遊び女であったという。

すがるはいつ飢え死にするか知れぬ者を捨て置く政も、静かなる暴力、目に見えない暴力であるように思った。

若犬丸めは、二日酔いで潰れているだろうというすがるの見立てに反し、昼前に起き、みの八に、

『しくじっちまったよぉ……。取り返してくる』

とだけ、告げ、何処《いずこ》かに去ったという――。

そして、まだ、かえっていない。すがるがもどった時、有馬屋にはみの八しかいなかった。

若犬丸のことだけに、死んではいなかろうが……心配である。

……しかも、あたしに、何処に行き、何をするか告げずに、いなくなるなんて。失敗を取り返そうとして、また、しくじるようなもんだろう……。

少し後に、音無が、次に白い付け髭《ひげ》をつけ、くたびれた行商に化け、山名邸を探りに行っていた小法師が、もどった。

伊賀者三人とすがるという状況を創出した彼の八瀬童子に何やら腹が立つも、その苛《いら》立《だ》ちは小法師の話で吹き飛んでいる。

「六月十四日、赤入道宗全は、祇園の祭りが沙汰《さた》止《や》みになって、無聊《ぶりょう》をかこっておる若侍どもをなぐさめるため、北山に狩りに出かけますぞ。泊りがけの狩りに」

山名家の狩りは――一つの山に生存する全ての鹿《しか》、カモシカ、猪《いのしし》、兎《うさぎ》、狐《きつね》などを、根こそぎ取り尽くすほど激しい……。

熾烈《しれつ》な狩りに困るのは近くの狩人《かりうど》、そして百姓たちだ。百姓も時には精がつくものを食いたいのだ。近隣住民の苦情が付き物の山名の狩りは、軍事訓練の側面も持っており――武士が大挙して出動する。

「堀川の館はもぬけの殻と言っていい有様になりましょう。情勢が情勢ですから、苫屋《とまや》鉢屋《はちや》衆も、宗全の警固に駆り出される。ただ——罠《わな》である恐れも」

小法師は、言った。すがるは厳しい面差しで、

「——やる。宝を、取り返す。この機を逃して、あの鉄壁は、貫けない」

決断した。

音無は、顎に手を当て、

「罠かもしれんし……そうでなくても、三方鬼と僅かの精鋭はのこって、宝を守るということは、十分考えられよう。こうしたら、どうか？　明日、狂歌を山名屋敷に投げ込む。

山鉾《やまぼこ》を　取って、倒した　山賊が　北山で狩り　ゆめ許すまじ

斯様な歌だ」

山名宗全が比叡山で盗賊行為をはたらき、祇園祭が中止になった、という穏やかならざる噂が、洛中で静かに広まっていた。この狂歌は噂を真に受けた京童やごろつきが、宗全を脅したという体のものである。

歌意は——盗賊行為で、山鉾を見られなくした、山名なる賊が何を思ったか、北山で派手な狩りをするとか、……許せぬ、というものだ。

「そんな狂歌を投げ込まれたら、赤入道、狩りを止めるのでは？」

小法師が言うと音無は、

「お前は、宗全という男をわかっておらぬ。斯様な狂歌を屋敷に放り込まれたら、宗全はな……もっと大勢の武士をつれ、北山に嬉々《きき》として行くよ。この歌を投げ込んだ者が現れたら叩き斬《き》ってやると息巻いてな」

「あたしも、そう思う。狩りに出る武士が、きっと、ふえる。三方鬼も——警固のために北山に行くかもね」

「なるほど」

小法師は、同意した。

すがるは、言った。

「ただ狂歌を投げ込まれても、三方鬼や手練《てだ》れの侍衆が狩りに行かず館にいた時が厄介」

奥方たちがいる以上、警固が無になることは、無い。その警固に三方鬼がふくまれる可能性が、すがるたちには脅威として受け止められていた。

眉間《みけん》に皺《しわ》を寄せ、すがるは、

「——喧嘩《けんか》は、どう?」

この頃の街の喧嘩は刀や棒、礫《つぶて》、時には薙刀《なぎなた》までも動員される物騒なものである。喧嘩騒擾《そうじょう》の中に乱破が溶け込む時もある。

故《ゆえ》に侍は、庶人の喧嘩騒ぎを嫌っている。

「山名邸の前で喧嘩を起す。小さな喧嘩じゃない。大きい喧嘩。……喧嘩の種は、この都のいたる所に転がっているよ」

音無が、ニカリと笑い、

「警固の侍の一部は出てくるだろうな。静まれ、静まれと。喧嘩の輩《やから》の中に乱破がまぎれておらぬか気になり、鉢屋者も幾人か出張って来るやもしれぬ」

すがるの意見に反論をはさむことが多い小法師が、ゆっくり、首肯した。

蒸し暑さを払うべく、黒い扇を出し、素早く振りはじめた音無が、

「もう一手。駄目押しの攪乱《かくらん》を仕掛けた方がいい。もしも三方鬼が北山に行かず……館にいた場合……門前の喧嘩が乱破の企《たくら》みと見切るやもしれぬ」

荏胡麻《えごま》油の僅かな明りに照らされた音無は、

「こうしよう。喧嘩とは逆側から、鳥の子（煙玉）を放る。白煙の中、二、三人の手練れが山名邸に躍り込む。三方鬼がいたとしよう。どうする？」

「——下忍をつれて、殺到する」

すがるが答えている。音無は、扇を止め、図面上で指を滑らす。

「だろう？　その隙《すき》に……別の者が……」

音無の指が赤漆の床の間まで動き、ぴたりと、止った。

「赤漆の床の間に入り、宝を取り返す」

図面からすがる、次に小法師に眼差しを動かし、

「もしもだ。三方鬼が狩りに行っていたり、門前の喧嘩に惑わされて表に出、鳥の子を放っても、鉢屋衆が妨げにこなかったら……この鳥の子の者どもが宝を取りに行ってもいい」

八重波のような攪乱を前に、飯母呂三方鬼がいたとしても惑うはず。すがるは確信した。

真剣な面差しで頭を整理する。

「喧嘩が、第一隊。第二隊が、煙玉。第三隊が、宝を取りに行く本隊。人数が……」

「——要る」

音無は断言した。

「この前と状況が違う。この前は、小人数でなければ、駄目だった。だが、此度《こたび》は大人数を要する作戦」

「七郎冠者に援兵を請う他ないね」

予定された襲撃は——明後日、夜。

話し合いの間も若犬丸は遂《つい》にもどらなかった……。

夢を、見た。

修行中の八瀬の子らが寝起きする山小屋にすがるは放り込まれている。

五年前……寛正の大飢饉の最中であった。

かの大飢饉のきっかけは長禄《ちょうろく》三年（一四五九）、日本を襲った天災の連続である。寛正元年（一四六〇）になると、巨大な旱《ひでり》、洪水、蝗《いなご》が重税に喘《あえ》ぐ庶民を襲い、数多の農村が死んだ。諸国から、生きる望みをもとめて、十数万人もの困窮者が、京都に殺到した。

が、押し寄せる飢民に対し……足利義政を頂点とする時の幕府は、無策であった。飢え死にするにまかせた。のみならず、政《まつりごと》への情熱を無くし、御殿造り、庭造りにのめり込んでいた将軍は、さらなる課役を民にもとめ、花の御所の大改修、「その華麗その珍宝種々ほとんど枚挙すべからず」と言われた財宝集め、奇岩を揃《そろ》え珍しい水鳥を放った大庭園造り、花見の宴、大掛かりな猿楽興行などをくり返した。

餓死の爆発が起きた。

飢饉がより深刻化した寛正二年、七郎冠者は般若丸《はんにやまる》ら手下の乱破たちを変装させて上洛、願阿弥《がんあみ》という聖《ひじり》を守りながらその炊き出しを手伝《た》っている。炊き出しで名声を得た願阿弥を妬《ねた》む者たち、炊き出しの列に幾度も並び、騒ぎを起こす輩もいたのだ。修行中だったすがると白夜叉《しろやしや》も炊き出しにくわわりたいと言ったが、許されなかった。

大飢饉の炊き出しからもどった父は鬼の形相をしていた。すがるは、そんなに激しい父を初めて見た。般若丸は、言った。

『この世の……地獄ぞ。四条の橋から下を見ると、鴨川が屍《かばね》の山で堰《せ》き止められておるっ。都大路のいたる所に、死骸《しがい》が横たわり、京全体が鼻をおおいたくなるほどの腐臭につつまれておる』

すがるが洛北の山で修行に明け暮れていたこの年、京都における餓死者の数は、実に、八万二千人を数えた。諸国に目を向ければもっと多くの人々が斃《たお》れた。炊き出しからもどった般若丸の様子はふだんと全く違っていた。その日、山小屋に現れた般若丸を、すがるは、今、夢に見ている。いつもは冷静な般若丸が、歯を食いしばり、身をふるわして、

『枯れ木のように痩《や》せた子供らが粥《かゆ》をもらいに来る』

目をきつくつむり、手をすっと出し、

『……こんな小さい童らじゃ。弱々しく微笑《ほほえ》みながら、粥を食う……。その瞬間、斃れる』

——あまりにも飢えすぎたせいで、食い物が腹に入った力で、子供たちは死ぬのだ。

『これを見た者どもが願阿弥が毒を盛ったと騒ぐ。願阿弥を信じる者と殴り合いになる。……憎しみだけが、広がってゆく』

それだけの被害が出ながら……幕府は、何もしなかった。

『公方《くぼう》は花の御所で歌舞管弦に溺《おぼ》れ、山名は狩りに興じ、細川も美食に耽《ふけ》っておる。他の大名も、似たようなもの』

腰の重い幕府が、大飢饉に対して取ったたった一つの対策、それは、花の御所の圧倒的富力から考えれば、少なすぎる米を……願阿弥たちに授けるというものだった。

山小屋で白夜叉と共に話を聞いていたすがるは信じられない。

それならば、将軍や、大名という存在《もの》が、この世にいる意味は……何だろう……?

『奴らは、気が狂うておる……。狂うておるわ』

眼を血走らせ、床板を一度大きく殴った般若丸の相貌からは……京から別のものが憑《つ》いてきたような、暗い怒気が漂っていた。

次の瞬間——山小屋の床がわれ、すがるは闇に落ちていく。

薄暗い荒れ地に叩き落された。

般若丸も、白夜叉も、いなくなっている。荒れ地には、鉄で出来た鋸葉《のこぎりば》やトゲを持つ怪しい草が所々に生えていた。

ぼろを着た乞食《こじき》たちが、すがるの周りに座っている。何百人、いや、何千何万人もいた。

幾人もの毒姫がすがるを取りかこみ、物乞いの子らの足を摑んで逆さ吊《づ》りにしていた。

吊るされた子らの頭の下には凶刃《きょうじん》を茂らせた鉄草が生えていた。

毒姫が——手をはなそうとする。

——止めろぉっ！

叫ぼうとするも声が出ぬ。

ずっと向うで白い巨獣が動いている。貧しい人々を踏み潰して、動いている。絵でしか見たことのない獣……象だ。

象の上に御殿があって、酒宴がおこなわれていた。綾羅錦繡《りょうらきんしゅう》をまとった仮面の者どもが面の口を巧みに動かして山海の珍味に舌鼓《したつづみ》を打っている。

象どもが動く度——下にいる者たちが、何人も潰され、血溜《ちだま》りと内臓の沼が生れる。

——止めろぉっ！

まだ、声が、出ない。毒姫たちが手をはなし、子供らが鉄草に頭から落ち、血が飛び散る。象上の御殿から烏天狗《からすてんぐ》の面をかぶった、男が、五色の花びらを節分の豆撒《まめま》きのように下に散らし、花の雨が下に広がる血の池地獄を隠してゆく。

すがるには、五色の花吹雪が……この世でもっとも、汚れたものに思えた。

ばさりと、跳ね起きた。

深更であった。

粘気が多い汗が鍛え抜かれた背に重く絡みついている。象がのし歩いていた怪しの荒野と、父が洛中で見た悲惨な光景、おぞましさはひとしいかもしれない。

……この世の…………地獄を見たんでしょ？　父、この世に、地獄が……。

ふと、すがるは襖《ふすま》を開けた先は地獄が広がっていて、魑魅魍魎《ちみもうりょう》が溢《あふ》れているのではないかという気持ちに襲われた。

古い安襖の向うから、

「……如何《いかが》した？」

深く案ずるような気持ちが、音無の声に籠《こも》っていた。

……ああ……夢だったんだ。

何故だろう。襖の向うから、人の声がしたことが嬉《うれ》しいと思った。

若犬丸はまだかえっていないようだ。

「うなされていたぞ」

すがるはほとんど反射的に、

「……うなされていない」

「いや……うなされていたのだ……」

襖一枚へだてた向うでおかしげに言う音無だった。

「強がるな」

「強がってないよ」

音無は穏やかに、

「お前はいつだって強がっている」

「…………」

「なあ、すがる。何か心配事があったら、すぐ言ってくれ。俺たちは同じ役目を負い、同じ敵を追う者同士だ。むろん何か懸念《けねん》があれば我らもすぐそなたにつたえる」

「本当に何もないの」

「そうか」

すがるは、いつもよりやわらかめに、

「とっとと寝な。明後日が……勝負。音無と小法師は明日は英気をやしなって」

「すがるは？」

「あたしは、援兵を、請いに行く」

言いながらすがるは、明後日の山名邸で、誰も死ななければいいと願った。

気が付くと隠しに入れた黒焦《くろこ》げの数珠《じゅず》を取り出し、硬くにぎっていた。

鼾《いびき》をかいて寝たふりをする音無は、褸一枚向う、すがるの様子に耳を澄ましていた。

すがるはいつも警戒を絶やさず、常に張り詰めているが、昨日今日の張り詰め方は尋常ではない。

――俺がしたことが原因か……。毒姫との遭遇で、心乱れたか。

小法師に、すがるの様子が心配だなどと言った処で、冷たくあしらわれよう。小法師はすがるの指揮下に在ることが大いに不満なのである。

小法師はすがるも若犬丸もいない所で、音無に呟いた。

『すがるに、甘過ぎますな。若は……』

『甘くなどない』

音無が一蹴《いっしゅう》すると――忠実な下忍はじっと音無を見詰め、黙り込んだ。

――甘い？　俺が、すがるに。

自らに、問う。

伊賀忍者は誰か他人のために心を囚《とら》われること、他人に執着することを、嫌う。

他者への執着は――身の破滅を呼ぶと、おしえられた。

たとえば、誰かのために動きたいと、伊賀者が思う。その誰かが敵であったり、敵への内通者なら、もう役目が破綻《はたん》する。役目の貫徹は伊賀者にとって主君のようなものである。

武士は、役目と主君、どちらが大切かと問われれば、主君と答えよう。役目は主からさずかるものと言おう。伊賀者は――違う。きっと、多くの伊賀者が、上忍の命と役目の貫徹、どっちが大切かと問われれば、役目、と、答える。深手を負った上忍を見捨てねば、役目を成し遂げられぬ、如何する、と問われれば――ほとんどの下忍が、上忍を見捨てて役目を完遂する、上忍も喜ぶはず……と、口を揃えて、言う。

それが、伊賀忍者である。

音無は自らの意識下に潜る。

もしすがるに執着しているなら、危うい兆《きざし》だ。音無は気づく。

すがるの面差しの変化や、仕草、細い目の向かう先、への字になっていることが多いその唇や眉《まゆ》に、ごく稀《まれ》にたたえられる、あるかないかの笑み、そういったものが気になっている己に。

――何故だ？　何故、俺は、すがるが、気に、なる？

音無は自らのさらなる深みに潜っている。はっとした。

――似ている……？

音無は目を開き、暗い天井を見上げ、面貌を歪《ゆが》めた。

……いなに、似ている？　顔が似ているのではない。俺に突っかかってくる時の面差しが似ている……。

＊

翌朝、すがるが七条仏所の忍び宿を出ようとした処で、若犬丸、そして山伏装束の鉄心坊と鉢合わせしている。

すがるはもちろん、七郎冠者に、明日の応援を請いに行く所存であった。一方、若犬丸は昨日、西坂本の忍び宿に泊り、そこに鉄心坊もいたらしい。

みの八しかいない店を通り抜け、奥に向かいつつ、若犬丸が、

「収穫が二つある。おらの方が、大収穫。鉄心坊の話が、小収穫、つうか、鉄心坊の方はこの爺《じい》さんの力に因《よ》るもんじゃねえ」

音無と小法師は台所で飯を掻《か》き込んでいるようだ。

鉄心坊はいつもの部屋に腰を下ろしつつ、若犬丸に、

「何を雑言ばかり……」

同じく腰を下ろしたすがるは若犬丸をじっと見据え、

「……あたしの言いたいことは、わかっているんだよね？」

ちょうど音無と小法師もきて遣戸《やりど》を閉める。若犬丸は、筋肉の鉄板が入った胸を、叩き、

「わかってらい！　お前の説教吹っ飛ばすくらいの、おらの収穫なんだい」

すがるは、言う。

「小収穫から、聞こう」

鉄心坊の話というのは二つあって、一つが、盗賊周りの調べを終えた鉄心坊率いる七人は、そのまますがるの指揮下に入るというものだった。

七郎冠者の決定である。すがるとしては大歓迎だが、

「齢《よわい》と功で言えば、鉄心坊、あんたが、十一人を、たばねるのがふさわしい」

鉄心坊は微笑して頭を振っている。

「御頭の決定じゃ。お前を……中ノ頭として、そだてたいんじゃろう」

「……………」

小法師が眠たいのかと疑いたくなるほど瞼《まぶた》を下ろす。若犬丸が、横から、

「いいじゃねえか、引き受けりゃいいんだよ」

鉄心坊は真摯《しんし》な面持ちで、告げた。

「わしはそなたの助言役にまわろう。何かそなたに足らぬ処あらば……もの申す」

すがるは、首肯する。鉄心坊は心なしか面差しをやわらかくし、

「御頭には、わしの方から、つたえておこう。もう一つ。西坂本の忍び宿が、拡充された」

「あそこは、手狭だったものね」

「うむ。貫首様が手をまわして下さり、も少し大きな家をかりられた」

「昨日、西坂本に顔出したら、引っ越し手伝わされてよ。いきなり」

若犬丸が瘤《こぶ》のような上腕二頭筋をぱんぱんはたく。

「我ら七人は、そこを宿とする。筆屋宗円《そうえん》の隣、雁金《かりがね》の暖簾が下がった古い家じゃ」

「……ああ。何となく、わかった」

「すがるたちは如何する？　あと、一人か二人なら……」

「いいよ。ここで。ここは何かと便がいいし、慣れた」

西坂本の忍び宿に入れば――八瀬にぐんと、近くなる。すがるは八瀬からなるべくはなれることで我が心を堅強にしたい。

鉄心坊は、言った。

「あいわかった。では、連絡《つなぎ》は、この鉄心坊か、めめがおこなう」

めめは八瀬くノ一で三十代、薬師仏に似た顔のふっくらした女だ。ちなみに若犬丸は子供の頃、めめが好きだった。若犬丸を窺うと……かすかに、照れ臭そうにしている。

この男のこういう処が、乱破に向かぬと思う。

「――で？　お前の大収穫ってのは、何？　今の鉄心坊の小収穫より、いい話なんだね？」

「ほら、きた」

若犬丸は大袈裟《おおげさ》な身振りで音無に向き、

「音無の兄貴……すがるはいつだって、おらのことろくでもねえ働きしかしねえって、思い込んでる節があるんだ」

すがるは笑いを無理に擂《す》り潰した独特の表情で、

「……音無の……兄貴……？　何があった？　そこ」

「わかり合えたんだよ」

若犬丸は、堂々と、言った。

よっぽど、音無は全く飲んでおらず、小法師は一杯だけしか口にしていないし、一言で言えば——お前だけの酒盛りだったんだよ、と言ってやりたかったが、何とか押さえた。

「……あっ、そ」

鉄心坊は口元をほころばせ、

「すがる……そなた、変ったな？」

すがるは頬をぴくりとさせる。

「あたしが……？」

「ああ。中ノ頭になってから、変った気がするよ」

穏やかに言った鉄心坊は、他の皆と、悪戯《いたずら》っぽく顔を見合わせた。すがるはその話題を打ち切るように、厳しく、

「で？　大収穫だよ」

若犬丸は居住いを正す。パンと両頬を叩く。

と、音無が、耳打ちする。

「若犬丸。お前の兄貴として……大事の報告の前に、一つだけ申してもよいか？」

若犬丸、神妙に、

「何です？　……兄貴」

「鼻毛が出ておる。重大な話の前は、やはり、抜いた方がよいぞ」

囁いた音無から変装につかう黒漆塗りの小鏡が若犬丸にわたされる。若犬丸は、ごつい背を皆に見せて、鼻毛を指でつまみはじめた。

仏頂面《ぶっちょうづら》で若犬丸を睨んでいた小法師から、ぶふっ、という苦し気な声が漏れている。小法師の日焼けした手はすかさず口に当てられ、一つか二つ、数えたくらいで手がはなれると——完璧《かんぺき》な無表情が、そこに在った。鉄心坊も愉快気に、

「ふはっ、は！」

面貌を真っ赤にしたすがるは唇に歯をめり込ませていた。音無が陽気に崩れた端整な相貌を、こちらに向ける。——不思議な、気がした。

つい数日前に初めて会った男たち、それも……世間から魔魅の如く思われている伊賀の男たちと、このようなことで、笑い合えるとは……。

此度の役目では音無、小法師と仲間である。だが、もし幾月か後、この男たちが六角家に、青地《あおち》伯耆《ほうき》に雇われようものなら、すがるは命を懸けて、彼らと斬り結ばねばならぬ。

だからなのか。今この瞬間が、かけがえのないものであるような、気がしている。

人差し指と親指で、鼻毛を毟《むし》り取った若犬丸は、二つの指で小さく揉《も》みこするような動きをしてから、ぴょい、ぴょい、というふうに、床に、捨てた。

――そこに捨てるな、という声が漏れそうになったすがると音無の目が合った。

七郎冠者の声が、脳裏に、ひびく。

『伊賀者は信用できぬ。もし、胡乱《うろん》な動きをしたら、斬れ』

……これも……みんなを和ませているのも、あんたの術……？　音無。

すがるは面差しをすっと引き締めた。

すがるの表情の変化に素早く勘付いた音無も、一瞬で笑みを消す。

感情を少しも見せず、すがるは、

「早く話して。若犬丸」

「おうよ」

振り向いた若犬丸は真剣な顔になっている。

「おらはよ、童唄がよ……鍵《かぎ》をにぎると、思ってんだよ」

「真の下手人がばらまいている童唄だね？」

「誰がばらまいてんだか、突き止めりゃ……一気に辿《たど》り着けんだろ。全っ部の謎《なぞ》の答によ」

「……むずかしいの」

芯《しん》から冷えた呟きは、小法師から漏れた。

「唄をおしえられた子らが、おしえた男の顔を誰も覚えておらん」

「……顔の見えぬ……山伏という奴じゃな」

鉄心坊が言った。

「おらはよ、酔い潰れたっつうしくじり、取り返そうと思ってよ、昨日、洛中を一日中あるいて、例の唄ぁ歌ってる童らに……片っ端から声かけた。もちろん、苫屋鉢屋の目を気にしながらな」

すがるのかすれ声が、

「何か、わかったの？」

「子供らは何も覚えていなかったよ」

「だろうね」

童唄の源に遡《さかのぼ》れれば、そこに父や白夜叉を殺した憎い奴がいるかもしれない。

若犬丸は皆を見まわして、

「おらはさ──周りにいた大人が何か見てねえかなって、思ったんだよ」

すがるが双眸《そうぼう》をギラリと光らせ、音無は顎に指を当てた。

「何人か見ている大人がいたよ。山伏が、子供らに、唄をおしえる姿を」

「…………」

若犬丸の角張った顔がゆっくりと横に振られている。

「みんな、顔を、正面から、見ちゃいねえ。後ろから見た者、横から見て、向うからくる日の光が眩《まぶ》しくてすぐ顔をそむけて、ろくに見ちゃいねえ大人。これしかいねえ」

小法師が深くゆっくりうなずき、鉄心坊は瞑目《めいもく》して考え込んでいた。

「奴は、全部、計算してんだよ。大人からちゃんと見られねえように計算しながら、子供に唄、おしえてたんだ……」

夏なのに恐ろしい寒気がすがるの体を這《は》い上ってきた。

「──凄《すさ》まじい、乱破よの」

小法師が呻《うめ》くように言った。

若犬丸が囁く。

「……一人、いたんだよ……その山伏、知っていそうな奴がよ」

「何だってっ——」

鉄心坊は開眼、すがるは面相を引き攣《つ》らす。全乱破が獲物を狙う山犬の顔になっていた。

「何処《どこ》の、どいつだ？」

すがるが問うと、

「……わからねんだ」

訝《いぶか》しむすがるたちに、

「帯屋平介《へいすけ》って男がいる」

若犬丸の話とは——こういうことであった。

帯屋平介は幾日か前、童唄を子供らにおしえる山伏の後ろ姿を、見ている。堀川沿いの材木置き場で遊んでいた子供らに山伏は唄をおしえていて、店先を掃いていた平介は、何とはなしにそちらを眺めていた。

と、

『……大変なことが、起きるな』

傍で、声が、した。見れば——一人の聖《ひじり》がじっと山伏を窺いながら、ぼそりと呟いたのだ。平介はその聖が山伏を知っているような気がしたという。

すがるは、若犬丸に、

「その聖は、平介の知り合いじゃないんだね？」

「知らねえ男だったって」

「どんな聖だったんだ？」

「破れ笠。ぼろぼろの衣。鹿杖。手首に白い数珠。首から鉦《かね》を下げていたそうだ。小柄で唇がやけに厚い男で……顎のここん所に、黒子《ほくろ》があったたって」

左顎を指している。

音無がさっきより硬く、翳《かげ》りがある声で、

「もしその男が忍びなら、背丈と唇以外は扮装の恐れがあるな」

「小柄に見せかける忍びすら、いるでしょうな……」

そっと言い足す小法師だった。

京では、数多の聖が、蠢《うごめ》く。非正規僧、聖は鉢叩きと同じく流動する民である。昨日都にいた聖が、今日はもう、遠国へ旅立ったりしている。鉢叩きと聖の違いは曖昧《あいまい》だが……鉢叩きが俗体の者が多いのに対し、聖は一応頭を丸めている。また鉢叩きが必ず瓢を持つのに対し、聖は鉦など瓢以外の道具を持つことが多い。

正直な処、今上がった特徴から、一人の聖を、洛中、いや、天下という広がりの中で特定するのは、むずかしい。だが、やらねばならぬ。真の下手人につながる線が、その聖しかない以上、どんなにか細い線でも、辿らねば。

鉄心坊が提案した。

「その聖をさがす人数、御頭に請うてみよう」

「お願い」

すがるは、答える。音無が言う。

「滝ノ糸にもその聖のこと、話してみよう。何かわかるやもしれん」

すがるは幼馴染《おさななじみ》に、

「――でかした。酔い潰れたこと、これで帳消しにしてやる。大した前進だ」

「まかしとけ」

明日、鉄心坊率いる八瀬衆もまじえ、赤入道の館を奇襲、宝を奪い返す。一方で七郎冠者と滝ノ糸に真の下手人につながると思われる聖の捜索をたのむ。

右の方針がさだまった。

後の祭り

六月十四日。祇園《ぎおん》の後祭の日。

叡山は――煙雨をもたらす、灰色の雲の冠をかぶっていた。だが、ずぶ濡《ぬ》れになった比叡山が洛中《らくちゅう》を見下ろすと、蟬時雨《せみしぐれ》につつまれた都は、からりとしていた。京都盆地の上には青空が広がっている。

夏の比叡は伊勢湾から流れ込む熱く湿った大気におおわれ、しきりに、煙雨が降る。一方、北嶺《ほくれい》が雨雲を止めてくれるため、都は夏の瀬戸内と同じく高温、少雨である。

冬は逆に、日本海から雪崩《なだ》れ込む冷たい大気が、丹波高地、比叡山と席巻《せっけん》し、お山は身を切るような寒風、比叡颪《おろし》を盆地に吹き下ろし、この風が名高い京の底冷えを引き起す。

すがるがいる都は――太平洋岸気候、瀬戸内式気候、日本海側気候が、せめぎ合う所にある。

地形に目を向けよう。この盆地の北には、現代でも北海道より人口密度の低い、深い森におおわれた、丹波高地の大山岳が、奥深く広がり、すぐ傍に比叡山も、ある。南には大きな湖、巨椋池《おぐらいけ》が水をたたえ、淀川《よどがわ》も流れる。錯綜《さくそう》する気候と、地形の複雑が――この王城の地を、産んだ。

だからだろうか。

当時の「世界都市」に匹敵する人口、商業の栄えを誇る洛中。モンスーンアジアに共通する水田の中の村。沼沢。椎《しい》、樫《かし》におおわれた常緑樹林。楓《かえで》や、ブナが立ち並ぶ秋に錦《にしき》の如《ごと》く染まる落葉樹林。靄《もや》を孕《はら》んだ森に潜む山寺。嵯峨野《さがの》などの原。八瀬や大原など、北国を思わせる雪深い山村……。

同時期に地球表面に在った世界都市の中で……ここまでの多様な景観にかこまれた都市は、なかなかさがすのがむずかしいように思われる。

この都は二つの地域にわけて考えられる。

洛中と、辺土。辺土とはヒンターランド、郊外農村だ。

この洛中辺土全体が一つにまとまる祭りが在った。

祇園祭。

疫病《えきびょう》を祓《はら》う祭りだ。

洛中はもちろん、辺土からも――人が洪水となって押し寄せ、道端を埋め尽くして見物する。帝《みかど》や公家《くげ》、将軍、大名どもも、桟敷《さじき》をつくって、楽しむ。

都中が待ちに待った祭り、特にもっとも盛り上がる後祭が、今年は、消えている。

奈良のさる僧はこの年の日記に、祇園会山訴《ぎおんえさんそ》につきこれ無云々《なしうんぬん》、とさりげなく書くが、町衆は、

『……賊がほんまの理由らしい。山名様が、賊の後ろにおるゆう話や……』

『いいや、六角様が陰で糸引いていると、聞いたで』

不穏な噂《うわさ》を燻《くすぶ》らせていた。祭りに向かって高揚していた心が潰《つぶ》された不満が、多くの者をざわつかせ、殺気立たせている。

西日が照らす、辻《つじ》に飛び出た男女が、そこここで扇を振るい、盛んに踊り狂っている。刀や弓、薙刀《なぎなた》や礫《つぶて》をつかい、京童同士が、激しい喧嘩《けんか》をはじめている。手品を見せる放下《ほうか》師、軽業師、浄土について語る熱狂的な僧が街角に立ち、群衆を、あつめている。

誰かが火をつければ一気に燃え広がりそうな、文正元年六月十四日の都であった。

そんな、洛中を、十一人の忍びが、幾組かにわかれ、山名邸に向かっていた。

八瀬衆と伊賀者二人、いずれも武士や商人、放下師、僧、遊女などに化けていた。

すがるは若犬丸と洛中を行きながら、

……一の組、めめ率いる六人。東門近くで、喧嘩を起す。二の組、音無、小法師、鉄心坊。西の竹藪《たけやぶ》から、煙玉を入れて討ち入る。三の組……あたしと、若犬丸。北から女

房詰め所の北庭に入り、御座所に、忍び込む。

赤入道以下相当数の侍と鉢屋衆らしき下男どもが北山に出かける姿を、今朝、小法師が目にしている。館《やかた》の警固は、かなり、手薄なはず。

今宵《こよい》そこかしこで起きている騒ぎも、めめたちが起す喧嘩から、怪しさを消すだろう。

——必ず、取り返せる。

すがるは自らに言い聞かせていた。西国無双、と恐れられる飯母呂《いぼろ》三方鬼《さんぽうき》については、まずその不在を願う。仮にいたとしても、味方が仕掛ける攪乱《かくらん》に引っかかると信じる。

銀髪交じりの鬘《かつら》をかぶり、偽物《にせもの》の皺《しわ》、疲れを際立《きわだ》たせる顔料を面にほどこしたすがるは、四十がらみの百姓女に、化けていた。

若犬丸も同年代の百姓男に変装していた。

二人は、山名邸の北に、つく。

山名屋敷の北には、いちりき屋なる酒屋がある。二階は、畳が敷かれた座敷になっている。山名の大身の侍が、遊女などを呼び、宴を開く場となっていた。一階では家で飲む者たちに酒を売っていて、店先には大きな床几《しょうぎ》が二つあり、肴《さかな》などはないが、座って飲めた。床几がいっぱいになった時は道で立ち飲みしている男どもも、よく見られる。

いちりき屋はふつう、夜明けと共に開き、日没と共に閉じる。が今日は、祭りが消えた喪失感を酒で押し流さんとする男たちを呼び込むべく、暗くなっても開けていると、若犬丸は摑《つか》んでいる。

酒林《さかばやし》（杉の玉）がかかった軒先は、案の定、混んでいた。

博徒や、派手な小袖《こそで》を着た京童、逞《たくま》しい馬借《ばしやく》が、床几を占めていた。座り切れぬ男女が道で騒がしく立ち飲みしていた。豪快な様子の雲水、化粧がきつく、やけにあだめいた物言いをする女も、混じっている。

歳《とし》がいった百姓夫婦を装《よそお》ったすがる、若犬丸は、店前の騒がしさにすっと潜り込み、番匠《ばんしよう》風の男に、

「祇園のお祭りを、一生の思い出にと思い、田舎から出て来たのですが……どうも今年はないとか」

「泊めてもらおうと思っていたお人も、何処《どこ》かに越してしまったようで……途方に暮れている処《ところ》にございます」

番匠は大いに驚き、

「何っ？　祭りが延引になったたっちゅう話も知らず、出て来はったんか？　こっちはもう、幾日も前から、その一事で持ち切りなんや。あんたら……何処の山里から出て来はったん？」

立ち飲みの男女がすがるたちの周りにあつまってくる。

都会の荒波のような賑《にぎ》やかさに、気圧《けお》された素朴な夫婦を装いながら、二人は立ち飲

み客と話す。若犬丸が安酒を一杯注文する。妻役のすがるは、袖を引き、

「あんた……ほどほどに、ね？」

若犬丸、何故《なぜ》か少し……嬉《うれ》しげに、

「ああ。わかってらい」

酔っ払った女が薄汚れた袋を背負ったすがるたちに話しかけてくる。

「あんたらみたいなんが、一番、心配」

酒臭い息をすがるに吐きかけ、

「この都はな……田舎者を、上手《うま》く騙《だま》してな、搾《しぼ》り取る、悪い奴《やつ》で、溢《あふ》れてんねん。うちもうだいぶ昔、あんたらのような目ぇして上洛して来てな、悪い男に騙され、沈んで、沈んで、たまに浮かんで、また沈んで……その繰り返しや」

酔っ払った馬借がだみ声を飛ばす。

「お前は一度も浮かんどらん！」

「そやな。うち、たしかに……沈みっぱなしや。ああ、沈みっぱなし！　一度も、浮かんでへん」

若犬丸は、飲むふりを、する。すがるは酔っ払い女と話しつつ周りの様子に耳をかたむけていた。宗全以下多くの侍が出かけているため山名邸は静まっていた。

と——荒々しい騒の気が、東門の方から、巻き起る。怒号、悲鳴が、する。邸内で、

いくつかの闘気が、慌《あわ》ただしく東に向かう。

――警固の侍どもが動いている。めめたちめ、上手くやったな。

六人の八瀬衆が、街路で喧嘩を、巻き起す。双方に加勢がふえるよう巧みに動き、騒ぎが大きくなった処で、初めの六人は掻《か》き消える。

こういう算段だ。

すぐに、

「当家の門前で何を騒いでおるか！　静まれ、ええい静まれぇっ！」

侍衆の声が聞こえた。酔うた女が、よろめきつつ、

「何やろ……京童の喧嘩？」

同瞬間――ポン、ポン、ポンと、今度は、館の西で夥《おびただ》しい白煙が立つ。

「か、火事かっ！」

山名館から狼狽《うろた》え声が、ひびく。

「喧嘩や、喧嘩っ！　大っきい喧嘩や！」

少年が一人、東の方から、駆けてきた。

「よし！　見物行きまっせ！」

いちりき屋から酔客どもが動き出す。空を仰げば、かなり暗くなっていた。

――今だ。

すがるたちは酔客にまぎれて動く。若犬丸が、目にも止らぬ速さで、明銭《みんせん》をばらまき、

「あ、銭だ！　誰かが落としてったぞっ」

「もう、ひろった者勝ちゃぁ」

酔うた男女のいくつもの手が道にばらまかれた銭に伸びた。人々の注意は、銭だけに向いていた。——金遁《きんとん》の術という。

すっと、暗がりに入った二人を、誰も見ていない。二人の跳躍力なら……思い切り助走すれば、築地《ついじ》を跳び越えられなくもないが、その助走を見られたくない。暗がりで、若犬丸が馬になり、その背に、すがるがひょいと、乗る。若犬丸を台にふわりと浮いたすがるは築地の上に蹲《うずくま》り、夜に溶けている。すがるは庭の松に鉤縄《かぎなわ》を引っかけ、道に垂らす。若犬丸は一瞬で縄をつたい築地に上がる。

二人は、危険が無いかたしかめ——とんと、邸内に、飛び降りた。

誰にも見られていない気がした。

二人が忍び込んだのは女房詰め所や御裏方の北に在る庭だった。高い庭木、低い庭木が、格好の潜み場所を、提供している。躑躅《つつじ》の陰に隠れたすがるらは袋を下ろし中から青壊色《あおえじき》の頭巾《ずきん》を出す。若犬丸は顔全体をおおい、すがるは口を出す形でかぶる。袋には、他にも、いろいろな忍具が入っている。必要な忍具を野良着《のらぎ》に仕込む。二人がまとう野良着は、何の変哲もない筒袖だが、忍び装束と同様に、隠しがいくつかもうけられてい

た。

逃げる時につかう煙玉を地に据え、袋を裏返す。袋の裏は、緑と茶の木の葉模様になっており、煙玉に上からかぶせると、それは完全に落ち葉に沈んだ。

豺狼《さいろう》が如く神経を尖《とが》らせたすがるたちは——潜行を開始した。

今日のすがるは近い相手を討つ一番筒、近い相手を傷つける極小の二番筒、長い三番筒を所持していた。

黒い三番筒は長めの横笛、神楽笛《かぐらぶえ》に偽装している。長さは一尺半（約四十五センチ）だ。遠距離の相手を仕留める筒である。

若犬丸は手矢が入った矢筒を腰に下げていた。

二人はそろそろと庭木から庭木に隠れ、鉢屋者を警戒しつつ、すすむ。屋敷の西と東は相変らず騒がしい。この館の全注意力は今、西の白煙と東の喧嘩に向いており、すがるがいる北への警戒は全くおろそかになっている。

躑躅やモッコク、紫陽花《あじさい》や山吹に隠れながら——すがると若犬丸は御裏方の北まで動いた。右で、バタバタ駆ける音がして、

「御方様！　火事のようです。いざという時の御仕度を」

女のうわずった声が、する。

と、争うような音が、西でして、

「盗賊じゃ！　こっちじゃ、一人も逃すなっ。叩《たた》き斬《き》れぇ」

煙に乗じて飛び込んだ音無、小法師、鉄心坊らが、侍とぶつかり合ったのだ――。想定内である。これに鉢屋者全《すべ》てが食いつけば、当主不在の御座所に、真空が生ずる――。

北の庭と、宗全が馬を走らすという馬場は、網代垣《あじろがき》にへだてられていた。網代垣とは、檜《ひのき》の小片を、編んだものを、垣根としたもので、洒落《しやれ》た板塀と言ってよい。北の庭から東、網代垣の方を見ると、瀟洒《しようしや》な板塀の向うに――凄《すさ》まじい重量感を持つ影が、聳《そび》えていた。

桂《かつら》。

山陰地方はタタラ場が多く、タタラ場を守る神木として、必ず植えられるのが、桂だ。

今、山陰をあらわすその樹《き》に、どんなに目を凝らしてみても、

――妖気《ようき》が、無い。あの男は……いない！　狩りに出たか、当方の餌《えさ》に食いついたか？　三方鬼は、御座所を守っていない？

と、御裏方から、

もしそうなら格好の虚が現出している。

「どうも、火事ではなくて、火付け、盗賊の類《たぐい》のようにございまする！」

ほとんど叫ぶような声が、した。

――もっと騒げ、もっと騒げっ。

すがるがほくそ笑みながら身を低めてすすむと、

「――狼狽えるな！　昨今の土一揆《つちいっき》は、土倉酒屋のみならず、公家、大寺まで襲うとか。今日は町が騒がしい……。一揆の波が、遂《つい》に我らが所まで押し寄せたのでしょう。騒げば、彼奴《きゃっ》らは図に乗る。この山名の家に、土一揆奴ばらに討たれるような侍が、一人でもおろうか！　……取り乱すでない」

――深沈とした老女の声がひびき、奥御殿に起った波風を、一瞬で静めた。宗全の北の方であったかもしれない。

すがると若犬丸は御裏方の東から、遂に、御座所の西にまわる。街灯などない頃であるから、広い屋敷の至る所で、忍者に惜しみない庇護《ひご》をあたえてくれる、闇《やみ》が溢れていた。赤入道が狩りに出ているからか。館の、いや、九ヶ国を統《す》べる山名一門の中枢《ちゅうすう》……御座所は静まり返り、意外なほど警固が薄い。

先日は多くの侍と鉢屋衆に守られていた御座所。すがるは、侍が一人か二人、濡《ぬ》れ縁を守っているだろうと読んでいた。

が、誰も、いない。

……罠《わな》？

一瞬、懸念《けねん》が、閃《ひらめ》く。だが、ここまで来て、退《ひ》き下れぬ。もう宝はすぐそこだ。

――きっと、警固の者は、盗賊騒ぎの方に、走って行った。

肯定的に読む。心臓が爆裂するほど激しく鼓動を速めていた。溶岩になった心臓が皮膚を焼き破り、外に出てきそうだ。

……落ち着け、空の心。今こそ落ち着け。

夜、雪の崖《がけ》を素手で登った比良大回りを思い出す。雪に濡れたすがるに下から激しい叱責《しっせき》を浴びせてくる般若丸。凍った鎖。冷たく、滑る岩。吹雪の中、谷に落ちた瞬間を心に描く。

……あの時の方が、恐ろしかった。

瑠璃色《るりいろ》の光につつまれて、すがるをかつぎ、雪の斜面を行く般若丸の姿が、胸の中、活写された。

『――行こう』

若犬丸に手振りする。若犬丸は、おう、と首肯した。

濡れ縁に、そっと、上がる。

ギイ……。

音が、した。

――しまったっ、鶯《うぐいす》廊下！

固唾《かたず》を呑《の》んで注意力を尖らす。障子の向うは、静かだ。御裏方からも反応はない――。

若犬丸に気をつけて来いと合図する。

すがるは、足をそっと滑らせ、音を立てぬよう細心の注意を払って、動く。

真っ暗な部屋と己をへだてる障子に手をかけた。

図面によると、障子の先は、松の間。襖《ふすま》の全面に大きな松が描かれた部屋だという。松の間の先が、寝所で、今は誰もいないはず。寝所の奥が、目指す部屋、赤漆の床の間である。近世武家屋敷の床の間とは違うが、同じように宝、骨董《こっとう》が安置された一室である。

音もなく障子を開けている。

若犬丸が、そっと、濡れ縁に上がる。すがるは松の間に踏み込んだ。

音無は今——薪小屋の裏にあるクヌギの上に木の葉隠れしていた。

鳥の子の白煙と共に西の竹藪に飛び込む形で、山名邸に入った。そして薪小屋や奥の台所の前で白煙を焚《た》き、騒ぎを、大きくした。

と——耳を片方無くしたくノ一らしき女が無言で斬りかかってきて、音無は斬り捨てている。女は冥土《めいど》に沈みながら小笛を吹いた。

間髪いれず、

「盗賊！」

灰色の忍び装束をまとった鉢屋者二人、白刃《はくじん》をにぎった侍三名が押し寄せ、煙の中、斬り合いになった。

鉢屋者二人を斬り殺した音無は小法師、鉄心坊とはなれ、薪小屋の屋上に跳び乗った。二間ほどはなれたクヌギに、跳びうつる――。

大台所と家来衆厩《うまや》の間から、侍が五人、バラバラ飛んで来て、クヌギの真下を通り、煙が出た方に駆けつつ、

「盗賊などと、叫んでおったぞ！」

太声で喚《わめ》いている。そ奴らが、台所に消えた瞬間、脱出する好機がおとずれた。

築地に跳び乗って白煙でも起こせば注意の矛先はまた自分に向く。音無の役目は、そうやって敵を誘いながら脱出し……すがるらの仕事を、やりやすくするというものだった。もし、敵が全く現れねば、宝を取りに行ってもよかったが、敵と刃をまじえた以上、二の組にもとめられている動きは「誘引」だ。

「あ、何と身軽な、塀を跳び越えたぞ！」

――小法師か、鉄心坊だな。

音無は――木から飛び降りようとする。が、何故か、動けない。どうしてだろう、音無の相貌《そうぼう》は御座所の方に向いた。

……いなを思い出させる娘、すがるの安否が、どうしても気になっていた。

柊野《ひらぎの》の一件があり、すがるは、山名邸奥深くに入る三の組から、音無をはずしたのだ

ろう。この決断がどうしても、すがるに危難をおよぼす気がする音無だった。

クヌギを飛び降りて東に走れば、春の御庭、春の御庭を突っ切れば、御座所の南面、夏の御庭である。

……執着はいかん。それに、すがるが命じたこと。

西の築地に、面を、向ける。

刹那《せつな》、己の代りに矢の雨を浴びて散った、いなの死に顔が胸を熱く焦《こ》がした。

ふわりと飛び降りた音無、ある方向に音もなく走っている――。

松が描かれた襖の向うに、音は、無かった。

……誰も、いない。

右手に逆鏟《ぎやくせん》をにぎったすがるの左手が襖の引手に動く。すがるの後ろ、斧《おの》を引っさげた八瀬童子から、緊張で硬化した気配がする。

そろりと襖を開けた。

「…………」

明り障子から入る月明りに照らされた寝所は無人のようであった。隅の暗がりなどに鉢屋者が蹲っていないか――。すがるは義経松明《たいまつ》を出している。

水銀が化学変化で起す淡い光を、気になる隅に向ける。

――やはり、誰も、いない。

畳が敷き詰められた寝所ではただ脇息《きょうそく》と鹿角《ろっかく》でつくった刀掛けが息を殺していた。

静かに、踏み込む。

若犬丸が後ろで襖を閉めた。そのかすかな音を……音無だったら全く消せたのではないか、斯様《かよう》に思ったすがるは、気をつけて、という視線を武骨な若者に向ける。

すがるは義経松明で足元を照らしながら宗全がふだん寝ているであろう部屋を、横切る。

赤漆の床の間との間に在る襖も閉じられていた。手振りで、

『ツケ火の支度』

ツケ火――忍具である。硝石の粉末を筒に入れ、紙を貼《は》り、矢に付ける。火をつけ、射たり、投げたりする。僅《わず》かな発火により、瞬間照明となる。

……赤漆の床の間の北は土壁、狭い西は、襖。南は襖と土壁。狭い東は書院と、腰高障子。障子を開けると会所の御膳所《ごぜんしょ》が建っている。広い北面が障子になっていることより、ずっと、暗い。

すがるは三方鬼が阿修羅草紙と緑の阿修羅を守るべく、下忍を赤漆の床の間に常駐させている事態を、危ぶんでいる。

故《ゆえ》に、襖を開けると同時にツケ火を投げ込み、敵の存否、宝の在り処《あか》を見切りたい。

敵がいたらすかさず逆鏇で始末。宝を素早く奪い、遁走する――。

ツケ火は、外にいる敵に気取られる危険があった。が、それを恐れて真っ暗い部屋に踏み込めば、闇に隠れていた敵に討たれるという別の危うさを呼ぶ。

右手に斧をもった若犬丸はまず懐《ふところ》から胴火を出す。

胴火――不燃性の筒の中で、黒焼きにした草などを燃やしたもので、敵地に火種を持ち込むための忍具である。蓋《ふた》があるため、懐に入れても、服が燃えない。若犬丸は胴火を畳に立て蓋をはずすと、左手で腰の矢筒から手矢を一つ、取る。この矢の先にツケ火の仕掛けがある。若犬丸は矢を胴火に入れて着火した。幼馴染《おさななじみ》が首肯すると同時に、すがるは、静かに、されど素早く――襖を開ける。

若犬丸が左手でツケ火を投げた。

パッ！

照らされた、一瞬。

布をかぶったすがるは……青褪《あおざ》めている。何人《なんぴと》も、いなかった。が、阿修羅草紙らしき絵巻、裏葉色の阿修羅像も、そこには、無かった――。

……どういうこと？

血相変えたすがるは敵が隠れていないか気をくばりつつ中に入った。

我らが知る床の間はもうこの頃に現れていたが、赤漆の床の間は、文化的な流行に若干疎《うと》い赤入道の気質を反映してか、最新の床の間の一つ前の形、二つ前の形をのこした、造りだった。

床の間の先祖は押板《おしいた》である。厚い一枚板を、どんと床に据え、宝を並べる。この床に置かれた押板が進化し、壁際につくりつけられた、一段高い押板が生れ、さらに進化して、今日につながる床の間が産声《うぶごえ》を上げた。

赤漆の床の間には——床に置かれた赤漆塗りの大きな一枚板と、土壁の手前に付設された一段高い赤漆塗りの押板、二つが、あった。

すがるは義経松明で中を照らしている。北の土壁には——掛け軸が幾枚か下っていた。毘沙門天《びしゃもんてん》の軸と、大陸の山水画、禅僧の手によるのか、豪快な書が躍った軸などだ。その手前、作り付けの押板には、毘沙門天像、不動明王像、星のような青い斑《まだら》が漆黒に散った曜変天目《ようへんてんもく》の茶碗《ちゃわん》、青磁の大皿が飾られていた。

床に置かれた大板には白く小さい虎《とら》が乗った白磁の香炉、銀の鳩《はと》などいくつかの宝が置かれ、ものを動かした跡も、ある……。

若犬丸が、後ろの襖を、そっと閉める。

二つの押板の上はもちろん、東にある付け書院にも——無い。そこには胡銅《こどう》の花瓶と硯《すずり》、蒔絵《まきえ》の筆箱などがあるだけだ。

──のこるは南。

南の半面は、山水画が描かれた襖になっており、もう半面は違い棚になっていた。棚上には青磁白磁の名物や、堆朱《ついしゅ》の香合、同じく堆朱の食籠《じきろう》、天目茶碗、黄金の銚子《ちょうし》、蒔絵螺鈿《らでん》の箱類、貴人の手で和歌が書かれた扇などが、所狭しと飾られていたが……目指す二つのものは、ない。早鐘の如く鳴る心臓を感じながらすがるはもう一度、掛け軸の下、作り付けの押板を照らす。押板は北面の壁の途中で終っていて、押板の右、つまり付け書院に近い方は、何も飾られていない土壁になっていた。唾《つば》を呑んだすがるは床に据えられた押板を淡い光で睨《にら》む。

銀の鳩と盆山の間が……不自然に空いており埃《ほこり》が乱れた跡もある。

……阿修羅草紙と阿修羅像が此処《ここ》に？　だけど、動かした？　何処に……？

その時であった──。

作り付けの押板の右、つまり書院に近い土壁の向うで、縄を切る音がした。

刹那、上で落下音がして、天井の一部がわれ、すがる、若犬丸に向かって──何かが落ちてくる──。

網だ。そして、何か、堅いものだ。咄嗟《とっさ》に頭を守った二人は落ちて来た網に囚《とら》われ、柿《かき》の実ほどの石や瓦《かわら》の破片が、体に次々と当っている。もし頭頂に石や瓦が当たったら危なかったが何とか頭は守った。

急いで暴れて逃げようとするが、網は、思いの外、太く丈夫だ。暴れれば暴れるほど食いつき、体に捩《ね》じ込み、蹲った二人は——身動きできぬ。

男の嗄《しゃが》れ声が叩きつけられる。

「馬鹿者《ばかもの》どもめ！」

作り付け押板の右手、部屋の東北の隅に在る狭い土壁、さっき縄が切れる音がした壁から凄まじい妖気が放出された——。そこに誰の気配もみとめていなかったすがるの総毛が立つ。若犬丸が激しく動くも網はどんどん食い込んできた。

壁が動く。

——どんでん。壁が、くるりと、回転する仕掛けだ。

狭い土壁はどんでんになっており、小さな隠し部屋に何者かが隠れていたのだ。

「打心天網《だしんてんもう》……うぬら如きの非力で、どうして逃れられよう！」

がっしりした翁《おきな》の影が、隠し部屋から、ぬっと現れた——。

書院窓から入る弱い月光が頰被《ほおかぶ》りした顔をかすかに照らしている。

「いろいろ小細工を弄《ろう》したようじゃが、全て、お見通しじゃ。……今か今かと待ちわびておったわ」

何とか敵を油断させ、一瞬の虚を突いて網を押しのけようと考えたすがるは、

「鉢屋者だな？」

話をつなごうとする。すがる、若犬丸は——一気に打心天網を押しのけんとしたが、意外に……重い。見ればいくつかの小鉄球がつけられており、共に落ちて来た石や瓦の重さも相まって、逃れんとする二人を邪魔している。

頬被りをした翁は、くすりと笑い、徒《ただ》ならぬ妖気をまといながら、

「いや……ただの庭男じゃ。権《ごん》さんと呼んでくれ」

——嘘《うそ》だ。

すがるは、直覚した。

……こいつは……あたしたちの考えを悉く《ことごと》見抜いていた……。宝を前もって別の所にうつし、待ち伏せしていた。この男が、西国無双……。

「飯母呂三方鬼でしょ？」

言いながらすがるは身を潜らせて隙間《すきま》から出ようとするも、打心天網は執拗《しつよう》にくっついてくる。鉄球の他に胡桃《くるみ》がいくつかついていて、中に松脂《まつやに》が入っており、動けば動くほど松脂がべとべと出てきて、網と体が付着してしまう仕掛けなのだ。

「心を打ち砕く、天の網。なかなか出られぬわ。北山の狩りからして庭男の罠。ふふふ」

小さく笑い、右手で鞭《むち》を、革でつくる異朝の軟鞭《なんべん》を出した三方鬼は、低く、

「ひっ捕らえた！」

南、襖が開く。

灰覆面で顔を隠し灰色の忍び装束をまとった男が三人現れた。三方鬼は、下忍どもに、

「いつもの所に引っ立てい」

命じた直後、もっとも後ろに立つ下忍に鞭を、向け、

「そこなお前。合言葉、申せ」

「――はい」

言いながらその下忍は、前に立つ二人に向かっていきなり忍び刀を旋回。後ろから首を叩き斬って瞬殺するや、左手の十字手裏剣を――三方鬼に投げつけた。凄まじい推進力だ。

三方鬼は横にすっと動いて、かわす。

打心天網に囚われたすがるは鉢屋者の忍び装束を着た男の正体がわかった。

……音無っ。

音無はあの後、予定された行動に、背を向けている。本能がすがるが危ういと告げていて、体が勝手に、御座所の方に、動いていた。いなが死んだあの日の光景が瞬《また》きながら心で幾度も繰り返され、自らを……押さえられなかった。

春の御庭に入った音無はすぐに庭石に潜み、御座所を窺《うかが》っている鉢屋者を、みとめた。

音無は小音一つ立てず後ろからそ奴に近づき、左手で口をふさぎ、右手に持った鎌《かま》を脊《せき》髄《ずい》に打ち下ろし、声も立てさせずに仕留めた。

そして伊賀者の黒い忍び装束の上から鉢屋者の灰色の忍び装束を着込んでいる。

音無の左手は、もう次なる十字手裏剣を構えており、右手は三方鬼の喉《のど》を狙《ねら》う高さで忍者刀を構えている。

手裏剣は角が少ないほど、殺傷能力が高いが、扱いはむずかしい。角が多い手裏剣は当てるのが容易《たやす》いが、殺傷能力は低い。どういうことか。——人を屠《ほふ》るのにもっとも向いた手裏剣は棒手裏剣であるが、扱いは、極めて、むずかしい。一方、六方手裏剣や八方手裏剣は、当てるのが容易いが、命を奪うというより、相手を傷つけることに重きを置いた手裏剣である。

音無の十字手裏剣は四つの角にそれぞれ返し（槍《やり》か銛《もり》の先のような形にしてある）がもうけられていて、当てやすく——殺傷能力も高い。

「なかなか……やるようじゃの」

三方鬼は微笑《ほほえ》みながら音無に言った。余裕を見せるためか、右手の鞭は、だらりと下げていた。三方鬼は、村の若者に話しかけるような声様で、

「——伊賀者であろう？　その構え、昔、殺した伊賀の者を思い出す」

「………」

音無も相対する男が、三方鬼とわかっていた。右手に剣、左手に手裏剣を持つこの構え、伊賀名張党で発達した「多聞天形《たもんてんなり》」という無双の構えである。戦の神である多聞天は片手に如意宝棒《にょいほうぼう》という武器、片手に知恵が詰まった宝塔を持つ。目を狙った手裏剣を弾《はじ》けば、喉を忍び刀が突く。心臓を襲った忍び刀を払っても、目か首を手裏剣が襲う。

無双の構えを取る伊賀の若上忍だが――踏み込めぬ。

三方鬼が見せる無防備さが、警戒心を焚く。

「どうした、かかってこよ」

西国無双と言われる老練の上忍は誘った。

「………」

冷たい汗が一滴、僧帽筋から背筋へ流れる。音無と三方鬼、囚われの二人は、音無の後ろ、および、書院から差す静かなる月明りに照らされていた。

「はて……」

三方鬼が首をかしげた刹那、目にも止らぬ速さで、その左手から何か飛んでいる――。

金属音が、散る。

音無は飛んできた殺気に手裏剣を投げ、ぶつけると同時に、忍び刀で一つ弾き、最後の一つ、顔を狙ってきた鋭気はひょいと首をかしげ、かわした。

音無を襲ったのは——円月輪であった。

丸い鋼《はがね》の板で天竺《てんじく》では「チャクラム」と言われる武器である。曲線を描いて敵に迫るなど、変幻の動きをするが、極めて扱いがむずかしく、円月輪をつかいこなせる乱破《らっぱ》は、そうはいない。

音無が刀で弾いた円月輪が三方鬼の鞭で掬《すく》われ、また音無の喉を狙って飛び込んできた。同時に音無は左手で手裏剣を出しながら右手の忍者刀で鞭により復活した円月輪を払う。

「見事」

三方鬼が言うと同時に、すがるから——鋭気が飛んだ。

吹き矢。

すがるは一番筒で三方鬼の首を狙っている。

三方鬼が、左手を首に当てる。

ギンッ！

音がした。

何と、三方鬼は……一瞬で取り出した円月輪を小さな盾としてつかい、喉を襲った吹き矢を止めていた——。

三方鬼がその鉄の輪を弧を描く軌道で音無に投げる——。凄まじい勢いだ。

この男、三方から襲った伊賀甲賀の手練《てだ》れを、三つの円月輪で仕留めたのだろう。彼の力量なら十分に成し遂げられる離れ業だ。

音無は身を低めてよける。

瞬間、三方鬼は——すがるの頭を砕こうと、恐ろしい力で、足を踏み下ろしにかかった。

——すがる！

いなの死の瞬間をまた脳内で閃かせた音無が瞠目《どうもく》した時、

「おおっりゃあぁぁっ！」

——若犬丸が、三方鬼の足を、殴った。すがるの命を踏みにじろうとした脛《すね》を。只《ただ》の、拳《こぶし》に非《あら》ず。鉄の拳だ。

忍具の一つ鉄拳《てつけん》は——半月形の鉄の輪を、手にはめ、敵を殴ったり、刀を止めたりする。

少し前、若犬丸は斧でそっと打心天網に切れ目を入れていた。

そこから鉄拳をはめた左手を出し三方鬼の脛に猛撃をくらわせている。骨が折れる音がした。

「…………」

猛烈な痛みを感じているはずだが、さすが、山陰の乱破大将の唇から、叫びも呻《うめ》きも、

出ない。ただ一言、

「――小癪也《こしやくなり》」

逆鏟で一気に打心天網に切れ込みを入れたすがるが、左足一本で後ろ跳びした三方鬼にその逆鏟を放つ。三方鬼はすがるの逆鏟を鞭で払い飛ばすも同時に投げられた音無の十字手裏剣に側頭部を切られている。

音無目がけて――また、円月輪が、放たれる。

音無は丸い妖剣を忍び刀でふせぎ、そのまま跳び込んで、老上忍の心臓を刺そうとしたが、異常に素早い老人は、左足一本でぴょんと跳び、どんでんをまわし、隠し部屋に入った――。逃げる魂胆だ。

「仲間を呼ぶ気だ」

と言いつつ忍者刀を巧みな手さばきで魔性の蜘蛛《くも》の巣のような鉢屋の大網に入れた音無は、胡桃が無い処を狙って剣を動かし、すがるがつくった破れ目と、若犬丸がつくった破れ目をつなげ、二人が逃げ得る隙間をつくった。

さっと、出てきたすがるは、予定と違う動きをした伊賀者に、かすれ声で、

「どうしてお前……」

皆まで言わせず、音無は、

「後にしろ。逃げるぞ」

「宝が」

「——駄目だ。退散する」

音無は、こっちに逃げると書院の方を指しつつ、逆方向、すがるらが来た寝所の方へ足音を立てて走る。そして一気に体を反転——大きく跳んで打心天網の傍に無音で着地、さらに一っ跳びして、書院横、腰高障子を蹴破《けやぶ》って庭に躍り出るや、西に逃げると見て動きはじめていた鉢屋者を一人、胴斬りにしている。

音無の偽計を見抜けぬ三方鬼ではないが、西には御裏方があって、賊が万一そちらに逃げれば北の方たちを人質に取られかねない。

その万一を恐れる気持ちが……虚、を産んでいる。

八瀬の二人も音無につづく。三人は、北へ走る。右斜め前から、鉢屋者が来るも、音無が何かするより先にすがるから逆鏟が飛び片付けた。

——三方鬼め。何処に隠した？

すがるは、歯噛《はが》みする。

左斜め前方、例の桂がある。三人の正面が馬場、馬場の奥に赤入道の厩があり、厩の向うはもう築地だ。

と、左方、御座所と桂の間辺りの闇が、回転する妖気の疾風《はやて》を、おくってきた。

直線ではない、魔的曲線を描きながら、襲ってくる硬い妖気を、若犬丸が歯を食いしばり斧で叩き落す。――円月輪だ。

すがるは疾駆して突っ切らんとするも――体を円月輪がいくつかかすめた。

……あんな遠くから？

かなり離れた所に立ち円月輪を放ってくる三方鬼の姿がみとめられた。三方鬼の後ろに、西に忍び走りしていた灰色の忍び装束の者六人が、こちらに殺到する姿も、見える。

右肩が、激動する。

逆鏇が三方鬼に飛んでいる。

鞭を傍に置いた老上忍は、身を屈《かが》めて逆鏇をよけ、両手で円月輪をすがるに放つ。

――かかった。

すがるは天狗《てんぐ》跳びして草鞋《わらじ》の下を円月輪がかすめるのを感じながら、一尺半ある長めの筒、三番筒をくわえ、かねて用意の吹き矢を思い切り飛ばした――。

長い距離を一気に飛んだすがるの吹き矢は三方鬼の右目に当った。

重力の働きがあるため、高い所にいる敵より、低い所にいる敵の方が、吹き矢を当てやすい。

すがるは、遠くにいる老忍に確実に矢を当てるべく……まず、三方鬼を屈ませたわけである。三番筒が飛ばした長い矢の先にヒハッという植物の粉を円柱状に丸めたものが、ついていた。ヒハツ——明《みん》や琉球《りゅうきゅう》の商人の手で、本朝に持ち込まれるもので、胡椒《こしょう》の親類と呼ぶべき植物である。

辛い粉の玉が、三方鬼の右目を打ち、しばし視力を奪う。涙を抑えられぬ三方鬼は円月輪を放るも、はずれる。

極めて扱いがむずかしい円月輪、三方鬼ほどの忍びでも、片目の視力をうしなえば、上手く投げられない。

下忍たちに追わせるも三人の賊の方が速い。三方鬼も、追おうとするが、右足の骨が折れているので、左足一つで、跳ねながら追わねばならぬ。それでも……壮年の男が全力疾走するくらい速いのだが……並外れた走力を持つ三人には追いつけなかった。

三人の賊はもう——築地の間際まで、逃げた。と、

「御頭！　一大事にござる」

あの三賊を取り逃がす以上の一大事があろうか、と、怒りの業火《ごうか》を燃やさんとした三方鬼に、跪《ひざまず》いたその下忍は、

「阿修羅草紙と裏葉色の阿修羅が奪われました。毘沙門堂を守っていた六人……いずれも、斬り殺されましたぞ」

「……馬鹿なっ。宝を奪われたとな——」

衝撃が三方鬼をぶちのめし思わず声が漏れる。ちょうど、築地に跳び乗った三人の侵入者の一人、吹き矢をつかう女がこちらを顧みた気がした……。

賊どもはさっと飛び降り、姿を消す。

三方鬼は邸内を流れる堀川の小島に建てられた毘沙門堂に、阿修羅草紙と阿修羅像をうつし、六人の優れた鉢屋忍びに守らせていた。その六人がいずれも斬り殺され宝を奪われたという報告だった。

長命寺

京を舞台に暗闘をくり広げる忍び衆の間で、やり場のない憤《いきどお》りと、もどかしさが、弥《び》漫《まん》している。

六月三日、比叡山延暦寺に盗賊が入り、守部《もりべ》八人が討たれ、三つの宝、座主《ざす》血脈譜《けちみやくふ》、八舌《はちぜつ》の鍵《かぎ》、阿修羅草紙が、奪われた。その後少しして、阿修羅草紙から二つの阿修羅像の在《あ》り処《か》を知り、これを得たと思われる下手人は、何らかの思惑あって、山名宗全邸に阿修羅草紙と裏葉色の阿修羅を放置。怪しい童唄《わらべうた》の流行も相まって、宗全が盗賊の後ろにいるのではという不穏な噂《うわさ》が洛中《らくちゆう》を漂った。

座主血脈譜、八舌の鍵、白い阿修羅像については、下手人と共にあると思われた。

六月十四日、宗全が狩りに行った隙《すき》を突き、すがる、音無らが山名邸に入り、三方鬼《さんぼうき》と戦うも宝を取り返せなかった。ところが……何者かが同時に山名邸に入り、二つの宝を奪って、姿を、消した。

——すがるの仲間がやったことではない。

別の者が……動いている。

――誰か？　真の下手人が、また動いたのか？　それともまた別の者か？　何のために？

宝を奪われたという話を築地《ついじ》で聞いたすがるは混乱していた。同じ混乱が、三方鬼をも、襲っている。三方鬼は初め、吹き矢の女は宝を取り返そうとする比叡山延暦寺の手の者で、女の仲間が宝を取って行った、と考えた。だが叡山を探ってみると寺宝がもどって浮かれている様子はない。……静まり返っていた。とすると、あれは叡山の忍びではなかったか、それとも北嶺《ほくれい》の者が宝を取り返しに来たのと同時に、別勢力が動き、その奴《やつ》らが宝を――？

とにかく怪しいのは伊勢伊勢守や、細川勝元、すがるの思考も三方鬼の読みも当然、そこに向いている。宗全がいだいていた伊勢守や勝元への憤怒《ふんぬ》もよけいふくらんでいた。

不穏な気が熱く燻《くすぶ》った都の隣で比叡山は今日も煙雨に濡《ぬ》れていた。

比叡山の北は、比良山地で、この比良山地から見て琵琶湖をはさんだ反対側に、長命寺が、ある。

天台宗で叡山の末寺。六角領にある聖徳太子開基のこの古寺は、お山の命にしたがいつつも、六角家とも上手《うま》くやらねばならない。住持には独特の平衡感覚がもとめられた。

さて、その長命寺に――唯明《ゆいみょう》なる僧が、いる。でっぷりと肥えて布袋和尚《ほていおしょう》のようなにこやかさを崩さぬ男で、長命寺湊《みなと》の商人や船乗りから、唯明さん、と親しまれている。

牢人《ろうにん》、斯波《しば》義敏の叔父である唯明は見かけによらずなかなかの野心家で——伊勢伊勢守と密接につながっていた。義敏に美人計でもって伊勢守を誑《たぶら》かし斯波家当主に返り咲いてはと吹き込んだのは、唯明で、今は行き場のない義敏を長命寺の傍に匿《かくま》っていた。

そんな唯明は今様歌いの奈緒《なお》という女を長命寺湊に住まわせていた。

長命寺湊は、賑《にぎ》やかな町で、琵琶湖と東近江の大水郷をつなぎ、東国からとどいた膨大な荷を、叡山へおくり出す要港である。

奈緒の家に——ただならぬ宝が置かれ、唯明を、叡岳いや、天下を揺るがす盗難事件に巻き込んだのは五日前のことだった。

朝方、奈緒が目を覚ますと、枕元《まくらもと》に巻物が入っていそうな白木の箱と小さな文箱《ふばこ》が……置いてある。見慣れぬ箱だ。黄銅製の文箱には「八舌鎖鑰《はちぜつさやく》」と彫られていた。

すぐに隣で鼾《いびき》をかいていた唯明を起すと、でっぷり太った僧はしばし、寝ぼけ眼をこすりながら二つの箱を眺めていた。

唯明はまず牡丹《ぼたん》飛雲の模様がほどこされた文箱を開けてみる。

中から、黄の唐草模様が入った、青絹の小袋が出てきた。

袋の中にある物体を取り出す。

漆塗りの木の合子《ごうす》であった。

合子を、ぱかりと、開く。

八つの突起がある鍵が入っていた——。

驚いた唯明は白木の箱から巻物を出し、箇条書きにされた僧の名らしきものを一つ一つたしかめる。唯明は青褪《あおざ》め、ぶるぶるとふるえ出した。

『あんた……何なの？　これ』

奈緒が言うと、大きな指をすっと口に当てた唯明は、

『奈緒……このこと、誰にも言ったらいけませんよ。こ、これは……』

俄《にわ》かに激しい眼光を迸《ほとばし》らせ、打って変った野獣が唸《うな》るような声で、

『御本山の宝じゃ』

深く息を吸い、己を落ち着かせるように唾《つば》を呑《の》んだ唯明は、唯明さんと慕われているいつもの声にもどり、

『これが、ここにあると、話したら——そなたを、殺しますよ。わたしは元は武士だった。刀の使い方くらい、知っています。誰にも——言ってはいけない。わかりましたね？』

小刻みにふるえて首肯する奈緒に、ここで宝をあずかることを辛くも得心させた唯明は、あれこれ考えだす。

……賊に奪われたという座主血脈譜と八舌の鍵……何故《なぜ》、ここに？

初めは、返そうと、思った。だが、すぐに、もっといい使い道、使い頃というものがある気がしている。唯明は斯波家の出で、斯波家は将軍家の一門である。自分はもっと本山の重い地位についていいと思っているし、あまり表では言えぬが……座主になっても差し支えないという野心すらあった。

……わし如《ごと》き軽輩を貶《おとし》める者などおるまい。ならば……わしを座主にと望む勢力が？その者たちの、計らいであろうか？

また、返すにしても、もっと大事になってから、見つけたと名乗り出た方が、自分が得られる名声や地位は大きくなるのではなかろうか？

策略家の根を持つ唯明は、二つの宝からどんな花が咲くか、あれこれ考える内に五日を費やした。

今日、六月十八日。湊で昵懇《じっこん》の商人と話し、茄子《なす》と蓮根《れんこん》をもらった唯明は、それら蔬《そ》菜《さい》を下人に担《かつ》がせ、はて蓮根をどう料理してもらおうと考えながら、西日に照らされた湖畔を、奈緒の家に急いでいた。唯明は蓮根が好物であった。

と、

「唯明様にございますか？」

話しかけてきた者が、いる。

ほっそりと老いた、尼である。色白の女の童をつれている。

そこはかとない妖艶《ようえん》さを香らせた尼で、真面目《まじめ》な尼僧《にそう》というよりは、牙婆《すあい》ではないだろうか。牙婆とは女の蔵廻りで尼の姿をしている者も多い。

「何かな？」

「宝のことで……ご相談がございます」

「………」

唯明が怪訝《けげん》そうな顔をすると、

「悪いお話では、ございませせぬ」

老尼は微笑《ほほえ》む。

「宝……とな……」

「さ、こちらへ。お手間は取らせませぬゆえ」

早くも歩き出した尼はちょっと振り返り、物腰やわらかくうながす。女の童が全《すべ》てを知る者のような顔でゆっくり首肯した。赤く爛《ただ》れた空で魚を狙《ねら》う鳶《とび》がまわっていた。

唯明は――死んだ船大工の、今はもうつかわれていない、作業小屋に、つれて行かれた。

蓮根と茄子を担いだ下人に誰も入ってこぬよう少し離れた所で見張らせている。

古筵《ふるむしろ》が立てかけてあったのを女の童が敷く。三人は、その上に、腰を下ろした。

得体の知れぬ老尼は、底が見えぬ顔で、

「座主血脈譜と八舌の鍵がお手元にありましょう?」

「……知らぬ……」

一応とぼけてみる唯明だった。女の童がおかしげに、袖《そで》を口に動かす。

「おとぼけなさいますな。……存じ上げているのです」

「……お前たちが、あの女の家に、宝を持ち込んだのか? 何者じゃ」

「さあ……お答え出来ませぬ。そのように命じられているのです」

「誰に?」

「ですから、それをお答え出来ぬのでございます。そこを問われても一切答えるなと言われておりますゆえ」

大名家にそだった唯明の鼻は陰謀のきな臭さを嗅《か》いでいた。が、こ奴らが何を企《たくら》んでいるか見極めたい気も、する。

「何が望みか? それは、訊《き》いてよかろう」

「宝をあと、二つお渡ししたい」

黙って話を聞いている女の童は血色の海松《みる》が散らばった刈安染《かりやすぞめ》の小袖を着ていた。今、壊れかけた窓から入る西日が、膝《ひざ》の上の海松に乗った、小さな蜘蛛《くも》を照らしていた。

「宝とは……?」

「宝は宝です。一つは、甥御《おいご》に大きな力をもたらすかもしれませぬ」

阿修羅草紙ではなかろうか……？　かの絵巻は、持ち主の心を、捉《とら》える。魅せられた持ち主は巨大な武運をあたえられ、天下を引っくり返すような乱を一度は巻き起す。そして、滅ぶ者が、多い。

むろん、単なる言い伝えであろう。絵巻に妖力が在るとは到底思えない。

だが、甥は、どう思うか。巨大な力をもたらすという言い伝えの方だけ信じれば、阿修羅草紙は甥のような者には、喉《のど》から手が出るほど欲しいものではあるまいか。血に飢えた時世、義廉《よしかど》とは戦になるかもしれぬ。そんな時、ただならぬ噂漂う阿修羅草紙を持つ甥と、何も持たない義廉……。甥が大きな力を得れば自分は……。しかも自分は血脈譜と八舌の鍵を持つ。寺家の、頂点に立ち得る。甥が武家を統《す》べ、自分が寺家を支配すれば、斯波一族の天下と言えよう。

——持つ者を破滅させる絵巻というが……。たしかに南朝は滅んだ。唐国《からくに》でも、日の本でも。されど、後醍醐《ごだいご》の帝《みかど》にかぎって申せば……滅んだとは、言えん。

唯明の脂《あぶら》っこい野心が、こってりした汁を垂らしながらやがて、音立てて爆《は》ぜはじめた。

……しかし、こ奴らは、何故わしに宝をわたしたい？　盗《と》ったはいいが持てあましたか？

「もし宝にご興味がおありなら四日後、戌《いぬ》の初刻、お渡ししましょう。湊から北に行くと、湖に倒れた大きな樹《き》がございましょう？　あの樹の沖に舟をまわします」

唯明は用心深く、

「それだけの宝……対価が要るであろう？」

「銭などはいりませぬ。我らはただ唯明様、義敏様のお力になりたいだけ。強いて言えば、貴方《あなた》様が決して義敏様を見捨てぬこと、それが対価にございます」

「何故そこまで我らを……？」

「ですから、それは——お答え出来ませぬ」

尼と女の童は腰を上げている。

「待て」

呼び止めた唯明に、老尼は、

「このこと義敏様以外には他言無用でお願い致します」

「……う、うむ」

尼は、よく研いだ短刀の如き目付きで、

「もし約束を破られますと如何《いか》なる後難があるかわかりませぬぞ。……では」

女の童をつれて廃屋から出て行った。途轍《とてつ》もない怪しさを覚えた、唯明だった。

その日の夜、甥、斯波義敏に相談した唯明は、義敏と義敏配下の越前《えちぜん》牢人二名を引きつれ、馬に跨《また》がって、京へ向かった。

ある人物の指示を仰ぐためだった……。

四日後。

琵琶湖に突き出た小さき山、長命寺山の表皮を隙間なくおおい、緑の生命力をぶつけ合っていた樹々、シロダモやタブ、櫟木《りんぼく》などが夕闇《ゆうやみ》につつまれて個性を消してゆく。薄墨の気が山を塗り潰《つぶ》す。近江の海、琵琶湖も、広々とした水面《みなも》をおおう底知れぬ藍色《あいいろ》を、刻一刻と、暗くした——。夕焼けを見ながら湊を出たその小舟は、右に長命寺山、前方にやはり墨色にぼかされた沖島の影を見つつ、静かにすすんでいた。

老いた船頭、唯明、太刀をたずさえた斯波義敏が乗っている。

船頭は船尾で櫂《かい》を動かす。船首近くに、藁《わら》が、積まれていた。

「叔父御、あれではないか？」

少し前まで大名……今は素牢人、数奇な人生を歩む甥が、言う。

義敏は清潔感ある直垂《ひたたれ》をきちんとまとっているが、遊び好きで、強い者には媚《こ》びるが、弱い者には威張り、少々腕は立つが考えに浅く、母親が美女であったため顔はいい、という男であった。

母親の身分が低かったために斯波家では白眼視されていた唯明を、義敏は、三ヶ国の守護であった頃、見向きもしなかった。ところが家宰の甲斐《かい》や伊勢守の策動で、大名の座から蹴落《けお》とされ、一介の牢人になったとたん、今まですり寄っていた輩《やから》は、途端に背を見せ……今や唯明が手を差し伸べねば餓死するくらい落ちぶれている。伊勢守を憎み、猛《たけ》り狂う甥をなだめ、すかし、伊勢守の力なくしてお前の復帰はないと掻《か》き口説いた唯明、義敏を守護に復位させるという……伊勢守の内意を得た時、甥の自分を見る目が変ったと実感している。

……もう少しで、この男、わしの意のままになる。こ奴が下手に頭のまわる男でなくてよかった。

でっぷり太った野心家の叔父と、考えが浅い美形の甥を乗せた舟は、湖中に止った怪しげな小舟に近づいて行った。かすかに恐れがにじむ声で、甥が、

「……大丈夫……かのう？　叔父御。相手は、盗賊とか……」

緊張を隠し、叔父は、

「大丈夫じゃ。わしを信じよ。伊勢守様を信じよ」

四日前、この二人が都で会ってきた人物は――伊勢伊勢守だった。

「唯明様。参られましたな。お待ちしておりました。そちらは、義敏様で？」

松明《たいまつ》を焚《た》いた怪しげな苫舟《とまぶね》に老尼と女の童、そして逞《たくま》しくも若い船頭が乗っていた。

唯明が、言う。

「約束のものは、持ってきたのであろうな？」

「……もちろんでございます」

刹那《せつな》、
シュッ！

白い風が飛ぶ。

犬……。紀州犬だ。

藁から現れた白い猛犬が老尼の舟に跳びうつり――逞しい船頭の首に嚙《か》みついている。

「たばかったか……」

狼狽《うろた》えが、尼の上ずった声からにじんでいた。犬に嚙まれた船頭が膂力《りょりょく》を見せる。太腕が何とか犬を剝《は》がし湖に放り込む。キャンという叫びと共に湖水が沖《ひひ》った。

同時にいくつかの淡い光が湖底から老尼の乗る舟の周りに浮かび上がって来る……。

火であるらしい。水の中で、燃える、火……。

伊賀甲賀の者がつかう水中松明は――硝石、硫黄、灰、松脂《まつやに》、樟脳《しょうのう》、艾《もぐさ》、鼠《ねずみ》の糞《ふん》を竹筒に詰め、竹皮で巻いたものである。硝石をもちいることで、酸素が生じ、水の中で燃える。

唯明が乗る舟の船頭が素早く舟を横向きにし、犬かきで泳いできた紀州犬を救い上げた。唯明、義敏が呆気《あっけ》に取られる中、忍び装束を着た男が五人、湖中から現れ、尼の舟をかこんで五方から銛《もり》を突きつけた。いずれも――群青《ぐんじょう》の忍び装束だ。

「吾《われ》がやる」
舳《へ》先《さき》近くの藁から、女の声がして、赤い玉が――二間ほどはなれた、向うの舟へ飛んだ。

犬に首を噛まれた逞しい船頭の顔で赤い粉が弾《はじ》ける。

ずぶ濡れになった紀州犬は、唯明の隣で、ハッハッと荒く息している。只《ただ》の目潰しでないようだ。心臓を掻き毟《むし》るような、凄《すさ》まじい叫びが、湖上にひびいた。目に赤粉の玉を当てられた船頭が身悶《みもだ》えしながら吠《ほ》え、見る見る皮膚が、爛れる。

赤玉を投げた女、望月毒姫《もちづきどくひめ》は……群青の忍び装束、同色の覆面を、まとっていた。藁の中に犬と蹲《うずくま》っていたわけである。

視力をうしなった船頭が――水に落ちる。

「生け捕りにせよ」

甲賀屈指の名家に生れた毒姫が、厳かに、命じた。水の中から猛悪な目で睨《にら》む男どもに銛を突きつけられ、尼と女の童は怯《おび》え切っている。

毒姫は失望したように、

「こ奴ら……素人《しろうと》じゃ」

長命寺山の急斜面が琵琶湖に落ちる所に、幅が狭い砂浜と帯状に葦《あし》が茂っている所が

あり、その葦を陸側に掻き分ければ、すぐにシロダモ、タブ、蕺《どくだみ》、シダ植物が密生した急斜面になり、黒々とした森を登った先に、長命寺が、ある。

毒姫は白柳の倒木に腰掛け夜の湖に背を向けていた。毒姫のすぐ傍に、火が焚かれていて、数歩離れた山側に佇立《ちょりつ》する赤芽柳にしばりつけられた三人を照らしていた。

倒木には、濡れた忍び装束がいくつかかけられ、火に当てられている。

毒姫の傍に立つ唯明と義敏の面貌《めんぼう》はいかにも居心地が悪そうだった。

半裸の男どもが、囚《とら》われの三人を、かこんでいた。

細身だが、逞しい。三昧場《さんまいば》の鬼火のような妖光を瞳《ひとみ》にたたえた男どもで、静かだが何やら、ぞっとする、血腥《ちなまぐさ》い凄気《せいき》を漂わせている……。

重く濡れた白犬が火の傍でぶるぶるわななないて滴《しずく》を飛ばし、全く濡れていないもう一匹の白犬が、毒姫の手前に横たわり、白い前足を舐《な》めている。

青竹が、鋭く唸る。老女の面で、皮膚と肉が裂け、赤く、散った。苦し気な叫びが漏れる。

その隣で少女はかたかたふるえていた。

竹で責めているのは唯明が乗って来た舟の船頭、正しくは船頭に化けた忍び崩れだ。

「真に……その山伏の素性、知らぬのじゃな?」

毒姫は足を舐める犬の隣、青布の上に置かれた巻物と、裏葉色の阿修羅像を眺めている。翡翠《ひすい》の筋肉を隆起させた、憤怒相の男の阿修羅だった。

「存じませぬっ、我らはただ……雇われただけにて。その女子の家に、他の宝を置いたのも山伏でしょう。ですが、素性も何も、知らぬのです！　言われた通りに動いただけでっ」

悲鳴同然に牙婆の女は答えた。

湊から、遠く離れた人気《ひとけ》が無い所で、密林におおわれた長命寺山が、黒く眠った湖を見下ろすのみ。通りかかる者など、誰も、いない。

軽く笑った毒姫が静かに腰を上げる。ねっとりと嫌な毒気がこの女の中で漂った気がした唯明は小さく身震いした。毒姫は、三人に近づき、

「毒が効きすぎたのか？　男の方が、参ってしまったのは……誤算でありました」

逞しい船乗りの男は、顔面がひどく焼け爛れたようになっていて、苦し気に身悶えをし、引き攣《つ》った口から——反吐《へど》と意味不明の言葉をこぼしていた。

忍びの姫は、打擲《ちようちやく》を止《や》めさせ、牙婆の前に腰を下ろすと、

「山伏の顔は？　何か、覚えておりゃらぬか？」

老尼は思い出そうと俯《うつむ》く仕草をしたが、打ちひしがれたように、

「……わからない……。覚えていないのです……まるで」

女の童も必死に頭を振っている。毒姫は、やけに丁寧に、

「そう、全く覚えていませんか」

そして、腰袋から、貝殻を出した。唯明が見るに貝殻には真っ赤な軟膏《なんこう》の如きものがたっぷり入っているようだ。こちらに背を向けた毒姫は、不吉なほどやんわりした声で、

「傷が、痛みましょう？　薬を塗ってあげるから覚えていること、全て話すがよい」

老尼は、泣きながら、

「も、もうっ全て申しました！」

「妙薬で……思い出すかしら？」

毒姫はぽつりと呟《つぶや》いて軟膏を指に塗り、老女の傷に塗ろうとした。老女は必死に顔を背ける。毒だと思ったようだ。

「ほほ……わたしが舐めれば……薬と信じますか？　ね、信じるでしょう？　ねえ」

毒姫は覆面をはずす仕草をした。あらわになった彼女の顔を見た女の童が、全身を激動させて、幾度も絶叫を上げ、老女は口をぽかんと開けて固まっていた。よほど恐ろしいものを見たのか——。唯明からは、見えぬ。

「ほら……大丈夫」

赤い軟膏を、毒姫の指が、自らの舌にはこんだようだ。同じ手が老尼の顔に動く。怪しい軟膏が青竹がつくった傷に摺《す》り込まれたらしい。下忍どもが、嫌らしい笑みをたたえた。

「ギイヤァァッ……！」

老いた牙婆から今にも燃えそうな凄まじい悲鳴が、飛んでいる。

「……火炎茸《かえんたけ》、というキノコがある」

毒姫が凍《い》てつく声で呟いた。

「燃える火のような形をした……赤いキノコでな……」

火炎茸――広葉樹林に見られる毒キノコだ。世界で最も恐ろしい、毒キノコかもしれぬ。ふれただけで皮膚は焼け爛れたようになる。致死量は、僅《わず》か三グラム。口に入れようものなら……たった十分で、腹痛、嘔吐《おうと》、下痢がはじまり、眩暈《めまい》と激しい痺《しび》れ、全身の皮膚の爛れと臓器の不全を引き起し、死をもたらす。たとえ死ななくても脳への深刻なダメージから言語障害などが起きる恐れもある。

世界に数ある毒キノコの中でただふれただけで、猛烈な危害をくわえるのは、火炎茸しかない……。

「強い毒を持つ。特に丹精込めてそだて毒を強くした火炎茸の粉を、練り固めたものが、赤玉」

船乗りに投げた――凶器だろう。

「これは、火炎茸と豆はんみょうの粉からつくりし、膏薬」

豆はんみょう……猛毒虫だ。劇毒のカンタリジンを盛んに分泌《ぶんぴつ》する虫で、ふれただけで水膨れを掻き起し、その致死量はたった四、五匹という……。古くから忍者は豆はんみょうを毒殺にもちいてきた。毒姫は、一気に凶暴な声になり、

「女郎《めろう》、顔じゅうに塗られたくなければ、しかと思い出せっ！　思い出せ！」

白い犬どもが凄まじい形相で囚われの三人を睨みつけ、牙《きば》を剝《む》いて、猛然と吠える。

青褪めた義敏が唯明を引っ張った。唯明は、恐る恐る、

「あの……そろそろ、我らは……」

いきなり弾かれたように高笑いした毒姫は背を見せたまま、

「――お戻りになる？　ほほ、舟は出ませぬがまぁいいでしょう。九郎四郎《くろうしろう》、屍屋小吉《かばねやこきち》、送って差し上げよ。あと、そのお坊様の奥方、と申したらよいのか……例の女人の家にあるものも回収してくるのじゃ」

毒姫の言葉に引っかかりを覚える唯明であったけど……抗議など出来ない。九郎四郎という不吉な馬面《うまづら》の背が高い男と、屍屋小吉という、矮小《わいしょう》な体形で、色白、目の周りにひどい隈《くま》があり、いつもニタニタ気味悪く笑っている男にはさまれ、唯明、義敏は湊の方に歩き出してしまう。

後ろの方で、老尼の絶叫がひびき、毒姫の猫撫《ねこな》で声が、

「そなたは若いゆえ、しかと、思い出せるな？　生の火炎茸です。これを口に入れられたくなければ――」

女の童の金切り声が、湖の静寂を、ぶち壊す。

「入れられたくなければ思い出せ。──どんな顔の山伏じゃ。お前を雇ったのは」

「わから……ない。何も、思い出せない……。どうしてだか、どんな顔の男だか、まるで……。頭の中から綺麗《きれい》に消えていて。嫌っ、止めて……止めて下さいっ」

身もだえしながら許しを請《こ》うような女の童の声だった。

「嫌ぁぁっ……うっ、止め……。……わぁぁぁっ！　……」

──────。

「おや……この子は、一切れ入れただけで死んだようじゃ。吾がそだてし毒が……強すぎるのか……。近頃の者の毒を忍ぶ力が落ちておるのか……どちらであろうか」

狂気の湖畔から汗をぐっしょりかきながら湊へ向かって歩き、もう毒姫は見えないという所まで来た唯明は、

「のう……先刻の話、わしの檀越《だんおつ》の一人、奈緒があずかっておるものまで、おことらにわたすというのは……ちと話の向きが、違うのではあるまいか？」

まだ、話が通じそうな、九郎四郎の方に問い合わせている。義敏も力強くうなずく。

九郎四郎は、素っ気なく、

「さあ、我らは……下知《げじ》にしたがうのみにて」

かくして、座主血脈譜、八舌の鍵、牙婆の女が舟に乗せていた阿修羅草紙と緑の阿修羅は、全て、伊勢伊勢守配下、望月毒姫の手に落ちている。

雨の臭《にお》いが——京に、近づいている。

噂の瓜《うり》売りが大和から来ているというので伊勢伊勢守は台所の方に行ってみた。

夏の京では、真桑瓜《まくわうり》が、盛んに贈答される。

権勢家から権勢家へ、甘い瓜がたっぷり詰まった桶《おけ》が行き来する。現代のメロンである。富裕なる者は自家で食す分はもちろん、他人に贈る分の美味なる瓜を、常に確保しておく。

その瓜売りが——花の御所の西、北小路町口《まちぐち》（今出川新町）の辻《つじ》から少し上った、伊勢伊勢守邸の傍に現れたのは、幾日か、前という。

どの瓜売りの瓜よりも甘く、汁気たっぷり。そして半値以下という驚異の値。噂にならぬ方がおかしい。

早速、伊勢家の台所でも、大和から炎天下を歩いてくるというその媼《おうな》を引き入れ、真桑瓜を買った。二日前のことである。伊勢守も、食べた時に、ふるえ、

——斯様《かよう》に甘い瓜……初めて食うたわ。

何よりも伊勢守寵愛《ちょうあい》の若き愛妾《あいしょう》、新造、乃《すなわ》ち斯波義敏の妾《めかけ》の姉が、

『もう、この瓜売りの瓜しか、口に入れとうありませぬ……』

みずみずしい美貌を輝かせ感動を露《あら》わにした。

かつて、楊貴妃《ようきひ》が茘枝《れいし》という果物を好んだため、玄宗《げんそう》はわざわざ南の国からひっきりなしに茘枝をはこばせたという。伊勢守の胸底でも新造のために、かの瓜を絶やさぬようにしたいという思いが、夏空の積乱雲のようにふくらんでいた。

——今日もまた、件《くだん》の瓜売りが、来た。

伊勢守は、新造をともない、勢いよく台所に入る。

昼下がり、突然の主の訪れは、烏帽子《えぼし》をかぶった包丁人たちを恐縮させている。

「例の瓜売りはどの女か？」

「……はっ、あの者にございます」

板敷から一段低い土間に、草鞋《わらじ》履きの老いた女が、跪《ひざまず》いていた。

畏《かしこ》まった包丁人が、

「瓜売り。伊勢守様であられる」

きょとんとした白髪頭の老婆《ろうば》は突然、挙動不審となり、口をぱくぱくさせ、慌《あわ》ただしく平伏する。そこでは近すぎると思ったか、少し下がって、自分の方に天秤棒《てんびんぼう》を引き寄せた。片方のあじかには数個の真桑瓜、もう片方には冬瓜《とうがん》や胡瓜《きゅうり》、夕顔が入っていた。

「それは全て、そなたがつくったものなのか？」

赤ら顔を土間すれすれまで下げた麻衣の媼は、

「……かっ、う……はっ」

斯様な貴人に直接声をかけられた経験がないゆえ、どう答えていいかわからないという様子である。

蔓菜《つるな》を切る作業を中断し板敷が終る所まで出て膝をついた包丁人が、

「お答えせよ」

肩を、ふるわして、

「……せ……倅《せがれ》がっ……」

「息子がつくっている瓜なの？」

新造が助け舟を出すと、額を土間に接触させ、

「へえ」

「そなたの息子の瓜、真に美味である」

色白で、異様なほど面長、特に顎《あご》が長い伊勢守は、感情に乏しい双眼で媼を見、

「残りの甘瓜、全て買い上げよう」

「はっ？」

思わず面を上げた媼は大変なことをしてしまったと言わんばかりに身をふるわせ、急いで平伏し直し、

「へ……あ、おおきに。ありがとうございますっ」

「名は何と申す？」

新造が訊くと、

「若葉《わかば》言いますが……里の悪たれどもは、若葉なんてみずみずしい名前、婆様《ばあ》に似合わん言いまして……瓜畑の山姥《やまうば》、言われとります……」

くすりと笑った唇を、蔦《つた》の細道を行く業平《なりひら》の扇で隠した新造は、

「瓜畑の山姥。今後、上洛する折は真っ先に当家に参れ」

「全て買い取るぞ」

伊勢守が言い足すと歓喜に打ちふるえたのは言うまでもない。

と、生暖かく湿った風が土間にまで吹き寄せ、表を見やった新造のかんばせが、曇った。

「雨が……降りはじめました」

「うむ、そのようじゃな。おや、お前、蓑《みの》など持っておらぬのか？」

伊勢守が気付くと、瓜畑の山姥は、

「……昨日の夕焼けから、雨はないと思いましたさかい……。せやけど、笠《かさ》はあります」

「強く降っているようよ。笠では、ふせげまい」

新造は気にする。

「へえ……大きな樹かお寺さんの軒下などで雨宿りしてかえろうかと」

「左様な所を見つけるのも難儀であろう。雨が止むまで、物置か何処《どこ》かで休んでゆくがよい。よいでしょう？　殿様」

「……うむ。よかろう」

田舎侍を、礼法を盾に取って、辛辣《しんらつ》にやっつけ、諸大名に幾度も苦い思いをさせてきた伊勢守だが……美人の囁《ささや》きに何処までも甘いのだった。

室町幕府の官房長官のような立場にあり、土倉本主――いくつもの土倉を統べる銀行家でもある伊勢守の屋敷には、座敷が、二つ、ある。

一つ目が、表座敷。来客を迎える部屋で、かなり質素である。

二つ目が、裏座敷・伊勢の間。表座敷から少し奥に入った部屋で……ごく親しい身内にしか見せぬ。

畳を敷けば十四畳あるこの部屋は、奥行きがある。手前六畳分は板敷で床に紫檀《したん》が張ってある。紫檀の上は――伊勢守が明《みん》に思いを馳《は》せてつくらせた空間で、緋毛氈《ひもうせん》が敷かれた上に明の椅子《いす》を二つ置き、虎《とら》の皮と、豹《ひょう》の皮を敷き、机もある。明から取り寄せた大きな飾り棚には、大中小、三つの曜変天目《ようへんてんもく》をはじめ、青磁や堆朱《ついしゅ》の逸品がずらりと並び、異朝でつくられたのだろうか、金の犀《さい》まで置かれていた。

唐物尽くし。婆娑羅《ばさら》な、棚だった。

椅子から見渡せる奥の方は——畳が八つ敷かれ唐物と和の物が、ほどよく調和している。

右手の襖《ふすま》には全て、伊勢物語の情景が大和絵で描かれており、左手は腰高障子。もっとも奥には和歌を公家《くげ》か誰かが書いた掛け軸が下がっており、その下は黒漆の床の間で、花が飾られ、香炉が据えられている。

宗全の赤漆の床の間は……古風な押板をのこしていたが、黒漆の床の間は最新の床の間、我らが今日見る床の間である。

黒漆の床の間の横はやはり黒漆をふんだんにほどこした夜を思わせる違い棚で、特にお気に入りの天目茶碗《ぢやわん》、青磁の香合、八つ橋が描かれた阿古陀《あこだ》香炉、蒔絵《まきえ》の手箱、茶道具などが並んでいた。

虎皮を敷いた椅子に座った伊勢守は、豹皮に腰掛けた新造と並んで机に置いた真桑瓜を食べていた。甘い水気が新造の白い顎に、垂れる。

「待て、拭《ふ》くな。わしが舐めてやる……」

「まあ……」

外では灰色の雨がずっと激しく降り続いていた。止む気配は、無い。伊勢守の白い苔《こけ》が生えた舌が新造のなまめかしい顎に近づく。

その時だ。

「――只今、もどりました」

床下から、毒姫の声が、した。急いで虎皮の方にかえった伊勢守は険しい面持ちになり、新造はギリッと歯噛みして見るからに険がある顔になっている。

「……うむ」

伊勢守が言い、新造が深い溜息《ためいき》をついた。

「御邪魔……でございましたか？」

床下から、毒姫が、たしかめた。

「いや」

新造に、後でな、今は下がれという素振りをおくる。唇をさらに強く噛んだ新造は楊《よう》枝《じ》をぎゅっと一切れの瓜に捩《ね》じ込み、素早く口に入れて出て行った。雨音ひびく伊勢の間に取りのこされた伊勢守は、

「して、首尾は如何《いかが》であった？」

「はっ。賊に雇われた者は、全て捕らえ、糾問の上、討ち果たしました。座主血脈譜、八舌の鍵、阿修羅草紙、裏葉色の阿修羅は……手に入れました」

政所執事の双眼が、炯《けい》、と光る。

「──賊の黒幕は？」

「わかりませぬ。捕らえたのは賊ではなく、あやつられた傀儡《くぐつ》と申すべき者たち。山伏姿の男に下知されたと口を揃《そろ》えるのですが、誰一人として……彼奴《きやつ》の顔を覚えておりませぬ」

「面妖な話よの。ともかく、宝を見よう。上がって参れ」

宝を見るまで、伊勢守は……この宝を速やかに北嶺に返して、盗賊の張本《ちようほん》、山名宗全から取り返したと、喧伝《けんでん》、山名を取り潰し、大所領を手に入れんと目論《もくろ》んでいた。ところが宝を見て──気が変りつつある。一つには、この宝を手元に置いておくことでもっと大きなものがもたらされると感じたからだ。

黒漆の違い棚の手前、青畳に阿修羅草紙を広げた、陰で蠢《うごめ》く謀《はかりごと》を得意とする男は、

──盗賊の張本をわしは当初、宗全ではないかと踏んでおったが、違うという。

山名邸に潜り込んだ毒姫の手先の報告から斯様に判断している。

……宗全も、賊に嵌《は》められた。だとしたら、賊をあやつる者は……誰じゃ。細川勝元に相違ない。あの男なら……そういう手が込んだことを、やりかねん。

──勝元が何を思い、欲深い唯明、愚かな義敏に、宝をもたらそうとしたかは知れぬ。

しかしこれが今、わしの手元にあるのは、勝元の思惑からはずれた事態のはず。

だとしたら、この宝を比叡山にもどして問題を静めるより、むしろ、手元に置き、燻《くすぶ》らせた方が勝元の失態を引きずり出せる。一度は宝を手に入れようとして、今は宝をうしなった宗全も、暴走するに違いない。

——これを手元に置いておくことで細川山名、二大大名を地上から消せる。

という読みと、大陸渡来の宝が持つ拭《ぬぐ》い難い魅力が、唐物趣味のあるこの男をぐいっと引きつけている。また、黄色っぽい紙に座主の名がずらりと書かれた血脈譜については、叡山に恩を売れば、山門気風の土倉の利権を得られるやもしれぬという観点から一定の利用価値をみとめた。

——八舌の鍵が入った箱も見事。だが……何と言ってもこの二つよ。

特に伊勢守を引きつけたのは……千百年ほど昔の、中国、五胡《ごこ》十六国の頃に描かれた、美しくも血腥い阿修羅草紙。

そして、この妖気芬々《ふんぷん》たる絵巻に魅せられた中国史上に名高い暴君、隋《ずい》の煬帝《ようだい》が、名工につくらせたという、絢爛《けんらん》たる裏葉色の阿修羅像である……。

伊勢守の目は阿修羅草紙に釘付《くぎづ》けになり、なかなか逸《そ》らせず、唇は小さくふるえる。絵巻の赤が映り込んで眼は血色に光り、長いその顔に、時に淫《みだ》らな表情が、時に嗜虐《しぎゃく》的な暗い喜びが走る。

煬帝がつくらせた厳《いか》めしい阿修羅はと言えば、最高の翡翠でつくられた緑の肌は蕩《とろ》けるようで、宝冠、瓔珞《ようらく》、腕輪に足輪と、ふんだんにつかわれた金銀、金剛石、紅玉、蒼《そう》玉《ぎょく》、水晶の類は、この世のものとは思えぬ光、天人が住む世界が垣間《かいま》見《み》えたとしか思えぬ輝きを、放っていた。

隋の仏像というだけで、高い価値があるのに、この眩《まばゆ》さ……。

「わしが今まであつめた宝を全て合わせても……まだ、この二つにとどかぬ。左程に高価な……」

毒姫がいることを思い出し、はっとした伊勢守、甲賀を追われた姫を顧み、

「そなたは……どう思う？」

望月毒姫は――蛇の肌を表す三角の鱗《うろこ》模様が入った、紺の小袖をまとい、後ろにじっと控えていた。泥眼《でいがん》という能面で顔を隠していた。激しい恨みをふくんだ女をあらわす面である。毒姫は、爛れた首をかしげ、

「山にお返しになった方がいいでしょう」

意外なほど真っ当な意見を述べたのである。

伊勢守が黙していると、能面をかぶったくノ一は、

「殿様が……ふつうの御方ならば」

ぞっとするような凄気をにじませた毒姫は、くすりと笑い、

「だけど――ふつうの御方ではないでしょう？　そんなつまらぬことはなさらない。そ

れらが、途轍もない利を産むとお考えのはず。その場合、都でなく、もっと安全な所にうつした方がよいかと。万が一、殿様が賊の後ろにいるという風聞が立ち、諸大名の軍兵が此処《ここ》に踏み込んだら、言い逃れ出来ますまい」

毒蛇のような女は、進言した。いつも、伊勢守を先回りする毒姫は、

「殿様は、宇治田原《うじたわら》に知る人ぞ知る山荘をお持ち。守りも堅い、城のような所。あそこにうつし手練《てだ》れの武士と我が手の者に守らせた方が安全では？　宝を盗りに来た者、探りに来た者を人知れず捕らえ、誰が後ろにいるか毒責めにかけて吐かせるにも好都合……」

……賢い女じゃ。この女に、新造の美貌があれば……。いや、左様な者がおれば天下を取ってしまうだろう。わしなどすぐ、殺されよう。

たしか毒姫は幼き日、毒の効き目をたしかめるために飼われていた兎《うさぎ》を逃がした罪で、毒を飲まされ総身を焼かれたという。そんな惻隠《そくいん》の情を毒姫が持っていたことが信じられぬ伊勢守は、

「これが……如何なる利を産むと、お前は考える？」

仮面のくノ一は阿修羅草紙に視線を動かし、

「わたくしは……一乱破。左様なことを考えるなど分限を超えまする。ただ一つ確かなのはそれらの宝が、山に無いと——世が、乱れるということ」

阿修羅草紙と阿修羅像は欲深き武将たちを引きつけ、座主血脈譜と八舌の鍵の不在は僧たちを動揺させる。野心家たちが——跳梁跋扈《ちょうりょうばっこ》しはじめる。

「宝を固く隠しつつ、上手く誘引すれば、山名細川の戦が起きます。……目障《めざわ》りな二人を共倒れに出来ましょう。左様な戦が起きて初めて、大名の座に、御手がとどかれるのでは？」

「——不埒《ふらち》な。左様な大それたこと、ゆめにも思うておらぬわ。わしはただ……上様の御為《ため》を思い、動いておるのみ」

腹にあることと逆を言う伊勢守なのだった。

「お前の望みは何じゃ？」

毒姫は泥眼の向うにある目で伊勢守をじっと窺《うかが》いつつ、

「我らは乱破。乱世に乗じ、人を破る者。我らが何を望んでいるかは……ことさらにお伝えする必要は無いかと思いまする。ただ、御下知をいただければ、如何様にも……」

——この女、いつか斬《き》らねばならぬ。

伊勢守は感じていた。その思いすら、見られている気がした。

刹那、毒姫が立ち、いきなり棒手裏剣を障子に放っている。

バス！　バス！　バス！

障子紙を三つの鋭気が突き破り、

「曲者《くせもの》っ！　出合え！」

毒姫は、大喝した。

外で盗み聞いていたらしい曲者は庭に逃げたようだ。毒姫が、障子を開ける。雨に濡れた庭木に人影が飛び込むのが見えた——。

「庭じゃ！　庭！」

毒姫が屋敷の各所に配された甲賀流の下忍たち、そして、侍たちにおしえる。

と、白刃《はくじん》を抜き、番小屋から庭に飛び込んだ侍が、

「瓜売りの婆《ばば》じゃっ！」

吠えながら、逃げる老婆に斬り込むも——媼は何らかの道具で火花散らして受け止め、さっと跳んで、その武士のこめかみを赤く、割った。

白髪の鬘《かつら》、作り皺《じわ》、面に塗った赤い顔料で、瓜売りの姥に化けた——すがるは、侍を逆鏟《ぎゃくせん》で討ちながら、毒姫は追ってこまいと考えた。自分が毒姫なら伊勢守を守る。

……しかし、何だよ、この庭は——。

すがるが駆け込んだ庭は——ポイズンガーデンというべき庭だった。

毒が……満ち満ちている。肌から毒気が染《し》み込んでくるほど多くの毒木毒草が茂った庭だった。誰も知る毒木、毒草はもちろん、毒を持つことをあまり知られていない草木

まで、数知れぬ有毒植物が雨に濡れそぼっていた。忍びが実から毒を取る銀杏《いちょう》に、紫陽花《あじさい》。下剤をつくる野茨《のいばら》に、樒《しきみ》。毒空木《どくうつぎ》。そんな毒木どもが所狭しと植えられた下に、附子《ぶし》、ハシリドコロ、毒芹《どくせり》、深山《みやま》キンポウゲ、蝮草《まむしぐさ》など凄まじい毒草が密生し、火炎茸、ドクツル茸など悪名高い毒キノコどもが滴をしたたらせていた。

すがるは毒草の叢《くさむら》を踏み散らして逃げている。

蝮草の陰に隠された鉄菱《てつびし》を、見切り、的確に、跨《また》ぐ。毒姫の罠《わな》だろう。この毒物園、毒蜘蛛の巣の如く、至る所に、罠が張りめぐらされている——。

足元をよくたしかめねばと思った瞬間、猛気が追ってくるのを、背中で、感じた。人ではない。

すがるは逆鏟をつかって毒空木の枝を切り、足元に茂った深山キンポウゲを払う。撒《ま》き菱がないかたしかめる。毒草ではない、葛《くず》の蔓が……銀杏に巻きつき、前方にだらりと垂れていた。すがるの足が附子の中に沈んだ葛蔓に、ふれた。刹那——すがるの脛《すね》は強い抵抗に遭い、体が勢いよく倒れた。只の蔓ではなく、幾本かの針金を合わせたものに、上から葛の蔓を巻いたものだったのだ……。倒れた拍子に手から逆鏟が飛び、濡れたハシリドコロに顔が突っ込んでいる。

はっと、身を起したすがるは飛び込んでくる白い影を見た。

紀州犬どもだ。

喉笛嚙み千切らんと跳びかかってきた一匹目に、すがるは、拳《こぶし》を、出す。この時、すがるの右拳は、親指が、人差し指と中指の間から出る形で、忍犬に向かって、突き出された。

親指の爪《つめ》が、目に飛び込んだ。

ほじくり出す。

「ギャンッ……！」

片目をうしなった猛犬の痛ましい叫びがひびいた。

血の涙を流した犬の胸に、恐ろしい唸《うな》りを上げたすがるの足が、蹴り込まれる。

この一撃で胸骨を折られた猛犬は、血反吐を吐いて、こと切れた。

素早く腰を上げたすがるはもう一匹を誘うような素振りを見せるが、兄弟を殺された犬は襲ってこない。——身を低めて牙と歯茎を剝き、ウウウ、と唸ってくる。

すがるはこの日のために持ってきた毒饅頭《どくまんじゆう》を白犬に放ってみるも……一切関心をしめさない。さすがによく、鍛えられていた。ゆっくり歩み寄ろうとした猛犬に口中の毒針を噴射すると、犬は横跳びで攻撃をかわした。

その虚を衝《つ》き、くるりと体をまわしたすがるは、甲賀衆、侍衆が殺到する気配を背後に感じながら、毒空木と紫陽花の間を通り、築地の上に跳び、放たれた矢に体をかすられつつ、雨の街路に飛び降りた。

「この二十日ほど……六角家、特に青地伯耆《あおちほうき》の周りを探っておったが……彼奴らの仕業ではないという結論に達した」

傷だらけの首領から、苦しみに満ちた声が、漏れた。

古《いにしえ》より霊山とされ、伝教大師・最澄により鎮護国家の道場が据えられし烟嶂《えんしょう》は今日も雨に煙っている。その山にいだかれ、琵琶湖の水に洗われながら栄えた町、東坂本、忍び宿・いし屋の隠し部屋である。

年季が入った板壁越しに雨音が聞こえる。燈火《とうか》に照らされた七郎冠者《しちろうかじゃ》は、

「三井寺、関東という線も、消えた。入念な調査《しらべ》の末な。山内でもない。そなたが追ってきた都に巣くう武家に公家……下手人は、この線にいるとしか、考えられぬ」

「怪しいと思われた赤入道は下手人でなく、伊勢守もまた違うと、知れたわけじゃな？」

地蔵丸がたしかめる。小太りで、目がぎょろりとした壮年の八瀬童子で、長らく中ノ頭をつとめてきた。丹波から呼びもどされた後は七郎冠者の下で、六角、三井寺を探っていた地蔵丸……父とは折り合いが悪かったと聞いている。

「ただ、伊勢守も――返すつもりはない」

隣で、鉄心坊が言った。地蔵丸が七郎冠者に体を向けて、濁った声で、

「どうでしょう、御頭。伊勢伊勢守ほどの権臣、下手に手を出して……お山が幕府から睨まれるきっかけをつくるより、門跡方を通して大人しゅう宝を返すようはたらきかけてみては？」

すがるがかすれ声で、

「――そんなタマじゃないと思いますよ」

夕刻の忍び宿、地蔵丸がすがるをギロリと睨み、一瞬、緊張が、走る。

「奴は素直に、宝があるとみとめる男じゃない」

数日間、すがるの補佐役をつとめてきた鉄心坊は、瞑目《めいもく》し腕をくみ、双方の言い分を吟味しているようだった。

地蔵丸が何か言わんとするのを厚い掌《てのひら》で制した七郎冠者は、

「何ゆえ、そなたは、伊勢守が宝を返さぬ、と思う？　伊勢守のこと、直《じか》に見たのはそなただけじゃ。すがるの意見が知りたい」

七郎冠者が寄せてくれる信頼の大きさが、すがるの頰を、ぎゅっと動かす。

「奴らは下手人ではありませんが、下手人と同じくらい、腹黒い。――騒乱を望んでいます。お山から宝が消えていた方が、自分たちの利になると信じている。話し合いが通

じる連中ではありません。それにあたしは今日、伊勢家の侍と番犬を、斃《たお》しました。地蔵丸が言うように……門跡様が、あの男に、宝を返してくれと言ったら、何が起きますか？　伊勢守は『——何ゆえ、当家にあると思ったか』と、問うてくるでしょう。あたしのことを話せば死んだ侍と犬の話になる。これを種に、何をもとめてくるか読めぬ処《ところ》が、伊勢伊勢守という男には在ります。宇治田原に宝を動かす途中か、動かしてから取り返す。これしか方法はないと思います」

七郎冠者が、鉄心坊に言う。

「細川の方は？」

細川家をしらべていた鉄心坊が、

「恥ずかしながら……まだ……何とも」

八瀬の頭《かしら》の逞しい首が、上を向く。しばし考えた後、

「わしは——すがると、同意見じゃ。四つの宝が、宇治田原にはこばれる道中で、奪い返す。その後で下手人の探索に全力をかたむける」

地蔵丸が苦いものを呑み下す面持ちになる。七郎冠者は、言った。

「わしや地蔵丸も襲撃にくわわる。十分な下忍を投入する。襲撃の算段は、これまで伊勢守を追ってきた中ノ頭……、すがる……そなたが立てよ。宝をしかと取り返し、父に報告せよ。下手人を見つけ、般若丸《はんにゃまる》の無念、必ず、晴らせ。——期待しておる」

真っ直《す》ぐ見詰められ、告げられたすがるは湧《わ》き上がる気持ちを押さえ、深く頭《ず》を下げた。

「久々の忍び戦……か。腕が鳴るわ」

皺深き相好をほころばせつつ腕をさすった鉄心坊に、七郎冠者は、

「心苦しいが、鉄心坊には留守をたのむ。十人の下忍をつけるゆえ、細川の探索をつづけるように」

抗議しようとする鉄心坊に首領は重々しく、

「――わしに何か、あった時、八瀬はそなたにたのむ。わしには子がないゆえ」

「何を……おっしゃいますか」

鉄心坊は瞠目《どうもく》し地蔵丸も小刻みに頭《かぶり》を振った。

評定が終り、すがるが、碁道具商・いし屋を出ようとした時、地蔵丸が後ろから、

「すがる……大役じゃのう。じゃがな、お前が計画を立てるということは……」

地蔵丸はすがるの肩に親し気に手をまわそうとした。振り払い、

「――気安くさわるなよ、何の用だ?」

荒々しい気迫に打たれた地蔵丸は面貌を引き攣らせ一歩下がっている。

「お前が計画を立てるということは、万一しくじったら、お前の責という話になる……」

向き直ったすがるは、鋭く刺すような視線を、父親と同年代の八瀬童子に向け、

「――だから？」

「だからって、お前な……」

「例の聖《ひじり》のことをしらべているのはあんたなんでしょ？」

「謎《なぞ》の山伏を知るかもしれぬ、聖じゃな？　善光寺《ぜんこうじ》でよく似た男を見た、という話がある」

「信濃《しなの》のね。それは、一昨日聞いた。それ以上の進みが無いか、訊いてんの」

「……無い。残念ながら」

すがるは無言で地蔵丸に背を向ける。怒れる眼差《まなざ》しを、背後に感じた。

忍び戦

宇治田原は――隠れ里である。

山また山、靄《もや》をたたえた厳《いか》めしい森、崖《がけ》に次ぐ崖、急流、斯様《かよう》な難所を越えねば行き着けぬ近くて遠い地。

平等院のある宇治はこの頃、室町家御用達《ごようたし》の茶畑が栄え、茶の里としてようやく脚光を浴びつつあったが、その宇治から見て、東南に、彼の地は、ある。宇治田原から東に行けば甲賀で、北に行けば瀬田《せた》の唐橋に出る。山伝いに南に行けば大和の柳生《やぎゅう》に辿《たど》りつく。

京から、宇治田原に行くには、道が、二つある。

一つは宇治に出、そこから天下の急流、宇治川を遡《さかのぼ》る。宇治川はいくつもの名を持つ大河川の中流における名であって、琵琶湖が吐き出す上流を瀬田川、巨椋池《おぐらいけ》より下流を淀川《よどがわ》という。

いま一つの道は東海道で瀬田に下り、橋をわたった所で南に曲がり、瀬田川沿いに南下、大石《おおいし》の辺りで瀬田川からはなれ、藤原氏ゆかりの禅定寺《ぜんじようじ》の方に向かう。後者の道は古《いにしえ》の田原道と重なる。

その日、六月二十六日、女人が乗っていると思われる雅《みやび》な輿《こし》が、伊勢守邸から、出た。ふつうに考えれば物詣《ものもうで》へ行く新造だろう。

生暖かい曇り空が見下ろす中、一行は、まず、東海道に出た。かつて蟬丸《せみまる》が住んだ逢坂山《おうさかやま》を越えて、近江に入った一行は、まず瀬田川の手前を右にまがり、石山寺《いしやまでら》に詣でた。

紫式部が源氏物語を閃《ひらめ》いたという石山寺は、古くから女人参詣《さんけい》の地として名高い。伊勢守の愛人、新造が詣でて——何ら不自然ではない。

少し後、石山寺を出た一行は、瀬田までもどり、唐橋をわたり、今度は瀬田川の東を南へ向かい出した。

鉛色の雲行きは益々《ますます》怪しくなっている。

沿道の百姓や、樵《きこり》が見たら、石山寺に詣でた高貴の御方が、屛風《びようぶ》のように幾重にもめぐらされた山を越え、宇治田原の禅定寺へ詣でるのだろうと、思ったろう。石山寺も禅定寺も、観音の霊地として名高い。

が、人影は、あまりなかった。長禄寛正《ちようろく》の大飢饉《だいききん》でこの辺りも寂れていたからである。

ゆったりすすむ輿の右が瀬田川の激しい流れ、左は霧深い森だ。ここ田上《たなかみ》、関津《せきのつ》峠を越えた大石は、往古から木の里であり、田上大石からはこばれた夥《おびただ》しい木でつくられた都が、奈良だった。

関津峠の手前まで来た一行は三十人近い。編笠《あみがさ》を目深《まぶか》にかぶり槍薙刀《やりなぎなた》で武装した逞《たくま》しい侍衆、小者たちが二十名以上いる。輿をかついでいるのは馬面《うまづら》、長身の幽霊のような陰気な男と、目の周りに隈《くま》がある、色白の小男だった。女輿の前に——馬に跨《また》がった女が、いた……。市女笠《いちめがさ》をかぶり、風除《かぜよ》けのつもりか、白布で面を隠していた。女の馬には箱が二つゆわえつけてあり、馬の横を、白い犬が一匹、とことこ、走っていた。

関津峠に差しかかり、両側に茂る草木どもが漂わす噎《む》せ返るほど濃い緑の圧を感じながら、登った。

少し行くと右の道端までせり出していた樫《かし》や樅《もみ》が後退し、峠道と樹林の間で、人の背丈よりやや低いくらいの篠竹《しのだけ》が、みっちりと密生し、樹々《きぎ》がおくりつける靄を、峠道を這《は》う低さで、幾筋か緩慢に吐き出している。

左では天を衝《つ》くほど高い衝羽根樫《つくばねがし》とクロガネモチが仲良く並び、その後ろは密林になっていた。

と、鳥が一羽、篠原から飛び上がり、つづいて男が一人、篠を掻《か》き分けるようにして峠道に静々と歩み出た。

水干をまとい、壮年だが、童形、無精髭《ぶしょうひげ》を生やした逞しい人だった。後ろで髪を一つにたばねた男は進路をふさぐ形で峠道に跪《ひざまず》く。

「お願いの儀が――ござる」

伊勢家の一団は止った。

武家娘に化けた毒姫は馬を前にすすめている。先頭に出た毒姫は、手綱を引いて馬を止め、笠の下から数間先に跪く男に、

「邪魔じゃ。退《の》け」

毒姫の馬の隣に白犬が一匹やってきてお座りをした。金剛だ。仏母はこの前、瓜《うり》売りによって無惨《むざん》な最期《さいご》を遂げた。靄にまとわりつかれながら行く手に跪く男は、

「お願いの儀が、ござる！　我ら北嶺《ほくれい》の意を受けた者にござる」

その男、七郎冠者は望月毒姫を下から睨《にら》みつけ、

「伊勢家の方々……覚えがあろう？」

毒姫は、馬上から、

「……何のことやら……。石山寺から、禅定寺へ参る、さる貴人の一行であるぞ！　いかなる料簡《りょうけん》で邪魔立てするのか知らぬが……下郎、細切れにされたくなければ速やかに道を空けるがよい。目障《めざわ》りじゃっ！」

すがるとしては——峠道で、毒姫たちを奇襲、真っ先に毒姫を討ち、烏合《うごう》の衆となった敵を掃滅、宝を取り返すという計画を、音無と立てていた。ところが七郎冠者は将軍の最側近を相手とするだけに昨日、天台座主《ざす》・教覚をたずねた。すると、教覚は、

『伊勢伊勢守が……話の通じぬ大悪党というそなたらの話は、理解した。だが、伊勢守に使嗾《しそう》されている者どもも……悉《ことごと》く悪党なのであろうか？　その者どもには、大慈悲心をもって、相対するべきように思う。まずは、宝を返すよう説得してほしい。もし一人でも善根のある者がおれば返そうと言うはず。一滴の血も流さずに、宝を取り返せるではないか。命を、八瀬《やせ》の掟《おきて》を尊重してほしい』

青褪《あおざ》め俯《うつむ》いて聞いていた七郎冠者は寺家に仕える忍び頭として教覚の意向を踏みにじるわけにはいかなかった。話を聞いたすがるは、自分が毒姫と話してみる、と強硬に主張するも、七郎冠者は、

『その大役——余人にはまかせられん。わしが、やる』

一点張りであった。

「乱破！　猿芝居は、止《や》めにしようや！」

修験の行場を見下ろす幾筋もの罅《ひび》が入った巌《いわお》を思わせる相貌《そうぼう》を破顔させた八瀬の頭は、

「比叡山から消えた宝、うぬらが、持っていよう！」

すがるは――篠原にうつぶしている。

すがるの傍には六尺七寸（約二メートル）の吹き筒、四番筒が置かれていた。

マレーシアの狩猟民族や南米の先住民は、二メートルから三メートルの吹き筒を駆使し、三十メートルから四十メートルはなれた獣を、狩る。

極限まで肺を鍛えたすがるが、木地師・般若丸がつくった吹き筒を吹く時、その有効射程距離は三十三間（およそ六十メートル）。四番筒には、附子《ぶし》をたっぷり塗った長さ三寸（約九センチ）の長毒針を仕込むため、すがるは四番筒を吹けば六十メートルはなれた人をいとも容易《たやす》く……冥土《めいど》におくれた。

篠竹と同じ色の筒袖《つつそで》を着たすがるは周りに溶け込んでいる。が、すがるには、篠と篠の間から、毒姫が、小さく見えた。

……十四間。

「其《そ》はうぬらが持つべきものにあらず！　速やかに、お山へ返すべし。さもなくば……いかなる仏罰が下るかわからぬぞ」

「………」

「大人しゅう返せば、今後、追及はしまい。主の誤った考えに引きずられ身を滅ぼしても……ためにはなるまい」

正々堂々と姿を見せた七郎冠者の論を黙って聞いていた望月毒姫、初めはくすくすと、やがて大きく笑いはじめた。

毒姫がつれてきた者たちが背負ってきた箱や袋を道に下ろす……。何らかの、忍具や毒を、支度している恐れが、ある。下忍と思《おぼ》しき男たちが輿まで下ろした。

遠雷が、聞こえた。

「もし当方がうぬらと取り引きするとしたら、それは、吾《われ》がすがるに話を持ち掛けた時であった。それを一蹴《いっしゅう》した以上――うぬらと話すことなど何も無いわ!」

毒姫は言った。地蔵丸の咎《とが》めるような視線を、斜め後ろから感じる。

まず、毒姫を討ち、混乱する敵を道の西側から、毒矢で射る。東にも、小法師率いる伏兵がいるが、東からは、攻めぬ。万一敵が東に逃げたら一気に射るのだ。

若犬丸はすがるの斜め後ろで毒矢を構えていて、音無は、クロガネモチの上に、いる。

もはや問答無用、と悟ったすがるの肺に、大気が送り込まれる。

毒姫が一気に馬を走らせ、七郎冠者が斧《おの》、逆鏇《ぎゃくせん》を出す。四番筒から――毒を塗った闘気が放たれた。瞬間、毒姫配下の者たちが、箱や袋から次々に、道具を出している。

また、遠雷が、聞こえた。

すがるが吹いた三寸もの毒針は馬に乗る毒姫の脇《わき》に当るも、火花が散る。

――鎖帷子《くさりかたびら》かっ!

小袖の下に鎖帷子を着ているらしい毒姫は、笑いながら七郎冠者に馬を走らす。迎え撃つ八瀬の乙名《おとな》は落ち着いていた。斧を馬の顔に投げ、血煙が、暴れる。

同時にすがるは二本目の吹き矢を支度、八瀬衆が一斉に毒矢をつがえる。

七郎冠者が跳びながら逆鐽を振るい毒姫の首を狙《ねら》うも、馬から飛び降りつつ毒姫は、鉄板仕込みの市女笠を盾としてつかい、猛撃を止めている。

すがるが首を狙って吹き矢を吹き、毒姫の真上、クロガネモチに木の葉隠れしていた音無が、鉄球を——笠を脱いだ、毒姫の頭頂へ落とす。当ると思われた寸前、白犬が鉄球を弾《はじ》きながら、毒姫を跳び越え、七郎冠者に噛《か》みつこうとするも、七郎冠者は素早くよける。刹那《せつな》、毒姫はすがるの毒針を市女笠で止め、くすくす笑いながら七郎冠者の足を蹴《け》った。

瞬間、赤煙が立ち……七郎冠者の面まで巻いた。

毒姫は脛巾《はばき》に火炎茸《かえんたけ》の粉を仕込んでいたのだ——。

この世の毒が一つも効かぬくノ一ならではの技である。

目に、劇毒の赤粉が夥しく入った八瀬童子の首領は……視力をうしなうも、気配で甲賀の女を見切り、逆鐽で狙うも、猛犬が脛《すね》に噛みつき狙いがはずれ、音無の手裏剣を掻い潜《くぐ》った毒姫の左手の指で、すっと……喉《のど》を掻かれ、夥しい鮮血を迸らせた。

毒姫の左手の指にはいつの間にか猫手《ねこて》なる忍具がはめてある。指にはめられる鉄の筒の先が、鉤爪《かぎづめ》状になった凶器だ。毒姫の猫手には天竺《てんじく》の恐ろしい毒、馬銭《まちん》がたっぷり塗ってある。

すがるは四番筒に次なる針を入れて毒姫を討とうとする。同時に、篠原から、毒矢を射込もうと一斉に腰を上げた八瀬衆を、飛火が襲い、パーンと轟《とどろ》き体が一気に燃え出した。

毒姫配下の甲賀抜け忍、侍どもは銅筒を構えていた。そこから次々に、火の筒が放たれている。

燃焼性火薬が入った竹筒を、推進火薬で飛ばし、敵に当ると、爆発と強い火が起きる——。

——明《みん》の、火箭《かせん》っ。

忍者は大明の火箭から影響を受け火薬をもちいた火矢をつかっていた。が、本場、明の火箭は様々な進化を遂げており、金属の筒から、爆発する矢が飛び出るものなどがあった。唐物趣味の伊勢守、明の兵器まで、輸入していたのだ——。

篠原で毒矢を構えし八瀬衆十五人のうち、六名が、火だるまになり、咆哮《ほうこう》を上げながら燃えていた。猛烈な火矢をかわした味方が射た毒矢で敵が幾人か斃《たお》れる。

一陣の黒風がクロガネモチから飛び降り、手裏剣を放って、数間をものともせず跳びかかってきた殺人犬を始末。血だらけになって膝《ひざ》をついた七郎冠者に棒手裏剣を打とうとしていた毒姫に、刀をまわす。

——音無だ。

毒々しき術をつかう妖女《ようじょ》は——音無の一閃《いっせん》をよけ、隠し持っていた手甲鉤《てこうかぎ》を右手にはめる。

「音無、ようも殺《や》ってくれたのう、我が犬を」

手甲鉤——半尺以上もある長い鉄爪が四ついた忍具で、手に嵌《は》めてつかい、敵を、掻き殺す。毒姫の手甲鉤には悪名高い猛毒、烏頭《うず》、馬銭が交互に塗ってある。

首から血を噴き出した七郎冠者は、土埃《つちぼこり》を立てて大地に崩れる。

——おのれ！

音無が多聞天形《たもんてんなり》で毒姫と対峙《たいじ》する。

その音無目がけて火箭の筒より、小さい鉄の筒、三つの鉄筒が合わさった道具を構えた敵が……二人いる。すがるが初めて見る道具だった。

四番筒を、吹く——。

三つの目を持つ鉄筒を、音無に向けて構えた男の一人が、喉から血煙撒《ま》いて、死んだ。

もう一人には、間に合わぬ。

何かが……放たれようとする。

と、

「若！」

――錆《さ》びついた、咆哮が、峠道をはさんだ反対の藪《やぶ》で、ひびく。

小法師。

彼は東の藪で、鉄菱《てつびし》を撒いた向うの梢《こずえ》に、八瀬者七人と潜み、敵が逃げてきたら毒矢を浴びせる算段だった。その熟練の伊賀者が飛び降りながら毒矢を射、下草に着地、矢がはずれたとみるや草中に伏せてあった忍杖《にんじょう》をにぎり、道に飛び出ようとしていた。音無から小法師へ、狙いを変えた小型鉄筒が、バン、バン、バン！　轟きと閃光を噴く。

同時に小法師の腹、腿《もも》に何かが当ったらしく、血が激しく飛び散った――。

すがるが初めて見た三つの鉄筒が合わさった道具は、明軍の標準装備、「三眼銃《さんがんじゅう》」である。

鉄砲と火薬の故郷――中国では、元の頃につくられた初めの鉄砲から二百年ほど経《た》っても、あまり大きい進歩が、見られなかった。金属の筒の口から火薬と鉄丸を入れる。小さな点火口から火を差し入れ、火薬を爆発させ、鉄丸を吹っ飛ばす。この形から、なかなか飛躍出来なかった。引き金など、鉄砲を大きく改良したのは遥《はる》か西に住む、ヨーロッパ人である。

日本人は三眼銃など、中国式鉄砲を、知っていただろうか。

――知っていた。

元寇《げんこう》で目にしているし、すがると毒姫が対決したまさにこの文正元年、伊勢伊勢守の友、季瓊真蘂《きけいしんずい》がしるした日記に、花の御所の門前で、琉球人《りゅうきゅう》が祝砲の意味で「鉄放《てっぽう》」を放ち――都人が大いにたまげたという記事が書かれているのである。

この時、日本の大名は、「鉄放」を見てもあまり関心を、しめさなかった……。後のヨーロッパ式鉄砲に彼らの子孫が起す熱狂は、なかった。

……毒姫は違った。伊勢守が密輸した三眼銃を見た毒姫は、欠点さえ克服すれば――恐るべき武器になると忍びの勘で感づいた。

近江から鍛冶屋《かじ》を呼んで改良させると共に射手を、勘、瞬発力、手先の器用さ、視力に優れる甲賀衆とすることで、狙いの確かな素早い射撃を可能とした。……後の甲賀者の鉄砲との密な関りは、実はこの辺りに背景があったのかもしれぬ。

ヨーロッパ式鉄砲にくらべれば劣る武器だが、かなり弱点を克服した中国式鉄砲が――すがるたちに火を噴いている。

音無は小法師が撃たれても眉《まゆ》一つ動かさず――毒姫と睨み合っていた。

小法師の後ろ、梢に隠れていた八瀬衆が下草に飛び降り、毒矢を放ちながらすすむも……いくつもの三眼銃が火と轟音《ごうおん》を放ち、味方はばたばたと斃れた……。

「もはや、引き色ぞっ！」

地蔵丸が矢を放ちながら怒鳴る。歯嚙みした若犬丸も、射ながら、うなずく。

面貌を青くしたすがるは血だらけになって蹲《うずくま》った七郎冠者や、小法師から目がはなせぬ。――まだ引き色とは、見えぬ。退却したくない。逆鏠と鎌《かま》を出したすがるは、全身で叫ぶ。

「見ろ！　あれらの道具、一度《ひとたび》放てば……次がなかなか放てぬっ！　今が、攻め時だ！　乙名様を救えぇっ――……」

すがるは毒姫の後ろを襲おうと疾風《はやて》になって駆け出す――。

火で出来た熊《くま》の咆哮のような、激しい雄叫《おたけ》びが、若犬丸から迸《ほとばし》った。弓を斧と鉄拳《てっけん》に持ちかえた若者は、

「行くぞ、八瀬童子！　小原女《おはらめ》！」

八瀬衆が篠原に伏せていた槍、薙刀を取って、走る。

甲賀の山の方で暗雲に幕電が走り――白んだ。

天が怒る低い唸《うな》りと同時に、勇ましく疾駆する味方に、灼熱《しゃくねつ》が襲いかかった。粘つく猛火が三人の仲間を火だるまにしている。お山で嗅《か》いだ、嫌な臭《にお》いが、した。さっき輿があった所に……見たこともない物体が……置かれていた。

銅の箱が、ある。大箱だ。銅箱の上に、鉄の大筒が、載っていた。筒の後ろで馬面の男がさかんに手を前後動させている。奴《やつ》が動く度に、筒が粘っこい火を、噴射する。

猛火《もうか》油櫃《ゆき》――北宋《ほくそう》の頃、つまり日本で紫式部や清少納言《せいしょうなごん》が活躍していた頃……大陸で

発明された、火炎放射器である。

四角い銅箱には原油を蒸留した原始のガソリンが入っている。火薬をつかった火楼と呼ばれる仕掛け（発火装置）に火をつけ、筒の後ろのピストンを動かすと、下の銅箱から燃料がおくられ、筒が火を噴き放つ。

小法師の後ろ、密林から殺到した仲間にも、手際《てぎわ》よく装塡《そうてん》された二射めの火箭が飛び、また犠牲者が出た。

唐物好きの伊勢守だからこそととのえられた十分な火器により、細川山名何処《いずこ》の大名が乱破を差し向けてきても、殲滅《せんめつ》し、拷問《ごうもん》にかけ、その大名に不利な証言を得る、伊勢伊勢守と毒姫の策である。

ちなみに、毒姫は、

『叡山の忍びが襲ってきたら如何《いかが》します？』

確認するも、伊勢守は、

『――焼き殺せ。わしが揃《そろ》えし道具が……山名細川を滅ぼすに足る道具なのか知る、よい機会ぞ』

酷薄な笑みを浮かべながら命じていた。

初め、篠藪には七郎冠者を入れて十七人、密林には九人の味方がいたが、今それぞれ七人と四人までへっている。

敵は……僅《わず》かしか討ち死にしていない。

毒姫を後ろから襲わんとするすがる、横を走る若犬丸の前に、三眼銃を撃ち終った甲賀衆が、忍び刀を抜きながら、バラバラと散開してきた。

敵が投げた手裏剣を薙ぎ落した、すがる、若犬丸が、甲賀者どもに突っ込む。

逆鎌、鎌、斧、鉄拳が猛威を振るい、血煙が散った。

篠原のそこかしこで激しい火が燃えていて、他の八瀬者はそこを迂回《うかい》したり、跳び越えたりして敵に迫らんとして、動きを読まれ、攻撃される。味方はひるんでいた。

薙刀でもって敵を襲おうとした、めめの顔に火箭が当り——首から上が爆発した。

そのめめに猛火油櫃が火を噴き首を無くした体が燃え盛る——。

地蔵丸は……いつの間にか戦線を離脱したようだ。武士の世界では、これは卑怯《ひきよう》とされるが、忍者の価値観では、必ずしもそうはならない。篠原にいた八瀬童子がまた猛火油櫃のねばねばした炎に巻き殺された。

腹と腿から血を流した小法師が動く。

猛火油櫃を動かす馬面を、後ろから忍杖で討とうとする——。

——!

火箭が——小法師に飛び、左肩から閃光と血がしぶいた。夥しい血を流しながら小法師は走る。馬面の介添えを務める目に隈がある小男が、はっと気づいて、忍び刀でかかるも、右手一本で動かした忍杖から……分銅鎖が飛び出して刀を弾き、返す分銅鎖が小男の顔面を、赤く潰《つぶ》した。もはや小法師の左腕は動かぬようだ。

馬面が鎌を抜いて振り返り、その近く、隻眼《せきがん》の甲賀者が三眼銃を小法師に向ける。

閃光と轟きが関津峠を走った。忍杖に弾が当り、中ほどで真っ二つに折れている。小法師の手にのこった方には鎖がついていない。左腕が動かぬ小法師はその折れた杖《つえ》を、馬面の、下腹に叩《たた》き込んだ。

馬面から、呻《うめ》き、血汁が、漏れる。小法師の忍杖には鎌が仕込まれており、杖から姿を現した鎌は今、馬面の腸《はらわた》を貫いている。

猛火油櫃で多くの八瀬衆を殺した男の腹を大きく裂きながら鎌を取り出した小法師は、杖についた血塗られた刃を、煙を揺らす三眼銃で殴りかかってきた男の心臓に、ぶち込む。

大量の鮮血を迸らせ、その男も斃れた。

火を噴く鉄筒を奪い取った小法師は左肩から血の濁流を迸らせ、右手を前後に動かし、篠原でひるむ八瀬衆を片付けんと雪崩《なだ》れ込んでいった伊勢家の侍や、甲賀者の背中に
——炎を噴き付けた。

六人の敵が火だるまになった。小法師が、吠《ほ》える。

「甲賀衆！　面白い玩具《がんぐ》を手に入れたのう」

三眼銃の銃口が横から小法師を狙う。

「だが伊賀は、安々と――」

ダーン！

伊賀の下忍は右の蟀谷《こめかみ》と左耳から赤い筋をぼとぼととこぼして関津峠に沈んだ――。

「小法師ぃっ！」

音無が大声で叫び――下忍の方に顔を向ける。その隙《すき》を衝き、毒姫が手甲鉤閃かせて躍りかかったが――音無が見せた動揺こそ、彼の策だったのである。名張ノ音無は、一刀の下に、望月毒姫を、斬《き》り捨てた。

信を置く下忍の死すら、伊賀の上忍は術とした。

音無が、大喝する。

「毒姫を討ち取った！　まだ戦う気か！」

刹那、雷鳴がかなり近くまで寄ってきて、生暖かく湿った風が関津峠で戦う者たちを揺さぶった。音無は刀槍《とうそう》を振るって襲ってきた伊勢家の侍一人、甲賀者二人を、白刃《はくじん》と手裏剣で瞬《また》く間に片付けている。

九人を倒した小法師捨て身の働き、五人片付けたすがるの奮闘、今の音無の剛剣が強固であった敵を瓦解《がかい》の崖っぷちまで追い込んだ。敵は七人、味方も七人。しかし圧倒的に味方が押し出した。

口髭《くちひげ》を生やしたのっぽの侍がわめく。

「宝を取られるな！」

——盗人猛々《ぬすっとたけだけ》しいとはこのことだ。編笠をかぶった侍が、毒姫の馬の屍《かばね》から箱を一つはずそうとする。また、列の後ろ、駄馬が背負った米俵を一つはずしおぶって逃げようとする甲賀者が、いた。

——あれかっ。

鬼の形相になったすがるが逆鑓を箱に手をかけた武士に投げてひるませ、音無がその侍を斬殺《ざんさつ》した。音無が木箱を確保する。

思わぬ事態が起きた——。毒姫や七郎冠者が倒れている峠道の南から、もっとも遠い北側、米俵を背負って遁走《とんそう》しようとした甲賀者を、斬り捨てた編笠の武士が、いる……。

伊勢家の甲賀者を伊勢家の武士が……斬っている。

「裏切り者！」

口髭、のっぽの侍がその武士に斬りかかるも、彼の喉は、後ろから投げられた棒手裏剣で、破裂した。また別の裏切り者……青い菅笠《すげがさ》をかぶった小者風、つまり小者に化けた甲賀者が、のっぽの侍の後ろ首に手裏剣を投げたのだ——。

——身虫《しんちゆう》？

裏切り者の意である。身中の虫から来ている。鉄壁と思われた毒姫の陣立てにも、他の勢力への内通者が、まぎれていたのだ。

二人の身虫、茶色い編笠の武士と、青編み笠の甲賀者が、うなずき合う。

刹那、裏切りの甲賀者は笠の下から——すがるを鋭く睨み、煙玉を、放った。

白煙が、立つ。見えなくなった裏切り者どもを見据え、すがるは、

「奴らを逃がすなっ！」

返り血で赤鬼のようになった若犬丸は、敵を一人斧で成敗。その隣にいた敵を別の八瀬童子が槍で突き伏せる。もうのこるは……例の裏切り者二人だけだ。

白煙が——薄まった。

何が、起きたのだろう……？　裏切り者の一人、編笠の侍が血を流して道に斃れていた。もう一人の裏切り者、青編み笠の甲賀者と、米俵は——消えている。

「追うか！　すがるっ」

青壊色《あおえじき》の忍び装束をまとった仲間が問うも、すがるは答えない。七郎冠者に駆け寄った。

……仏様、お山の薬師如来《やくしにょらい》様……どうか御頭を、御頭を助けて！

頸動脈《けいどうみやく》を毒姫に掻き切られた七郎冠者の傍には血溜《ちだま》りが出来ていた。止血しようとして、手を伸ばし、気付く。既に息が止っている。すぐ傍で白い閃光が裂け、大音声《だいおんじよう》がひ

びく。そこかしこが粘っこく炎上する篠原の奥、一際大きな樅が二つに裂け、何十本もの篠を押し潰《つぶ》して倒れる。

絶望がすがるの中で爆発し力が抜けかかった。後ろで足音がして、若犬丸の声が、

「……御頭は？」

雨が一気にザーッと降り出した。すがるは、力なく頭を振った。

「糞《くそ》ぉっ、糞っ！　……ええいっ糞ぉぉぉっ——」

若犬丸は雨を降らせてきた暗雲を仰ぎ、面貌を引き攣《つ》らせ、咆哮を唾《つば》を飛ばす。

小法師の亡骸《なきがら》を一瞬、翳《かげ》りある双眸《そうぼう》で見詰めた音無は、すがるや若犬丸に、

「箱の中をあらためよう。雨除けがほしい」

雨が入りにくい木陰に動く。若犬丸、そして弓を置いたさこが雨衣を広げた。油を塗った布である。

さこは、忍術印可状を受けたばかりの小原女で、十七歳。色白、面長の何処《どこ》か公家《くげ》娘を思わせる品のある娘で、すがるを慕っていることが、素振りで知れた。だが、すがるは……女子すら濫《みだ》りに近づけることに抵抗があったため、一定の距離を取りつづけている。

若犬丸と、さこが髪を雨で濡《ぬ》らしながら雨衣を広げ、吹き込もうとする雨をふせぐ下で、すがるは木箱を開けた。白木の箱と黄銅の文箱《ふばこ》が入っていた。また、稲妻が落ち、

天地が轟く。すがるは濡らさぬよう気をつけながら箱の中身をあらためる。

白木の箱の中は——黄はだ染の紙に高僧の名がずらりと書かれた巻物だった。

「座主血脈譜」

八瀬童子、小原女が息を呑《の》む。他の皆は宝を見詰めていたけれど、若犬丸だけは歯を食いしばり、赤い目を、七郎冠者……そして、めめが斃れた方に向けた。

小さな文箱には青い絹の袋、その中には合子《ごうす》があり、合子を開くと——八つの舌状突起を持つ大昔につくられた鍵が入っていた。

「八舌の鍵っ」

箱にもどした宝を、素早く、内に油紙を貼《は》った背負い袋に入れる。念のため同じ馬が積んでいたもう一つの箱も開けるが、目潰しや赤い粉を固めた玉が入っていただけだった。すがるは、首領の遺骸《いがい》の方に向き、

「護法ノ鬼の頭、半分は、取り返しました！」

雨風が強まる。そんな中、八瀬童子たち小原女たちの膝が峠道につかれている。

八瀬衆は、七郎冠者に、そして関津峠で斃れた仲間たちに黙禱《もくとう》をささげた。

唯《ただ》一人の下忍をうしなうも——冷静さを崩さぬ音無は、端整な顔を俯かせ、

「残り二つは持ち去られた米俵の中にあるということだな」

「しかし妙じゃな……。裏切り者は二人おったのに、一人は道に斃れておる。裏切り者

の中で仲間割れがあったということか？」

年かさの八瀬童子が呟《つぶや》くと地の底の妖女がくすくす笑うような声が、した。毒姫の方だ……。

――生きていた？

すがるらは、武具を構えて、毒姫に殺到する。顔から胸までを斬られた毒姫は血だらけになっていて強い雨に殴られている。覆面は取れて、火傷《やけど》状の傷におおわれた世にも無惨な顔が、あらわになっていた。だが――双眸は美しい。この女は少女時代、仕置きとして飲まされた毒で、美貌をうしなったのだ。

毒姫は血を吐いて、

「身虫の中に、また身虫がおったのであろう。……気付かぬとは、我ながらうかつであったわ……。あつかう得物の面白さに酔いしれてしまったのやもしれぬ」

「お前が賊ではなかったんだね？」

雨がすがるを叩き、いくつもの滴《しずく》が、白い頬を落ちている。そこかしこで燃えていた火が強い雨で小さくなる。

「わたしが、叡岳に入った賊？　……ふふ。のう、すがる、毒針の娘。昨日まで山に入った賊の正体が丸でわからなんだ。今日少し見えた気がする……」

毒姫は弱い声で、

「彼奴《きやつ》は、我らを争わせようとしているのでは？」

「争わ……せる？」

「特に大名や権臣を」

「何のために？」

「さあ……吾なら、愉悦のためにそうするけど」

すがるの顔が、険しくなる。と、

「……崩す、喜び」

低く呟き、さ迷うような視線を辺りに投げかけた毒姫が、動かなくなった。息絶えたのである。

——争わせる？　何のために？

毒姫の言葉が気になるすがるだった。横殴りの雨風に吹かれながら、さこが、凛《りん》とした声で、

「すがる！　中ノ頭。我らに、下知《げじ》を——」

雨水で髪をべっとり張りつかせた若犬丸がつづく。

「奴を、追っかけよう」

伊勢家の隊列にくわわり、毒姫から寝返り、さらに裏切りの仲間まで裏切った男、毒姫の言葉をかりれば身虫の身虫を追い、阿修羅草紙と裏葉色の阿修羅を取り返さねばな

らぬ。だが、すがるから──指示は出ない。すがるは今にも血がにじみそうなかすれ声で言った。

「あたしは……下知なんか出せないっ」

荒ぶる雨風に横から殴られ、森に落ちた稲妻に後ろから照らされたさこは、

「貴女《あなた》の他に──誰が、出すの？」

涙だか雨だかわからぬものを、鼻から唇、唇から顎《あご》に流した若犬丸が、

「そうだぜぇ、すがる！」

すがるは泥飛沫《どろしぶき》を立てて膝をつき泥水の溜りを叩いて、

「あたしのせいで、十八人も死んだんだよっ！　仲間がっ──。乙名様だって」

黒装束の音無がすがると同じ目の高さになり、

「俺も共に立てた計画だ。七郎冠者も、了承してくれた」

ずぶ濡れになったすがるが滴を散らして頭を振る。もっとも年かさの銀髪の八瀬童子が、

「どんなに……むずかしい役目でも、弱音一つ吐かなかった。いつも正しい逃げ道を我らに指図してくれた。六角領で甲賀衆に取りかこまれた時……もっとも遅い者、乃《すなわ》ち傷ついたわしの歩みに合わせ、殿《しんがり》をつとめ、一人も死なせず、仲間を逃がした。……そんな中ノ頭であった。そなたの父御のことじゃ」

黙ってうつむくすがるが、唇を噛む。年かさの八瀬童子が、鋭く、

「般若丸の娘なら般若丸のような中ノ頭であれっ！　さあ——共に、奴を追おう」

すがるは、立つ。

「みんな——」

自分一人で強いわけではない。この仲間たちがいるからこそ……強いのだ、そう、思えた。目を潤《うる》ませたさこが、墨汁のように濡れた髪を首に張りつかせて、

「わたしは……他の中ノ頭じゃなく、すがるに、ついていくから……」

さこの言葉の途中で稲妻が落ち、さこの濡れ髪と白首を恐ろしい勢いで裂いて飛んできた、金属の鋭気を——反射的に上げたすがるの逆鏇が、弾く。頸動脈を裂かれた、さこがすがるに倒れかかり、銀色の鋼《はがね》の輪が、泥水の溜りに落ちている。

——円月輪っ！

雨が凄《すさ》まじい土砂降りに、なる。

「三方鬼《さんぽうき》！　鉢屋《はちや》衆だっ——！」

若犬丸が、絶叫する。

また、稲光が散って、無数の、白く、硬そうな、雨粒と、先刻の火がほとんど消えた篠原から殺到する、沢山の、灰色の忍びたちを、照らした。

山陰最強の忍軍……苫屋《とまや》鉢屋衆だ。

天空の轟音と共に篠原から飛んできた円い二つの殺意が、さっきすがるを鼓舞してくれた年かさの八瀬童子の両目と、喉を、横に斬り、血の筋が道、いや、泥沼に散った。

鉢屋衆は篠原から押し寄せただけではない。逆方向の山林からも、鉢屋者がよくつかう、三つの角を持つ三方手裏剣が霰《あられ》となって落ちてくる。宝を入れた袋を背負ったすがるを猛速で襲った円月輪と三方手裏剣が、音無の剣、若犬丸の斧で、弾かれている。

驟然《しゅうぜん》たる雷雨により、火は皆消え、足元全《すべ》てで、泥水が爆発の如《ごと》く跳ねる――。

「逃げる！　ついてこいっ」

音無が言った瞬間、すがると家が隣の孫若《まごわか》という八瀬童子が後ろ頭に三方手裏剣をくらい、泥飛沫を立ててぬかるみに沈んだ。天地を暗くする豪雨の中――南に、駆け出した音無の白刃、峠道をふさぐべく躍り出た鉢屋衆を――パッ――と閃いた稲光が一瞬、白く照らし、すぐに全てが薄暗くなる。

ずぶ濡れになったすがる、若犬丸が音無につづいて駆け出すや、鉢屋衆をふせがんと突っ込んだ八瀬童子がまた一人、四本の鎌槍に突かれて血と泥にまみれて斃れた。血泥に降りそそぐ氷の礫《つぶて》の如き大雨粒を雷光が照らす。

三人になったすがるたち。音無の前方で、敵が、鎌槍を構える。忍びがつかう鎌槍は宝蔵院《ほうぞういん》の僧兵がつかうのとは逆に、鎌が、使い手の方を向いていた。引っ掛けて登るのにつかうからだ。槍で突いたり、鎌で首を狙ったり、鎌を衣に引っ掛けたり、いろいろな使い方がある。

音無は、左にいる敵の鳩尾《みぞおち》に手裏剣を当てて沈め——右前方から繰り出されし鎌槍を刀で払い、そのまま小手を切断。身を低めて剣を振り、敵の両足を断ち斬った。

その音無を別の鉢屋者が鎖鎌で狙うも、そ奴の面はすがるが投げた逆鏟で、弾けた。

鳩尾に手裏剣を当てられ蹲っていた敵が苦無を音無に投げんとするも、低い姿になっていた音無は、立ち上がりながら、そ奴の首を蹴り、再び沈めている。

若犬丸が殿をつとめ後ろから放たれた矢や三方手裏剣を気配で読んで、斧で、弾く。

また、前方に躍り出て、手矢を構えた鉢屋者二人を、音無の十字手裏剣、すがるの逆鏟が討つ。刹那——すがるの左、裏白《うらじろ》という大型シダが茂る辺りから、急速の殺意が突出——すがるは首を貫かれた気がした。

——————ッ！

斧がシダの茂みから飛び出た鎌槍を二つに叩き折っていた。

すがるを救った若犬丸は、鉄拳をはめた左手を、裏白に二度突き出す——。

閃光と轟音。体じゅうにシダの葉をまとい森を這ってきた鉢屋者の骸《むくろ》が転がり出す。

「あんがと……」

「——お互い様よ」

瞬間、幼馴染《おさななじみ》が、うっと呻いた。鋼の輪が……水溜りに転がった。

右方、藪椿《やぶつばき》や樒《しきみ》、ドクダミが茂った樹叢《じゆそう》に先頭を音無、次にすがる、殿が若犬丸という順で、入る。木に溜まった雨水が滝となりすがるの体に降りそそいでいる。

衝羽根樫にイチイ樫、藪椿に樒、そんな常緑樹どもや、針葉樹、息が詰まるほど沢山の草どもが、凄まじい雨風に暴れ躍り、項垂《うなだ》れ伏す密林を、三人は夢中で走る――。

溺《おぼ》れるかというくらい濡れた葉や水が顔にぶつかってきた。泥だらけになって走るすがるは、若犬丸の走力がいつもより弱いことに、気付く。

「若犬丸？」

若犬丸は木蔓《きづる》につかまって、体をささえ、肩をすくめ、

「足を……やられちまったい」

土砂降りと密林で、敵は一時、すがるらを見失ったようだ。影になった若犬丸は、

「三方鬼の奴、大した野郎だ。しっかり返しをつけてくれたぜ……。左足、円月輪で……すっぱり、やられたわ……こん、畜生ぉっ……」

黒々と身悶《みもだ》えする樹々を仰ぐ。

冷たい土砂降りに心が潰れてしまいそうになったすがるは、かすれた声で、励ました。

「あんたなら、走れる。……音無、若犬丸が、足をやられたの」

黒装束の忍びは硬質なる気をたたえて顧みた。すがるは、伊賀者が傷ついた仲間に何か言うより先に、

「――あたしが、おぶってく。音無は、宝を持って」

「駄目だっ、すがる」

その言葉は、若犬丸から、出た……。

「その宝を……伊賀の人に持たせちゃ駄目だ。お前が、持ってくんだよ。餓鬼の頃はめに惚《ほ》れていた。夜盗虫を食う怖い女としか思ってなかった。一緒に修行するようになって、お前に惚れた」

影になった若犬丸は泣いているのだか、笑っているのだか、わからない話し方で、

「こんな話、恥ずかしくって今じゃなきゃ言えねえわ……。おら、白夜叉《しろやしゃ》と違って、こういうん、苦手だから……。八瀬のみんながいてくれて、いつも変わらねえあの里があったから……暗く、息苦しい世の中だけど、おらは何とかやってこられた。その里ん中で、一番大切な者が……」

全身が雨で重くなったすがるは溢《あふ》れそうになる胸を何とか抑えながら、声をふるわし、

「何言っている……行くぞ」

「行かねえ！――三方鬼ども、ふせぐわ」

すがるは面貌を激しく歪《ゆが》め、目を光らせ、

「いけないっ、絶対にいけない」

すがるの手が逞しい影に伸びるも、若犬丸はすっとはなれ、

「音無の兄貴、すがる……たのむわ。八瀬で一番可愛《かわい》くて、城州《じょうしゅう》一恐ろしい女だぜっ」

「若犬……」

「──ちょっと、鉢屋の爺《じい》と、遊んでくるわ」

敵の濁流が来る方に体を向ける若犬丸のごつごつした顔を、稲妻が照らした──。雨と涙で濡れ切った面に大きな笑みが浮かんでいる。

物凄《ものすご》い形相で若犬丸を捕まえようとする、すがるが恐るべき力で引っ張られた。音無だ。

「はなせ！　手を、はなせっ」

叩き出された怒号に、雨風がぶつかってくる。噛みつくように睨むすがるの腕を、音無は大きく動かし、鋭く、

「お前が、守るべきは、宝か、仲間か、どちらだ？」

──仲間をこそ、守りたい。人として。だが忍びの務めは……。

「あの者の気持ちを、無駄にするな！」

音無が、すがるを強く引っ張りながら駆け出す。すがるは、もう一度、後ろを向く。

榁と榁の間をやってきた鉢屋者に、若犬丸が斧で襲い掛かる姿が、雷電に照らされた──。

「こっちじゃ、こっちにおった！」

若犬丸が仲間を呼んだ鉢屋者を斧で屠《ほふ》る。爬行《はこう》するように、潜るように、さらなる敵中にもどる幼馴染を榁がつくる木下闇《このしたやみ》が隠す。激しく動揺する胸を押さえたすがるは、音無を振り払い、歯を食いしばりながら前を向いた。猛烈な雨風に揺れる密林を、泥だらけになって、走って、這って、走りながら……、

――若犬丸。何で……あんたまで？

八瀬の青田で一緒に水蟷螂《みずかまきり》やタガメをさがした夏の日、比叡山が蟬時雨《せみしぐれ》をおくってくるすがるの家で、白夜叉、若犬丸と共に椋《むく》の樹に登り、腹が壊れるほど果実を食べた日、力持ちだが不器用な若犬丸に逆鏟の投げ方をおしえた日が、昨日のことのように、思えた。

……あんたが、あたしの傍にいることは、八瀬に高野川があって、お山にいつも靄がかかっていて……うちに椋の樹があるのと同じくらいにあたしにとって当り前のこと。

これからいなくなるという時に、その大きさが、わかった。

……もしも、高野川を下った先にさ……本当に……みんながいる場所が在るのなら……いつか、あたしが行く時まで、若犬丸、そこで……。

びしょ濡れの榊《さかき》がすがるの顔面にぶつかり数多の滴が散った。

雨は――弱まっていた。

血だらけの若犬丸が、鉢屋の下忍三人と刺し違えるように斃れている。いくつもの風《ふう》雨《う》炬《こ》火《か》が何故《なぜ》か笑みを浮かべた死に顔を照らしている。風雨炬火は、雨風でも燃える素材を、藁《わら》でつつんだ、忍び松明《たいまつ》である。

水溜りに落ちた鉄拳を見下ろす三方鬼に下忍が、

「先程逃げた二人、煙玉で行方をくらました男……いずれの行方も定かではありませぬ」

「伊勢家につくりし身虫で、宝を掠《かす》める所存であったが……」

毒姫の一隊を裏切った身虫は、三方鬼が仕込んだ者であった。

「その身虫の一人がまた……何者かに寝返ったか、あるいは我が身虫を……何者かが殺し、入れ替わったか。……鏡写しの術であろうか？」

周りにひしめく下忍たちが聞き慣れぬ言葉を呟いた時、

「御頭。五郎次郎、只今《ただいま》、もどりました。お屋敷でこちらにおられるとお聞きした次第」

「おお、此度《こたび》の忍び働きの中でもっとも厳しき役目が、そなたの役であった。よく……生きてもどったな」

編笠、蓑という出《い》で立ちの男は泥水をものともせず風雨炬火の明りの中にひざまずき、

「はっ、彦二《ひこじ》、お仙《せん》は、伊賀者どもに、嬲《なぶ》り殺しにされましてございます」

淡々と告げた伊賀国からもどった下忍は、

「面白いことがいくつかわかりました」

三方鬼は厳しく、

「面白いか、面白くないか——わしが判ずることよ。お主は、ただ、見たこと、聞いたこと、嗅いだことを報告せよ」

「御意。隠居潰しの術を仕掛けまして……」

隠居潰しとは、引退した忍びにごく自然に近づき、薬入りの茶や酒を飲ませて、話を引き出す、鉢屋流の術である。伊賀甲賀の忍びのほとんどが、友人をつくらない。引退した忍びの多くが孤独に襲われ、酒に手を出す者もいる。その孤独にすっと忍び込むようにして、仕掛ける。

「例の、菓子を上手《うま》くつくる乱破、種生《たなお》ノ小法師《こぼうし》という男だと思います」

小法師が既に泉下の人であることは、さしもの三方鬼もわからない。

「小法師の上忍が……名張ノ音無。若年にして伊賀者どもから恐れられている男にござる」

「……初めて、聞く。それほどの力量がありながら、このわしが初めて聞くということは、その男——本物じゃな。で？」

「はっ……某《それがし》、名張の里にも入りました。音無の住いを幾日か見張りましたが、出入りするのは音無に留守をたのまれているらしい姥《うば》一人。……伊賀から出ているようにございます。この音無ですが、以前、青蓮院《しょうれんいん》門跡の御用をつとめたことがある由《よし》」

三方鬼の指が、顎に、あてがわれる。

「――面白い。音無の他に名張から京に出ている者は？」

「一人、突きとめました。その女、乱破をやめています。今は京で……面打ちに」

得体の知れぬ冷たい妖光を瞳《ひとみ》に滾《たぎ》らせた三方鬼は、わざと冗談めかして、

「忍者をやめて面打ちになった。……よい女なのかの？　何だか、よい女の気がするのう……名は、何と申す？」

雨が、一気に、強まった。

岩陰

「衣を脱ぎ、温め合おう」

音無の提案はすがるに拒絶感をもたらした。明り一つ無い闇《やみ》の中、すがるは黙る。

外では猛烈な暴風雨がつづいている。台風が、山を揺らしていた。

二人に、人が四人ほどは入れる岩陰に、潜んでいた。さっきの所からかなりはなれた山中だ。もう夜だが——火は、つけられぬ。三方鬼たちに嗅《か》ぎ付けられよう。だから、太陽を待つより、衣を乾かす術《すべ》が無い。夏とはいえ台風が暴れ狂うこの夜は肌寒い。

真っ暗な中から音無の声が、

「ずぶ濡《ぬ》れの衣を一晩中着ていては……体が、冷えすぎて危うい」

雨は入ってこない。大木の下には比較的乾いた枝葉があり、二人は素早くそれを取り、藪《やぶ》に見せかけて、岩陰の入り口をふさいだ。台風に叩《たた》かれた夜の森でも、身悶《みもだ》えする樹々《きぎ》の影は、見える。だが、ここは、何も見えぬ。——全き闇であった。

だから服を脱いでも何も見えぬが、それでも、男と触れ合うことへの抵抗が、あった。

……九年前に自分を貫いた激しい痛み、肌を這《は》いまわる舌を思い出し、気分が悪くなった。その辛《つら》く苦しい気持ちが、塊となって、喉《のど》にこみあげる。

音無はすがるの気配から何かを感取したらしい。

「わかった。……よい。ただ、そなたも、衣を脱げ。でないと冷える。俺はあっちを向く。……まあ、斯程《かほど》に暗いと、俺でも何も見えぬが……とにかくあっちを向いたゆえ、そなたも安心して濡れ衣を脱ぐがいい」

一寸先も見えぬ闇の中、反対を向いた音無がずぶ濡れの忍び装束を脱ぐ気配がしている。

しばらく固まっていたすがるも音無に背を向け、重たく濡れた衣に手をかける。そこで、手が止る。

音無は、完全に脱ぎ終り、すがるに背を向けてじっとしているようだ。

岩陰は今、雨と木の葉の臭《にお》い、元々生えていた苔《こけ》の香り、二人の体臭に満ち満ちていた。

すがるは裸形となった。

音無にならって、濡れ衣を、己と木の葉の壁の間に置く。逆——岩陰のもっとも奥に置いた背負い袋に手を伸ばす。丈夫な背負い袋の中は、油紙を仕込んでいることもあり、乾いていて、寺宝が入った白木の箱や文箱は湿ってもいない。すがるは背負い袋から乾いた三尺手拭《てぬぐ》いを引っ張った。

体を、拭《ふ》く。

生き返る気がした。

「あんたも、つかう？　手拭いがあるの。少し湿っちゃったけど」

「用意が良いな。俺の手拭いは、くたくたに濡れて、使い物にならん。今日この時の乾いた手拭い、いや、若干湿った手拭いは百文の値打ちあり」

「百文だけ？」

揶揄《やゆ》したすがるの胸に——死んでいった仲間たちの顔が、どっと、押し寄せた。——若犬丸、七郎冠者、めめ、さこ……。伊賀の小法師も。

「いや、俺が間違った。百疋《ぴき》だな」

手拭いをかしてくれた白夜叉を思い出す。気持ちが圧《お》し潰《つぶ》されそうだが、わざと明るく、

「そうでしょ？　なら、百疋で売ってあげる」

「喜んで買わせてもらおう」

やや湿った手拭いがすがるから音無にわたされた。音無が体を拭く気配が、後ろでする。

「……若犬丸のこと……気の毒であったな」

音無が、静かな声で言った。すがるは唇を噛《か》んでいる。――寒い。自分を少しでも温めようと、膝《ひざ》に置いた腕に、顎《あご》を沈めている。

「伊賀には……なかなかいない類《たぐい》の、気持ちのよい男であった」

黒漆が気体になったような闇の中、すがるは、瞑目《めいもく》し、

「あんただって……小法師を。……たった一人の……下忍だったんでしょ？」

「……ただの下忍ではなかった。俺にとって……親父《おやじ》のような男であったのかもしれぬ。俺の父は、といっても、血の繋《つな》がっていない父は、黒鳶《くろとび》といった。黒鳶には子が無く、俺のような孤児をあつめて、忍びの術を叩き込んでいたのだ。黒鳶の下忍が小法師だった。小法師には……かつて、妻と子があった。だが、産後の肥立ちが悪く、妻も子もなくした。小法師はうしなった子を俺たちに重ね合わせていたのかもしれぬな……。血も涙もない黒鳶のしごきに耐えかねて、俺たちが泣きべそなどかいていると……いつも小法師が、言葉はつかわぬが、そっと、慰めてくれた。餅《もち》や焼いたツグミをくれて」

小法師にそういう一面があったことなど、すがるは気付いていなかった。

「術のこつなど、丹念におしえてくれたのも、小法師なのだ。黒鳶は――何もおしえてくれなかった。見せるだけ、見せてな」

すがるは腕をこすりながら、

「あんたのこと……もう少し、訊《き》いていい？」

「答えられることなら」

「あんたの……。ごめん、何でもない。忘れて」

「俺の実の親のことか？」

「…………」

すがるは小さくうなずいて、音無に見えないのだと気づく。

「奈良の遊び女《め》であった。お袋はな。実の親父のことは、知らぬ。お袋は武士だと話していたようだ。お袋の遊女仲間から、聞いた気がする。……あの女は……俺を五つの時に、捨てた。以後俺は盗みなどして生きてきた。八つの時、興福寺の僧兵に追われた俺を助けてくれたのが黒鳶だ。それからは、伊賀者として生きてきた。黒鳶の所にいた、俺と同じ境涯の子供たち……あの者たちが俺にとっての兄弟姉妹、すがるにとっての、若犬丸のような者なのかもしれぬな」

「今でも……仲がいいの？」

「……いや」

硬く黙した音無はぽつりと、

「今はもう、俺しか生きていないのだ」

外では、凄《すさ》まじい雨がつづいていた。

——あたしと同じだ。宝蔵が焼けた夜から次々に大切な人がいなくなって、もうあたしには誰もいない。

……あたしは一人ぼっち。

膝をかかえる腕に強い力が入っている。しばらくして、音無が、まだ――寒い。すがるは少しだけ音無に近づく。やや、背が温かくなった気がする。

「そなたの話を……してくれ」

「あたしの母《ウマ》……八瀬《やせ》では、お母《かあ》のことを、ウマって言うんだけど、母は……」

山の事故で死んだ岩の話をした。明るくのんびりした母の話、忍びではないのに、八瀬一の腕を持つ静かなる乱破《らっぱ》に愛された、おしゃべりで友の多かった母の話を。

「御宝《みたから》ノ守部《もりべ》をつとめたという父御は？　……どんな、人だった？」

音無に問われたすがるは、

「八瀬の言葉でお父《とう》をノノ、って言うんだ。父《ノノ》は……父はさ……」

――木の香りがする、人だった。

無意識に脱ぎすてた衣の中の数珠《じゅず》にふれる。

「般若丸は八瀬一の忍びだったけど、あたしの中では乱破じゃなくて、木地師なの。木地師としての顔の方が濃い。だって、忍びの顔を初めて見たのは、あたしが十一の時、修行しはじめた時だよ。木の粉の中で……お椀《わん》をつくったり、お盆をつくったりしているあの人の方が……」

窓から入る光に射られた、舞い上がる木の粉は、一つ一つの小さな命の結晶が、瞬《また》いたように見えた、そう記憶している。父の話をしながら、まだ寒い気がして、もう少しだけ音無に近づく。少し、温かくなった。さらに寄ると背と背がかすかにふれ合う。

……たしかに……温かい……。

音無の背と、自らの背がふれ合ったことは、すがるの中に、当初考えていたほどの抵抗感を、もたらしていない。むしろ音無という男がたしかにそこにいるという、かすかな安心感をすがるにさずけている。

闇の中……その気持ちは何故《なぜ》か、ふくらんでいく。

いつの間にかすがるの背と音無の背はぴったりとふれ合い、互に体温をおくり合っていた。安堵《あんど》に似た気持ちが胸を浸す気がする、すがるだった。

音無と様々な話をしながら、すがるは眠りについた。外の嵐《あらし》はまだ止《や》みそうになかった。

小鳥の囀りで——すがるは目覚めた。音無が、ガサゴソ動く気配がする。雨風の音は、無い。枝をつかって木の葉の防壁に少し穴を開け、外を窺《うかが》う音無は、
「雨は……止んでおる。すがる、衣を乾かしておいてくれぬか？　俺は少し様子を見てくる。鉢屋衆が辺りにおらぬか気になるし、ここが何処《どこ》だかもわからぬ」

二人は今、都の東南、伊賀甲賀の西にある深い緑の迷宮と言うべき、山岳地帯にいる。

「わかった、気をつけて」

細い光が三筋ほど隠れ処《かくが》を照らしていた。音無が濡れ褌《ふんどし》を持って、がさごそ掻《か》き分け、外へ出る。しぼる音がする。すがるは、音無がつくった隙間《すきま》から顔だけ出している。

太陽の眩《まぶ》しさが襲ってきた。藪椿《やぶつばき》の密林で、光と鳥の声、枝葉に多分にのこった昨日の雨水がこぼれる際限のない滴《しずく》の音が、氾濫《はんらん》していた。

椿林と岩陰の間に六畳ほどの広さの木が無い所があり倒木が苔生《こけむ》していた。忍者刀を持って四囲を厳戒していた音無は、

「こいつにかけて、乾かすといい。あすこの椿の木陰に潜める。お前は木の下に寝そべって吹き矢を支度、ここに近づく奴《やつ》がいたら、吹きかけてやれ」

「あたしが中ノ頭なんだよ。そこまで指図されなくたって、わかるよ」

くすりと笑ったすがるに、逞《たくま》しい体を向けた音無は、

「それもそうだ。つい、小法師に指図する……癖が、出たわ。では、行って参る」

昨日、敵に向かっていった若犬丸の顔を思い出したすがるは、音無が心配になり、思わず岩陰から出ようとする。自分が裸であることに気づく。すがるの白い面は真っ赤になった。

「本当に気をつけて、音無――」

「俺を誰だと思っている?」

伊賀者はもう、木の青き洪水に、飛び込んでいる。

猛烈な日差しで衣はすぐ乾いていくようだった。もっとも、臭いは相当、きつかろう。すがるは少しはなれた藪椿の薄青い木陰にうつぶしていた。シダの葉をつなげてつくったものを腰に巻いており、乳や臍《へそ》の下に、落ち葉があった。

見上げると……連理の木が、そこら中に、あった。

女仏の腕や腿《もも》と錯覚し得る滑らかな灰色の肌を持つ藪椿が、そこかしこで、絡《から》み合い、もつれ合い、抱き合い、一つに合体しては、分離したりしていた。斜めに伸びた藪椿が別の木として生まれたものの体内に、溶け込むようにして入り込み、そこからは一つの木として生きている……。蛇のように激しく地上をのたうつ藪椿。乳を思わせる瘤《こぶ》をふくらませた藪椿。

清らにして淫《みだ》ら、やわらかくも厳かで、眩暈《めまい》を覚えるほど生命力強《ちからづよ》い。されど、小鳥が鳴き止むと——しんと、静まり返る森だった。

命の氾濫につつまれたすがるは……他の木と共に生きようとする一つ一つの木が、人間のように思えてきて、ぐいぐい引き込まれる何かを感じた。

……自分の強さだけが、大切なものを守れると、信じてきた。強さをもとめるあまり……あたしにとって大切なものは何だか、わからなくなっていた。

手が土を掻く。筋肉がそびえた腕に、椿の梢《こずえ》が、風に微動する影絵を描いており、今、山に棲《す》む大きな蟻《あり》が、すがるの腕の影絵から落ち葉の上の影絵に、動いていった。とことこ歩いてきたオサムシの仲間がすがるの腕を訝《いぶか》しみ、首をかしげる。猿の鳴き声がする。

――大切な……仲間たち。あたしは仲間たちがいるから、強かった。だけど、あたしの術は……仲間を守れなかった。とうとう一人きりになった。あたしに足りないものは何なんだろう？

見えない結論を焼き尽くすように、毒姫の手下がつかった火器が、心で毒々しい火を噴いている。

毒姫は惨《むご》たらしさを武器とし――強さを手に入れた。自分は、同じ道を歩みたくない。それが真の強さと思いたくないし、いくら一人の者が強くなっても、毒姫の手下がつかったような鉄の筒が向いた時、あのような鉄の筒がもっと広まった時、何ほどの抵抗が出来るのだろう？

大切なものを守るために必要な力とは、何か？

――智恵《ちえ》。

ふと、思った。

一人の強さは……脆《もろ》い。違う意見や、異なる知識を持った幾人かの者があつまり、足りないものをおぎない合った時に生れる智恵が、大切なものを守る力になるのではないか。そんなことを互いにささえあって生きるこの森の樹々が、おしえてくれた気がした。……だけど母に父、白夜叉に若犬丸、七郎冠者に、さこ……。あれほど多くの大切な人をなくしたあたしに、守るべき大切なものは……どれだけのこっているんだろう？もう何も……あたしには……。

――それにしても、音無が遅い。

あれから、二刻をすぎていた。様子を見に行ったにしては時がかかりすぎではないか。背負い袋を傍に置き常盤木《ときわぎ》の森に伏せたすがるは心配になってきた。……様子を見に行っては？　駄目だ。こんな山の中ではぐれては。だけど、鉢屋者に襲われていたら？

すがるは、細い目をさらに細める。

気が気ではなくなってきた。その時だ。――気配を覚える。何者かが、近づいてくる。

音無ではなさそうだ。

三番筒を取る。

かなり、はなれた所を――灰色の影が、這っている。小さいそ奴はそろそろと、忍び装束が天日干ししてある方に向かっていく。

灰色の忍び装束を着た、鉢屋者に、思えた。

すがるは三番筒を口にくわえる。一瞬、思い違いでないか、この山の樵《きこり》か、炭焼き、良木をさがしている木地師だったらどうしようという思いが、胸をかすめる。

だが、樵や炭焼き、木地師が、あのように這って山中を動くだろうか？　もし山の中を這う人がいるとしたら乱破以外に、狩人《かりうど》しか考えられぬが、狩人なら弓を持つはず。

小柄な影は、弓を、持っていない。足を怪我《けが》した若犬丸という万に一つの可能性もない。

――三方鬼の追手！　だけど……。

心臓が、波立つ。

相手が忍びなら一瞬の迷いが命取りになる。

すがるは、胸いっぱいにためた気を、吹いた――。

凄まじい叫び声がひびいた。影が、ドサリと倒れる。腰にシダを巻いたすがるは置いてあった逆鏇《ぎやくせん》を持ち椿林を勢いよく駆けた――。

己が倒した者に肉迫したすがるは瞠目《どうもく》している。

灰色の体毛をした猿が、横首を長針で貫かれ、四肢をびくびくふるわし、血を流して倒れていた。その近くで人形ほどの大きさしかない、子猿が、途方に暮れたような顔で倒れた猿を見ていた。

……あたし……子猿をおぶった母猿を……。

すがるが母猿に近づこうとすると子猿は神聖なものを守ろうとするかのような、必死の形相で牙《きば》を剝《む》き、すがるを下から威嚇《いかく》した。すがるは山の事故で岩がいなくなった日を思い出して、激しい立ち眩《くら》みに襲われた。

虚《うつ》ろな表情を上に向けていた母猿が苦し気に顔をかたむけ、悲しそうに子を見詰める。

母に何が起きたかわからぬ子猿は親の灰色の毛に顔を埋め、自らの赤い顔を死にゆく体にこすりつける。母猿が――悶えるような形相で子猿に向かって叫んだ。

死んでいった八瀬の男たち、女たちの顔が、すがるの胸底で活写された。

四肢の震えが弱まっていく母猿に――眼を開いたままこと切れている。

面貌《めんぼう》を歪《ゆが》め、身を大きくわななかせた、すがるは、

「……ごめんっ」

――許して。許せないだろうけど……。

どんな命も、何か一つでも間違いがあれば……一瞬でうしなわれかねない瀬戸際《せとぎわ》にある。

その大切な命を――昨日自分は数多《あまた》、あずかった。だが自分の読みが甘かったばかりに多くの命が散った。関津峠で斃《たお》れた仲間たちの、血や泥に汚れた顔、炎に巻かれた姿が、次々に胸に押し寄せる。

……みんな……ごめん。ああ、若犬丸、乙名様っ。

彼ら彼女らはもう二度と手や声のとどかぬ所に行ってしまった――。すがるが培《つちか》ってきた強さに、罅《ひび》が入り、やがてそれは決壊する。抑えようもない涙がどっと溢《あふ》れてきて、膝をつき、肩をふるわす。すがるは号泣している。

「……すがる。遅くなった」

突然、声をかけられ、はっとなる。

音無であった。二刻前は褌一丁であったが、今は緑の筒袖《つつそで》を着ていて、茶染めの筒袖をかかえていた。

「着るものをさがさねばと思ってな……」

「――遅すぎる！　何処まで、行ってたんだよっ！」

腰を浮かせたすがるは摑《つか》みかからんばかりの勢いで音無に詰め寄る。音無は、面食らい、

「かなりはなれた柴刈《しばか》り小屋だ。……その猿は？」

ほとんど裸だと気づいたすがるは体を隠しながら、音無に背を見せ、しゃがむ。母猿を悲し気に見詰め小さい、かすれ声で、

「……あたしが……殺した。敵と間違って……」

「………」

音無は茶色い筒袖をすがるの肩にそっとかけてくれた。

子猿は、先ほどの所からなかなか動かなかった。狼狽《うろた》えて、心細そうな眼差《まなざ》しを、音無の手で木の葉をかけられてゆく母猿に、そそいでいた。すがるに衣をかけた音無は、まず、母猿の骸《むくろ》にそっと近寄りつつ、守ろうとして牙を剝く子猿に、意味不明の声をかけた。すると子猿は少し身を退《ひ》いて母猿と音無を交互に見ている。すがるの針を抜いた音無は、恐らく不自然さを消すためだろう……横向けに倒した母猿の体に、木の葉をかけはじめたわけである。柴刈り小屋で調達したという衣を着ながら、すがるは、

「……殺してないよね？」

「殺していないよ。柴刈りどもは酒に酔って、褌一丁でよう寝ていた。たぶん、嵐で出るに出られず、飲み過ぎたのだ。傍らにあった衣を失敬した。奴らにしたら、とんだ災難だが、致し方あるまい。さあ……手を合わせてやれ、すがる」

母猿の顔だけ出して椿の葉がかけられていた。音無が盗《と》ってきた筒袖を着たすがるが、近づくと、伊賀者にはしめさなかった敵意を子猿からぶつけられた。

すがるは手を合わせる。同時に、若犬丸を初め関津峠で散った仲間たちの冥福《めいふく》を祈った。

痕跡《こんせき》を消すため、せっかく乾かした衣を素早く埋めた二人は、その場所を、立ち去った。密林をしばらく黙って歩いたすがるは、

「……子猿に……何を話していたの？」

——宇治川が、眼下に現れている。

薪を満載にした宇治の柴舟《しばぶね》がよく下る川だが、さすがに、今日は増水しており、舟などはみとめられぬ。

「猿の言葉」

「……えっ？」

目を丸《まろ》げたすがるに、ふっと笑った音無は、

「冗談さ。昔、猿回しに化けて、甲斐《かい》に行った折、猿の世話が得意になってな。すがる」

静かなる面差しですがるを見詰めた音無は、

「そなたは、忍びにしては……温かく、直《なお》すぎるな」

しばし黙って音無を見返した、すがるは、静かな声で、

「……馬鹿《ばか》にしているの？」

「その逆だ。お前は……稀有《けう》な忍びだ」

道なき道を行った二人は宇治に出、鉄心坊がいる西坂本の忍び宿を目指している。

同じ頃。

滝ノ糸は――音無からかねてたのまれていた、例の聖《ひじり》の情報を、話を買いにおとずれた男から得ていた。南都で似た男を見たとか。

……七条仏所に参り、音無にこの話を売るか。

滝ノ糸がそう思うた時である。

「おられるかな？」

入ってきた男が、ある。老いた猿楽師である。若干、片足を引きずり気味に歩く。

「面を所望したくての」

――ただの猿楽師ではあるまい、と感じた。武器にもなる鑿《のみ》を取り、

「如何《いか》なる面でしょう？」

猿楽師は上がり框《かまち》にゆったり腰掛け、

「伊賀者の面を買いたいのじゃよ」

「…………」

「いくらなら、売ってくれる？　賀州《がしゆう》男の面」

「さあ、相手にもよりましょうな」

滝ノ糸は何となく相手が――音無の首を所望している気がして、いつかの鑿の傷を見

た。

「音無という男の首を買いたい。いくらじゃ？」

夜よりも暗い気を漂わせた老猿楽師は、問うた。

「貴方《あなた》は？」

「只《ただ》の猿楽師じゃよ」

「お名前を」

「漂泊の猿楽師」

滝ノ糸はいざという時は鑿を相手に放つ覚悟を固めて、

「……存じませぬな。その男」

「——！」

翁《おきな》から放たれた凄まじい殺気が——滝ノ糸の頬の一寸横を通り、壁にかけられていた若女の面を真っ二つに裂いている。圧倒的な、怒気をぶつけて、猿楽師は、

「とぼけるな。滝ノ糸！　同じ名張の者。知っておろうが。嘘《うそ》は、ためにならぬぞ」

「………」

たぶん、自分が鑿を放とうとしても、鑿が手からはなれるより先に、この男の道具が、首を裂く。——滝ノ糸は一瞬でわかった。

「また、参る。逃げようとするなよ。常に……うぬは、見られておる。聞かれておる」

――とんでもない乱破に追われているね。音無。

猿楽師は片足を引きずるようにして出て行った。滝ノ糸は甘栢榴悪尉《あまざくろあくじょう》を、見上げる。

たっぷり時を置き、滝ノ糸が店を出ると――さっきの猿楽師の姿は無かった……。商人や職人、馬借《ばしやく》などの姿が、見られた。その中に猿楽師の手下が紛れ込んでいるかもしれぬ。

滝ノ糸は尾行を警戒しながら都大路を歩く。

少し行くと、大きな袋を背負った行商風の男と、編笠《あみがさ》をかぶった雲水がつけてくるのが、わかった。滝ノ糸は七条仏所に真っ直《す》ぐ行かず、幾度もあらぬ方にまがり、尾行をまこうとするが……なかなか振り切れぬ。洛中《らくちゅう》を足早に行く途中で尾行は初めの二人から赤茶の小袖を着た娘と、放下師と思われる小男に変るも、得体の知れぬ乱破どもの追跡は、依然として、つづいていた……。

七条仏所の辺りを素通りする。

鴨川をわたった所で見まわすと、尾行の姿が、無い。用心深い滝ノ糸は気を抜かず、新熊野《いまくまの》近くの茶店に入り、板塀にかこまれたその店の厠《かわや》に入り、板塀の下、破れ目を潜って、裏の竹藪に入り、潜行する――。

……これで振り切ったろう。

思った時、

「……何処に行く気か？」
嗄《しやが》れ声が……筍《たけのこ》が生え、竹落ち葉がちらばった足元から、している。鎧通《よろいとお》しを出すと、
「ここじゃよ」
後ろから低く囁《ささや》かれる。刃を閃《ひらめ》かせ、振り返る。
――誰もいない。
「――どうした、滝ノ糸。何処を見ておる？」
真上で声がしたゆえ、竹の梢を睨《にら》み据えた。瞬間――足元で竹落ち葉が舞い上がり、
鳩尾《みぞおち》をしたたかに突かれた。杖《つえ》だ。息が、出来ぬ。滝ノ糸は仰向けに倒される。鎧通し
で、反撃しようとするも、丸い閃光《せんこう》が飛んで来て――右手の親指の付け根から、小指と
手首の中点までを――真っ二つに切り裂いた。指が五つついた肉片と、鎧通しがこぼれ
落ち、間を少し置いてから、血の噴水がぴゅーっと飛び出た。
杖で顔を殴られる。歯と血を吹き出し、面を赤く染めた滝ノ糸は、四人の男女に取り
押さえられ、老猿楽師の前に引き据えられた――。
滝ノ糸を打ち、円月輪で右手を切断した猿楽師は、
「だから、申したろう？　嘘をついてもためにはならぬと。洗いざらい話せば……許し
てやろう」
猿楽師の面に口中の血をぺっと吹きかけた滝ノ糸は、

「話がわからない男だね。わたしは——知らない。知らぬと申したことは」

猿楽師、こと飯母呂《いぼろ》三方鬼は薄く笑い、

「強情な女じゃの。ありあまるほどの冥土《めいど》の土産がほしいと見える。……よかろう。鉢屋責めにかけて進ぜよう。伊賀甲賀の男でも、泣いて許しを請《こ》う責めじゃ」

滝ノ糸の鎧通しをひろうと、滝ノ糸の眼球に切っ先をつきつけている。

＊

宇治から奈良街道を通って北上してきた音無とすがるは、もう少しで鳥辺野《とりべの》という所まで来た。左手は新熊野につながる、こんもりした藪である。

行く手に人だかりが出来ていて道端に筵《むしろ》に寝かされた血だらけの女がみとめられた。

「追剝《おいはぎ》や……」

「気の毒になあ。まだ、若い女や」

幾匹もの蠅《はえ》の羽音が、五月蠅《うるさ》い。

「……ひどすぎる。両目を抉《えぐ》り取られ、首を八の字に切られていたそうや……」

前を向いて歩いていた音無が、炯《けい》、と光る目を道端の遺骸《いがい》に向ける。

音無の眉《まゆ》は、かすかに動いた。
……滝ノ糸……！　鉢屋責めに、かけられたか。——俺との約束を、守って……。

罰

夕刻、西坂本についたすがるへの、新首領の咎《とが》めは、厳しかった。

「地蔵丸から聞いた。地蔵丸は、引き色と進言したのに、そなたは一蹴《いっしゅう》し、無謀にも敵に突っ込み、七郎冠者様以下、多くの仲間を死なせた。これは真《まこと》じゃな?」

「…………」

新たに八瀬の主峰となった鉄心坊をささえる、属峰でもあるかのように、傍らに座す地蔵丸を——すがるは見据える。自責の念は、ある。自分の読みの甘さが痛ましい結果につながったという思いが。だが、仲間を見捨てて逃げたも同然のこの男に、すがるは疑念がある。無謀な戦いをせず、退くのは、忍者の価値観からすれば必ずしも卑怯《ひきょう》ではないが……たとえ引き色でなくても、この男はああした修羅場から姿を消したのではないかという疑念だ。

新首領、鉄心坊と向き合う、すがる、音無に窓から斜《はす》に血色の夕日が差していた。

「……どうなのじゃ? すがる」

すがるから見て右斜め前にいる地蔵丸は無表情に首をかしがせていた。

「されど、すがるは、座主《ざす》血脈譜《けちみゃくふ》と八舌《はちぜつ》の鍵《かぎ》を取り返した」

音無が取りなそうとする。鉄心坊は、鋼《はがね》のように硬く、

「不十分じゃ。阿修羅草紙と裏葉色の阿修羅は手に入れられなかった。白い阿修羅も依然として、行方が知れぬ」

伊賀甲賀にくらべ——八瀬忍びの数は、少ない。関津峠の戦いで七郎冠者以下二十二人が死んだ。御宝ノ守部も討たれている。今、八瀬で即戦力となる忍びは、僅《わず》か十数人。うち数人は、遠国働きから動かせぬため、新首領はたった十人で、賊の追捕《ついぶ》、宝の奪還をつづけねばならない。誰かに責任を取らせねば八瀬をまとめられないという判断にいたったのだろう。それは、すがるにも、わかる。

鉄心坊は、言った。

「——蟄居《ちっきょ》せよ。そなたをこの件からはずす」

すがるは総身の血が冷えながら引いて行く気がした。腰を浮かせ、かすれ声で、

「何で？」

「——御頭にその口の利《き》き方は何じゃ！」

地蔵丸が、鋭い一声を、放つ。すがるは鉄心坊ににじり寄り、

「何でだよっ、鉄心坊！」

床板を、猛然と叩《たた》く。

「無礼なっ、御頭とお呼びしろ！」

地蔵丸が、馬鹿《ばか》にしたように吠《ほ》える。すがるは地蔵丸に今にも摑《つか》みかかりそうな顔を、向けた。地蔵丸は怒気を漂わすも内側で笑っている気がする。

首領という肩書を背負った、鉄心坊が立ち、身震いするすがるを見下ろし、

「――以上じゃ」

一瞬、いたわるような眼差《まなざ》しになり、

「八瀬で己に足りぬものを見詰め直せ。……音無殿、貴殿には、あらたなる中ノ頭、地蔵丸の下で……」

「――お断りする」

ぴしゃりと言う音無だった。音無は穏やかに、

「俺は、その男の下で、はたらきたくないな。故《ゆえ》に、今日を限りにこの件から引く。今あずかっている軍資金の半分はあんたらに返そう。だが、半分は今までの礼金としてもらう。貫首も納得するはず」

音無と出て行こうとするすがるに、地蔵丸が、

「七条仏所の忍び宿の引き払い。それが、お前の最後の仕事じゃ」

笑みをふくんで言う地蔵丸を、殺気立った視線で、突き刺すすがるだった。

座主血脈譜と八舌の鍵はお山にもどされている。だが、宝の盗難、童唄《わらべうた》、山名邸や長命寺法師の許《もと》への、盗まれた宝の不可解な出没は――もともと対立していた都の諸勢力に決定的な対立をもたらしていた。

具体的には、山名宗全、伊勢伊勢守、細川勝元、三者の暗闘と疑心暗鬼が、活性化した。

それを煽《あお》るかのように京では、伊勢守が叡山に入った賊の後ろにいるとか、いや、細川が糸を引いているとか、そういう内容の童唄を……次々に子供たちが歌い、きな臭い暗雲は日増しに大きくなった。

そんな時、花の御所で、事件が、起きた。

七月二十三日、伊勢守に唆《そそのか》された足利義政が突如、三ヶ国の太守・斯波《しば》義廉《よしかど》の更迭《こうてつ》を発表。――牢人《ろうにん》、斯波義敏を斯波家当主とすることが……電撃的に知らされたのである。

怒り狂ったのは斯波義廉を娘婿《むすめむこ》と目していた、赤入道宗全。宗全以下山名の男どもは憤然と抗議するも将軍は聞き入れず、猛《たけ》り狂った宗全たちは足音荒く花の御所を退出していった。

「――伊勢守めっ、細首、捩《ね》じ斬《き》ってくれるわ！」

宗全は館《やかた》で息巻いている。

そのまさに同じ日、八瀬に閉じ籠《こも》ったすがるを――おとずれた者が、いる。

陰暦七月二十三日と言えば太陽暦では九月中頃。

八瀬では、稲刈りをむかえる頃で、柚子《ゆず》の皮のように黄色く染まった田と田のあわいで、彼岸花が紅蓮《ぐれん》に色づく頃である。

一月ほど前、大きなお務めからはずされたすがるは、忍びの修行をぱたりと止《や》め、八瀬に引き込んだ。誰ともしゃべらず、ひたすら畑に向き合い、山に入り、木を取って、椀《わん》や鉢、盆をつくる毎日をおくっていた。木地師の仕事に時を埋没させていた。

思う処《ところ》は――あった。父と白夜叉を殺《あや》めた下手人を、自らの手で探し、討ちたい。関津峠で死んだ仲間たちは彼《か》の賊が手にかけたわけではないけれど、賊が蒔《ま》いた種から蔓《つる》が伸び、その毒蔓に絞め殺されたと言っていい。これだけの者が死にながら……なお、八瀬は、賊の正体に手をとどかせていない。賊を討たねば此度《こたび》のお務めで死んだ全《すべ》ての人間が浮かばれない。

だが、すがるには――自分のせいで仲間が死んだのではという、悔いも、あった。さらに首領の言葉は絶対である。故に、すがるは身悶《みもだ》えしたいほど彼の賊を追いたかったが、濁流を起して荒ぶる心を何とか静め、八瀬に籠《こも》っていた。

父が諸道具をつくっていた板敷ですがるは燃える松脂《まつやに》に照らされた轆轤《ろくろ》をまわしている。外は暗くなっていた。表の遣戸《やりど》の向うに人が立つ気配を覚えたすがるは、さっと、床板の一部をすべらせ、隠し物入れから——逆鏟《ぎやくせん》を出し、険しい面持ちで、窺《うかが》う。

と、ドンドン、と遣戸が叩かれた。黙していると、

「すがる……おるか？」

聞き慣れた声がした。はっとしたすがるは、逆鏟を持ったまま立って、一時の躊躇《ためら》いの末、それを床に置く。素足で土間に飛び降りたすがるは遣戸の内側で、

「音……無？」

「そうだ」

父が杉板でつくった遣戸が躊躇いがちに、開かれる。鈴虫やコオロギの静謐《せいひつ》な鳴き声で透き通った秋の闇《やみ》を背負い、編笠《あみがさ》をかぶった髭面《ひげづら》の武士が立っていた。変装した音無であった。

「どうして、ここが？」

「入っても？」

すがるがうなずくと音無は入りながら、

「大きな椋《むく》の樹《き》が裏にある家をさがしたら……ここだった」

すがる、若犬丸、白夜叉で、椋の実をたらふく食べて腹を壊した話を、音無は酔っ払ったあの男から、聞いていた。もはや、ずっと昔に思える皆が生きていた時の記憶が、どっと喉《のど》にこみ上げるのを感じながら、すがるは遣戸を閉めている。

音無は松脂蠟燭《ろうそく》に照らされた作業部屋を眺めながら、笠をはずす。

「何を、つくっていた」

「折敷《おしき》。窯風呂《かまぶろ》屋で、つかうの。あとは……売り物じゃないけど、制吒迦童子《せいたかどうじ》」

松脂蠟燭の淡い火に粗削りの童子像が二つ照らされていた。

若犬丸と白夜叉の像。

大まかに造形はしたが、細かい表情をつけていない。いざ、表情をつけようとすると、あの時の顔が良かったとかいろいろ迷いが出て、彫刻刀がすすまない。

草鞋《わらじ》を脱ぎ、音無は板敷に上がる。隙《すき》も、音も、気配も、無い。

——見事だ。やっぱりこの男、只の乱破じゃない。あたしは一月何もしなかったから……この男と差が出来ている。

音無はごつごつした童子像を取り、

「これは……若犬丸だな？」

「よくわかったね。そっちが……白夜叉。その二つを彫ったら——」

——その二つを彫ったら父を彫ろうと思っている。言いかけたすがるは、ぎょっとした。父の表情が——記憶の中で、ぼんやりしていて……。

……どうして？

——ぞわり、とした。過去の中に潜り、父の顔をさがし、子供時代を中心にいくつかの記憶を摑み取り、安心した。だがさっきいろいろな内臓に生じた冷たいものは、凍《い》てつく粘液のようになり、自分の中にのこりつづけた。

「その二つを彫ったら——?」

「……何でもない。見ての通り、あたしは木地師になった。今日は……何の用?」

音無は板敷に腰を下ろし若犬丸の像を置いた。

「それでいいのか、という用さ」

身構えながら座したすがるは、よその男を此処《ここ》に入れるのは、子供の頃をのぞけば初めてだと気づく。細い目が、音無を射る。

「どういう意味?」

「この件から手を引くと申したのは、地蔵何とかの下ではたらきたくないがゆえの、虚《そら》言《ごと》」

「………」

「俺はこの件を解決せねば——忍者として、前へすすめぬ気がする。あるいは、この件を解決すれば……」

言葉を唾《つば》と一緒に嚥下《えんか》した音無は、双眸《そうぼう》に静かな光をたたえ、

「とにかく、俺は手を引かぬ。故にこれは、銭金を目的とする仕事ではない。やらざるを得ぬゆえ、やるのだ。この件の解決には、二つの眼目が、ある。一つが、下手人の討

伐と宝の奪還。もう一つが下手人ではないが、散々俺たちを邪魔立てしてくれた、一人の男を討つこと。そう……飯母呂三方鬼を殺すことだよ」

音無は凄絶《せいぜつ》な笑みを浮かべた。

「この二つを成し遂げずして解決はあり得ぬ。何故《なぜ》なら三方鬼は、我らが下手人に近づいても……必ず邪魔立てし土壇場《どたんば》で潰《つぶ》す。関津峠のように。まず、三方鬼めを斬り、大いなる妨害の種を除く。その上で……下手人を捕らえるなり、首を取るなりするのだ」

「我ら……って、あんたは言うけどさ、あたしはあんたを手伝うことを、里から禁じられている」

「百も承知。だが——それでいいのか？　お前は」

「いいも悪いも、鉄心坊に逆らえば、あたしは八瀬を抜けざるを得ない。八瀬の掟《おきて》は……」

すがるを手で制し、音無は、

「——抜けろ、と言いに来た」

茫然《ぼうぜん》とするすがるに音無は言う。

「お前の手が必要だ。俺一人でやってもいいんだが、如何《いかん》せん、敵は手強《てごわ》い。それに、お前にも心残りがあると思ってな。ただでとは言わん」

音無は甘柘榴悪尉《あまざくろあくじょう》の面をゆっくり取り出した。

「滝ノ糸の面……」

「あの後、俺は——滝ノ糸が我らに何かのこしてくれているのではないかと思い、店に行ってみた。つまり、滝ノ糸は俺たちに何かを口頭でつたえようとし、七条仏所に向かう途中、鉢屋衆につけられ、殺された。そう見た」

「見張りがいたでしょ？　滝ノ糸の店には」

「いたよ。鉢屋者が、二人。深更に成仏《じょうぶつ》してもらい……店の中を、あらためた」

——ひどい様子であったという。滅茶苦茶《めちゃくちゃ》にちらかされ、面が散乱していたのだ。

「その中から俺は甘柘榴悪尉の面に何かを感じ……ひろってみた。するとな——」

すがるは赤色の怒気に染まった仮面をふんだくるように取っている。音無が、小声で、

「鼻の裏」

——器用な細工が、鼻の裏にはほどこされていた。面の裏側と同色の紙が目立たぬように貼《は》られていたのである。紙をはがすと、薄く畳んだ、小さな紙片がすべり出て来た——。

開ける。書かれていたのは……。

⿰土紫　銫　鉑　⿰身青　⿰亻紫　⿰火青　⿰身青　⿰氵色　⿰金紫　鐄　⿰身黒　柏　鐄
忍び文字である。木火土金水人身に色を現す七つの字を合わせ、いろは四十八字を現す。

すがるは、音無に言われて火ノ法と言われる読み方で、解読した。

「ならのひしり、ひやくうんほう……奈良の聖《ひじり》、百雲坊《ひやくうんぼう》——？」

「うむ。かの、顔の無い山伏を知るらしい聖の名ではあるまいか？」

「だけど、地蔵丸は、例の聖は信州の善光寺聖だって」

「聖というのは、諸国をさすらう。高野山に居をさだめている時は高野聖、善光寺を塒《ねぐら》としている時は善光寺聖というのだ。同じ聖が奈良にも比叡山にも、現れる。滝ノ糸が申す奈良の百雲坊、地蔵丸が言う善光寺聖と同一人であると思うのだ」

すがるは紙片を畳み、山犬の如《ごと》き相好で、

「だとしたら、奈良で網をかけた方が、その男捕まえやすいね。信濃《しなの》は遠い」

「これが、手土産だ。八瀬をすて……手伝ってくれんか？」

「…………」

さすがに生れ育った里を捨てるというのは、すがるにとって大きい問題だった。すがるは靄《もや》を孕《はら》んだ北嶺《ほくれい》の厳々《いかいか》しい顰《しか》め面、黄色い田と田の間に紅蓮に咲く彼岸花、裏の大椋、死者を送る高野川の清流、そこから少し上がった力芝《ちからしば》の草地に生れる日溜《ひだま》りが、好きだった。

音無は言っている。

「顔を変え……山名館をさぐった処、山名邸に、阿修羅草紙と裏葉色の阿修羅は無いことがわかった」

──身虫《しんちゆう》は鉢屋が仕込んだけど、身虫の身虫に一ぱいくわされたわけか。

「山名家は、総力を挙げて、かの二つを探している。それを持ち去った者こそ、初めに騒ぎを起した賊と読んでいる。俺も同じ意見だ。宗全としては、細川など有力大名の誰かが……賊の後ろにおり、自分と伊勢守を争わせ、共倒れにさせようとしている、斯様《かよう》に考えておる。

故に、賊を捕らえ、後ろにいる者を吐かせて、その大名を潰し……所領を挽《も》ぎ取り、柳営の大権を得て一気に伊勢守も薙《な》ぎ倒さんとしておる。昨日から、山名邸は、手薄だ。賊の追跡、探索、諸大名家への探りで、ほとんどの下忍が出払っておる」

「……本当に？」

「今しかない。三方鬼を討つ虚は。真に……用心深い男だ。奴《やつ》は、庭番の小屋を根城としていたらしいが、俺たちに、庭男の権さんなどと名乗ったものだから……もう塒をうつし、今は、山名邸内、堀川の小島にある毘沙門《びしやもん》堂を本陣としておるようだ」

左様な探索に音無がおよそ一月を費やしたのだと、すがるは知った。

「三日ほしい。考えたい」

音無は立ち、

「三日も考えられたら、困る。三日後には状況が違い、三方鬼を守る下忍の厚い壁があるかもしれぬ。奴の退治は、明日。——一日で考えろ」

今の言葉を咀嚼《そしやく》する間もあたえずに上がり框《かまち》まで無音で動き、草鞋をはきはじめ、

「山名邸の南に髪結い屋があったろう？　明日暮六つ、あの店の前に、いる。お前が来てくれぬ場合、一人で決行する」

音無は腰を上げた。

「まって」

素早く動いたすがるの素足がひんやりした土間を踏んだ。すがると音無は、薄暗い土間で向き合う。すがるは音無を切実な眼差しで見詰め、かすかにふるえるかすれ声で、

「一人で行ったら……死ぬ……」

——死んでほしくない。

もはや、下忍を持たぬ、若き上忍は、ふっと笑って、

「死中に活をもとめるというだろう。——さらばだ」

何故だろう……音無が行ってしまうのが、寂しいという思いが、すがるの中で首を擡《もた》げていた。遣戸にかかった音無の手が静止している。

音無が、すがるの方に、静かに一歩、もどる。すがるは反射的に後退《あとしざ》る。

音無はたしかめるように、一歩、また一歩と近づいた。すがるは固唾《かたず》を呑《の》み動かなかった。いや、動けなかった。音無の屈強な腕が動き、すがるの肩に——温かい掌《てのひら》が置か

れる。宇治田原の山中で背と背をふれ合わせたからだろうか？　不思議と……嫌悪《けんお》感は起きなかった。すがるの胸は、かすかだが、高鳴っていた。

音無は凛々《りり》しい眼で、すがるを、真っ直《す》ぐに見詰め、囁《ささや》いた。

「誰にも心囚《とら》われるなと……八瀬でも、おしえるのだろうか？」

すがるはこくりとうなずいた。

「伊賀でも、そうだ」

「…………」

音無は、すがるに顔を寄せ、非常に近くで、言った。

「だが、俺はそなたに、心奪われた。……そなたに惚《ほ》れてしまったようだ。なのに……死地に誘う。そなたは、もっとも安堵《あんど》して共に戦える仲間ゆえ」

いきなり、すがるをはなした音無は――遣戸をばっと開け、出て行ってしまった――。

すがるの足は棒となり土間と固着している。

稲妻に打たれたような衝撃がすがるの脳から胸を、貫き、動けなくなっている。

さっきの囁き、あれは何だったのだろう。あの男は、どういうつもりで……。これも、あの男の術なのか？　本音なのか？

我に返ったすがるは、追う。

表に駆け、

「音無っ！」

だが、その時にはもう――伊賀者は影も形も無くなっていた。

＊

初秋の爽《さわ》やかな風が都大路の塵《ちり》を払っている。

その日、七月二十四日、赤ら顔で額に瘤《こぶ》がある放下師、乃《すなわ》ち手品師に扮《ふん》した音無は、山名邸の南を流していた――。すがるが来なければ一人で三方鬼を討ち、洛中《らくちゅう》を退去、生れ故郷、奈良へ行き、例の聖をさがす所存である。

夕焼けの赤い気に天地が浸されつつある。そろそろ、約束の刻限だ。

――来ぬか……。里を抜ける決断は、やはり……。

苦い思いが重たい汁となり、胃にわだかまった。少し前に、商いを終え、里にもどっていくらしい小原女《おはらめ》がいて、すがるかと思ったが、違った。忍者ではない八瀬の娘であろう。

東から、二人組の尼と放下師の娘が、来る。その娘放下師、すがるより背が低いようだ。おかっぱ頭で、顔にそばかす。やわらかく弱い目をした娘だ。あれはすがるではあるまいと、音無は思った。音無が西に顔を向けると、

「——来たよ」

かすれた声が耳にかかった。娘放下師は、音無が見切れぬほど上手《うま》く変装した——すがるであった。喜びが波動となって音無の胸を揺すっている。同時にすがるを死地に引き込んでしまったと思った。

……やはり、こいつは、大した女よ。

音無が、西に歩き出すと、髪結い屋の二つ隣、蒔絵の手箱などを商う店をのぞき込んでいたすがるも、少し間を空け、つづく。

二人は紫野まで歩いて段取りをたしかめあった。

黄昏《たそがれ》の青い慌《あわ》ただしさが洛中をおおう頃、音無とすがるは、山名邸の北を歩いている。堀川が屋敷に流れ込む所まで、来ると、二人は人目がないのをたしかめてから、さっと川に向かって下り、背が高い草に潜む。堀川沿いには草が茂っていた。草中に潜んだ二人を道行く人はみとめられなくなった。

夜になるまで——じっとしていた。闇が辺りをおおうと草から草へ動き、山名邸の築《つい》地《じ》へ、寄った。

堀川が築地を潜《くぐ》る所は水中に並ぶ金棒が乱破の入りをふせいでいる。

二人は、堀川のすぐ左、つまり川の東の築地を越えようとしていた。そこは、九ヶ国の主が住む広大な館《やかた》の東北、鬼門の一角で、塀の内に、黒々とした樹叢《じゅそう》がみとめられる。

放下師装束に黒覆面だけつけた音無が助走もなく跳び築地の上へ着地。

瞬間――蛙《かえる》に似た姿になった音無は、築地の内から己を窺う目に、気付いた。下忍だ。灰色の忍び装束の。

手裏剣を、打つ。声も上げさせず仕留めた。

他に、見張りは、いない。来いと、やはり放下師装束に青壊色《あおえじき》の頬被《ほおかぶ》りをしたすがるに、手振りする。音無が庭に飛び降り――すがるが、築地に、ふわりと乗った。

数知れぬ棘《とげ》が二人を鋭く威嚇《いかく》している。

伊勢守邸の庭が毒の園なら、ここは棘の園であった。赤入道の屋敷の、丑寅《うしとら》（東北）の一角は、数知れぬ棘植物で、埋め尽くされていた――。サイカチ、枳殻《からたち》、山椒《さんしょう》、たらの木、など棘のある木がびっしり植えられ、野茨《のいばら》、カナムグラなど棘性《きょくせい》の蔓が絡《から》み、下草に深山刺草《みやまいらくさ》、鬼アザミ、野アザミなどが隙間なく植栽されていた。

――敵を阻《はば》むためである。

忍び刀を抜いた音無は、深山刺草をそっと掻《か》く。刀が鉄の凶器を押しのける。鉄菱《てつびし》だ。音無とすがるは鉄菱に用心しながら罠《わな》に満ちた棘の園をすすんだ。

少し行くと――月明りが囁き合う堀川と、その小島に建てられた毘沙門堂が見えた。

小島にも庭木が植わっていて橋が二つ陸とつなぐためにつくられていた。小島から、東の橋をわたれば、今、音無がいる棘の園と栗林《くりばやし》の間にある小径《こみち》に出られ、西の橋をわたると、会所の東北、冬の御庭に、出る。冬の御庭の南は、楓《かえで》などが植わった秋の御庭だ。ちなみに会所の西が赤漆の床の間がある御座所だった。宗全の寝所から遠いため、この辺りの警戒は薄い。

毘沙門堂に人気《ひとけ》がないと察知した音無とすがるは橋をつかわず狭い川を一っ跳びして、小島に潜入している——。

音無は毘沙門堂横、山茶花《さざんか》の木の下、躑躅《つつじ》の植え込みに、潜む。

すがるはまたさらに川を跳び——枯山水が目立つ冬の御庭に隠れ、岩に溶けた。小島から冬の御庭を見ると川を見下ろす山脈のように岩がつらなっていた。弓兵が隠れるのに、絶好の場所である。

……栗林は兵糧《ひょうろう》のためか。……戦でもはじめるつもりかよ山名宗全。

植え込みに溶け込んだ音無は心を無にしようとしている。されど、すがるを、ここにつれてきてよかったのかという思いが、沸き起る。自分たちは、西国無双と恐れられるあの男に討たれてしまうのではないか。

……大丈夫だ。俺とすがるなら、勝てる。

ざわつきかけた気を——静めた。

心を空にした音無は躑躅に、すがるは岩に、完璧《かんぺき》になり切った。隠形《おんぎょう》の術という。

どれくらい時が流れたろう。

──西の橋を、老いた庭男の影が、ひょこひょこ、わたってくる。杖《つえ》をつき片足を引きずるように歩いている。

手裏剣の間合いに入った所で音無は、

「──よう。三方鬼」

三方鬼は小首をかしげ橋の中ほどで止った。くすりと、笑い、

「……何じゃ、音無か？」

早くもこちらが何者か見抜いた山陰の老忍だった。

「食いっぱぐれて……山名家の禄《ろく》でも食《は》みに来たか？　伊賀者」

「いや。欲しいのは、お前の首だ」

三方鬼は……逃げようともせず、

「こんな皺首《しわくび》、別に惜しくも無いが、何ゆえ欲しいと思う？」

「お前は……仲間を殺した」

惨《むご》たらしい殺され方をした滝ノ糸の屍《かばね》、土砂降りの中、鉢屋者に突っ込んでいった若犬丸の最後の表情が、閃光《せんこう》と共に胸をかすめた。

「下らぬな」

底知れぬ怒気が三方鬼から漂った。低く、

「──仲間の命が、何じゃ？　仲間の屍を乗り越え常人に成せぬ役目を果たすのが、我

ら忍びの者であろうが。赤漆の床の間に現れたお主を見、近年の忍びにも少しは骨のあるのがおったかと思い、感心したのじゃが、過分の評価であったか」

音無は静かなる凄気が燃える声で、

「……下らぬ……か？」

「ああ。音無。一度わしの下ではたらいてみたら、どうじゃ？　一から鍛え直してやる。お主なら一年……いや、半年で鉢屋流の印可状を得られると思うが」

「…………」

「もう伊賀にも飽いたろう？　悪い話ではあるまい？」

「ことわる」

杖を、左手に持ち替えつつ、山陰の老鬼は、

「何ゆえ？」

「お前と同じくらい強いが……冷えた仮面の下に、温《ぬく》もりを隠し、仲間の命を、誰よりも大切にする忍びを、知ったからだ」

――――！　――――！

二つの殺意が、交差している。

音無が左手で投げた手裏剣と、三方鬼が右手で投げた円月輪が。

円月輪の方が――速い。

喉に突進した円月輪を音無の忍び刀が弾《はじ》き、三方鬼に飛んだ手裏剣は杖で払われた。

三方鬼から見たら斜め後ろ、庭に立てられた石が、すがるを隠していた。両者の飛び道具がまじわった刹那《せつな》、すがるは、二つの吹き筒を手に取って立った。

利き手はみじかい方の筒を上から押さえ、反対側の手はいま一つの筒、長い方の筒を下からささえる。長い方が、みじかい方の台となる。口は、上にあるみじかい方を、くわえる。

まずそちらから発射、電光石火の速さで、上の筒をすて、下の筒をくわえて放つ。まさに、瞬間連続攻撃——。

八瀬流の秘術「親子蜂《おやこばち》」である。

上にあった三番筒から附子《ぶし》を塗った殺意が——豪速で放たれた。

三方鬼が反応するより疾《と》く微小な突風が三方鬼の首に当っている。

……しまった、動脈から、二分、はずれたっ！

だが、首に刺さった吹き針は、三方鬼に強い衝撃をあたえる。上体をぐらんとさせた西国無双の乱破大将は左手の杖をさっとすて、

「鉢屋流・乱月《らんげつ》——」

言うが早いか両手から、いくつもの、殺しの月が——放たれた。円月輪が、複数、ま

わりながら——音無、すがるに、神速で飛ぶ。むろん毒が塗ってあろう。

すがるの針が刺さったと見たとたん、音無は白刃《はくじん》を閃《ひらめ》かせて一気に三方鬼に跳びかかっていたから——正面からくる毒の刃風《じんぷう》にぶつかる形になった。

三番筒をすてたすがるは円月輪の嵐《あらし》を横にかわし——四番筒をくわえる。

左腕、左腰を、円月輪に切られつつ、吹く。

——————！

細き稲妻となった三寸もの長針が三方鬼の耳の後ろ、急所にずぶりと深く刺さった——。

三方鬼は、つづく円月輪を放てぬ。一瞬、棒立ちしている。

そこに、右耳と右脇《みぎわき》、手裏剣を出した左手に、鋭い円月輪をくらい、左腿《ひだりもも》深くに円月輪が刺さった音無が、喉に飛んできた殺気を弾き飛ばしながら、突き出した剣が、刺さる。

胃を刺された三方鬼。音無は剣を抜き、三方鬼を——袈裟《けさ》斬りにした。同時に音無の左手から指が二本こぼれた。

飯母呂三方鬼はどうっと橋に崩れる。

すがる、音無は止《とど》めを刺さんと——近づく。仰向けに倒れた三方鬼は小さく笑っている。

「負けじゃよ……。音無、そして毒針の娘。まあ、わしの力からすれば、今円月輪を放ち……うぬらの一人くらいは道連れに出来ようが、それは、すまい。……何故か、わかるか？」

ぞっとするほど冷たい妖気《ようき》を漂わせた老人は、

「北嶺に入り、宝を盗み、阿修羅草紙、阿修羅像を当家に置いて、我らが主を争乱に引きずり込んだ、妖賊。かの妖賊の正体を突き止め、退治することこそ、御家の安泰につながると信じておるが……当流の下忍どもでは、わし亡《な》き後、かの妖賊を追捕できまい。そこまでの粒がおらぬ」

腕、腰に傷を負ったすだるは、音無の深手が気になるも、油断禁物の老忍から、片時《へんし》も目がはなせぬ。

「故に──例の妖賊の退治、うぬらに、命ずる。よって……首をあずけおく」

三方鬼は橋に倒れており、二人はそれを見下ろしているのだが……逆の立場に置かれたような錯覚を掻き立てる凄味《すごみ》が、長く乱破の世界に君臨してきた男には、あった。

「わしが今までしらべたことを、おしえてやろう。お主らが押し入った夜──」

「わしは、そこな毘沙門堂に、例の宝をうつし、六人の者に見張らせた。何者かがこの祭りがおこなわれるはずだった夜だろう。

六人を斬り……宝を持ち去って消えた。宝を置いていった者と同じであろうと、思うておる……。しらべてみると、ある一人の侍が怪しいとわかった」

眉《まゆ》を寄せた三方鬼は嗄《しゃが》れ声で、

「館から消えた男がおる。その男、山科《やましな》に住んでおり、我らは在所を──襲った。そ奴は床下で死んでおった。腐っておったわい。──如何なることかわかるか？」

音無が静かに、

「誰かが山科で殺し、その男と……入れ替わった」

「──そういうことじゃ。関津峠でも同じことが起きた。伊勢家の者で、わしに寝返る手筈《てはず》の者がいた。ところが、その者が……入れ替わっておった」

すがるが、口をはさむ。

「物売りや年寄りには、化けられる……」

今日も放下師に化けていた。

「何年も前に死んだ者に化けたという話も、聞いた……。だけどだよ、今日か昨日生きていた誰かに成り代わり、その男か女の知り合いに、全く気取られないなんて術……」

「ある」

三方鬼は、血を吐いてから、

「鏡写しの術。……大舘流《おおだちりゅう》の秘術じゃ。己と身の丈《たけ》、骨柄が似ている者をえらび、顔をつくり、声色と仕草を盗む。人としての一生を、盗《と》る」

大舘流──すがるが初めて聞く、忍びの、流派の名であった。深手を負った音無が、

「大舘流……真に在ったのだな？」

彼は、大舘流を、知っていたらしい。三方鬼は血が混じった咳《せき》を一つして、

「わしは……山名公に、在ると、知らされた」

音無が問うている。

「では、大舘流が、この一件の後ろに？」

「……わからぬ。大舘流は、滅んだ。七年前に」

すがるは大舘流とは何なのか訊《き》きたかったが口を閉ざし耳をかたむける。

「そうか……。お今の」

「左様」

と言った三方鬼、耳を澄ます。

「……来たようじゃの。下忍どもじゃ。わしが申すのも妙じゃが、早《はよ》う行け」

音無が止めを刺そうとすると、

「──無用。我が命を受けた以上死ぬな。毒が塗って……」

そこで、三方鬼は、こと切れた──。

屋敷にのこっていた鉢屋忍者が幾人か殺到してくる。三方手裏剣が、飛来する。

すがると音無はとげとげしい林に駆け込み、鉄菱をよけて、走る。音無の走力が、弱

い。足に深く――鉄で出来た、毒月が刺さっているからだ。音無は俺に構わず行けと手振りするが、すがるは走力を合わせ、彼を守った。

すがるが馬になる形で音無に築地を越えさせ、二人は赤入道の館を脱出した――。

魑魅魍魎《ちみもうりよう》が這《は》いまわっていそうな紫野に来た所で、すがるは音無の足から円月輪を抜き、左手の指と共に手拭《てぬぐ》いで止血、足の根元にきつく紐《ひも》をしばった。

「そなたも怪我《けが》を」

「あたしのは浅手。肩を、借す。ちゃんと手当てしたいけど、ここは近すぎる。嵯峨野《さがの》まで行くよ」

脂汗《あぶらあせ》を浮かべた音無に肩を借し紫野から柏野《かしわの》に出る。所々雑木が茂ったススキの原を行きながら、すがるは、

「大舘流について、おしえて」

音無の意識が途切れぬよう問いかけている。毒のせいか――かなり辛《つら》そうに、音無は語った。すがるの体も、重い。毒の働きかもしれぬ。

音無によると、大舘流は……室町将軍家に仕えた忍び衆という。

「名将軍と言われた三代将軍・義満がつくったという」

鹿苑院《ろくおんいん》殿と呼ばれた義満は諸大名に争いを起させ将軍権力を確立した。義満の覇権の裏に――忍びの暗躍が、あった。大舘流は、伊賀甲賀、根来《ねごろ》、風魔など、諸流の名人を

招いて、つくられた。少数精鋭、存在自体が極秘とされたため、一握りの大名、大舘流に乱破を供出した幾人かの上忍、右の者から話を聞ける立場にあった者にかぎられた……」

「大舘流があることを知るのは、柳営にて大権を振るう者、一握りの大名、大舘流に乱破を供出した幾人かの上忍、右の者から話を聞ける立場にあった者にかぎられた……」

三方鬼と音無が知っていて、すがるが知らなかった所以《ゆえん》である。

「何で大舘流というの？」

「大舘家が、これをあずかったゆえ。室町家の帷幄《いあく》にあり、調略にたずさわってきた家だ。諸流から名人を引き入れたため……」

門外不出となっている各流派の忍術が、調合され、進化したという。

「俺は大舘流など、存在せぬと思うておった……。が、それこそが大舘流の術であったのやもしれぬ。七年前に滅んだ大舘流の残党が蠢《うごめ》いている、というのが三方鬼の話だな」

「七年前……」

脂汗を垂らした音無は、

「ある一人の女が死んだ年と言えばわかるか？」

「今参局《いままいりのつぼね》？」

「そう、お今が日野家に殺された年だ。お今は、大舘家の者。もしかしたら……」

そこまで話し、苦し気な面貌《めんぼう》になる音無だった。

茫漠たる嵯峨野につく。すがるは、寝静まった広沢池《ひろさわのいけ》の傍にススキ、葦《あし》の原にかこまれた廃屋を見つけた。音無を、そこに引き込んでいる。音無を寝かすと、古い囲炉裏があったため胴火から火をうつし、まず、明りを熾《おこ》した。腰と腕の傷が痛んだが顧みず、血だらけになった応急の布を音無から、はずす。血塗られた衣を脱がし、

……ひどい。

特に深いのは音無が脇腹と太腿に負った傷で熟れた柘榴の如き裂け目から、まだ出血がつづいていた。毒の働きか、周囲の肉が青黒くふくらんでいた。

左手の傷も深刻だ。薬指と小指が、根から断ち切られていて、こちらも大量に出血していた。汗をびっしょりかいた音無は苦し気だ。

すがるは忍び道具の一つ、薬箱から酢が入った金銅の筒を取る。

口から毒針を出し……常に持っている女貞《じょてい》の実で口内を洗浄。酢をふくむ。

この頃、まだ焼酎《しょうちゅう》は、ない。八瀬衆は酢を傷口の消毒にもちいる。

すがるは音無の傷口に酢を吹きかけた。

音無に手拭いをわたし、火で、鎧通《よろいとお》しを焙《あぶ》り、

「音無。手拭いをくわえていて。腹と足は……一度焼かなきゃ、血止め出来ない」

汗びっしょりになって横たわった音無は、

「手拭いなどいらぬわ。俺を誰と思っている。名張ノ音無だ。毒姫を討ち、三方鬼を仕

留めた以上、伊賀一の乱破。馬鹿にするな」

三方鬼はあたしが仕留めたようなものだけどと、感じつつ、

「ふっ、怒る元気があれば、大丈夫。じゃあいくよ」

すがるは熱く焼けた鎧通しを、音無の脇に、当てた。

「――っ」

音無が汗だくの顎《あご》を反り返らす。声は、立てぬ。肉が、焼ける音が、する。

今度は焼いた鎧通しを大腿部《だいたいぶ》の傷に当てている。血肉が沸騰《ふっとう》し、音無は、また叫びを
呑み、首を激動させた――。苦し気な喉を汗が這う。

すがるは、指の怪我にまたあたらしい手拭いを巻いて血止めし、

「水をさがしてくる」

広沢池の水は清らとは言えない。廃屋に転がっていた桶《おけ》をひろったすがるに、音無は、

「お前の傷の手当てをしろ」

腕と腰を血だらけにしたすがるは答えずに、出る。幸い野を走る清流をすぐに見つけ、
水を汲《く》んで、もどった。

毒消しを飲ませて、自らも飲む。音無の傷を綺麗《きれい》な水で甲斐甲斐《かいがい》しくあらい貝殻に入
れた金創薬を丁寧に塗る。音無はそんなすがるの姿を静かな目で見詰めていた。と、音
無が半身を起す。

音無の手が伸び、すがるの腕を摑んだ。

「そなたの傷に、薬を塗ってやる」

音無が半裸だったということもあるのだろうか。その時、すがるの中に――九年前の記憶が怒濤《どとう》となって押し寄せてきた。宇治田原の山中では裸であったが暗闇が抵抗感を消してくれたのかもしれない。だが、今、過去の悪夢はたしかに、牙《きば》を剝《む》いてきた。汗にまみれた裸の侍の体が、のしかかってきた。すがるは、咆哮《ほうこう》を上げて、

「止めろぉ！　あたしに、ふれるなっ――」

床に突き飛ばされた音無は相貌を激しく歪《ゆが》めて呻《うめ》く。

すがるは、青褪《あおざ》めたかんばせを硬くし、視線をさ迷わせている。小さい声で、

「……ごめん……あたし……あたしの傷は、自分でやるから……」

音無は、裏切られたような目で、すがるを見ていた。

すがるは音無からはなれた所で自らの傷を手当てする。

音無はそんなすがるから目を逸《そ》らし、瞑目《めいもく》した。傷の手当てを終えたすがるはじっと黙って床の一点を睨《にら》んでいた。すがるの顔は、赤く強張《こわば》っていた。ふるえる、かすれ声で、

「あたしは…………」

「…………」

「……男たちに……ひどい仕打ちを……」

一度深く唇を嚙《か》んで、

「された」

「………」

「……知らない男たち……」

「もう、何も言うな」

音無は、言った。

さっきまで目をつむっていた音無は今、すがるに顔を向けていて、その大きな黒瞳《こくどう》は真っ直《す》ぐ、こちらを、射ていた。音無は静かな声で、

「俺が……その男たちと、同じ類《たぐい》の人間だと思うか？」

すがるは大きくゆっくり瞬《まばた》きをして、音無を見詰めて、黙り込んでいる。音無は言った。

「俺はたしかに多くの男や女を殺めてきた。傷つけてきた」

柊野《ひらぎの》を殺害した音無が心に浮かんだ。あの日、すがるは、激しく音無に怒った。

「だが、それは全て、忍びという稼業《かぎょう》の内でしたこと。忍びという稼業は殺しを内にふくむ。俺はその稼業の外で、楽しみのために、人を殺めたことはない。楽しみのために、人を傷つけたこともない。……そ奴らは恐らく、己の邪《よこし》まな楽しみのため、すがるにひ

どい仕打ちをしたのであろう? お前を襲った男ども、それは——外道だ。俺は外道ではない」

音無は、たしかにすがるの前で多くの者を斬ってきた。だが、十一の自分を押し倒し、殴りつけ、衣を剝き、汚れた欲望の芯《しん》で幾度も幾度も貫き、笑い転げていた侍どもや……罪もない女子を誘拐し、村を焼き、百姓を斬り、強盗して銭を稼いでいた三つ目兄弟と、この男は、同じ種類の人間であろうか? 音無の腕はすがるを犯した武士や三つ目兄弟よりも——きっと血塗られている。だが、それでも、音無は、楽しみのために他者の命を奪い、蹂躙《じゆうりん》する者とは違う気がした。

頭で違うと考えるというより……理屈を超えた所で、違うと認識するのである。

古びた囲炉裏の火が端整な音無の面に、くっきりした陰影を刷《は》いていた。

「……薬を塗ろうとした時、俺は伊賀者でも、乱破でもなくなっていた」

「何になっていたの?」

「……お前を好きな、只《ただ》の一人の男になっておった」

「…………」

すがるは照葉のように頰を赤らめ、細い目をさらに細めて、硬くうつむく。

「傍に行っても?」

「……あたしが行くよ。あんたは、怪我人だもの」

「すがるとて、怪我人であろう」

すがるは音無に寄りながら、

「あたしは浅手。あんたは深手。音無は初めて会った時から同じ話を何度もさせるよね」

音無は近づいたすがるの唇に指をゆっくり近づけてきた。音無の指が、すがるの唇に、止った。すがるは今度は振り払わなかった。音無の指が、すがるの唇の右端から、左端へ、静かに這いはじめる。

すがるは動く音無の指から、もう片方の手、さっき自分が手拭いを巻いた、指が無くなった方の手に視線を動かしている。

「痛く……ない？」

音無は、答えなかった。今度は、顔をゆっくり、近づけてきた。

音無の顔が近づく途中で止り、すがるをのぞき込む。

すがるは真にかすかだが、こくりとうなずいた。

音無がすがるに――口づけした。

静かで、長く、深い口づけであった。

二人は唇を重ねたままやわらかく倒れている。そのまま長いこと、口づけがつづいた……。やがて音無の唇が、ふっと、はなれる。音無はすがるの手を包むようににぎった。

その夜、音無は、それ以上のことをしなかった。

二人は手を硬くにぎり合って、交代で、眠った。

朝日が廃屋に射《さ》し込み、雀《すずめ》たちの軽やかな囀《さえず》りが聞こえる頃、すがるの心は——深く満ち足りていた。すがるは眼をこすりながら音無に囁く。

「いな、って……誰？」

「………」

「あんた、幾度か、うなされて、その人の名を、呼んでいた」

「……妹だ。俺の身代りになって、死んだ。忍びになるには……直《なお》すぎる娘であった」

音無がすがるの手をもう決して離さないというくらいの強さで、にぎっている。

騒乱

八月下旬から九月上旬にかけて──河内、大和で紛争の炎が燃えている。

その火種は伊勢伊勢守の後ろ盾を得た放浪の猛将、畠山義就《はたけやまよしなり》だ。領土が無い義就の畿内乱入は、義就の対立者、畠山政長、政長の後ろ盾……細川勝元に火をつけた。

九月六日。日本の中枢《ちゅうすう》・花の御所に、大亀裂《きれつ》が走っている。

山名宗全、細川勝元、二大大名が手を組んで、伊勢伊勢守一派を将軍を惑わす佞臣《ねいしん》と糾弾、伊勢守を都から追放……斯波義敏《しばよしとし》も行方を晦《くら》ませた。

文正の政変という。

斯波家の家督は山名宗全の娘の許嫁《いいなずけ》、斯波義廉《よしかど》に後戻りした。

九月七日。社会的混乱を衝《つ》き、京都周辺でその日の暮しに困る馬借衆《ばしやく》が蜂起《ほうき》。一人の公家《くげ》の館《たち》を襲った。この公家、多額の利子を取る土倉経営者で重い関銭を搾《しぼ》り取る関所にかかわっており、馬借の恨みをかっていたわけである。

襲われた公家は──日野大納言《だいなごん》勝光《かつみつ》。日野富子の兄で、将軍の義兄であった。

当然、馬借は、伊勢守という片腕を捥《も》がれた公方《くぼう》が、狼狽《うろた》えた隙《すき》を衝いている。九月八日。今度は、馬借に触発された京都近くの百姓が、立ち上がる。都に雪崩《なだ》れ込んだ百姓衆は土倉酒屋を襲った。

九月九日。馬借や百姓の動きに、触発されたか……伊勢守の巻き返しを潰《つぶ》すためか、山名宗全が、動いた。山陰の荒武者どもを引きつれた宗全は、宗全に心酔する越前朝倉《えちぜんあさくら》氏の猛兵どもと共に、京にある伊勢伊勢守系列の全土倉を襲い、店舗を破壊、財貨を奪い、抵抗する者を斬《き》り捨てるという乱暴狼藉《ろうぜき》に出た……。山名軍に襲われた土倉の中には伊勢守と関りのない者も、いたように思われる……。

都中が狼狽え、大きな戦が起るのではないかという噂《うわさ》が渦巻き、人々は恐怖した。奈良にも一揆《いっき》がくるという噂が広がった。

すがると音無は——畠山義就軍、義就と対抗する軍、一揆の噂で混乱する、奈良にいた。諸国をさすらう百雲坊を捕まえるには一応の塒《ねぐら》がある南都で網を張るのがいいと思ったからである。

二人は枕《まくら》売りをしながら町外れで暮していた。

すがるは、枕をつくるのが得意だった。柳生近くの山に入れば、いくらでも材料になる木が生えている。初めは、すがるがつくる枕を音無が商っていたが、音無もすぐにこつを覚えたため、今は音無がつくった枕をすがるが売ることもある。だが、売るのは音無の方が上手《うま》い。音無は今様を歌いながら枕を売り歩くことがあり、奈良に来てまだ一月少しであるというのに、殺伐とした紛争の街に生きる子供らに、「今様ええ声で歌う、枕売りの兄やん」と、人気者になっていたのである。

町人の宴席に、今様を歌うために呼ばれることも出てきた音無は、村田珠光《むらたじゅこう》という男と知り合った。珠光は東大寺《とうだいじ》近くの田園に住む僧で、音無の今様に聞き惚《ほ》れ、よかったら物置を改築するので住まぬかと、言ってくれた。

珠光は奈良聖《ひじり》との人脈も太かったから、二人は喜んでうつり住んでいる。

三方鬼を討って一月が経《た》った頃、音無は初めて、すがるを抱いた。初めは恐怖を覚えたすがるだが、音無に温かく労《いた》わられ、つつみ込まれるうち、その気持ちは、小さくなっていった。

すがるは昨日、音無に抱かれて初めて、深い喜びにつつまれた。

今日、九月九日、山名軍が都で伊勢守系列の土倉を襲った日、すがるは例の男、百雲坊を探しに出ている。今日は音無が枕をつくり、すがるが売る日だ。

奈良聖、つまり奈良の非正規僧の最大の、集住地は、奈良に、ない。大和にもない。大和山城国境の僅《わず》か北、南山城《みなみやましろ》の地に、それはある。いわゆる興福寺の小田原《おだわら》別所――浄瑠璃寺《じようるりじ》や岩船寺《がんせんじ》がある辺りや、蟹満寺《かにまんじ》の東、東大寺がかかわった光明山《こうみようせん》別所などだ。

別所とは、聖の里だ。

国を跨《また》ぐと言っても、小田原別所は、大和から国境線を、ひょいと跨いだ北に、ある。ほぼ大和と言ってよい。

稲刈りの季節だ。

百姓は田に出て、金色に実った稲を刈っている。既に取入れが終った田では稲架《はさ》に稲の束が干されていた。童らが、顔を突き合わせて、稲を束にしていて、数知れぬ赤く細い影が、澄み切った大気を切って飛んでいた。

秋茜《あきあかね》である。

道端では、いよいよ葉の色を疲れさせた渋柿《しぶがき》の木が、夕日のように染まった実を沢山つけていて、蓼《たで》が桃色に咲いていた。

百雲坊なる男を探すべく、よく南山城の村々をまわるようになったすがるは、

……ここの百姓たちは凄《すご》いな……。公方も、大名もたよらず、己らの力で村を守り、村を住みよくしようと、盛んに寄合を開いている。濫妨衆《らんぼうしゅう》や軍勢の足音を、聞きながら。

河内大和で戦が起き、都で政変がうねり、大都市を襲う一揆が頻発していた。それに乗じ——濫妨衆、野伏《のぶせり》の暗躍も目立っており、村々は自衛に心砕かねばならなかった。すがるは妖賊《ようぞく》を倒し宝を全《すべ》て取り返したら、音無が忍びから抜けようと言う気が、していた。八瀬の家をおとずれた時、音無が言いかけたのは……そのことでなかったか。

音無は堺に心惹《こころひ》かれているらしい。もし伊賀者を辞めたら、堺で生きたいようだ。

『商人《あきゆうど》の街だ。明《みん》や琉球《りゆうきゆう》に行く船が、出る。俺は……異国を見てみたい。堺の商人にやとわれ、異国の様子をさぐったり、他の商人の動きをしらべたりする仕事に、将来が広がっている気がせぬか？』

それは結局、忍者ではないか、とそこはかとなく思うすがるだった。すがるは音無が語る商人の密偵のような仕事より、貧しくとも手を取り合って生きようとしている南山城の惣村《そうそん》に心惹かれるのだった。

田園を抜けると杉林が醸《かも》す薄暗い霊気につつまれた。

小田原別所である。浄瑠璃寺の傍まで来た時、水汲《みずく》みをしていた聖が、駆けてきた。

「やあ、枕売りの娘御」

歯が半分ほど欠け、痩《や》せ細った体に穴だらけの衣をまとった翁《おきな》だ。人はいい。

「この前はどうも」

不愛想に応ずると、

「あんたが、先だって言っておった百雲坊――かえって参ったぞ」

「……えっ……」

「出羽《でわ》の方に行っていたんじゃ。どうりで、なかなかかえってこぬ訳じゃ」

「どちらにいます？　その方は」

「うむ。百雲坊に、家はない。今、東厳坊《とうごんぼう》という奴《やつ》の家に、厄介になっておる。こっちぞ」

すがるは老人と共に行く。老いた聖の足の遅さが、もどかしい。擦り切れた茶染の衣を着た枕売りは――一番筒に二番筒、逆鏟《ぎやくせん》に鎌《かま》など、一通りの忍具を、隠し持っている……。

「ここじゃ」

取入れが終り稲架が据えられた猫の額ほどの田の先に、その庵《いおり》は、あった。黒々とした檜林《ひのき》を背負っていた。翁に礼を言ったすがるは、用心深く近づく。念仏が聞こえる。

戸口に下がった、ぼろぼろの筵《むしろ》から少しはなれた所で、

「百雲坊さん？」

念仏が、止《や》んでいる。

「……訊《き》きたいことがあるんです」

「入られよ」

敵意は感じなかったが、すがるは慎重に筵をめくって中に入る。粗末な庵で、窓から光の矢が差していた。正面奥に、小さな木彫りの阿弥陀仏《あみだぶつ》。向き合う形で小柄な聖が座っていた。

「何を、訊きたい？」

――振り向きもせぬ百雲坊だった。

——忍び。

すがるは、直覚している。百雲坊は背中ですがるを見ていた。彼もまた、すがるを、忍者と悟ったようである。

すがるは例の童唄《わらべうた》を歌い、

「この唄の作り手を」

「知って、どうする？」

「——斬ります」

単刀直入に言うすがるだった。

「まっ」

と笑った百雲坊は初めてこちらを向いた。若犬丸が言った通り、下唇が異様に厚く、白い数珠《じゆず》を手首に巻いていた。顎《あご》に、黒子《ほくろ》もある。

「あんたに、あの男が殺せるかね？」

「知っているんですね？」

百雲坊は、すがるに、

「壁に耳があるやもしれぬ。外で話そう」

二人は、庵を出、檜林に、入った。

弱い木漏れ日の中、少し歩き、百雲坊は切り株に腰を下ろす。すがるも別の切り株にかけ、百雲坊と向き合っている。

「御察しの通り、わしは、元乱破じゃ。丹波村雲の者であった。七化けという変装術を得意とする一族よ。二十年前……わしは、さる上忍に出会った。この御方に出会うまで……わしは、忍びというのは、侍衆がしたがらぬ汚れ仕事ばかりする者だと思っておった。その御方に出会って……変った」

すがるは刺すように、

「何を言われたの？」

「『乱破とは、乱に乗じて人の暮しを壊す者、そう思うておるだろう？　違う。乱破とは……乱を破る者也《なり》。我ら忍びの力をつかって、乱のもとを取り除き、天下に安寧をもたらす。左様な忍び働きもあるはず』斯様《かよう》に、仰《おお》せに、なった……」

「………」

過去と向き合う顔様で百雲坊は語る。

「その御方の下で二月はたらく話であったが、ずっとはたらきとうなった。丹波の上忍もみとめて下さった。わしは、流派を跨《また》いだ……」

「大舘流に入った？」

「よぉう、しらべておるなぁ。花の御所を守る最強の忍び衆。一人が、伊賀甲賀の並みの忍び、十人に匹敵すると言われた。伊賀甲賀に、風魔、根来、鉢屋、村雲、戸隠、各流派から錚々《そうそう》たる乱破どもがあつまっておったわ。日々、術と術が溶け合い、あたらしい、妙術が生れていた。凄《すさ》まじきは……鏡写しじゃろう。これは、七化けと呼ばれる我ら丹波衆の変装法に、伊賀甲賀の化け方などを絡《から》め合わせて、生れた」

「誰かになり切ってしまう術ね？」

「左様。鏡写しのもっとも恐ろしいものは……鏡抜けじゃろうな」

「鏡抜け？」

「……誰でも……なくなる。強いて言えばほれ、お前が今、吸い込んだ……山気、これに化けるのよ。あとは、澄んだ水でもよいわ。山気や水には顔が、あるまい？　故《ゆえ》に、他人の目という鏡からするりと抜け落ちる。……全く、記憶にのこらぬ」

鏡写しは――大舘流の全員がつかえたが、鏡抜けまでつかえたのは、ほんの数名、鏡抜けを破れた者は、百雲坊などごく少数しかいないと話した。

「鏡抜けを誰よりも上手くやる男がいた。この男こそ、お前がさがしている男じゃ」

「誰なの――？」

「まあ、急《せ》くな。あんたは……比叡山の忍びかな？」

「昔は。今は、違う。はぐれ狼《おおかみ》のような者」

「……なるほど……な」

噛《か》みしめるような百雲坊の言い方だった。百雲坊は、すがるに、

「その男が誰かを話す前に、何故《なぜ》そ奴《やつ》が、叡山に賊に入り、諸大名を攪乱《かくらん》し、妙な童唄をばらまいているか、わしが思う処《ところ》を述べよう。我らの上忍は、若年でありながら、深い淵《ふち》のように賢く、高い山のように全てを見通され、決断力があり、豪胆で、弓刀何を取っても余人に引けを取らなかった。美貌《びぼう》であられた。天女のような……。そう、その上忍は、女人であられた」

頭の中に別々に漂っていたものがつながった、すがるは、

「――今参局《いままいりのつぼね》が……大舘流の上忍だったの？」

「左様。将軍家を惑わした妖婦の如《ごと》く言われておるが、我らが上忍は、真に優れた乱破頭であった。本来、忍びは役目に忠誠を誓うが、お今様に鉄の忠誠を誓う下忍が幾人もいた」

大舘家に生れたお今は知恵深く果断な性質であった。男勝りの武勇も備えていた。将軍の傍近くに仕えることが決っているし、忍びとしてそだてるにはもってこいの人材だった。

「大名どもが起す乱れを……糺《ただ》そうとしておられた。あまりにも大きな大名は、押さえて。それが、政《まつりごと》に容喙《ようかい》するという批判につながった。三魔という話もそこから出て参った」

すがるが九つの頃、洛中《らくちゅう》に立った立札は、今も覚えている人が、多い。『今の政は全て、三魔から出ている。三魔とは、烏丸《からすま》、お今、有馬《ありま》』政を動かす三人の魔の一人としてお今を突き刺す落書は、当然、お今を憎む別の魔物の手に因《よ》った。

「敵をつくられた……。大名の中にも、御所の内にも。特に大きな敵が……」

「日野家？」

「左様。あの御方にも……弱さがあったよ。今の公方様に男女の道の手ほどきをされたのは、あの御方じゃ。公方様はあの御方を忘れられなくなった。これを拒まなかったのが、弱さかのう……。あの御方は忍び頭として愛妾《あいしょう》として公方様に仕えておった」

お今を憎む勢力が手をつなぎ合わせるのは、時間の問題だった。

「それが、起きたのが、七年前。御台所様《みだいどころ》が……」

日野富子が待望の男子を産んだが、その子はすぐに亡《な》くなってしまった。

日本中の美しい花をあつめた御殿に、腐臭をおびた、不吉な噂が漂う。

——お今が富子の子を呪《のろ》い殺したというのだ。むろん、富子の侍女たちの謀《はかりごと》である。

「諸大名は御台所様に加勢し、それまであの御方にすり寄っていた伊勢守はすっとはなれ、あの御方は……花の御所を追われ、近江の沖島に流罪《るざい》となった。公方様は浅はかにも讒言《ざんげん》を信じられたのじゃ。流される途中で日野家の刺客が放たれたとお知りになり、男と同じ死に方をすると、豪快に腹搔《か》っ捌《さば》いて果てられた」

本朝で初めて女子が切腹した例である。

「お今も……公方を愛していた？」

百雲坊が首を縦に振っている。

「わからない。どうしてお今のような女が……今の公方を……好きになったの？　どうして、お今は、逃げなかったの？」

「そなたは……人を愛したことがあるか？」

「…………」

「惚れた男が傷ついたら、その傷を癒《いや》してやりたいと思うか？」

「……思うでしょう」

廃屋に横たわった音無と手をつないで眠った夜がすがるの胸をいっぱいにしていた。

「心の傷も、同じじゃろう？　公方様は幼少の砌《みぎり》、御父君を弑逆《しいぎゃく》され、欲や打算で近づいてくる者に取りかこまれ、不安と疑いの中、傷ついてこられた。自分しか、その心の傷を癒せぬ……己しか守れぬ、そうお考えになった時……あの御方の公方様への愛が生れたのではなかろうか」

静かなる光が、百雲坊の双眸《そうぼう》にたたえられていた。

「――歪《ゆが》んだ愛だったかもしれぬ。だが、愛されたがゆえに、お信じになり、日野家の謀をふせごうとも、逃げようともされなかった……。さらにあの御方は柳営の忍び頭ぞ。天下のため、将軍家のため、忍びを動かせても、己を守るためには動かせぬ、誇り高きお人ゆえ斯様な思《おぼ》し召しであったはずなのじゃ。日野家を探るべしと説いたわしは、激しく叱《しか》られ、日野勝光の首を取るべし――と、もっとも強硬に主張したある男は越後《えちご》に飛ばされた」

越後――燃ゆる水が出る国だった。

額に手を当てて聞いていたすがるは、

「大舘流はお今亡き後どうなったの？」

「二つに、われた。乱破の本分は役目に忠節を尽くすこと、これまで通り、柳営のため御奉公にはげもうという多数派と、野に下り、日野家を滅ぼそうと説く少数派に……。この少数派が生れたことこそ、お今様の凄味であったろう。わしは斯様な争いが嫌で大舘流を抜けた。少数派は、もっとも激しく、もっとも強く、もっとも賢い男が越後からもどる前に、多数派により、粛清された」

暗い林の何処《どこ》かで、カラスがギャーギャー不吉な声で、喚《わめ》く。

「その越後に飛ばされた男が、あたしがさがしている男？　鏡抜けをつかう男ね」

「如何《いか》にも。多数派も、地上から、消えた。わしはそ奴一人に片付けられたと見ておる。大舘流最強、乃《すなわ》ち、日域《にちいき》最強の忍びよ。……八瀬童子であった。大舘流に、入る前は」

――――。

閃光《せんこう》が、脳を、貫いた。

……八瀬……？　まさかっ。

地震に近い恐ろしい衝撃を覚えたすがるに、百雲坊は、

「奴は、幕府を、滅ぼそうとしている。将軍も、日野家も、大名も、何もかも、この世から無くそうとしておる。……たった一人でな」

「…………」

「取り返しのつかぬ悲劇が起きる前に、天下大乱が起きる前に、止めたい。かく思い、山に籠《こも》った。出羽に行くと言ってな。……忘れかけた忍びの技を取りもどすためじゃ。だがやはり、わしでは止められん。到底勝てん。お前が――止めてくれるか？　息の根を」

「約束する」

「その奴の名は……鬼《き》……」

――シュッ――。

何か、飛んできた。飛来物は百雲坊の首を斜め後ろから斬り裂き、骨に当って軌道を変え、すがるへ馳突《ちとつ》、すがるは咄嗟《とっさ》によけている。

下草に転がった血塗られた凶器が、すがるの目を射止める。

——逆鐘っ。

赤い霧を噴射しながら、声をうしなった口を何かつたえようとするかの如く動かし、百雲坊が、斃《たお》れた——。

同時にかなりはなれた檜の影から山伏が現れた。般若《はんにゃ》の面をかぶった山伏が——。

すがるの相貌から竜が吠《ほ》えるような猛気が、放たれる。

逆鐘を投げた。

鬼面山伏は、素早くかわし、走り去る。すがるは追おうか迷ったが百雲坊の言葉を聞くのが先だと思った。が、百雲坊の命は、既に止っている。この一瞬の遅れのせいで、山伏は消えていた。

……きで名がはじまる八瀬童子。……八瀬者は……鬼の末裔《すえ》。……鬼。

一つの名が、脳を、かすめる。すがるの頭はぐらぐらと混乱していた。

音無は——東大寺西、村田珠光宅の物置で、枕をつくっていた。珠光の庵には幾日か前から型破りな禅僧が逗留《とうりゅう》していた。

酒は飲む、女は抱く、博打《ばくち》を打つ、肉を食う、下卑た唄を歌うという破戒僧で、酔うと、

『その日食うものが何もなく、飢え死にしそうな貧しい者が、長者から銭を奪う。これ

は、可。わしも昔、食うに困って冬を越せそうになく、夜道で瀬戸物屋を襲って品物を強奪し、瀬戸物を売って、食い物を買った経験がある。だがな……その後、大名に法話をして、金子《きんす》を得たため、ちゃんと、その瀬戸物屋に奪った分の銭を返したのだ』

などと……並みの僧が決して口にしない物騒な発言を連発し、

『ただ——殺しは、いかんよ。殺して、盗む奴は、駄目だ。あと……金回りがよいのに、百姓仕事、商いなど、真面目《まじめ》にこつこつはたらくことをせず、盗賊に精を出す輩《やから》がおろう？　あれも、良くない』

ふと、真顔で、つけくわえたりする。老いているがそれを感じさせぬ人である。

そんな風狂の禅僧と抹茶を点《た》てることが生き甲斐《がい》の世捨て人、村田珠光、かなり馬が合うようだ。今は共に茶壺《ちゃつぼ》を見に行っていた。

珠光の庵にふらりと入ってきた雲水を見た時、音無は珠光か逗留中の禅僧の、客と感じている。が、目深《まぶか》に笠《かさ》をかぶった雲水は、音無とすがるの小屋へ歩み寄ってきた。

——乱破か？

音無は、警戒した。小屋の外から、雲水は、

「久しいの。音無」

ゆっくり、笠をはずす。縦に走った刀傷で左目が完全に潰れていた。クシャッと潰れたような顔をした、男であった。屈強な体をしていて無精髭《ぶしょうひげ》が生えている。鑿《のみ》をにぎっ

た音無は、

「……服部大角か？」

伊賀者であった。

「入るぞ」

大角は、のそりと、入ってくる。

音無の右手は鑿を持ち、指が二本欠けた左手は、手裏剣をいつでも放てるよう——静かなる緊張の電流をめぐらせていた。指を二本うしなった音無は左手から放つ手裏剣の精度が以前より落ちていた。右手の剣に、鈍りは無いが、左手の飛剣に迷いがあると、多聞天形《たもんてんなり》の威力は、揺《ゆ》らいでしまう。

大角は——手強《てごわ》い乱破であった。

……裏に、二人、まわったか。厄介だな。

相貌を険しくした音無と大角は、互いに一声も発しなかったが、二人の間では、硬質な殺気同士が、斬り結んでいた。

大角は音無と少しはなれた所に座す。全て土間の小屋で、人が起居する所には筵《むしろ》が敷き詰めてある。興味深げに小屋の内を見まわす大角だった。

「女と……暮しておるのか？　枕売り」

「今日は、何用か？」

「お前と話したいという、者たちがいてな。その者どもと引き合わせたいのじゃよ」

大角はくしゃりと笑っている。目は、笑っていなかった。こ奴らを殺せば、ここにはいられなくなるなと感じながら……、音無は、

「嫌だと、言ったら？」

「嫌とは言えんのでないか？ 音無。松吉《まつきち》という子が、いよう？ すぐそこで遊んでおった」

松吉は近くに住む薬師《くすし》の子である。体が少し弱いが、明るい子だ。松吉が音無の今様を気に入り、珠光に言い、珠光も聞き惚れたおかげで、汚れた棟割り長屋にいた音無とすがるは此処《ここ》にうつれた。そういう意味で松吉は恩人である。

それだけではない。松吉の母は、遊び女《め》であったという。病になり、薬師に診てもらい、それが縁でしたしくなり、松吉を産んだ。近所の口さがない女が、松吉の母についてひそひそ噂していたのを、音無は聞いている。

音無の母も奈良の遊女であった。

己と全く違う人生を歩み性質も異なる松吉に、どうしてだか、音無は自分を重ねていた。

「——松吉と俺の仲間が、一緒にいる」

「…………」

大角は、にこりと微笑《ほほえ》み、

「お前が腰を上げてくれぬと、松吉の喉《のど》を裂く」

静かに、だが、鋭く脅した。溶岩のような怒気が音無の中で動いた。

「――そこまで堕《お》ちたか服部大角」

「堕ちたとも」

悪びれもせず、大角は、

「うぬに片目を潰されたせいで……仕事がやりにくうなったわ。仕事が、減った。食うに困るまでな」

大角の毛虫を思わせる毛深い指が、目を潰した縦長の傷跡を、ゆっくりなぞる。

南伊賀の名張党と中伊賀の服部党は小戦をくり広げてきた。音無と服部党の大角は、さる仕事で敵味方にわかれ、音無は大角の顔を斬っている。それでも、同じ伊賀者の誼《よしみ》で、命まではもらわなかったが、大角は音無を、深く憎んでいる。

「まあ、松吉がどうなろうと構わぬなら、それもよかろう。薄情なお主のことだ。左様な選択もあろう。だが、仮にわしを斬って今日は逃れても――わしを雇った存在《もの》は倍の人数でお前を攻める。この世の、何処に逃れても……追跡は止まぬ」

前の音無なら松吉を見捨ててでも大角が意図する方に動かなかった。だが、音無はすがるに出会い……変っていた。

……ここで戦えば……隠し物入れに様々な道具がある以上、その所在を知る俺が有利。裏の二人が厄介だし、左手に不安があるが……勝てる。だが、その場合、松吉は死ぬ。伊賀忍びとしての正解は松吉を見捨てても、相手の土俵に乗らないということだった。

……俺は……まだ、すがるにはしかと話せていないが、この仕事をやり遂げたら……忍びを辞めたい。三方鬼との戦いで負うた傷のこともあろうが、やはり……すがるが大きい。役目よりも、すがるを幸せにすることの方が大切である気がする。そんなふうに、こんな俺に思わせてくれた……初めての女子《おなご》なのだ……。

毒姫に殺された子供のことで心を痛めていたすがる、鉢屋者と間違えて猿の命を奪ったことを悔やんでいたすがる、関津峠で散っていった若犬丸ら気持ちのよい乱破たち、その関津峠の方にいつも寝る前に体を向け固く手を合わせているすがるの背中、洛西の野で殴りかかってきたすがるが、心を、まわった。

……お前なら、こういう時、どうする……？

「わかった。そ奴らと話そう」

「よう、言ってくれた」

音無は何気なく——筵と筵の隙間に手をのばし、土間につくった溝に隠した鉄鞭《てつべん》という打撃武器をそっと取ろうとするも、大角が目ざとく手で制し、

「物騒なもんはいらんよ。ただ——話をするだけじゃ」

忍び刀までも、遠い。取ろうとすれば、大角、裏手にまわった二人と、戦いになる。戦いになれば松吉が――。音無の小袖《こそで》には複数の手裏剣、坪錐《つぼきり》、鎧通《よろいとお》しと目潰しが隠されていたが、外に出るならもう少し長い武器が欲しい。しかし大角の注意力は、鋭く、左様なものを取る暇《いとま》をあたえてくれぬ。あきらめる他なかった。

杖《つえ》を手にした大角について、出る。

音無は少しはなれた所に、松吉ともう一人の子に草笛のつくり方をおしえている雲水を見出《みいだ》している。甲賀馬杉《ますぎ》の忍びで野火《のび》ノ小弥太《こやた》。火術、および短刀術の名手として知られる。昔から、大角とつるんでいた男だ。

「その者ども、何処で言っておる？」

音無が言うと、北の栗林《くりばやし》が毛深い指で差された。

南にいる松吉たちを、見、

「小弥太を子供らからはなれさせろ。でなければ、俺は梃《てこ》でも動かぬ」

「うぬが俺に指図出来ると……」

裏にまわっていた二人組が、姿を現す。百姓の夫婦に化けているが、げっそり痩《や》せた白髪交じりの、見るからに不健康そうなのに、眼にだけ恐るべき力のある女は、伊賀の老練なくノ一、下柘植《しもつげ》ノお六《ろく》だろう。大角とくっついたり、はなれたりをくり返している女で、只《ただ》ならぬ素早さが、ある。もう一人の若い男を知らぬが乱破に相違ない。

「――何ならここでやり合ってもいいのだぞ」

大角の厚みがある体を刺し貫く語勢で迫る音無だった。苦笑した大角は、

「仕方あるまい。来い、小弥太」

頬がこけ、冷えた目をした小弥太が近づいてくる。松吉たちは何か妖気を覚えたのだろう……、心配そうに音無を見ていた。

音無は笑顔で、

「行け、松吉」

小弥太がますます松吉からはなれる。音無は、

「あっ」

天を指す。何だ、と、二人の子供と小弥太が宙を見上げる。

音無は刀を持つことが多かった右手で打つか、左手で打つか、瞬時の迷いの末――右手で手裏剣を出し、小弥太の喉へ、豪速で、放つ。

が、この迷いがよくなかったか、小弥太は宙を仰ぎながらも、

「――ははん」

短刀をすっと出して喉の直前で音無の手裏剣を止めた。で、くるっと、背をまわす。

「逃げろぉっ――！」

体全体から声をぶつけるように子供たちに絶叫した音無は、横首を狙《ねら》った若い忍びの

杖を右手で止め、左手で十字手裏剣を出し、投げる——。

が、指が二本うしなわれた左手の力は思ったより弱くなっており……走る小弥太の後ろ首にとどかぬ。音無は自分を守るより、子供たちを助けることを優先し、右手を敵杖《てきじょう》からはなし、全神経を走る小弥太の後ろ首へ集中。もっとも命中がむずかしいが、もっとも致死率が高い手裏剣、棒手裏剣を右手で出す。

大角の仕込み杖に隠されていた刀が——音無の左肩を後ろから斬り、血の花が咲く。

「イヤァァッ——!」

傷ついた鳥が、血の塊を吐きながら鳴いたような声で叫び、棒手裏剣を、投げた。音無渾身《こんしん》の棒手裏剣はもう少しで松吉にとどくくらい駆け寄った野火ノ小弥太の後ろ首を、破裂させている。子供たちは泣き叫びながら逃げる。

歯を食いしばった音無、左肩の痛みに耐えながらもう、左手は坪錐という忍具を出し、それを両手でささえ、顔面に薙《な》がれた、若い乱破の仕込み杖から出た、鎌を止める——。

忍具・坪錐は壊器の一種であるが……武器にも、つかう。U字形の二つの鋭い尖端《せんたん》を持つ錐だ。

鉄のUで鎌を止めた音無、さっと手裏剣を投げ若い乱破の目に当てて屠《ほふ》るも——後ろから大角が凄まじい突きをくり出す。

腰を抉《えぐ》られながらかわし、地面に転がり、目潰しを、大角に、下から、ぶつけた。ひるんだ大角の首に坪錐を投げ、喉が赤く破けた——。

「ごっ、ふっ……」

大角の血飛沫《ちしぶき》を浴びた音無に手裏剣の雨が降りそそぐ。

——お六。

多くをかわすが、いくつか当る。

大角が赤い血溜《ちだま》りにどすんと腰を落とす。

鎧通しを抜いた音無に、青白い怨念《おんねん》の炎を双眼に燃やしたお六は、

「俺の男を……ようも殺《や》ってくれたのう。音無！」

いつの間に出したか、長柄の草刈り鎌が、鎧通しを構えた音無の脳天に打ち下ろされる。

——！

かわす。

と、満身創痍《そうい》の音無は、栗林から何者かが殺到してくる気配を覚えた——。

「来たぞ、来たぞ、苫屋《とまや》鉢屋が」

お六が嬉《うれ》し気に囁《ささや》く。

飯母呂《いぼろ》三方鬼《さんぼうき》を討った者を執拗《しつよう》に狙う鉢屋衆が、大角たちの雇い主であった。

——音無の叫びを聞いた気がする。

すがるは、木枕を入れた籠《かご》をかなぐりすて、走る。

「新八兄《しんぱち》やんが！」

松吉たちが、泣きながら、前から、駆けてくる。音無は新八、すがるは新八の妻、萩《はぎ》野《の》と名乗り、この町で暮している。熱い危機感が、すがるの中で、巻き起った。

「出来るだけ此処から遠ざかれ」

胸から黒煙を出しそうな思いを抑えながら、すがるは子供らに言う。

——お願いっ。無事で、いて——。

すがるは疾風《はやて》となる。住いとしている物置の前で、肩、腰から夥《おびただ》しく流血した音無が、長い草刈り鎌を振るう女と戦っていた。すがるから見て音無たちの向う、栗林を背負った畑を、六人の者が鎌槍《やり》や弓等を引っさげ、疾駆してくる。

「来るな！　すがるっ」

音無が女を斬る。刹那《せつな》、北の畑の方から矢が飛んで——音無の胸に当った。

「音無ぃぃっ——！」

ひるんだ音無の頭に閃光が当った。三方手裏剣。音無が、土埃《つちぼこり》を立てて倒れる。

北風がどっと吹き、畑の土が舞い上がり、塵風《じんぷう》となり、すがるを正面から襲っている。

すがるは——鬼の形相になっていた。

「小屋に隠れてっ！」

音無に吠えた。音無は動こうとするが、かなり、苦しいようだ。すがるは小屋の脇《わき》、熊手《くまで》や竹箒《たけぼうき》、銹《さ》びた鍬《くわ》、幾本かの竹杖や藜《あかざ》の杖と共に、何の変哲もない棒をよそおって立てかけてあった、四番筒を、取った。

――吹いた。

向かい風をものともせず、相当な間数を飛んだ三寸もの長針は矢を射ようとしていた男の首に深く刺さり、血の霧を起している。すがるは音無を守る位置に動きながら、音無の頭に三方手裏剣を当てた女に向かって、次なる長針を吹き――鎖骨の傍に、命中させる。動脈が裂け血が噴き出た。

その鉢屋くノ一、夥しい出血を、止めもせず、無言で、鉄丸付きの鎖を出し、すがるに突っ込んでくるも、四番筒を無表情で捨てたすがるは、近い敵を一吹きで沈め得る一番筒を既にくわえていて、ヒュッ、と吹いた――。

附子《ぶし》をたっぷり塗った毒針がくノ一の眉間《みけん》から脳にいたり、砂煙上げて崩れる。

ピシィンッ！

矢を、一番筒で、払う。

一番筒を捨てたすがるは小さな二番筒をくわえながら得意の武器、逆鐘を諸手《もろて》構えした。

風が、止む。すがると四人の鉢屋者は、ぶつかり合うべく、両方向から駆ける。

鎌槍が繰り出される。八瀬の蜂《はち》は、天高く飛び——カラスの羽でつくった小さな吹き筒から、針の風が、吹いて、相手の目を潰した。

翅《はね》の無い蜂は相手に向かって飛び降りながら、逆鏟を蟀谷《こめかみ》に打ち込んでいる。

赤い悲鳴が——畑に転がった。

次の敵の鎌槍をすがるは相手に滑り込みながらかわす。口から二番筒がはなれる。

畑を体ですべるすがるは、鎌槍を下から見ながら、相手の脇の下目がけて、左手の逆鏟を放り上げ、討つ。低い姿勢のすがるを斬りにきた、五人目の敵の刀を右手の逆鏟で払い、左手は逆鏟を出しつつ、口に入った毒針を相手の顔に、吹いた。

視力を奪われた相手の股間《こかん》と手首を——逆鏟二つで叩《たた》き斬る。

——沈んだ。

一人になった鉢屋者、弓を持った敵は、さっと背を見せて逃げるも、すがるは逆鏟を投擲《とうてき》。その奴が斃れる音を聞きながら音無に駆け寄った。音無は、三方鬼の毒刃《どくじん》を受けた夜よりもずっと辛《つら》そうだった。

「今……手当てするから……」

「——よい」

音無は静かだが強く言った。すがるは、はっと胸を太い針で突かれた面貌になる。

額に汗を浮かべた音無は、

「一時でも……」

「うん」

「……そなたの夫に化けられて幸せだったわ」

「化けたんじゃない。夫なの……」

「では、そなたは……？」

「妻。名張ノ音無の妻」

音無は、満悦げに、うなずいた。すがるは無理に笑顔をつくっている。音無は言った。

「初めて、だった。乱破でない生き方をしてみたい……そう思えたのは……」

「…………」

音無は何か言おうとして——もう二度と、動かなくなった。

「何で、何でだよ音無っ！　……約束したでしょ？　一緒だってて……」

すがるは音無に突っ伏し、土を掻き毟《むし》り、身をふるわして、叫んでいる。

と、

「……これは何事じゃ！」

「せやから、悪い奴らが新八兄やんや、わしら襲ったんや。ほんで、萩野姉やんが
……」

老僧の声、松吉の声が、した。すがるはそちらを見た。おびえて竦《すく》んだ二人の童の前に、大柄で茫洋《ぼうよう》たる髭面《ひげづら》、ぼさぼさの短髪という隠士、村田珠光、そして竹棹《たけざお》に髑髏《どくろ》を挿した風変りな老僧が立っていた。顔をぬぐったすがるは赤い目を珠光たちに向ける。煮え立った心を、空に持っていこうとしながら、

「珠光様、一休《いっきゅう》禅師様。お世話になりました。この者たち、あたしと夫に深い遺恨のある者たちにございます。夫の弔いをすませたら……ご迷惑がかかるといけないので、あたしは、奈良を出ようと思います。弔いを、手伝っていただけませぬか？」

臨済宗大徳寺派《だいとくじ》、風狂の禅僧、一休宗純《そうじゅん》——この頃、京におり、奈良の村田珠光と厚い親交をむすんでいた。一休は珠光に、

「子供らを、たのむ」

おびえる童らを珠光が草庵《そうあん》の方へつれて行く。

一休は、すがるにつかつかと歩み寄る。険しい顔で、敵の死骸《しがい》を見まわし、

「……お前たち二人で……やったのか、全て——」

「はい」

一休は、巨木にかこまれた古沼に似た底知れぬ目をすがるに向け、

「そなたら、ただの枕売りではあるまい？　萩野でも新八でもあるまい？」

「………」

すがるがかんばせを強張《こわば》らせていると、一休はまず音無、次に敵の骸《むくろ》に手を合わせた。

茫然と音無を見詰めるすがるの許《もと》にもどってきた一休は深い慈《いつく》しみを込めて、

「――阿修羅道を、歩んでおるようじゃな？　話してみぬか？　そなたが何者か」

すがるは黙り込む。何もかも見抜いているような目で、すがるをのぞき、

「力に、なれるやもしれぬ」

一休が言った時、駆けてくる百姓たちが見えた。珠光がよこしたのだろう。

老僧はやってきた百姓たちに、

「枕売りは栗林にはこんで弔う。他の者は、そこな物置を火屋とする」

百姓たちは無言でうなずき、さっきまですがると音無が暮していた小屋に敵の骸をはこんでいる。思い出は……小屋と共に焼けるのだ。胸が張り裂けそうだった。

音無の遺骸は戸板に乗せ、念仏を唱える一休とすがるで、栗林にはこんだ。

すがるは貧しさや病で生きる希望をうしなっていた人々を一休が励ます姿を奈良の街角で見ていた。

音無をうしない、暗闇《くらやみ》のような悲しみに突き落とされたすがるは、何を拠《よ》り所にこの先生きていけばいいか、見失っている。

この老僧なら、道を指ししめしてくれるかもしれない。

さらに、かかえ込んできた秘密を誰かに話したいという思いも、すがるにはある。

歩みながら、すがるは悩んだ。戸板に横たわった音無に、

……話していい？　この御方に。

すがるは、前を行く一休に、言った。

「すがると……音無と言います」

一休の念仏が止っていた。

一休に全てを話した。忍びの者であること、下された使命と、今までの経緯を。

じっと黙って聞いていた一休は、音無を林に下ろしながら、

「……これから、如何《いかが》する？」

「八瀬へ参ります」

「賊の名を、たしかめる？」

こくりと首肯する。

「その伝教大師の謎《なぞ》言葉とやらをわしにおしえてみい。興味がある。一つ、解いてやろう」

すがるが謎言葉を一休につたえると、珠光と子供たちが畑の方からくる。

「どうしても、お別れしたい言うて……」

珠光はすがるたちに告げた。

林には珠光がわれた土器や、幾度も修復を重ねてくたびれ果てるまでつかい、もう駄目になった道具をすてる、大きな穴が、ある。この穴の近くで音無を焼いた。

――夫を焼く火を、すがるは真っ直《す》ぐ見詰めようとしたが、音無の顔が焼けた途端、一気に辛《つら》くなり、激しく歪んだ面貌をうつむかせる。きつく目を閉じて音無に語りかける。

……あんたと暮すうち、あたしは時々、忍びじゃなくなっていた。このまま、静かに、穏やかに、暮していければ、他に何もいらないんだって。だけど、そんなこと……乱破が望んじゃいけなかったのかもね……。

一休は火に向かって往生咒《おうじょうしゅ》を唱えつづけ珠光は少しはなれた所で別の小さい火を焚《た》き、松吉に持ってこさせた茶道具で茶を沸かし、栗を焼いていた。栗林は今、褐色の恵みを毬《いが》につつませて実らせており、こぼれ落ちたそれはそこら中に転がっていた。

高熱に歪んだ大気にすがるは面を焙《あぶ》られながら、溢《あふ》れそうになった気持ちを歯を食いしばって抑えている。

すがるは山家学生式の一節を思い出す。

……悪事を己に向かえ、好事を他にあたえ……（辛いことは自分が引き受け、よいことは他人《ひと》にわける）。あたしが望んだような幸せは、他の人が味わえばいいんだ。あたしは誰かがやらなきゃいけない汚れ仕事を、引き受けるよ。音無も……あたしがそれをし遂げることを、望んでいるでしょ？ 決意した胸底で、暗い火が燃えている。

叡岳を焼いた火だ。

あの火をかけた男がいなければ、音無と出会えなかったが、その男のせいで……音無が死んだとも考えられる。

……あたしが思う男で、あってほしくない……。違うと信じたい。

般若丸と弟が柱にきざんだ成長の記録がただでさえ焼けそうに辛い胸を痛める。衣に隠した、黒焦《くろこ》げの数珠、数珠と接する肌が熱い。

「あとはわしらでやっておく。行くのであろう？」

一休が言った。焼いた骨は、翌日か二、三日後に収骨し、埋める。埋葬までいる猶予《ゆうよ》は、ない。

大柄で日溜りに寝そべった熊を思わせる珠光が、微笑みを浮かべ、

「茶くらい、飲んでいくやろ？」

欠けた備前焼の茶碗《ちゃわん》を、差し出す。瀬戸物の皿に、笹《ささ》を毟って添え、焼き栗を乗せて、

「搗栗《かちぐり》の代りや。一戦、しに行くんやろ？」

黙礼したすがるは抹茶を豪快に飲む。すがるの身分の者が、普段口にするのは赤い番茶であって、青い抹茶を呑《の》んだことは、数えるほどしかない。

阿修羅道の業火《ごうか》のような心に涼しい風が心なしか吹き込んでくる気がした。八瀬ですごした幼き日々、音無と暮したみじかくも楽しかった日々が、胸によみがえる。

熱い焼き栗を、素早く頬張り、嚙み砕き、残りの抹茶で豪快に飲み干す。そんなすがるを見た珠光と一休は目を見合わせた。珠光は温かい面差しで、

「落ち着いて茶を呑めるようになったら、また、南都に来るんや。茶は……ゆっくり飲むもんやさかい」

奈良の隠士、村田珠光――混迷の世にあって侘茶《わびちゃ》を創出した男である。珠光の孫弟子が武野紹鷗《たけのじょうおう》、紹鷗の弟子が、利休《りきゅう》である。

一休が、すがるに、

「わしは明日の朝、埋葬をすませたら、都へもどる。伝教大師の謎言葉、解けるやもしれぬ。答を知りたくば、紫野大徳寺をたずねよ」

幾人もの高僧が数百年頭をひねってきた謎言葉だが、頓智《とんち》の一休は僅かな時で何か手《て》応《ご》え《た》を持ったようである。

すがるは珠光と一休、子供たちに別れを告げ――八瀬へ飛ぶ。

その晩、八瀬衆の頭、鉄心坊が七郎冠者から引き継いだ屋敷でやすんでいると、何者かが床下を這《は》ってくる気配を感じた。脇にある手槍に仰向けに寝たまま手を伸ばすと、

「――御頭」

長いこと黙していた鉄心坊の手は元の位置にもどった。

「……すがるか？」

「はい」

床下に潜む者から真に小さな答が返っている。新首領は、瞑目《めいもく》したまま、

「――里抜けの罪、存じておるな」

「存じております。ただ、あたしが里抜けしたのは、全て役目を成し遂げるためでした。下手人を見つけ、退治し、宝を取り返したら、罰を受けるため、もどってきます。……下手人に迫りつつあります。それについて一つ、お訊《たず》ねしたいことが」

「何じゃ」

「名がきではじまる八瀬忍びで、大舘《おおだち》家と関りあった者、おりましょうか？」

「十七年前……というとそなたが三つの頃か、大舘家……お今の屋敷に忍び込み、遂《つい》にかえらなかった八瀬童子がおる」

「誰ですか？」

「そなたの叔父じゃ。――鬼童丸よ」

やはり――。

予期してはいたが雷を落とされた気がした――。疑惑の雷雲がおくる稲妻のように様々な可能性が閃《ひらめ》く。叔父が、あの夜、父を殺したのか？　殺した後、鏡写しで父に化ければ、他の守部《もりべ》を滅ぼすのもたやすい。

――そんなことが、あり得るのだろうか？

鉄心坊が小さく呼ぶ声を聞きつつ、すがるは忍者屋敷を出るべく、床下を這う。

その夜をすがるは、叡山の山肌のタブの梢《こずえ》から、椋《むく》の樹《き》と我が家を見下ろして明かした。

一休宗純は――今日都大路で子供らが歌っていた童唄が、気にかかっていた。

今朝、音無を埋葬、健脚を素早くはこび、上洛した老僧は、辻《つじ》で棒立ちになった。

童女たちが近頃都で流行《はや》っている妖《あや》しい唄を毬《まり》をつきながら歌っている。唄の末尾は、

『ねずみの主は……河内を荒らす薺《なずな》』

畠山氏の家紋は――雪輪に薺。

河内を荒らす薺とは目下、河内で戦を巻き起している豪傑、畠山義就であるまいか。

河内大和では、畠山家の家督をめぐり、畠山義就と、反義就派――畠山政長、細川勝元、奈良僧兵界の大物・成身院光宣《じょうしんいんこうせん》らが、戦いを繰り広げていた。

――すがるが言う賊が撒《ま》いた唄か？　今度は、畠山の争いを種に何か企《たくら》みを？

一休は危機感を募らせている。というのは一休が知る心ある幾人かの大名は、畠山氏の争いがもっと大きな乱になることを恐れ、和平交渉に乗り出していた。実は、一休は左様な大名から、強硬な反義就派の牙城《がじょう》、奈良を探るようにたのまれ、珠光宅にいたのだ。

……この童唄、妄信してしまう馬鹿者《ばかもの》どもを生み出すだろう。さらに、信じなくても、この唄をつかい、義就を貶《おとし》めようという輩《やから》が、跳梁跋扈《ちようりようばつこ》するぞ……。

山名邸のやや北、大徳寺にもどった一休が強い危機感を静めるべく座禅していると、

「一休禅師様」

障子の向うからかすれ声がかかった。

夕刻である。明り障子は、白い面を恥じらうような色に染めていて、その向うに影が座っていた。ススキと萩が備前の壺に生けられた床の間、苦み走った渋栗色の壁に、農家を思わせる塗さし窓が、柿色の光を斜めにおくっている。

「すがるか……。入れ」

百姓の少年のような姿をしたすがるが、入ってくる。

奈良におけるすがるは、長い鬘《かつら》をかぶっていたが、今は音無が変装用に持っていた筒袖をまとい、鬘をはずしている。

夫を亡くしたばかりというのに、すがるは得体の知れぬ落ち着きをまとっていた……。

……これは仏家が言う悟りであろうか？　いや、違う。悟れる者はこのように冷ややかで殺伐たる気をまとっていない……。これは、悟りとは違う、何かだ。似て非なるもの。

そんなことを考えながら一休は、

「伝教大師の謎言葉、解けたぞい」

「えっ――」

「さすがは伝教大師……いろいろ、ひねりをくわえておられるが……一度コツを摑《つか》めば読み解ける。『にう　なごし　ひま　ひえさる　いるをさすい　ならしか　ほふみち　まつおかめ　さきとゆえ　くらまむかでちな』さあ……解いてみよう」

一休の解釈では――「にう　なごし　ひま」「ひえさる」「ならしか」「まつおかめ」「くらまむかで」は暗号本体を読むための、補助線に過ぎぬ。

「夏越《なごし》は夏の終りを意味する。残り四つ、ひえさる、ならしか……動物の名はこの際置こう。所に注目すべし。比叡山、奈良、松尾社、鞍馬寺。洛中から見た方角は？」

「東、南、西、北」

「――左様。東南西北を陰陽五行説により季節に変えてみよう。春夏秋冬になる。さっきの夏越とここでかかわる。夏越の前、春夏は『にう』という規則が、後、つまり秋より後は、『ひま』なる規則が謎言葉本体にかかると見るべきなのじゃ。仮に『に、う』

を二《に》個後ろ、『ひ、ま』を一《ひと》つ前と、考えてみよう」

「なるほど……いろはにほへと……の、二つ後ろ、一つ前と考えれば……」

「いやいや、すがる。いろはにほへとで考えても、何も出て来ぬ。というのは最澄さんの時代、いろはにほへとは無いのだよ」

「では……」

「簡単なこと。伝教大師の頃の日本の者が音をどういうふうに並べておったか考えれば、ぱっと出てくる。その頃の人にはな、あめつちの詞《ことば》というもんがあった。『あめつちほしそらやまかはみねたにくもきりむろこけひといぬうへすゑゆわさるおふせよえのえをなれゐて』……斯様に四十八字を並べておった」

ちなみに「え」が二つあるのは――日本語からうしなわれた、「や行のえ」をふくむからと考えられる。一休が春夏にあたる前半部をあめつちの詞の二つ後ろ、秋《まつおかめ》以降の後半を一つ前の音にして読み替えた処――、

「解けなかった……。ひねられておるのよ。では、謎言葉は、正しい字の二つ後ろ、正しい字の一つ前だと考えてみよう」

つまり前半を二つ前、後半を一つ後ろで、読み替えると、

「『いるをさすい』は、『びわのゆうひ』に。『ほふみち』は『つるかめ』。後半の『さきとゆえ』は『るりいわを』、『ちな』は『ほれ』になった」

「びわのゆうひ、つるかめ、るりいわを、ほれ……？」

「また、最澄さん、軽くひねられておる訳じゃが……琵琶の夕日は、琵琶湖から見た西、つまり湖西の地を指すのであるまいか？　鶴亀《つるかめ》は……仙人の住む山、蓬莱《ほうらい》にいる。琵琶湖の西——比良山地、蓬莱山と読み解ける。わからぬのがここからで……」

「瑠璃岩《るりいわ》を掘れは……わかります」

　雪の谷に落ち、父に救われた比良大回りの記憶が、胸底に吹きつける。

　瑠璃色の光につつまれてすがるをかつぐ般若丸。

　ふるえながら掻き込んだ熱い兎汁《うさぎじる》。そんなすがるを朝日に照らされた蓬莱山が見下ろしていた。

「……比良山地蓬莱山は八瀬衆の行場でした。瑠璃岩という岩があるんです。薬師仏が彫られた岩が」

　東にあるという薬師如来《やくしにょらい》の浄土は青き瑠璃に荘厳《しょうごん》されているという。

「その岩の辺りを掘れということでしょう。鬼童丸は元八瀬童子。瑠璃岩を知っているはず。宝は掘られていましょうが、何か痕跡《こんせき》があるやも。一仕事した後……」

「まず——河内へ、行く気か？」

　一休は鋭い語調で斬り込む。黙るすがるに、

「鬼童丸というのが妖賊の名か。お主、新しい童唄を聞き、河内の畠山陣に鬼童丸めが出没すると踏み行くのであろう。わしも参る！」

老僧は今にも旅立つと言わんばかりに意気込み髑髏がついた竹杖をもってきた。

「禅師様が……何を……しに？」

「——決っておろう。斬りに、参る！」

「誰をですか？」

「鬼童丸が現れたら、その邪心を。畠山が阿修羅草紙や阿修羅像で心惑わされるようなら、畠山の迷妄を」

「お言葉を返すようですが、鬼童丸の心も体も、禅師様には、決して、斬れません」

一休は深い憐《あわ》れみが籠った目ですがるを見て、

「じゃが、すがる。わしはそなたを一人で河内に行かせぬぞ。お前はまた、河内で……救いようもないほど沢山の殺しを重ねるであろうから……」

すがるはぎゅっと唇を噛み視線を迷わせる。凄まじい、鋭気を燃やし、

「畠山兵はともかく——鬼童丸を斬ることも御許し下さらないのですか？　あの男は……天下に……大乱を起こそうとしている。幾万、幾十万の人が死ぬか……幾百、幾千の村が焼かれるか……一体幾人の女子供が乱暴されるか……数えられませんっ！　それでもあの男を殺してはいけませんか？　斬ってはいけませんか！」

一休は長いことすがるを、静かなる目で見ていた。

やがて、一休は、言った。

「わしは……許す。そなたが振るおうとする剣を——活人剣《かつにんけん》と呼ぶ。強力な軍勢で人々を虐《しいた》げ、何万、何十万もの民百姓を殺戮《さつりく》する悪王が、いる。この悪王の首を、何万もの人の命を救うため、刎《は》ねるのは、可か、否《いな》か？　答は……………可じゃ。これが、活人剣じゃ。もし釈迦牟尼《しやかむに》が今、大徳寺の門を潜って、ここに参り『なあ一休よ、そんな悪王でも……命は尊いものよ。殺生《せつしよう》はいかん。斬らんでやってくれるか？』などという世迷《よまい》言《ごと》を申したら……わしはたぶん、釈迦を打ち据え、大徳寺から追い出すだろう。だがな……すがる、活人剣は容易に殺人刀《せつにんとう》に変るぞ。己が活人剣を振るっておると思っても、いつの間にか殺人刀を振っておることが、往々にして、あるのじゃ」

一休はすがるの魂を喝と打つ気迫で、

「——心せねばならぬ」

かくして一休宗純と従者の少年に扮《ふん》したすがるは、紛争の地、河内に向かっている。

沼地の水が織り成す、動く光の紋が、矢が何本も立ち、返り血を浴びた盾、水辺に転がった足軽の骸の青くむくれた横顔、水の中でぶよぶよになった白い手、破損し泥に落ちた刀の表面で、揺らめいている。

巻き添えを食ったか。百姓としか思えぬ男たちが斃れていて、早くも犬や狸《たぬき》が齧《かじ》り、カラスが嘴《くちばし》を入れたのだろう、顔や腹、腿《もも》が目も当てられぬ惨状を呈していた。

一休は蝿《はえ》がまとわりついた戦死体を見る度に手を合わせ低く咒を唱える。一刻も早く畠山陣に急ぎたいすがるは、初めは何もしなかったが、やがて一休にならった。

畠山義就は——沼沢地に聳《そび》える小さな丘の頂、村の堂であったらしい建物に本陣を据え、畠山政長方の城を攻めていた。

家督をめぐる争いということは、すがるも知っている。

武士たちの指図で、掻きあつめられた百姓たちがはたらき、丘は、要所要所に逆茂木《さかもぎ》、柵《さく》が、つくられ、要塞《ようさい》化しつつある。二人は早速、警戒網に引っかかり、

「おう、乞食坊主《こじきぼうず》！　何処へ、参るっ！　ここが誰殿《たれどの》の砦《とりで》か承知しておるか！」

槍《やり》、薙刀《なぎなた》を突きつけられた。

一休は、びくともせず、髑髏がついた竹杖をどんと立て、

「——大徳寺の一休宗純。畠山殿に禅をおしえに参った。道を、開けい！」

ぽかんとした兵どもは、

「……え？　一休……禅師様？　こ、これは……御無礼を致しましたっ。ご案内いたす」

義就は一休の下で参禅したこともあるのだろう。見る見る対応が変って、通される。

本陣は、粗末な茅葺《かやぶき》の堂で、お山の守部の小屋と同じ卒塔婆《そとば》垣《がき》にかこまれていた。凡俗の武将なら汚すぎる、侘《わび》しすぎると感じ、本陣にしまい。が、ここが、軍事上の要地であるのは間違いない。周りの沼や田が水堀になり、攻めにくい。すがるはこの一事で義就という将が――ひたすら戦闘に勝つことを優先する武将だと察した。

――政長より義就の方が戦は、上手そう。話が通じる男であってほしい。

濡《ぬ》れ縁で旨《うま》そうに、栗入りの握り飯を食っていた、見事な鎧を着た男が階《きざはし》を上がろうとする一休に気付く。

「一休禅師！　前もって使いをおくって下されば……」

駆け寄ってきた男に、

「おう、遊佐《ゆさ》殿。おられるかな？　畠山殿は」

遊佐という男は一瞬、すがるに胡乱《うろん》げな眼差《まなざ》しをおくってから、

「……はあ。ですが、今は、誰も通すなと仰《おお》せでして。実は……地侍どもの陣中見舞いに何か面妖の品が紛れ込んでおったらしく」

満面の笑みが浮かんでいた一休の面を、一瞬、暗い雲がかすめる。つゆばかりも面差しを変えなかった、すがるの心底にある湖でも、波紋が起きていた。

「火急の要件にて、すぐに、目通り願いたし。お取次ぎを」

「心得ました。そこな者は？」

「うむ。追剝《おいはぎ》を警戒し、斯様な身なりをしておるが、我が檀越《だんおつ》のさる大富商の倅《せがれ》での」

軍資金にこと欠いているらしい義就軍の将、遊佐は、はっと顔を輝かしている。

「そうでござったか……。殿へのお目通りも、叶《かな》うやもしれぬ。しばしまたれい」

遊佐が中に入ってから一休はぺろりと舌を出し、囁いた。

「――嘘《うそ》も方便」

遊佐はすぐにもどってきて、

「お会いになる。さ、一休様とそちらの……」

「蜂太郎《はちたろう》じゃ。これ、蜂太郎。遊佐様にお礼を申し上げよ」

すがると一休は畠山義就が起居しているらしい茅葺の堂に入った。

薄暗い板敷である。僧が座る礼盤《らいばん》が置かれ、向うに、須弥壇《しゅみだん》がある。烏帽子《えぼし》をかぶった小具足姿のがっしりした男が、礼盤の前に絵巻物を広げ、燈火《とうか》に照らされたそれを眺めていた。容貌魁偉《かいい》な若い男で眉《まゆ》が異様に濃く、太く、猛気があった。義就だろう。

「一休禅師、よう参った。これをご覧下され」

一休はすがるを紹介し、

「この者も見ても？」

「もちろんです」

一休は絵巻を眺めながら入り、すがるもつづく。毒々しい赤が目立つ絵巻からふと、薄暗い須弥壇に目をやったすがるは、その仏像に気付き、一休を引く。

一休も須弥壇のそれを見てはっとした。

中央に――緑に輝く、ごつごつした阿修羅像が……立っていた。高さ二尺。眩《まばゆ》く猛々《たけだけ》しい像であった。翡《ひ》翠《すい》の肌は艶《つや》やかで、筋骨隆々。金銀宝玉が瓔珞《ようらく》や宝冠となって体じゅうを飾っている。相貌は……厳《いか》つく、激しい。猛者《もさ》が恐ろしい怒気を叩きつけた、一瞬の形相が、天才的な細工師の技術によって活写されていた。

――間違いなく伝教大師が封印した宝だ。

「今朝とどいた陣中見舞いの中に、妙な木箱があり、開けてみると、天台山之宝也《なり》、と書かれた紙と、これらが入っておったのです」

異様な集中力が籠った顔様で、絵巻を凝視する、畠山義就だった。

――阿修羅草紙っ……。

確信したすがるは一休と、絵巻に一歩近づく。

――見てはならぬ、という内なる声が、胸でひびく。だが、すがるは見たいという欲求にどうしても勝てぬ。眼が……引きずられる。

猛烈な圧を持つ赤いうねりと、闇が渦巻く、絵巻であった。唐土の言葉が書かれていた。

絢爛《けんらん》たる御殿と殺戮が、画中から眼を叩いてくる。初めの文章を読んだ一休は、

「この絵巻の赤……全《すべ》て、絵師の血によるものという……」

だからだろうか。絵に描かれた猛火や血は、恐ろしい迫力で心に噛みついている。

一休が言う処によれば、それは次の如き物語であった……。

昔、賢王がいて、その甥《おい》は、恐ろしいほどの猛将であった。

「どの王とは書かれておらぬが……後趙《こうちょう》の英傑、石勒《せきろく》と、その甥……中華最大の暴君、石虎《せきこ》について言っているようにも思われる……」

賢王は知勇兼備、和を尊ぶ政を心掛け、人々が学ぶことを重んじ、その子である太子も慎み深く、慈しみ深かった。

一方、賢王の甥は――武勇絶倫、凶暴な男で、戦をすれば必ず勝ち、領土を広げるに功績があった。だが、甥は城を抜けば、必ずその城の人民を、老いも若きも、男も女も、子供も、善人も悪人も、知恵者も愚者も――悉《ことごと》く虐殺《ぎゃくさつ》した。

繰り返される虐殺を王は諫《いさ》めるも、甥は改める気配がなかった。

やがて賢き君主が死ぬ。慈悲深い太子が、跡を継ぐ。……これに大いに不満を持ったかの獰猛《どうもう》な甥は、太子を殺し、先君の妻をも殺し、国を奪った。この男の虐殺や反乱を描く絵の上に、暗雲の中に暴れる、恐ろしい緑の阿修羅が描かれている。

阿修羅が如き甥は、帝《みかど》になった。

玉座に座った彼は……重税をかけ、大宮殿工事をはじめ、その壮大な後宮に帝国全土から美女数万人を徴発しようとした。反乱を起こそうにも荒ぶる軍隊が睨《にら》みを利《き》かせ不可能。

徴発された美女の中には、愛する夫と引き裂かれた妻、恋人から泣く泣く引き剝がされた娘が多くいて、全土で自殺する男女、連れ合いを奪われ、首を吊《つ》る男が、続出した。

重すぎる税で民百姓の七割が破産した。

さて、絵巻の後半の主人公は……絵師とその妻である。

絵師の妻は美貌で、殺された賢王の妃に仕えていた。暴君が、叔父の妃を殺した時、その美しさに目を止め──深く愛していた夫から引き剝がし、後宮につれ去り、欲望の牙《きば》にかけ、己の許に閉じ込めた。

絵師の妻は暴帝を深く恨み、全土で苦しむ人々の怒りに思いを馳《は》せ、復讐《ふくしゅう》を誓った。

一方、愛する妻を奪われた絵師は……半狂乱に陥っていた。

復讐を誓った絵師の妻は皇帝に飽きられ、その長男に下げわたされた。彼女は皇太子たる長男を唆《そそのか》す。閨《ねや》で蕩《とろか》しながら、

「帝は──弟君を溺愛《できあい》されています。貴方《あなた》様の地位は今のままではとても危うい」

美女の妖言を信じた皇太子は父である皇帝を殺そうとするも……計画は、何者かの口により、帝側に筒抜けになっており、クーデターは潰された。皇太子は皇帝に誅殺《ちゅうさつ》され

た。

密告者は、唆した美女、つまり絵師の元妻であったが、悲嘆に暮れる素振りを見せるこの美女が、まさか皇太子を動かしたとは、誰も気付かなかった。

さて、この美女を見初《みそ》めた者が、いる。それは――先に殺された皇太子の弟、新皇太子だった。今度は新皇太子の閨に入った復讐の美女は、また、新たな男を唆す。

「貴方の弟君が……貴方の座を狙い何やら謀をめぐらされているご様子……」

皇帝の次男、新皇太子を、皇帝の三男が討とうとしていると、吹き込んだのだ。

疑心暗鬼に駆られた新皇太子は自分の弟を殺してしまう。闇討ちの張本人が、目にかけていた新皇太子だと皇帝に露見、暴君は我が子を極刑にせざるを得ない。

帝が死に跡を継いだのはさらに下の息子、十歳の少年だった……。到底、治められない。

諸方で乱が起き――帝国はズタズタに斬り裂かれ、混沌《こんとん》の時代に陥っている。この乱の連続で虐殺された人々は数十万におよぶ。美女が謀をめぐらす度に、その上に魔雲がたなびいており、妖しく美しい白い女性の阿修羅が、笑っていた。

最後に、絵師、張元祥《ちょうげんしょう》、烈婦の謀を知り、我が血をもってこれをしるす……と書かれており、そのまた後ろに伝教大師の謎言葉が仮名で書かれていた。

「後趙滅亡に斯様な美女の謀があったとは史書は一切しるしておらぬ。だが、斯様な女が……いたのやもしれぬな」

呻《うめ》くように呟《つぶや》く一休禅師だった。

畠山政長、細川勝元などから、幾度も刺客を差し向けられ、裏切り者の刃も潜り、疑心暗鬼に陥ってきたであろう義就が、何かに憑《つ》かれたような顔様で、

「緑の阿修羅がよからぬ男なのは、言うまでもありませんが……それでもこの男の、武が欲しい。緑の阿修羅の武と、白き阿修羅の智があれば……如何なる敵も薙ぎ倒せる気が」

義就は眼をギラギラ光らせて、眩いばかりに宝玉をまとった屈強な阿修羅像を見、

「阿修羅は——戦の守り神。今、我が方は苦境に、ある。これが我が陣に現れたこと……幸先《さいさき》良いように思えますし、いざという時、商人に売れば……」

「——馬鹿者！　喝っ——」

一休の竹杖が、義就の肩を思い切り打ち据え、髑髏が床に転がっている。

「これが魔の絵巻、魔の像とどうしてわからぬ！」

一休は若武者に摑みかかって肩を揺すり、口角泡を飛ばし、

「これは、北嶺《ほくれい》のもの……。わしはこれを取り返すよう、北嶺の密命を受けてきた。さあ、義就、どうする！　返すか、返さぬか。返さぬなら、そなたが盗賊だという風聞が巻き起ろう。現に都では左様な唄が歌われておるわ」

「しかし、これは献上されたものにて……」

「罠《わな》なのじゃよ、それが。なあ義就、お主は何のために政長と戦っておる？」

義就は強い語気で、

「政長より某《それがし》の方が、当主にふさわしいからにござる！」

「何故、そう思う？」

「政長は……愚かな小心者にて」

「こんなものに頼らねばならぬお主も、愚かな小心者では？」

「………」

一休禅師の正論が剣となり義就を突き刺していた。気圧《けお》された義就は、あんぐり、口を開けていた。

一休は厳しい顔付きで、

「お前は、世の中を魔界にしたいか？」

義就は力なく、頭《かぶり》を振る。

「では、これは、我らがあずかってゆくぞ」

うなだれた義就から阿修羅草紙と阿修羅像を取り返した一休とすがるは堂から出る。

すがるが、大きな木箱に縄をつけ、背負っていた。風狂の老僧は、要塞に生れ変りつつある丘を降りながら、厳しい顔付きで、真っ直ぐ前を睨み、

「裏葉色の阿修羅が悪《あ》しき存在《もの》であるのはもちろん、白き阿修羅もまた……わしは、みとめることが出来ん……」

「ですが禅師様、白き阿修羅がしたことは、禅師様が言う活人剣なのでは？」

「――本気でそう思うておるんかい？」

「………」

只ならぬ光を眼に滾《たぎ》らせた老僧は、

「あれは――殺人刀ぞ。まず、血族同士を争わせるという策自体、わしはどうしても、好きになれぬな。その後に引き起されたことも、そなたは見たであろう？ 混沌《こんとん》の乱世になり何十万人もの者が殺されたのだぞ！ ……鬼童丸と白い阿修羅、何処が違うのだろう？」

強く言い放つ。すがるは、唇をぎゅっと噛んでうつむき、

「ではどうやって、あの悪帝を……倒せばよかったんでしょうか？ 他に、方法がありますか？」

「――ある。たとえば、あの帝の悪行を糾弾する言葉を世に広め、その言葉に人があつまり、乱を起す。反乱軍は悪帝と真逆の政をおこない、人をどんどんあつめ、最後には帝を討つ。これは――活人剣じゃ」

「それが、女人に出来ますか？ あの絵師の妻に、出来たでしょうか？」

「それこそ女人を貶めるものの考え方では？　もし武器を取ることが出来ずとも、言葉は紡《つむ》げよう……。物語でも唄でも良いのだ。直截《ちょくせつ》な言葉が命取りになるのなら、比喩《ひゆ》でもよい。その言葉の、真の意味に人が気付く時、強力な軍を擁する暴君に立ち向かえる勇気を、民百姓の胸にあたえられるなら……。物語や唄に、左様な力は無いと揶揄《やゆ》冷笑する輩がいたら、わしは——喝と、打ち据えたい」

一休はつづける。

「それに女人が武器を取って立ち上がったことが、巨大な帝国が滅ぶきっかけになった先例もあるのだぞ……。今から千四百年ほど前、唐土は新《しん》という王朝が治めており、王《おう》莽《もう》という男が腐った圧政で民を苦しめていた。呂母《りょぼ》という老いた女がいた。息子を、不当な理由で役人に殺された。呂母は、村の若者たちをあつめ、役人を襲った。この呂母の蜂起《ほうき》がきっかけで赤眉《せきび》という反乱軍が生れ、赤眉の乱が全土に飛び火する形で、諸州で百姓たちが立ち、強大な新帝国は、崩れ去ったのだ。そういう歴史が、しかとあるのだよ……」

ふと、一休は、うつむき考えるすがるに、

「なあ、すがる。阿修羅草紙と玉《ぎょく》で出来た阿修羅……この世から消えて無くなった方がいいと思ったんは、わしだけなんかの？」

呆気《あっけ》に取られるすがるに、

「――うん。無くそう！」

「……まって下さい」

八瀬衆としてそだてられたすがるには、宝の破却などは三門跡の許しを得ねばおこなえないという思いがある。さらに、すがるは……絶望の淵の中から復讐を果たしてゆく白い阿修羅の物語に、どうしても心惹かれてしまう処があった。

「なくす」

一休はすがすがしい顔で言い切り、友達を見つけた子供のような顔で柵をつくっている男達の許に走って行った。砦作りの男達から、大きな鉄の槌《つち》をかりると、もどってきた。

「三門跡にはわしが話しておくから。明日、比叡山に登ってな」

泥田の向うの林をちらりと見て、片手で口に蓋《ふた》をつくっている。

「……あすこの林で、処分しちまおう。やるぞい、よし」

じっと黙しているすがるをのぞき込んだ一休は真顔になり、

「まだ――迷うておるんか？」

「…………」

「お前をそこまで迷わせる。この一点でも、阿修羅草紙は破却せねばならんとわかる。鬼童丸も……これに、魅入られた一人なのかもしれぬ」

はっとしたすがるが一休を見る。

一休は、ゆっくりうなずいた。

「この絵巻は——第二、第三の鬼童丸を産むかもしれぬぞ」

その一言は、すがるの胸の深くまで刺さった。すがるは言った。

「……わかりました」

初めは迷ったすがるだが、林に入る頃には、一休と同じ考えになっていた。阿修羅草紙に——呪《のろ》いの力など無いだろう。だが、この絵巻の凄惨《せいさん》な物語が持つ、只ならぬ不穏と、血を絵具にもちいた狂気すら漂う絵師の、異様な気迫に満ちた、画力が、多くの敵をかかえ、常に刺客や裏切り者の刃に怯《おび》えている武将たちの心を、鷲摑《わしづか》みにしてしまうのだ。

ある武将は緑の阿修羅の武勇に、ある武将は白き阿修羅の智謀に、魅入られる。

また、不遇の武将は、壮大な復讐を決行する白き阿修羅の姿に、酔う。

……あたしだって……皇帝と同じくらいあくどい皇子たちを、白い阿修羅が殺し合わせる絵を……美しいと……思ってしまった……。

そうやって、阿修羅草紙は魔力などではなく、純粋に物語と絵の力だけで——武将たちを引きずり込んできた。武将だけではない。鬼童丸も引き込んだのかもしれぬ。

憑き物が憑いたような義就の顔、阿修羅草紙を確保しようとしていた赤入道や、伊勢守を思い出す。

……これは禅師様が言うように、この世に、あってはいけない絵巻だ。

二人は小枝をあつめ、すがるの胴火で火を熾《おこ》す。そして林で阿修羅草紙を焼いている。

「破りもせず、すてもせぬ。故に祟《たた》りは無し。まあ、祟りなど恐れぬが」

黒焦げにちぢんでゆく絵巻に呟いた一休は裏葉色の阿修羅を寝かせ大鉄槌《てっつい》を振り下ろす。

が、老いた一休の力は弱く、翡翠の小片が散るばかりで、なかなか根本的に壊せない。

自分がやると、すがるが槌を受け取った。

牙を剝《む》き、咆哮《ほうこう》に近い憤怒《ふんぬ》相で、こちらを睨んでくる阿修羅像を見下ろしたすがるの中に……憎き者どもや、今までの敵の顔が、浮かんだ。十一の自分を襲った汚らわしい武士ども、三方鬼に毒姫、鬼面山伏、音無の命を奪った輩……。

咆哮が、塊となって、喉から飛び出た。

槌を振り下ろす。少し、はずれ、宝冠が歪んだだけだった。ギリッと歯嚙みし眉根を険しくし、阿修羅の形相になったすがるは、ありったけの憎しみを阿修羅像にぶつけようと、緑の顔を狙って——渾身の一撃を振り下ろす。だが、どういう訳かまたはずれ、肩に亀裂《きれつ》が走ったのみ。

悪魔の金剛石で出来た瞳《ひとみ》が、揶揄するようにすがるを見上げていた。

「殺人刀を振るう顔になっておる。活人剣でなければそれは砕けまい」

一休の戒めを突き破るような声で、

「――余計なことは言わないで、禅師様！」

言い放ったすがるだが、口とは裏腹に空の心を取りもどそうとしている。

珠光の抹茶が一時もたらした爽《さわ》やかな風、草木成仏《じようぶつ》の教えを青々とはぐくんだお山の、あらゆる命に祝福された、木漏れ日の氾濫《はんらん》を思い出す。

澄んだ心で――叩いた。

裏葉色の阿修羅は真っ二つにわれた。さらに、すがるが打ち下ろすと、粉々に砕けた。

阿修羅像の欠片《かけら》を二人は河内一大きな沼、深野池《ふこのいけ》に沈めた。

「山とは、わしが話をつける。八瀬ともな。心置きなく――活人剣を振るって参れ」

沖島

十月初め。

すがるは――漁村に、いた。ある島に行くために……。

あれからすがるはまず河内で鬼童丸をさがし、その後、比良山地蓬萊山《ほうらいさん》の瑠璃岩《るりいわ》で宝が掘られた跡をたしかめ、山中に鬼童丸の隠れ家がないか、探索した。父に助けられた谷にも降りた。目ぼしい成果を得られぬまま、紛争の河内、大和へもどり――鬼童丸を探し回るも見つからぬ。

方針を変えた。

お今ゆかりの地に、足を向けた。たとえばお今が切腹した近江の甲良寺《こうらでら》とその周り、都の昔お今が住んだ屋敷の傍などである。だが、鬼童丸は、見つからない。

そうこうしているうちに二つの事態がすがるを焦《あせ》らせた。

一つが、諸大名の紛争の激化、対立の先鋭化。河内大和においては、かつて、伊勢守に引き立てられた猛将、畠山義就が、政長方諸城への攻撃をますます拡大化、長期化させる一方、伊勢守がいなくなった花の御所で、今度は山名宗全と細川勝元が……激しい、主導権争いをくり広げている。

もう一つが——すがる自身の体調の変化であった。すがるは滅多に風邪など引かないが、ここ幾日か微熱がずっと、つづいていた。これも滅多にないことなのに激しい吐き気を覚えること度々であった。

——音無と奈良で過ごした時にあたしは……。

己の中に、音無がのこしてくれた、新しい命が、在るのかもしれない……。

無性に嬉《うれ》しかった。同時に、あの男との決着を——一刻も早く、まだ戦える内につけねばと思う。

すがるの中で鬼童丸との戦いを放棄するという選択は、無い。

あの男はまず、般若丸《はんにゃまる》、白夜叉《しろやしゃ》など、御宝ノ守部《みたからもりべ》を、殺した。鏡写しを考えれば様々な疑問が生れてしまう処《ところ》だが、現時点では——父と幼馴染《おさななじみ》の仇《かたき》と見る他ない。さらに、鬼童丸が直接手をかけたわけではないが、彼が引き起した災いにより、八瀬が被《こうむ》った傷は計り知れぬほど深い。

若犬丸、七郎冠者《しちろうかじゃ》、めめ、さこ……。沢山の逞《たくま》しく、武骨だが、温かい八瀬童子、強いが朗らかな小原女《おはらめ》たちが、散った——。

音無と小法師も鬼童丸の一件が無ければ斃《たお》れなかったはずである。

それだけではない。

鬼童丸がもたらそうとしている乱世、いや既にもたらしてしまったかもしれぬ戦乱の暗黒時代は、どれほどの命を奪うか、計り知れぬ。すがると音無の子など、これから生れてくる子らの明るい将来、生命の安全、喜び、幸せを、幾万幾十万奪い、破壊し尽くすか……数えられないのである。その罪の大きさを考えれば、あの男を見逃す余地は、生れ得ないのだった。

昨日、早く決着をつけねば取り返しがつかなくなる、という焦りに駆られたすがるはまた山城から近江へ入り、甲良寺、お今の墓に足をのばしている。

案の定、花などが供えられた形跡は――無い。そういう行動で……隙《すき》をつくる相手ではなかった。立ち去ろうとすると、

『その御方の、ゆかりの方かの？』

老僧が話しかけてきた。小さくうなずくと、

『……あれだけの栄華を誇られた御方なのに、絶えて墓参りに来る方が、おらぬ。何とも寂しいことよ』

『わたしの他に真に誰も来られぬのですか？』

すがるがたしかめると僧は何かに突き当った顔で、

『……その御方がお亡《な》くなりになった直後、一人の風采《ふうさい》の良い武士が、沢山の花を供え

ていったことがある。また、お参りに来て下され、と言うと、その御仁、後ろ姿で、いえ……心の中に墓を立てておりますれば……、そう仰《おお》せになった』

針のように細めた目を光らせたすがるは、糸口を探るように、

『どんな顔の男……でした？』

『はて……。その男の顔が……記憶から……抜け落ちておるな』

――やはり来ていた。

今日、北近江を探りに行こうと思っていたすがるは急遽《きゆうきよ》、反転、琵琶湖畔の漁村へ歩いた。蓬萊山は瑠璃岩から見えた……ある一つの小島が心の中の湖に、浮かんだのである。

沖島。

琵琶湖に浮かぶ有人島だ。木曾義仲《きそよしなか》軍の残党の末裔《まつえい》と称する漁民たちが、暮している。

――今参局《いままいりのつぼね》が流される手筈《てはず》であった島だ。

――今参局は沖島に流される途中、日野家の刺客に気付いて、甲良寺で切腹した。もしかしたら鬼童丸はお今が生きるはずだった島で……心の中の墓を立てているのかもしれない。

……もうここしかない。沖島にいなければ、あたしはさ本当に、奴《やつ》が何処《どこ》にいるか、わからないよ……音無……、若犬丸、白夜叉、乙名《おとな》様……父。

灰色に沈んだ湖面を胡麻《ごま》塩髭《しおひげ》の漁師が漕《こ》ぐ舟が西へすすんでゆく。ずっと奥、青みをおびた撓《たおり》を灰色に霞《かす》ませた、比良山地の高峰と、その手前、湖の上に寝そべった黒緑の蛇のような姿をした島の影が、じわじわ近づいてくる。――沖島だ。

舟の中には、古い小袖《こそで》を売りに行く行商と、筆、硯《すずり》を売りに行く高野聖《こうやひじり》、そして山芋売りの女・すがるが乗っていた。荒っぽい船頭がすがるに、

「のう、沖島で芋など売れんぞ。漁師やけど、小さい畑があるんや。無いのは、田んぼ。売れるのは、米や！」

「そこらの山芋と一緒にしないで。あたしの芋は、一味も三味も違う」

すがるが答えた時、波がぶつかってきて、舟が大きく揺らぎ、行商が悲鳴を上げる。

奥に控える気高き比良山地より、ずっと低い山を背骨に持つ、横に長い島を眺めながら、すがるは、まだまだ小さい腹にそっと手を置いている。

船着き場に、着く。沢山の米を積んで島にやって来た商人が漁師たちと声高に話していた。叡山より、ずっとやさしい小山、丘と呼んでいいと感じていたすがるは、船着き場から島の山を仰ぎ、認識をあらためた。

――険しかった。

ほとんど崖《がけ》と言っていい急斜面がそこかしこに見られ、上部は、人を寄せつけぬ密林

が展開している。小さいが険しい山が幅をきかせているせいで、農地は細帯状に狭く、島の漁民は湖と山にはさまれた僅《わず》かな平坦地《へいたんち》で大根や葱《ねぎ》をそだて、米は本土から来た商人から買う。

――誰もが顔見知りだ。あたらしく来た者は、すぐにわかる。

すがるは、魚を取る網をつくろっていた媼《おうな》に、人をさがしていると話しかける。初めは警戒した老婆《ろうば》だが、唯《ただ》一人の親戚《しんせき》をさがしてここまで来たというすがるを大層不憫《ふびん》がり、

「幾月か前から……仏師の御方がな。弁天様の祠《ほこら》に住みついておるのじゃよ」

おしえてくれた。

弁天の祠は一本道を北東へ歩いた、漁村からだいぶはなれた寂しい所にあるという。

すがるは琵琶湖をすぐ右、崖の上に密林が展開する小山を左に眺めながら、とぼとぼと歩いた。藪《やぶ》にのしかかられながら漁師の家や畑があり、魚を狙《ねら》って鳶《とび》がまわっていた。

枇杷《びわ》の木が多い島であった。

ふと、すがるは足を止める。爆発するような緑に山側から押されながら、赤い鳥居が二本の足を琵琶湖にあらわれている。

――弁天。

弁財天――天竺《てんじく》のサラスヴァティーという河を神とした存在《もの》で、水と芸能、富の神で

ある。美しい女神だが、時に人に恐ろしい一面《かお》を見せることがある。

湖に立つ小さき鳥居に近づくと、急斜面にわけ入る形で山道がはじまっていた。蔦《つた》がみっしり巻きついた樹《き》や、激しさを漂わせた草どもが、手ぐすね引いていて、山道の先に何があるか定かでない。かなり狭い。が……一種の妖気《ようき》漂う参道で、夜ともなれば物《もの》の怪《け》が這《は》い出てきそうだ。

黒焦《くろこ》げの数珠《じゅず》を一度取り出し、きつくにぎってから、懐《ふところ》にもどす。

すがるはゆっくり道を登った。両側から山車《やまぐるま》の枝、裏白の葉が、肩を撫《な》でてきた。

山道は左、つまり漁村がある方にくねり、少し登った先に祠が見える。

その祠は湖を見下ろす形で建っていて、すがるに横顔を向けており、鬼の砦《とりで》を思わせる岩がごつごつ積み重なった物凄《ものすご》い崖を背負っている。

——人の気配がある。

すがるはいつでも武器を取り出せるのをたしかめてから、祠に、静かに近づいた。その男は祠の前で薪割《まきわ》りをしていた。こちらに向いた厚い背を見た刹那《せつな》——閃光《せんこう》が胸を突いた。

……こいつだっ……。

憎らしい。だけど何故《なぜ》だろう。かすかな、懐《なつ》かしさを覚える。瞬間、うっと、強い吐き気を覚え、面貌《めんぼう》を火照《ほて》らせたすがるは、逆鏟《ぎゃくせん》を諸手《もろて》ににぎって、髪を五分ほどまでみじかくした逞しい男は斧《おの》を止め、後ろ頭を向けたまま、心なしか首をかたむける。

「鬼童丸っ！」

「……久しいな」

振り向く。鋭気をたたえた眼でこちらを見据えた男の相貌《そうぼう》は――すがるの魂を引き千切りそうになった。

熱い混乱が、頭を、胸を、ぐちゃぐちゃにした。

顔面を引き攣《つ》るようにわななかせながら、すがるは、

「――父《ト》っ……？」

すがるの前に立っているのは、父、般若丸であった。

どういうことだろう。般若丸が自分が死んだと見せかけながら仲間を殺《あや》め、叡山三宝を奪い、諸大名を攪乱《かくらん》し、都に戦乱を引き起そうとしているのだろうか？　自分に術をおしえてくれた父が全《すべ》ての悪の元凶なのか？　それとも父に化けた鬼童丸か？

濁流にもみくちゃにされたすがるに、相手は、言った。

「そうとも言えるし、そうでないとも言える」

「誰！　あんたはっ」

すがるは吠《ほ》えている。何者なのか、知りたい。この男が。もう、わからない。何もか

も。

「初めの名は鬼童丸であった。だが、般若丸とも、名乗った」

「…………」

――そして、鬼童丸は物語りはじめた。

「十七年前のことよ。俺と般若丸は、七郎冠者から、さるお方の屋敷を探るようたのまれた。――今参局。時の柳営で大きな権勢を振るわれている御方で……」

「大舘流《おおだちりゆう》の上忍」

「話が早いな。だが、大舘流のことは七郎冠者もご存知なかったろう。むろん、わしも兄――つまりそなたの父も、知らなかった。印可状をさずけられ図に乗っておったが……知らんことばかりであった。般若丸は今のそなたより少し上、わしは少し下くらいであった」

「――よけいなことは、いいんだよ。で、どうなったの？」

厳しく言葉を刺し込むすがるだった。

「三魔に数えられたかの女性《によしよう》が、お山のこと、どう処置しようとしているか、探る務めよ」

大舘流が鉄の守りを固めるお今屋敷で二人はかこまれている。般若丸は辛くも血路を開き、逃げるも、傷ついた鬼童丸は――囚《とら》われた。忍びとして弟を見捨てて逃げた兄の冷徹を理解は出来る。しかし、裏切られたという、拭《ぬぐ》い難い思いが生れたという。

「あの御方は傷ついたわしを……自ら手当して下さった。朦朧《もうろう》と手当されておる時、わしは……」

鬼童丸の面が弁天の祠に向く。そこに……何が在るのか、すがるからは、窺《うかが》い知れぬ。

「天女だと思うた。あの御方を──」

天女が如《ごと》き女性の乱破《らっぱ》大将に囚われた鬼童丸。お今は、術比べを持ちかけた。

「もし、わしが勝てば、ここから出す。負ければ、我がものとなれ、と仰せになった……」

術比べは鬼童丸が持っている逆鏟をお今が一刻以内に取れれば、お今の勝ち、取れねば、鬼童丸の勝ちというものだった。己の技に絶対の自信がある鬼童丸は腕まくりして応じている。

勝負をはじめてから、ずいぶん時が経《た》っても……座《ざ》敷牢《しきろう》に座ったお今は、かかってこない。ただ膝《ひざ》を見詰めて座っているだけである……。鬼童丸が固くにぎる逆鏟は無事である。しばらくすると、お今は──胡桃《くるみ》をいくつか取り出して傍らに置き、順番を、入れ替えたりしはじめた。鬼童丸は胡桃から毒か煙が飛び出さぬか気になり注視する。だが、そんな兆《きざ》しは、ない。だいぶ時が経った頃、肉置《ししお》き豊かな世にも美しき女人は微笑《ほほえ》んで、

『……そろそろよいかの』

逆鏟をしっかり把握した鬼童丸は拍子抜けした気がして、ふふんと笑い、

『俺の勝ちだな』

するとお今は目を丸げた。

『どうして？』

お今は袂《たもと》から……逆鏟をゆっくりと、出した。愕然《がくぜん》とした鬼童丸が手元を見ると自分が持っているはずの逆鏟が無くなっていた——。

お今がつかったのは一種の催眠術である。

胡桃に鬼童丸の注意を引きつけながら、無臭の催眠香を焚《た》いて精神を攪乱、逆鏟は取られていないという暗示をかけて、手から抜き取っていたわけである。

室町戦国の頃の忍術の名人とは斯様《かよう》な玄妙の術をつかう者たちだった。

『吾《われ》の勝ちじゃな。そなたが里で学んだ術より我らの術の方が——深く広い』

衝撃で凝固する若き八瀬童子に、お今は、

『これを学び、六十余州のためにはたらきたいなら——我が下ではたらけ。これまで通り山と里のためにはたらくなら、それもよし。八瀬にもどるがよい。止めはしませぬ。我が術のこと……口外せぬなら。ただかえる場合、吾は残念に思うぞ』

お今は鬼童丸に少し近づき良い匂《にお》いを香らせて微笑んだ。

『そなたの見事な逃げぶりを見て、共にはたらきたいと思ったゆえ』

『……俺は、あんたの手下を、殺した』

『我らは、幕府の仕事を請け負った伊賀衆甲賀衆などの中から特にすぐれた者をよりすぐる他に、幕府を探りに来た乱破から、見所ある者を、一度死んだことにして、仲間にくわえて参った。お前の如き者が幾人もおる。お前に殺されたのは、いずれも優れた者であったが……そのことによって、お前を恨む者はおらぬ。……どちらにする？』

　美しき上忍の言葉に強く引き込まれていた鬼童丸は、思わず頭を下げていた。

八瀬童子としての鬼童丸は死に大舘者として生れ変った。

「生涯一度の……恋だったのかもしれん。美しさ、だけではない。あの御方は鹿苑院《ろくおんいん》乃《すなわ》ち義満以降の、柳営の方針をあらためようとしていた」

　義満以降の幕府の方針というのは、将軍が唆《そそのか》して諸大名にお家騒動を掻《か》き起し、相対的に将軍権力を高めようというものである。これを、お今は、

『天下に安寧をもたらさなければならぬ公方《くぼう》様が、争いの種をそこら中に蒔《ま》いておるようなものではないか。このままでは公方様の何かの過《あやま》ちがきっかけで……それら小さい争いが全て一つにつながり……天下に大乱が引き起されてしまう恐れが、ある。何としても止めねば……。逆に、御家騒動など争いを起した大名、不始末のある大名を、分国を治める力が無いと責め立て、潰《つぶ》してゆき、その国を公方様の御分国とすることで、公

方様を強める。すぐには無理かもしれぬ。だが……いずれは、左様な形にせねば。そなたらが、頼りじゃ。これからも力をかしておくれ』

鬼童丸によれば――お今は室町幕府の方針を大転換させようとしていたというのだ。

「この御方の知力、胆力なくして、室町家の力は取りもどせぬ、とわしは考え、ますます務めに没入した」

弁天の祠を眺めながら八瀬を捨てた叔父は言う。

「公方は……お今様を……愛妾《あいしょう》の如く扱っておったが――」

すがるとよく似た鋭い双眸《そうぼう》に憎しみの青白い炎が灯《とも》る。吐き捨てるように、

「あの御方の賢さを知悉《ちしつ》していたとは言い難い。わかっておったなら、今もっと……真っ当に世を治められたろう」

お今への海のように深い愛情が、そのまま義政への底知れぬ憎しみに変っていると、すがるは、知った。

「大名どももじゃ。諸大名や伊勢守などは、あの御方の権勢強き頃は顔色を盛んに窺っていたが、日野家とあの御方が対立するようになると、日野家の側にまわっていった。山名細川など数ヶ国の大名も己一身の繁栄だけ考え……我らが頭《かしら》のように、天下のことなど見ておらぬ」

日野家を大舘忍びの力で、討つべし、と進言した鬼童丸に、お今は激怒している。鬼

童丸は越後に飛ばされた。

「あの御方が危ういと知り、わしがもどったのは……甲良寺で腹を斬《き》られた夜よ。二度と語りかけて下さらぬあの御方の前で、すがる……わしはな、復讐《ふくしゅう》を願った」

——途轍《とてつ》もない量の妖気の暗雲が鍛え込まれた体から漂う。

「この地上から……花の御所を消す。公方と日野家だけではない。……諸大名も側近も、皆、滅ぼす。でなければ花の御所は無くならぬ。また、奴らの誰かが将軍になるだけよ」

どう復讐すべきか見出《みいだ》せぬまま、鬼童丸は猛獣どもに追われている。かつての仲間たちに。その追跡が鬼童丸の心をさらなる闇《やみ》に追いやったのではないか。

「志を同じくする大舘者も、裏切り者どもに、皆殺しにされた——」

大舘流内部の食《は》み合い、幕府に忠誠を尽くす者と、お今に忠誠を捧《ささ》げる者の、殺し合い。

日野勝光配下となった大舘流は鬼童丸が何処《どこ》に逃げても探り出し、追って来た。精神の崖っぷちまで追い詰められた鬼童丸は無意識に、ある里に、逃げていた……。

——八瀬に——。

「八瀬にほど近き山で大舘流に、かこまれた。傷ついたわしは、奴らに討たれかかった」

その時——長い吹き矢、そして逆鏟が、鬼童丸を救っている。すがるの稽古《けいこ》を鉄心坊にまかせ山仕事をしていた、般若丸だった。聞きたくないという恐れがすがるに押し寄せる。

「兄者《あにじゃ》とわしは死に物狂いで戦い、奴らを……討ち果たした。しかし兄者は深手を負った」

顔を真っ白にして押し黙るすがるに鬼童丸は、

「兄者は、あの時のこと今でも悔やんでおる、生きておるような気がしていたわ、よう……もどったの、と血を吐きながら言ってくれた」

「…………」

「……助けたかったが、猛毒がまわっており、むずかしかった」

すがるの心臓が、激しく身もだえしていた。

「そして、すがるをたのむ、八瀬で暮せと言われた……」

毒に苦しむ般若丸に鬼童丸は、

「——兄者に、なる術が、ある。それしか己を守れん。なっていいか？　と尋ねた。兄者は首を縦に……」

すがるは首を激しく横に振る。

「僅かな時で、兄を写した」

鬼童丸の前で、般若丸は息絶えた。

「鏡写しで――般若丸になった。八瀬を拠点とし裏切り者どもを」

大舘流の者どもだ。

「一人一人殺していった」

「それは……いつのことなの！」

「七年前、長禄《ちょうろく》三年、夏じゃ」

地滑りに近い立ち眩《くら》みに襲われた――。信じていた楼閣が、土台からぐらぐら崩れてゆく。最大限瞠目《どうもく》したすがるは、

「まって、じゃあ……あたしに術をおしえたのは……」

「初めの二年が般若丸」

「二年……？」

すがるの修行は五年に及ぶ。

ふるえる、かすれ声が、

「残り……三年は？　谷に落ちたあたしを……助けたのは？」

「――わしじゃ」

鬼童丸は、すがるを真っすぐ見て、強く言った。

「般若丸が骨をつくり、わしが血肉をつくった八瀬一のくノ一……それが、そなたじ

や」

すがるは身震いし、

「嘘《うそ》だっ！」

苦しみを吐くように言う。鬼童丸は、ゆっくり頭を振る。

……何ということだ。どうして、気付かなかったのだろう？　いや、父の様子が……おかしいと思うことはあった。あたしの知っている父と何だか違うと思ったことが……。ちょうど、修行が厳しくなった頃、この男が里にもどった頃。あたしは……修行に夢中で、強くなることだけに、夢中で……。

悪寒《おかん》に似たふるえが逆鱗をにぎった両手を激動させる。

——見ていなかった……父の……。本当の父の死に……気付いてやれなかった？　敵を見切る修行をしていた時なのに、この男の術を、破れなかった？

身震いが、凄《すさ》まじいまでに、強まる。

「——憎いか？　わしが」

「…………」

すがるは絶群の忍びであったが、天下最強の忍び衆、大舘流の秘術、鏡写しを破れなかった。鬼童丸と般若丸が元々よく似た兄弟であったこと、鏡写しが八瀬にはない、優れた秘術であったこと、般若丸が里の外で忍び働きすることが多かったことなどから、八瀬の何人《なんぴと》もこの術を破れなかった。

すがるは十三歳まで実の父、般若丸に、それ以降は般若丸に化けた鬼童丸にそだてられたのだ——。

「……そなたの父が望んだことでもある」

怒気が、燃え盛る。

「出まかせを、言うな！」

相変らずだな、という面差しになった相手は、

「薪を売る小原女にしたかった、乱破にしたくなかった、だが、くノ一の道を歩みはじめておる、強さを……もとめておる、これが、あの娘のたった一つの望みであり支え、その支えを太くしてくれ……、兄者の最期《さいご》の言葉よ」

残虐《ざんぎゃく》な衝撃に、すがるは打ちのめされている。ふるえるすがるの中で、吹雪が止《や》んだ凍《い》てつく谷から自分をかつぎ、救ってくれたこの男の姿と、今の姿が、重なる。七年間を共に過ごしてきた叔父に、すがるは、低く、

「ずっと……復讐のことだけ、考えていたの？」

小刀で切ったような鬼童丸の双眼、精悍《せいかん》な顔が、琵琶湖の方へ向く。

「…………いや」

また、吐き気が押し寄せ、火照った頰に力が走る。鬼童丸は目を細めてすがるを見、

「八瀬にもどり、そなたと向き合いはじめた頃、一時……このまこの山里に埋もれてもいいように思えた。そなたの父のふりをして一生な」

――何故そうしてくれなかったのだろう？　自分とこの男、白夜叉と若犬丸で潜り抜けたいくつものお務め、魚を焼いて食べた夜、蛍が舞っていた八瀬の里道が、全てをぶつけるように技をおしえてくれたこの男の姿が、心を揺すった。

すがるは身をよじらせて、

「じゃあ、どうしてっ」

「長禄寛正の大飢饉《だいききん》」

京都だけで八万二千人の民衆が室町幕府の無策により飢え死にした、大飢饉である。

「あの飢饉の最中、絹衣を着て酒宴に興じ、都大路で吐いておる侍どもを見た時、やはり、わしがやらねばならぬと思うた！　わし一人で――将軍も、大名どもも、幕府も、日野家も、悉く《ことごと》葬る《ほうむ》。そうせねばならぬと思うた」

すがるがさっき見せたより遥か《はる》に冷たく、激しく、巨大な怒気だった――。

七郎冠者や鉄心坊から、阿修羅草紙や阿修羅像について聞く内、かの禍々《まがまが》しき宝を、座主《ざす》血脈譜《けちみゃくふ》などと盗めば、お山と密接につながる公武の諸権門に混乱動揺を引き起せ、疑心を巧みにあやつれば、自滅的な戦いに引きずり込めると思った、そう話すと、

「だが、守部になり、実際に阿修羅草紙を見るまでは……半信半疑であった。他の者に

気取られぬよう阿修羅草紙を盗み見、白い阿修羅に己を重ねられた。何よりも――白い阿修羅は、あの御方に生き写しであった。お今様が絵巻の中の白い阿修羅になり、わしに乗り移った気がした。この絵巻、世を乱せる、そう囁《ささや》かれたように思うた」

また、鬼童丸の視線が祠に引きつけられる。

「倒れていた男は？」

「わしに背格好の似た物詣《ものもうで》。越後の燃ゆる水で、顔を焼いた」

燃ゆる水は大舘流に復讐するため、越後からはこび――奥比叡に隠していたという。

甲賀の痕跡《こんせき》はむろん偽装。

面貌一ぱいに険を走らせた、すがるは、

「――どうして仲間を、殺した！　白夜叉たちをっ」

空の心をすがるに叩《たた》き込んだ男は、無表情にもどり、

「白夜叉を殺す気はなかったが、致し方なかった。なるべく騒ぎを大きくする必要があり、他の守部には死んでもらった」

「魔物！　外道！」

何とでも言えというふうに、うなずく。すがるは稲妻のような殺気を放電させ、

「――あんたは勝手に、世の中のためとか思っているんだろうけど、身勝手な思い違いだからな！　お前のせいで、みんな、死んだんだよ！　若犬丸も御頭も！　あたしが愛

した人……名張ノ音無も死んだんだよ！　なあ、みんないなくなっちゃったんだよ。お前が殺したようなものなんだよ。そんなに復讐がしたかったら、一番憎い奴らを、義政、日野兄妹、この三人の首だけ取りに行けばよかったろう。どうしてここまで大掛かりな……」

「到底──足りまい」

胸の中で台風を起すすがるに対し、そよ風一つ、波紋一つ見せぬ、鬼童丸なのだった。

すがるは憎い叔父と睨《にら》み合っているのか実の父と対峙《たいじ》しているのかわからなくなる。

「花の御所全体がわしがお仕えした方を孤立させ、滅ぼした。全大名を滅ぼさねば、足らぬ。また、お前が申した三人、将軍、富子、日野大納言勝光、こ奴らについては……彼らが治める日の本自体が混乱し、土一揆《つちいっき》が奴らの屋敷を焼き、宝の山も全て奪い、家来も全てうしない、貧窮に沈み、絶望と恐怖……ありったけの苦しみに突き落とされた上で、初めて首を斬りに行く。──それくらいの御膳立《おぜんだ》てが必要なのだ」

相手がかかえる憎しみの重さに打ちのめされたすがるは、

「狂って……いるよ。お前が仕えた人は争いを止めようとしていたんだろ？」

「いかにも」

すがるは苦し気に面貌をふるわせ、

「なのにお前……起そうとしている」

「天下大乱を止める鍵《かぎ》が、わしがお仕えした御方だった。その鍵を壊した以上……世の中はどのみち乱れよう。ならば、奴らに——罰をあたえた方がよい。奴らに安寧などという美酒を楽しむ資格は、微塵《みじん》も、無い！」

すがるの両手で——青筋と筋肉が隆起する。逆鐘が殺気立つ。

鬼童丸も斧《おの》を構えている。師と弟子は、凶器を構えて、数間をへだてて、睨み合う。

「そのために何万人も殺して構わないと思っているお前は……悪鬼羅刹《らせつ》だ！　あんたは、あんたが憎む者と同じような者になっている」

悪びれもせず、

「そうかもしれぬ」

「——鬼童丸！」

琵琶湖の風、鳰《にお》の浦風が二人に吹きつけて、すがるの目に埃《ほこり》が入った。

「お前を、討つ！」

もう誰も殺したくない。だが、この男の命だけは——奪わねばならない。活人剣《かつにんけん》を振るわねばならぬ。

「…………」

逆鐘を二つ構えたすがるだが……どうしても、動けなかった。憎いのである。里を裏切り、白夜叉を殺したこの男が。多くのしたしい人を死に追いやり、途轍もない乱を起こさんとしている、この男が。だが、どうしても心に浮かんで来てしまうのだ。

木の器と向き合っている、父。それはある時点より後は父に化けた鬼童丸であったけど……すがるの中には、どうしても、父として浮かんできてしまう——。瑠璃色の光につつまれながら、一隅を照らす者でありたいと話した父、中ノ頭として誰よりも的確に下知《げじ》を飛ばしていた父。

……いや、父になり切った……。

逆鏟の投げ方も、吹き矢も、この男からおそわった。過酷な修行の日々が——すがるを闇から引き上げてくれた。いわば、般若丸と鬼童丸があの頃の自分を救い上げてくれた……。

どうしても、そんな気持ちが怒濤《どとう》となってすがるに押し寄せ、仕掛けられぬのだ。

「来い」

鬼童丸が誘っている。

……心を空に。

すがるは息吹《いぶき》で自らを落ち着かせ闘気を消してゆく。鬼童丸もすがるを鏡に映したように、静けさをまとった。二人は一かけらの隙も無く、しばし対峙した。

——あたしに先に投げさせ、体勢が崩れた処に、投げ込む心胆か。

戦い方をおしえてくれた相手を、すがるは静かな目で見詰める。

風が吹きつける。砂埃が二人の目を襲うも双方瞬《まばた》き一つしない。

どちらも「先《せん》」を相手に取らせようとして、動かぬ。

……その裏をかく！

決意したすがるは、肩をうねらせ、投げる。刹那《せつな》後、斧が投げられた。

——速い——。

斧が。

先に投げた逆鏟が、相手にとどくより先に——後に投げられた斧がもう、すがるの顔に迫っている。殺《や》られると思った瞬間、斧はすがるの額をかすり、弧を描き、上へ流れた。

同時に——鬼童丸の喉《のと》へ飛んだ逆鏟が、かすかにまわるように上腕へ動き、深く裂き、血が弾《はじ》ける。

鬼童丸はわざとはずし、わざとよけなかった。

蒼褪《あおざ》めたすがるが駆け寄ろうとしたとたん、強い吐き気がした。

噴き出す鮮血を押さえもせず、鬼童丸は、すがるを見て、

「あの男の子を……身籠《みごも》っておるな？　何故だろう……そなたの命は取れても……」

血がどんどん飛び散る。すがるは駆け寄り、鬼童丸は倒れる。

「止めて、血をっ、父！」

思わず、父と呼んでしまう……。傍まできたすがるを見上げて、

「小さい方の命を、散らせぬように思えた……。その子にわしは負……」

鬼童丸の双眸から、生気が、すっと消えた。

「鬼童丸っ！……父、父ぉっ！」

この男が父でないことを頭はわかっている。だが、心はわかってくれない。この男もまた、自分を娘と、お腹《なか》の中の子を娘の子と、思ったのだろうか。鬼童丸が許されぬ災いをもたらしたことも承知している。だが、父という言葉が、抑え様もない勢いで幾度も喉から迸《ほとばし》っていた。


枇杷《びわ》と白柳の樹叢《じゅそう》がすっと口を開けた所に、白い砂浜が出来ていて、打ち捨てられた小舟が、あった。すがるは小舟に鬼童丸と白い阿修羅像を乗せた。弁天の祠に――妖艶《ようえん》の極にある美女の顔をした白翡翠《ひすい》の阿修羅像が飾られていたのである。金銀と、色とりどりの宝石に飾られた、絢爛《けんらん》たる、戦と謀《はかりごと》の女神像が。

少し考えたすがるは縄で鬼童丸と白い阿修羅を固くしばっている。

竹を一本、伐《き》り、竿《さお》として、すがるも乗る。

湖の深みまで舟が出ると、鬼童丸と阿修羅像を水に沈めた。迷った挙句、黒焦げの数珠も湖水に落とす。

手を合わせたすがるは鬼童丸とお今の冥福《めいふく》を祈った。二人が行く所が、決して戦が終らない魔界、阿修羅道ではなくて、願わくば湖の下にあるという竜宮であってほしい。

すがるはしばし無言で琵琶湖を眺めていた。微熱をふくんでいるが、まだ大きくない腹にそっと手を当て、

——何処へ行く？

音無が言っていた商人の都、堺か。それとも、すがるが心惹《こころひ》かれた所、小さな村々の百姓たちがあつまって、真剣に話し合い、この混迷の暗い時代に、少しでも己らの暮しを良くしよう、己らの里を守ろうとしていた南山城だろうか。

「ねえ……どっちがいいと思う？　音無」

静かに小波を立てる琵琶湖は、何も答えてくれなかった。

＊

年の暮れ、山名宗全と畠山義就は手を結んだ。細川勝元、畠山政長と向き合う宗全は、十二月二十四日、義就軍を、都へ呼ぶ。

年明け、応仁元年（一四六七）一月。畠山義就は山名宗全の力をかり、畠山政長を猛襲、御霊林《ごりょうばやし》において駆逐した。その市街戦がきっかけとなり、応仁の乱が始まる。西軍

の本陣となった宗全の館《やかた》は、後に西陣《にしじん》と呼ばれる。

応仁の乱により、日本列島は――戦国時代という暗黒の乱世に突入した。いくつもの大名家が滅んだが、その最大の被害者はやはり民であったろう。

何万もの無辜《むこ》の民が犠牲となり、星の数ほどの村や町が焼かれた。

すがるが行こうとしていた堺、南山城はどうなったか？

堺は、戦国の世にあって貿易によって未曾有《みぞう》の繁栄を遂げ、如何《いか》なる大名にも属さず、豊かな商人たちによる自治という仕組みをつくり上げる。宣教師に「東洋のベニス」と言わしめた堺の自治は、織田信長によって停止させられるまで、つづいた。

南山城――この地は、戦国の世の初めにあって、あらゆる大名の干渉を排除し、惣村《そうそん》と呼ばれる農村が横につながり合って、地侍と百姓を中心とする一種の共和国を形づくった。

堺にくらべ、その自治はみじかく僅か数年間であったが、惨《むご》たらしい時代の一瞬の彗《すい》星《せい》のように、それはたしかに瞬《またた》いたのである。

【引用文献とおもな参考文献】

『群書類従　第二十輯　合戦部（應仁記）』　塙保己一編　続群書類従完成会

『続史料大成　第二十九巻　大乗院寺社雑事記四』　竹内理三編　臨川書店

『増補　続史料大成　第二十二巻　蔭凉軒日録二』　竹内理三編　臨川書店

『看聞御記』　続群書類従完成会編著　国書出版

『新潮日本古典集成（第五十三回）　閑吟集　宗安小歌集』　北川忠彦校注　新潮社

『一休宗純　狂雲集』　柳田聖山訳　中央公論新社

『新編日本古典文学全集　太平記①〜④』　長谷川端校注・訳　小学館

『平家物語㈠』　梶原正昭・山下宏明校注　岩波書店

『八瀬童子　歴史と文化』　宇野日出生著　思文閣出版

『洛北八瀬』　中村治著　コトコト

『天皇の影法師』　猪瀬直樹著　中央公論新社

『天皇制と八瀬童子　新装版』　池田昭著　東方出版

『近畿民俗叢書第六巻　大原女』　岩田英彬著　現代創造社

『読みなおす日本史　比叡山と高野山』　景山春樹著　吉川弘文館

『比叡山諸堂史の研究』　武覚超著　法藏館

『中世寺院社会と民衆　衆徒と馬借・神人・河原者』　下坂守著　思文閣出版

『龍谷大学アジア仏教文化研究センター　文化講演会シリーズ④　比叡山の仏教と植生』　道元徹心編　法藏館

『別冊宝島　図解　比叡山のすべて』　比叡山延暦寺監修　宝島社
『比叡山と室町幕府　寺社と武家の京都支配』　三枝暁子著　東京大学出版会
『比叡山の声明で心を洗う』　比叡山延暦寺監修　悟空出版
『寺社勢力の中世――無縁・有縁・移民』　伊藤正敏著　筑摩書房
【決定版】　忍者・忍術・忍器大全』　歴史群像編集部編　学習研究社
『別冊歴史読本　忍びの者132人データファイル』　新人物往来社
『歴史群像シリーズ⑦　【忍者と忍術】　闇に潜んだ異能者の虚と実』　学習研究社
『戦国忍者列伝　80人の履歴書』　清水昇著　河出書房新社
『応仁の乱　戦国時代を生んだ大乱』　呉座勇一著　中央公論新社
『足利義政と東山文化』　河合正治著　清水書院
『歴史群像シリーズ㊲　【応仁の乱】　日野富子の専断と戦国への序曲』　学習研究社
『戦争の日本史9　応仁・文明の乱』　石田晴男著　吉川弘文館
『応仁の乱　人物データファイル120』　応仁の乱研究会編　講談社
『読みなおす日本史　山名宗全と細川勝元』　小川信著　吉川弘文館
『日野富子のすべて』　吉見周子編　新人物往来社
『日本の歴史12　室町人の精神』　桜井英治著　講談社
『室町戦国の社会　商業・貨幣・交通』　永原慶二著　吉川弘文館
『職人歌合（古典講読シリーズ）　岩波セミナーブックス一〇六』　網野善彦著　岩波書店
『高野聖』　五来重著　角川学芸出版

『中世京都と祇園祭　疫神と都市の生活』　脇田晴子著　中央公論新社
『京都庶民生活史』　ＣＤＩ編　京都信用金庫
『図説〈上杉本〉洛中洛外図屛風を見る』　小澤弘・川嶋将生著　河出書房新社
『図説　京都ルネサンス』　佐藤和彦・下坂守編　河出書房新社
『一休　逸話でつづる生涯』　安藤英男著　すずき出版
『蕩尽する中世』　本郷恵子著　新潮社

ほかにも沢山の文献を参考にさせていただきました。

この作品は令和二年十二月新潮社より刊行された。

垣根涼介著　室町無頼（上・下）

応仁の乱前夜。幕府に食い込む道賢、民を束ねる兵衛。その間で少年才蔵は生きる術を学ぶ。史実を大胆に跳躍させた革新的歴史小説。

三好昌子著　幽玄の絵師 —百鬼遊行絵巻—

都の四条河原では、鬼が来たりて声を喰らう——。呪い屛風に血塗れ女、京の夜を騒がす怪事件。天才絵師が解く室町ミステリー。

三好昌子著　室町妖異伝 —あやかしの絵師奇譚—

人の世が乱れる時、京都の空がひび割れる！妻にかけられた濡れ衣、戦場に消えた友。都の瓦解を止める最後の命がけの方法とは。

和田竜著　忍びの国

時は戦国。伊賀攻略を狙う織田信雄軍。迎え撃つ伊賀忍び団。知略と武力の激突。圧倒的スリルと迫力の歴史エンターテインメント。

梓澤要著　方丈の孤月 —鴨長明伝—

『方丈記』はうまくいかない人生から生まれた！挫折の連続のなかで、世の無常を観た鴨長明の不器用だが懸命な生涯を描く。

佐藤賢一著　日蓮

人々を救済する——。佐渡流罪に処されても、信念を曲げず、法を説き続ける日蓮。その信仰と情熱を真正面から描く、歴史巨篇。

司馬遼太郎著

梟の城

直木賞受賞

信長、秀吉……権力者たちの陰で、凄絶な死闘を展開する二人の忍者の生きざまを通して、かげろうの如き彼らの実像を活写した長編。

司馬遼太郎著

人斬り以蔵

幕末の混乱の中で、劣等感から命ぜられるままに人を斬る男の激情と苦悩を描く表題作ほか変革期に生きた人間像に焦点をあてた7編。

司馬遼太郎著

燃えよ剣（上・下）

組織作りの異才によって、新選組を最強の集団へ作りあげてゆく〝バラガキのトシ〟――剣に生き剣に死んだ新選組副長土方歳三の生涯。

司馬遼太郎著

城塞（上・中・下）

秀頼、淀殿を挑発して開戦を迫る家康。大坂冬ノ陣、夏ノ陣を最後に陥落してゆく巨城の運命に託して豊臣家滅亡の人間悲劇を描く。

司馬遼太郎著

果心居士の幻術

戦国時代の武将たちに利用され、やがて殺されていった忍者たちを描く表題作など、歴史に埋もれた興味深い人物や事件を発掘する。

司馬遼太郎著

覇王の家（上・下）

徳川三百年の礎を、隷属忍従と徹底した模倣のうちに築きあげていった徳川家康。俗説の裏に隠された〝タヌキおやじ〟の実像を探る。

池波正太郎著

忍者丹波大介

関ケ原の合戦で徳川方が勝利し時代の波の中で失われていく忍者の世界の信義……一匹狼となり暗躍する丹波大介の凄絶な死闘を描く。

池波正太郎著

闇の狩人（上・下）

記憶喪失の若侍が、仕掛人となって江戸の闇夜に暗躍する。魑魅魍魎とび交う江戸暗黒街に名もない人々の生きざまを描く時代長編。

池波正太郎著

雲霧仁左衛門（前・後）

神出鬼没、変幻自在の怪盗・雲霧。政争渦巻く八代将軍・吉宗の時代、狙いをつけた金蔵をめざして、西へ東へ盗賊一味の影が走る。

池波正太郎著

忍びの旗

亡父の敵とは知らず、その娘を愛した甲賀忍者・上田源五郎。人間の熱い血と忍びの苛酷な使命とを溶け合わせた男の流転の生涯。

池波正太郎著

堀部安兵衛（上・下）

因果に鍛えられ、運命に磨かれ、「高田の馬場の決闘」と「忠臣蔵」の二大事件を疾けた赤穂義士随一の名物男の、痛快無比な一代記。

池波正太郎著

俠客（上・下）

「お若えの、お待ちなせえやし」の幡随院長兵衛とはどんな人物だったのか——旗本水野十郎左衛門との宿命的な対決を通して描く。

藤沢周平著

用心棒日月抄

故あって人を斬り脱藩、刺客に追われながらの用心棒稼業。が、巷間を騒がす赤穂浪人の動きが又八郎の請負う仕事にも深い影を……。

藤沢周平著

橋ものがたり

様々な人間が日毎行き交う江戸の橋を舞台に演じられる、出会いと別れ。男女の喜怒哀楽の表情を瑞々しい筆致に描く傑作時代小説。

藤沢周平著

時雨みち

捨てた女を妓楼に訪ねる男の肩に、時雨が降りかかる……。表題作ほか、人生のやるせなさを端正な文体で綴った傑作時代小説集。

藤沢周平著

密謀（上・下）

天下分け目の関ヶ原決戦に、三成と密約がありながら上杉勢が参戦しなかったのはなぜか？　歴史の謎を解明する話題の戦国ドラマ。

藤沢周平著

漆黒の霧の中で
―彫師伊之助捕物覚え―

竪川に上った不審な水死体の素姓を洗う伊之助の前に立ちふさがる第二、第三の殺人……。絶妙の大江戸ハードボイルド第二作！

藤沢周平著

義民が駆ける

突如命じられた三方国替え。荘内藩主・酒井家塁世の恩に報いるため、百姓は命を賭けて江戸を目指す。天保義民事件を描く歴史長編。

隆慶一郎著

吉原御免状

裏柳生の忍者群が狙う「神君御免状」の謎とは。色里に跳梁する闇の軍団に、青年剣士松永誠一郎の剣が舞う、大型剣豪作家初の長編。

隆慶一郎著

鬼麿斬人剣

名刀工だった亡き師が心ならずも世に遺した数打ちの駄刀を捜し出し、折り捨てる旅に出た巨軀の野人・鬼麿の必殺の斬人剣八番勝負。

隆慶一郎著

かくれさと苦界行《くがいこう》

徳川家康から与えられた「神君御免状」をめぐる争いに勝った松永誠一郎に、一度は敗れた裏柳生の総帥・柳生義仙の邪剣が再び迫る。

隆慶一郎著

一夢《いちむ》庵《あん》風流記

戦国末期、天下の傾奇者《かぶきもの》として知られる男がいた！ 自由を愛する男の奔放苛烈な生き様を、合戦・決闘・色恋交えて描く時代長編。

隆慶一郎著

影武者徳川家康（上・中・下）

家康は関ヶ原で暗殺された！ 余儀なく家康として生きた男と権力に憑かれた秀忠の、風魔衆、裏柳生を交えた凄絶な暗闘が始まった。

隆慶一郎著

死ぬことと見つけたり（上・下）

武士道とは死ぬことと見つけたり——常住坐臥、死と隣合せに生きる葉隠武士たち。鍋島藩の威信をかけ、老中松平信綱の策謀に挑む！

宇江佐真理著

春風ぞ吹く
―代書屋五郎太参る―

25歳、無役。目標・学問吟味突破、御番入り――。いまいち野心に欠けるが、いい奴な五郎太の恋と学問の行方。情味溢れ、爽やかな連作集。

宇江佐真理著

雪まろげ
―古手屋喜十　為事覚え―

店先に捨てられていた赤子を拾って養子にした古着屋の喜十。ある日突然、赤子のきょうだいが現れて……。ホロリ涙の人情捕物帳。

佐伯泰英著

新・古着屋総兵衛
（一～十八）

六代目の時代から百年。鳶沢一族血脈途絶の危機から復活させた十代目総兵衛の海外雄飛の活躍を描く時代巨編。

澤田瞳子著

名残の花

幕政下で妖怪と畏怖された鳥居耀蔵。明治に馴染めずにいたが金春座の若役者と会い、新たな人生を踏み出していく。感涙の時代小説。

志川節子著

日照雨
芽吹長屋仕合せ帖

照る日曇る日、長屋暮らしの三十路の女がご縁の糸を結びます。人の営みの陰影を浮かび上がらせ、情感が心に沁みる時代小説。

田辺聖子著

新源氏物語
（上・中・下）

平安の宮廷で華麗に繰り広げられた光源氏の愛と葛藤の物語を、新鮮な感覚で「現代」のよみものとして、甦らせた大ロマン長編。

吉川英治著
三国志（一）
—桃園の巻—
劉備・関羽・曹操・諸葛孔明ら英傑たちの物語が今、幕を開ける！　これを読まずして「三国志」は語れない。不滅の歴史ロマン巨編。

吉川英治著
宮本武蔵（一）
関ケ原の落人となり、故郷でも身を追われ、憎しみに荒ぶる野獣、武蔵。彼はいかに求道し剣豪となり得たのか。若さ滾る、第一幕！

今村翔吾著
八本目の槍
吉川英治文学新人賞受賞
直木賞作家が描く新・石田三成！　賤ケ岳七本槍だけが知っていた真の姿とは。歴史時代小説の正統を継ぐ作家による渾身の傑作。

海音寺潮五郎著
西郷と大久保
熱情至誠の人、西郷と冷徹智略の人、大久保。私心を滅して維新の大業を成しとげ、征韓論で対立して袂をわかつ二英傑の友情と確執。

海音寺潮五郎著
幕末動乱の男たち（上・下）
天下は騒然となり、疾風怒濤の世が始まった。吉田松陰、武市半平太ら維新期の人物群像を研ぎ澄まされた史眼に捉えた不朽の傑作。

海音寺潮五郎著
江戸開城
西郷隆盛と勝海舟。千両役者どうしの息詰まる応酬を軸に、幕末動乱の頂点で実現した奇跡の無血開城とその舞台裏を描く傑作長編。

近藤史恵著
サクリファイス
大藪春彦賞受賞

自転車ロードレースチームに所属する、白石誓。欧州遠征中、彼の目の前で悲劇は起きた！ 青春小説×サスペンス、奇跡の二重奏。

道尾秀介著
龍神の雨

血のつながらない父を憎む蓮。実母を殺したのは自分だと秘かに苦しむ圭介。降りやまぬ雨、ひとつの死が幾重にも波紋を広げてゆく。

伊坂幸太郎著
ゴールデンスランバー
山本周五郎賞受賞
本屋大賞受賞

俺は犯人じゃない！ 首相暗殺の濡れ衣をきせられ、巨大な陰謀に包囲された男。必死の逃走。スリル炸裂超弩級エンタテインメント。

中山七里著
死にゆく者の祈り

何故、お前が死刑囚に——。無実の友を救えるか。人気沸騰中〝どんでん返しの帝王〟による、究極のタイムリミット・サスペンス。

横山秀夫著
ノースライト

誰にも住まれることなく放棄されたY邸。設計を担った青瀬は憑かれたようにその謎を追う。横山作品史上、最も美しいミステリ。

今野敏著
隠蔽捜査
吉川英治文学新人賞受賞

東大卒、警視長、竜崎伸也。ただのキャリアではない。彼は信じる正義のため、警察組織という迷宮に挑む。ミステリ史に輝く長篇。

新潮文庫最新刊

高杉良著
破天荒
〈業界紙記者〉が日本経済の真ん中を駆け抜ける——生意気と言われても、抜群の取材力でスクープを連発した著者の自伝的経済小説。

梓澤要著
華のかけはし
—東福門院徳川和子—
家康の孫娘、和子《まさこ》は「徳川の天皇の誕生」という悲願のため入内する。歴史上唯一、皇后となった徳川の姫の生涯を描いた大河長編。

三田誠著
魔女推理
—きっといつか、恋のように思い出す—
二人の「天才」の突然の死に、僕と彼女は引き寄せられる。恋をするように事件に夢中になる。新時代の恋愛×ゴシックミステリー！

南綾子著
婚活1000本ノック
南綾子31歳、職業・売れない小説家。なんの義理もない男を成仏させるために婚活に励む羽目に——。過激で切ない婚活エンタメ小説。

武内涼著
阿修羅草紙
大藪春彦賞受賞
最高の忍びタッグ誕生！ くノ一・すがると、伊賀忍者・音無が壮大な京の陰謀に挑む、一気読み必至の歴史エンターテインメント！

宇能鴻一郎著
アルマジロの手
—宇能鴻一郎傑作短編集—
官能的、あまりに官能的な……。異様な危うさを孕む表題作をはじめ「月と鮟鱇男」「魔楽」など甘美で哀しい人間の姿を描く七編。

阿《あ》修《しゅ》羅《ら》草《ぞう》紙《し》

新潮文庫　た-127-3

令和六年一月一日発行

著者　武《たけ》内《うち》涼《りょう》

発行者　佐藤隆信

発行所　株式会社　新潮社

郵便番号　一六二—八七一一
東京都新宿区矢来町七一
電話　編集部(〇三)三二六六—五四四〇
読者係(〇三)三二六六—五一一一
https://www.shinchosha.co.jp

価格はカバーに表示してあります。

乱丁・落丁本は、ご面倒ですが小社読者係宛ご送付ください。送料小社負担にてお取替えいたします。

印刷・錦明印刷株式会社　製本・錦明印刷株式会社

ISBN978-4-10-101553-8　C0193